火車

かしゃ

宮部美幸

張秋明——譯

導讀

平成國民作家宮部美幸

唐諾

有一款大家常見的德國車，Volkswagen，我們音譯為福斯汽車，和同樣來自德國的雙B乃至於Audi不同，福斯車既不朝象徵社會上層成功身分的豪華大型轎車方向走，亦不往流線拉風、強調速度的玩家跑車方向試探，它的對象是一般人，隨著社會整體經濟條件成熟開得起車也有必要開車的一般人，功能的意義遠大於想像作夢的意義（「你是開一輛車，不是開一個夢」），因此福斯車實用無華，沒眩目的美學妝點，也就不收你夢想的昂貴附加價錢，但開車的人知道，這是一部好車，奠基於德國深厚嚴謹踏實的汽車工匠技藝之上，不胡思亂想，不浪費無謂的精神和力氣。幾年前，我一位對車子一竅不通的老朋友買了一部福斯的Golf車，就是那種最陽春、最笨拙、沒屁股的那一型，當時已故的汽車大冒險家小黑柯受良還在，要了車鑰匙試開了幾條街，回來跟我這位揪著心等待判決的老友講：「很不錯，整輛車感覺很『緊』，改天我也牽一輛回來玩玩。」

我們大約聽得懂柯受良這個「緊」的說法，意思是車子不會鬆垮垮的，整輛車會踏實的執行開車人的指令，有一體成型的感覺。

據說，福斯車也是修車廠最痛恨的車種，基本上它是「不必掀引擎蓋的」，耐操耐用，車殼開爛了，引擎依然強壯如昔。

如此的汽車特質，其實我們把 Volkswagen 一名給意譯出來，所有奧秘就當場一目了然了，它原來就是所謂的「國民車」，設計製造出來就是要給一般國民大眾所用，或者說，就是符合社會大眾的最大公約數需求而非某一兩個人的綺夢幻想。當然，這個國民是德國國民，這點很要緊。

以上不是汽車廣告，而是宮部美幸，她的小說讓我想起福斯汽車，以及遙遠某個晚上素昧平生柯受良的那段實戰意味車評。

對了，說福斯車沒眩目的美學妝點，絕不等於說它只是一堆有用但醜怪的機械，事實上，樸素也會是好看的，尤其是它的內容撐得住時，特別會給人某種專注而且耐看的有厚度美學感受、某種對工匠技藝的敬重所自然衍生的內行美學玩味（比方說符合力學的完美車身弧度、堅實的關車門聲音、或那種你好像可放心把命交給它的精純令人感動引擎聲音云云）；還有，歷史已用事實說明了，老福斯的絕版金龜車，今天意外成為普世汽車收藏家的追逐焦點。大陸的小說名家阿城旅居L.A.時，便靠組裝（或該說「復活」）金龜車貼補生活費，最後一輛紅色敞篷他留下自用，惟車停紅綠燈前，阿城講，不下十次八次總有人從車旁冒出來，忍不住的問他這輛車賣是不賣。

除了暢銷和得獎之外

宮部美幸是日本劍客武聖宮本武藏「雙刀流」型的小說書寫者，她寫現代式的推理小說，也寫傳統式的江戶神鬼傳奇故事。當然，這裡我們的關懷仍集中在她的推理小說上。

宮部極可能是當前日本最成功的小說書寫者，成功得宛如一個奇蹟、一場好夢——她本人是東京下町一個平凡偏貧窮家庭出身的女孩，學歷則讓人聯想到阿嘉莎．克莉絲蒂，只高中畢業，而後進專門學校學了兩年速記便投身工作職場，浸泡於大社會之中。一九八七年是夢開啟的一年，她處女作《鄰人的犯罪》一書拿下《ＡＬＬ讀物》的推理小說新人賞，這趟不無意外的奇異書寫旅程於焉展開，往後約十五年左右時間，她勤奮的交出了超過三十本的作品，而日本社會回報她的則更多，她的書暢銷而且得獎纍纍如秋天江戶的成熟柿子樹，這個傲人的實績總滿排動章般掛滿她如今任一本書的封面、封底、書腰或前後摺口上。其中，她的代表作《模仿犯》一書暢銷一百三十萬冊，拿下了包括藝術選獎「文部科學大臣賞」、「司馬遼太郎賞」等六大獎項，《理由》一書又奪得「直木賞」云云，能有的、能想像的大概都收集齊全了，然而一九六〇年生的宮部今天才四十五歲，以日本女性的長壽「習慣」，開個玩笑來說，然後至少二、三十年的寫作日子要如何是好？

我個人以為有的——在宮部獲得這些林林總總的正式大賞同時，她也贏得了一些非正式但可能更重要也更有意思的頭銜，其中一個是所謂的「國民作家」，繼吉川英治、松本清張和司馬遼太郎之後。而宮部的小說內容以及因此而衍生的和廣大日本社會閱讀關係，的確顯現了如此特質，也可能是她往後書寫的真正位置和價值之所在。

說真的，大眾類型小說暢銷，大部分時候並不需要什麼特殊理由，也不見得一定得有什麼樣過人的價值，反正市場的基本需求本來就好好存在那兒，總要有人來滿足它填補它，時尚加上上帝點名的好運道已足夠說明其中十之八九了；也不一定需要事後認真追索其意義或成功奧秘，除非你是

「模仿犯」、是那種絞盡腦汁想複製人家成功經驗的出版社企劃人員或眼紅的小說書寫同業，只可惜運氣和逝如流水不舍晝夜的社會集體情緒總無法一併複製云云。至於大眾類型的小說獲獎，基本上仍得看在地社會的水平而定，巴西國內的冠軍足球隊和台灣國內聯賽的冠軍足球隊基本上便是完完全全無關的兩個東西，以日本近一二十年小說創作力的普遍萎縮不振，老實講，也不見得一定唬得了誰。

每年總有書暢銷，也每年總有書得獎，光這兩者說明不了也不一定榮耀得了宮部美幸，她還擁有一些特別的東西，建構著和日本當前社會的某種特別聯繫，某種日本人可相信她足堪成為所謂「國民作家」的特質。

這裡，或許正因為宮部代表作《模仿犯》此一書名的緣故，讓我想起渥特・本雅明〈機械複製時代的藝術作品〉文中的一段話：「即便是最完美的複製也總是少了一樣東西：那就是藝術作品的『此時此地』——獨一無二的現身它所在之地——就是這獨一的存在，且唯有這獨一的存在，決定了它的歷史。」

太長的推理小說源頭

宮部也有宛如宮本武藏快刀般的一支書寫之筆，她的快，不僅僅呈現於她每年平均兩本的稱職大眾小說家出書速度，更表現在她每本書的實際厚度和內容構成，其中最極致的演出仍是《模仿犯》一書，全書原文一千四百頁，調動了四十三名有名有姓有基本來歷的人物。嚇！這是巴爾札克的小說對吧？你記憶中有哪本推理小說寫這麼長的？

也許有的，很久很久以前，久到推理小說誕生的曙光時日，比方說，威基．柯林斯的名著《月光石》。

基本上，推理小說，尤其是本格派的推理小說，的確不方便寫這麼長，因為本格推理基本上是個謎題，騰挪迴轉狡飾欺詐為的無非是讓最後的謎底驚心動魄的「抖」出來，這就是推理小說鼻祖愛倫．坡所說的，小說的全部菁華，在於「最後一行文字」。也因此，推理小說書寫者總面對著這個幾近是悖論的宿命難題，那就是在謎題的長短之際要如何最適的拿捏，如何把閱讀者壓到極限的最後一口氣又不至於讓他力竭倒地把書扔開。

但無論如何，一千四百頁終究太長了，沒有人受得了這麼長的一個謎題的。

或許正因為如此這般，身為英籍在地作家的威基．柯林斯，儘管和愛倫．坡算是同代之人而且還擁有「主場優勢」，卻只能讓來自美國的愛倫．坡拿走以英國為發源奠基母土的推理小說之父歷史榮銜。我們看《月光石》，有謎一樣的詭譎兇殺案，有精明幹練的探長，也有足夠感情上的恩怨情仇和實質上的寶物財貨讓人人可能是殺人凶手云云，該到的元素差不多全齊了，卻樣樣差了那麼一點點，沒能像愛倫．坡的《莫格街探案》那樣，清清楚楚完成了後來推理小說遵循百年的最基本類型架構。比方說，霍夫探長並未真正破案反而中途死去，因此，他沒能是負責揭露神奇謎底並解說這一切的純淨智性「神探」，他只是精明認真的警官，他的角色「功用」毋寧是要讓命案的發展更神秘更奇情更峰迴路轉，也就是說，柯林斯《月光石》的真正樂趣並不全押在「最後一行文字」，沒要蓄住全部力量好最後一拳K.O.你，更多時候它想提供閱讀者的是雲霄飛車般的上下起伏驚險享樂。

如此，我們便差堪懂了威基·柯林斯的真正書寫來歷及其關懷了——我們可從柯林斯沿狄更斯往上溯，今天的文學歷史慷慨但也公允的賦予它們經典小說的嚴肅位置，但在當時，它們是那種精采奇情纏綿緋側的恩怨情仇小說，尤其是社會開始富裕起來、一般社會大眾有點錢了也有點閒了而且有足夠文字能力開始渴望也能浸泡其中的消遣讀物，這樣的故事通常得夠長才好，長到——長到可埋進一個星期、一個月甚或更久，長到可成為一個夢境，一個另外的世界，長到你可以放心把情感投入其中並生根發芽，而無懼它會匆匆告別你而去如變心的情人。

如此的人性需求其實有比小說更久的來歷，甚至還早於文字的誕生，這其實便是人類說故事的古老傳統；也因此，即便在現代社會中飽受各種衝擊如理性除魅、如功利主義、如人的彼此隔離和生命經驗的破碎、如人心和生活節奏的匆忙、如直接感官享樂的解放和篡奪云云，但每個社會，仍依照它自身的品味高低以及倨傲謙卑不等的心思，在尋求諸如此類可安心聽良久良久的故事（比方說台灣糟糕些，它的「國民作家」，其實是八點檔連續劇），正因為如此，才讓波赫士大膽的講：「我不相信人類對聽故事一事會感到厭倦。」

從國民作家到日本性

我個人當然知道，寫得太長，非本格派的宮部小說，在封閉的推理小說世界中有更方便的歸類方式和更現成的解釋，那就是與本格派分庭抗禮的所謂「社會派」，一如日本人把宮部視為松本清張的當代繼承者一般。

但太現成太制式的社會派既定印象及其解釋可能顯現不出宮部真正的特殊之處。

宮部的推理小說，的確有極清楚的當下日本社會現實著眼，寫的是日本宛如太平盛世當前社會底下流漾的不安和隨時可能爆發的暴戾。但做為一個後來的、基本社會問題已被寫盡的社會派推理作家，宮部並未被逼往更幽黯更乖戾、更人性邊界、更心理概念的宿命方向走，她奇特的回轉到更平實的家常世界來。她的題材全不特殊，像《理由》一書的命案便生於再常識不過的法拍屋法律死角之中；她的犯罪探索亦不深奧駭人，即使像《模仿犯》處理綁架分屍的連續殺人案，我們也沒看到多少不堪入目的東西，毋寧只是一份更詳實更盡職的命案相關調查報告，直接拿到報紙或電視新聞上亦無尺度問題，也仍是普級的，歡迎闔府觀賞。

一部小說，把時間、戲份，均勻的分配給四十三人，幾近一視同仁到宛如填寫基本資料表格的介紹他們的姓名、職業、年齡、相貌特徵、家庭背景和學歷出身，所有的獨特個人就全隱沒了，剩下的便只是社會身分、社會人格和社會位置。原則上，這是一種很「冷」的小說書寫方式，閱讀者只能用理性和它打交道，很難以感情相搏，因為你找不到一個實體的人可堪為感情用事的焦點，跟隨他的境遇跌宕起伏，因此以暢銷為著眼的類型性大眾小說特別不合適採用。

然而，我個人以為，恰恰好因為宮部小說如此違逆著普世的、無國界流行小說、流行戲劇的基本感情用事通則，才讓它們從滿街都是的流俗作品中清楚脫穎出來不是嗎？恰恰好因為它們乍看不合適暢銷而事實證明居然熱賣如此，才特別讓我們驚覺到有特別的事發生不是嗎？

「國民作家」這個稱謂，沒弄錯的話應該是日本人搞出來的，它至少包含了兩個面向的意涵：

對外的隔絕斷裂和對內的普及一致，這個內外背反的特質統一成某種「日本性」。暢銷只是它對內的面向，暢銷作家多矣，一個暢銷作家並不自動等同於每一個年代只此一個名額（或甚至從缺）的所謂國民作家，一個作家可被視為代表得了整個日本社會、日本國族，他必定和此一社會此一國族有某種特殊、深沉、到難以取代的情感聯繫，一定得觸到他們某一根重要神經，暴露出他們集體而又不同於其他社會國家的獨特心事，因此，暢銷僅僅是一個必要條件而已，或更明確來說，一個結果，一個事後的證明。

我幾乎敢於斷言，一個日本人在宮部小說中所看到的、或油然感受到的東西，一定要比我們這些「異國人」要多得多。對他們日本人而言，宮部小說不會真的像其書寫方式所顯現的那麼理性那麼冷，宮部走馬燈般以一個個社會角色（隨機牽扯抽樣而非典型設計）串起或說編織成的群體圖像，對我們而言或許是某種理性觀看思索對象、是教科書上的東西，可對日本這個古怪社會而言，這不但是他們此時此刻活生生的現實，還可以是某種情感實體，是他們念茲在茲幾十年上百年以至於早已變得比單獨個人更具象、更有情感而且更得去保衛的東西，對日本人而言，個人可以而且總是面目模糊的，個人甚至是可犧牲的，單獨的日本人，就跟生物學者講單獨一隻蜜蜂或螞蟻一般，是不能存活的，更是沒意義的。

流汗的感覺

時至今日，日本理應算是個老牌民主國家了，但奇怪民主社會ABC的基本個人價值乃至於相關的權利及其自由空間一直不發達，它的「群體感」仍重重壓著個人，這個國家強大到近乎野蠻的力量總是通過集體來展現，在合適以群體來尋求的事物上積極有力到充滿侵略性（如過去的軍國拓展到現代的經濟拓展），但相對來說，它的個人卻是壓抑的、萎縮的，適合個別獨特心靈創造的東西，總是和其國力、富裕程度、教育教養程度極不相襯的貧弱不堪。

偶然某個個人奇蹟般冒出來，比方說寫小說而且獲頒諾貝爾獎的大江健三郎，然而在為日本爭得巨大榮耀同時，日本即便是嚴肅的文學界仍是五味雜陳，他們始終咕噥著大江是徹底的西化之人，沒有日本味云云，全不理會大江小說遠遠越過當前日本任何小說書寫者一個層級以上的基本文學事實。

即便在文字共和國的世界中，日本仍執拗的固守著他們窄迫的現實國族界線，並依此建構他們獨特的文學評價方式，他們忘不掉的典型仍是吉川英治、是司馬遼太郎云云，很少有哪個國家哪個社會肯把如此通俗類型的小說家推上如此崇隆的位置。有嗎？

宮部小說的異常高評價一部分得益於此，但有趣的是，做為平成世代的國民作家第一候選人，宮部小說的「日本性」卻逐步從傳統的江戶走到此時此刻的大東京都會來，這可以是深具意義的一步，也可能埋藏著某種意外的顛覆性於其中。總而言之，宮部小說中的「日本性」已不再是有安全玻璃框保護的既有歷史遺物、是已然完成不再變化的東西，她寫的可不再是如今全安心躺在遠方高野山墓地裡的昔日戰國群雄（極有趣的全日本第一墓園，日本巡旅僧的步行終點，我們從大阪難波站搭南海電鐵兩小時車程可到，有空該去看看），而是東京街町上、住宅區裡仍認真辛苦活著的人們，一般庶民。

如同宮部小說所顯示的，這裡樓起樓塌，人們從這個社區搬遷到那個社區，大人轉業離職，小孩跟著這學校換到那學校云云。這是流動中變化中瓦解同時建構中的不確定世界，誰也阻止不了它，包括那些對「日本性」已有不變結論的焦慮之人，它會有自身獨特的歷史，如本雅明講的那樣——因此，與其過度強調那種「異國人立入禁止」的、已封閉成某種執念、某種準拜物教的日本性，不如講本雅明的「自身獨特歷史」，這讓它得以置放回普世大變化世界的遼闊經驗背景之中，銜接回人類共有的際遇和思維，我們於是進得去也讀得出，更重要的是，這才是事實真相。

波赫士說：「民族性只是一種幻想。」這話說得凶了些斬釘截鐵些，但不失為有益的忠告。因此，宮部平平實實外表的小說，或許我們能看到的，感受到的東西不如日本人多，但也沒想像中的少——更何況，多出來的那些有一部分極可能只是日本人一廂情願想像出來的。

對這位猶年輕、仍有大把書寫時間在手的日本新一代國民作家，我個人帶著期待的想像，不會是另一個吉川英治或司馬遼太郎，而是另一位用影像書寫的美好國民作家山田洋次，前些時日台灣才默默上演過他的新片《黃昏親兵衛》，而他更代表性的當然是號稱電影史上最長系列電影的「寅次郎」，有四十幾部之多——流浪漢的寅次郎，家裡是柴又下町帝釋天廟前表參道旁的賣丸子店（其實是有名的高木家老鋪），而不事生產、低級趣味但溫暖而高貴的車寅次郎卻隨風流浪日本各地，擺地攤、談永遠不成的戀愛、欠旅館費和酒錢由故鄉他美麗聰明的妹妹車櫻負責償還。他的那頂帽子、爛格子西裝加那只破皮箱早已成為日本的文化獨特符號，幾乎每個日本重要女演員都演過這個系列電影，日本人還說，每年不看一部寅次郎電影，感覺這一年好像還沒過一般。

山田洋次是最日本的導演（除了早已故世的小津），但他的耿耿信念和文化教養卻是左翼的、平等大眾的，因此，他的日本性不閉鎖不狹隘不神經質到令人不舒服，他的群體感開闊無比，如寅次郎招呼鄰居印刷廠工人的口頭禪：「勞動者諸君」，在其間個人是自由的有尊嚴的，像電影中這位「風一樣的阿寅」。

可惜扮演寅次郎的渥美清過世了，已成絕響。

我會不會對宮部美幸賦予太不切實際的期盼呢？但我一直喜歡也一直記得她的一句話，這位深川庶民出身的女孩說：「對我來說，做一件工作，一定要流汗用力，才算是工作。」

但願如此。

一輛冒著火的車子，將生前做過惡事的亡靈載往地獄。

1

電車離開綾瀨車站時才開始下的雨。半是冰凍的寒雨，怪不得一早起來左膝蓋就疼得難受。

本間俊介走進前頭車廂中間靠門的位置，右手抓著扶手，左手撐著收起來的雨傘站著。尖銳的傘頭抵著地板，權充枴杖。然後眺望著車窗外。

平常日子的下午三點，常磐線的車廂內很空。想坐下的話，空位倒是很多。只有兩個穿制服的高中女生、一個抱著大皮包打瞌睡的中年婦女、一個年輕人站在距離駕駛室最近的門旁，兩隻耳朵裡塞著耳機，身體隨著耳機流瀉出來的音樂旋律擺動——車廂裡人數少到可以仔細觀察每一個人的表情。其實沒必要硬站著不坐。

實際上坐下來也會舒服許多。上午離開家門，紮實地接受了整套的物理治療，然後又繞到搜查課看看。一路上沒有叫計程車，完全是靠走路和搭電車，實在是很累了。整個背硬梆梆地，感覺像是架了片鐵板似的。

搜查課裡，同事們都出勤去了，只剩下組長一個人留守，看見他來就像是看見死人復活一樣，歡迎的態度顯得很誇張，但之後陷入沉默的氣氛則催促著他「早點回去」。自從去年底出院以來，今天是第二次到辦公室露面。想到不知是哪裡借來的膽鬧出上一次的騷動，現在的感受還是不太舒服。工作和公平的運動競技不同，因為犯規而下場時，並不是換了選手便了事，而是整個遊戲規則改了，再也找不到自己的位置了——應該不至於搞到這步田地吧。第一次覺得後悔，當初要是不停職就好了。

大概就是因為那樣子吧。明明又沒有人看著自己，卻為了那股又臭又硬的牛脾氣，堅持在這車廂裡站著不坐下。不對，就是因為都沒有人看著自己，因為不必擔心有人會上前安慰自己說，你這陣子也不好受吧。

想到這裡，腦海中猛然浮現一個回憶。那是一個過去在少年課時曾經輔導過的少女扒手慣竊，一個說話有語病、扒竊技術不錯的女孩。如果不是被同夥的人告密，應該也不會失風被逮捕吧。專門針對年輕人喜歡的高級名牌下手的她，卻從來沒有在外人面前穿上偷來的衣服，也沒有隨手拿了就賣掉變現。倒不是因為害怕露出馬腳，而是習慣躲在自己的房間裡，關上門鎖上鎖，不讓任何人看見，站在大片的穿衣鏡前，一件又一件換穿新衣自我展示。想著如何搭配，不只是服裝，連手錶、飾品等也在考慮之列，然後擺出時裝雜誌上的模特兒姿勢。她只是在穿衣鏡前自我陶醉。因為在那裡不必擔心有人會說她不適合穿那些衣服。至於出門到外面時，她總是穿著露出膝蓋的牛仔褲。

只有在沒有外人的時候，她才敢展現自我。感覺她應該是覺得自己哪裡不如人才會有那種舉動吧。不知道那女孩現在人在哪裡？這已經是將近二十年前的往事了。搞不好現在她已經為人母，有著跟她當年一樣年紀的女兒也說不定。她大概已經忘記了那個拚命對著沉默不語的她說教，言詞卻上句不接下句的菜鳥刑警吧？

本間陷入沉思之際，車外依然下著雨。看來雨勢不會更大了，但灑落在電車門上的偌大雨滴卻顯得十分冰冷。連車窗外奔流而過的街景，也像是縮著脖子躲在低垂的烏雲下受冷。

有趣的是，如果一旦下雪了，骯髒的街景一如蒙上一片白色的棉花，反而給人溫暖的感受。從前千鶴子曾經笑過他，會有這種感覺的，只有沒有見識過真正下雪恐怖的關東人才會有吧。可是那就是本間的感覺。直到現在，只要積雪到一定程度，他還是有那種感覺。

到達龜有車站時，上來了幾名乘客。四、五名結伴同行的中年婦女，擠在本間旁邊打算走過去。為了不與她們碰撞，本間稍微移動了一下身體的方向，這只不過是個小動作，用來代替枴杖的雨傘多受了點力，好讓左腳不必承受太多的體重，這同時，本間不自覺的哼了一聲。正在聊天的高中女學生們，偷偷瞄了他一眼。她們心中或許在想，那個歐吉桑，真是奇怪啊！

車子渡過中川時，可以看見左手邊三菱造紙工廠分別塗成紅白兩色的高聳煙囪冒出了筆直的白煙。煙囪吐露工廠的呼吸，隨著季節和氣溫的不同，也跟人的呼吸一樣有著顏色的變化。本間心想，搞不好這雨雪會變成飄雪也說不定。

在金町車站下車時，又是一番辛苦。身處這狀況他才深深覺得，大眾運輸機構不應該只是設計博愛座這種亡國的制度，而是應該做出給老年人、殘障者專用的車廂才對。這麼一來，上下車的時候可以不必擔心跟其他乘客碰撞，這種車廂的開關門速度也要慢一點才行，讓乘客不必慌張心急。

走下車站的階梯時，幾乎感覺像是受了一場嚴刑拷打，這就是過於逞強的報應。結果從車站到家裡這一段路，看來得搭計程車了。真是太可笑了，可是本間連自我嘲笑的心情都沒有。因為一分心，站在被雨水淋濕的站前廣場時，雨傘差點失手滑落了。

從計程車招呼站到他位於水元公園南側的國民住宅的家，大約五分鐘車程。經過引水道旁的釣魚池時，不經意看見居然還有人在這麼冷的天，穿著防寒衣物和背心撐著釣竿垂釣，猛然間不禁感覺自己變得很老了。

搭電梯來到三樓的共用走廊時，立即看見東側的家門打開著，小智就站在門邊。大概他在上面早瞧見了計程車抵達。

「怎麼這麼慢？」小智邊說邊向前靠近。

小智想伸出手來幫忙，本間卻開口說，「沒事的。」兒子才十歲，要靠他攙扶著走路他還嫌太小，不小心摔倒了，恐怕兩人都會受傷。但是小智還是張開雙手，擺出一副爸爸跌倒了他立刻能接住的姿勢，慢慢地在跟在一旁守護著。

接著是井坂恆男代替小智幫他抵住了門。想到所有人都跑出來迎接他，本間不禁苦笑。

「累了吧？」井坂說：「突然下起了雨，正擔心著你。怎麼也不撐個傘呢？」

「因為傘破了洞嘛。」本間一邊用傘尖頂地走進家門，一邊回答。

「破傘，所以只能拿來代替枴杖用。」

「哈哈！」

頭髮花白、身材矮胖，穿起圍裙還頗合適的井坂伸出了肩膀借他一用。

「買把枴杖又太浪費，馬上就用不到了。」

「說的也是。」

三房兩廳，都是男人住的屋子裡飄著一股不太搭調的甜味。大概是井坂做了甜酒吧。去換衣服之前，本間雙手撐在牆壁上，安心地呼了一口氣後，回頭問小智，「家裡有沒有什麼事？」

這是他們家裡常見的對話。從一結婚起，每次從外面打電話回家或是因為值夜班、連續好幾個晚上深夜才回家，好不容易跟千鶴子見上面時他總是會這麼問。三年前千鶴子過世了，家裡只剩他和小智兩人，所以現在換成他對小智問同樣的話了。意思是，今天家裡有沒有什麼特殊狀況？

回答總是千篇一律，沒什麼呀。不過今天卻不一樣。

「有呀。」

聽到回答，本間反射性地看著井坂而不是小孩的臉，但回答的依然是小智，「今天有人打電話來，是栗坂哥哥。」

栗坂哥哥？本間一時之間不知道小智說的是誰，小智也明白這情況，於是補充說明，「就是在銀行上班的那個人呀。」

栗坂家是亡妻千鶴子那邊的親戚。努力將人名和長相連在一起，本間好不容易才想到，「我想起來了，是和也嗎？」

「沒錯，就是長得很高的那個人呀。」

「你的記性真好，光聽聲音就立刻知道是誰了嗎？」

小智搖搖頭說：「我一邊假裝知道一邊趕緊想是誰。」

井坂聽了大笑。

「電話是什麼時候打來的？」

「一個小時前。」

「他有說什麼事嗎？」

「他說不能對我說，還問說爸爸晚上在不在家。說是有重要的事，晚上會來。」

「今天晚上嗎？」

「嗯。」

「會是什麼事呢？」

井坂在一旁側著頭說：「我雖然沒有親耳聽見對方說什麼，但感覺好像有什麼急事。」

小智聽了點頭說：「電話說到一半時，大概是電話卡用完了，電話斷了。後來又再打來一次，說話的速度很快。」

「嗯……這倒是奇怪了。不過也沒辦法，既然說要來，我們就等他來了再說囉。」

換好衣服回到廚房時，正好看見小智捧著餐盤，上面有兩個冒著熱氣的杯子，小心翼翼地移動著腳步。他看見本間，不等問話便先回答說：「我要去小勝家。」

本間心想沒關係，但還是問了一聲，「那孩子也喝甜酒嗎？」

「他說他沒喝過。」

小勝是住在五樓的同班同學。父母都忙於工作，經常得一個人看家。

「不要灑在電梯間裡，不好清理的。」

「我知道。」

因為小智不在家了，拉著椅子坐下時，本間可以毫無顧忌地皺著眉頭。井坂在他面前放下一個杯子，關心的說：「你不要太勉強自己了。」

「都怪物理治療師老是勉強我做困難的動作。」

「有那麼嚴格嗎？」

「或許該稱呼他們是專業的虐待狂。」

井坂的一張圓臉也笑開了，「你就當做凡事都得學個經驗吧。」

井坂的笑臉映照在擦得乾淨明亮的餐桌上。他是居家型的男人，不管是餐桌上留下餐具的一絲痕跡啦、或是染上了潑灑出的咖啡污漬啦，都會讓他覺得這是一種褻瀆。

「我準備了三人份的晚餐。」井坂說，他厚實的手掌包裹著茶杯。

「真是不好意思，讓你麻煩了。」

「哪裡，準備兩人份和三人份根本沒什麼差別。倒是栗坂先生，你說是和也嗎，他是你們家親戚吧？」

「該怎麼稱呼才好呢，他是我太太堂哥的小孩。」

「難怪小智會叫他『哥哥』了。」

「因為這樣省得麻煩嘛。本來我們之間就不是往來得很密切。」

究竟有什麼重要的事非得親自上門來呢？

「我和他也好幾年沒見過面了。」

「嫂子葬禮時也沒有來嗎？」

「嗯，當時是沒有出席。他們家和千鶴子應該很親近的才對。」

本間轉頭看著放在客廳隔壁三坪大和室裡的小型佛龕。當他看著佛龕時，總覺得佛龕上千鶴子的黑框照片也回看著他。這當然是他的心理作用，但遺照中的千鶴子看起來的確也像是側著頭思忖，究竟是什麼事呢？

「哎呀，下起雪來了。」井坂看著窗外低喃說。

2

栗坂和也到的時候已經是當天晚上快九點了。

雪一直下著。馬路和平坦的屋頂上已經積了五公分厚的雪。暮色低垂的時候吹起北風，隔著窗戶玻璃可以看見被隔絕在外的寒氣中飄著無數的白色斜線。

晚上六點過後，本間就開始猜想和也今晚是不會來的。在那之後既沒有電話聯絡，根據電視新聞跟遲到的晚報社會版報導，交通運輸恐怕會受到大雪的影響。當看見七點的ＮＨＫ新聞報導外圍的山手線和中央線、總武線都停擺了，本間心想他應該是沒辦法來了。

和也的家在西船橋。很久以前曾經去過一次，記憶十分模糊了，印象中從車站還得搭二十分鐘以上的公車才能到。在這種天氣，又是晚上，還要繞遠路到位於靠近埼玉縣的葛飾區這附近，然後再搭車回家，光想都覺得很辛苦。就算是好天氣，光是轉乘和等車，少不得都要花上一個半小時。

不過反過來說，如果和也今晚不辭辛勞的前來拜訪，不就證明了他所謂的「急事」的確是非同小可。

一種不好的預感油然而起——和小智吃完父子兩人的晚餐，剛想到這裡，門鈴便響了。

和也的臉龐比記憶中要瘦許多。

冬天時，人會顯得矮小些。因為天氣冷到連脖子都縮了起來的緣故。但是臉是不會改變的。和也的臉頰憔悴消瘦應該不是因為下雪和寒冷所致。

（這下問題可大了……）

看來不好的預感成真了。

一聽到和也表示「晚飯已經用過了」，小智便幫本間與和也沖了咖啡，自己則趕緊去洗澡。未經許可不准加入大人的談話，這是本間家的規矩，小智早就銘記在心。加上跟和也的關係也不是很親密，現在只是因為方便而稱呼對方「哥哥」，小智二十歲以後，還會不會這麼叫人就很難說了。

面對面站在狹小的客廳時，本間不得不驚訝於青年身材的高大。本間也屬於身材魁梧的人，但是和也比他還要高上半個頭。

「幾歲了呢？」看著脫下外套，準備坐下的對方，本間劈頭就問這個問題。

「二十九了。」青年微笑回答，「大概和本間先生有七年沒見了。自從上次收到千鶴子阿姨送來祝賀我就職的禮物之後就沒再見過了。」

是嗎，有這回事嗎？本間茫然地想起，當時千鶴子還在煩惱要送給銀行上班的人什麼禮物好呢，聽到本間說送紅包不就好了，還笑罵他無趣。

「現在還在神田分行服務嗎？」

和也任職的銀行名字倒是記不得了，是第一勸業銀行還是三和銀行呢？不過印象中剛開始被分配到的單位應該是神田分行沒錯吧。

「早就調過單位了。神田、押上，現在是在四谷分行。大概今年又要異動了吧。」

「真是辛苦了。」

「沒辦法，金融機構就是這樣，早就有心理準備了。我本來就不討厭在外面跑業務，覺得這工作很適合自己，所以就不覺得苦了。」

跑業務——就是要拜訪客戶的意思吧？本間一副明白的神色點頭稱是，還是找不到機會問是在哪家銀行工作。

「本間先生您不也是會經常調動單位的嗎？啊，糟了。」說時，青年端正的臉蒙上一陣陰影。本間心想，好戲準備正式揭幕了吧。

「我還沒向您表達悼念之意呢。」

已經過了三年，果然是「還沒」致意。

和也低著頭凝視著胸口那條看起來像是手工織成的進口領帶附近，低聲表示，「千鶴子阿姨真是太遺憾了。我沒辦法參加她的守靈和葬禮，實在是很對不起。」

「沒辦法呀，畢竟也不是什麼喜事。如果是喜事的話，就希望大家都能來。」

「阿姨一向都很小心駕駛，沒想到會遇上這種事。」

「馬路上總是有別人。就算我們什麼都沒做，也是可能會被撞上的。」

和也一臉難為情的表情趕緊站起身說：「對了，可否讓我先上個香？這是應該先做的事才對。」

可是一旦在佛龕前合十參拜後，他便不再提起車禍的事。是因為顧慮到本間的心情還是擔心自己的問題，雖不可知，但對本間而言這樣反而較好。

「今天來是？」看見和也在椅子上坐好後，本間開門見山問，「說有要事找我，是什麼事呢？這種天還專程跑來，想來應該不是普通小事。我想還是快點說出來比較好吧。」

和也的視線又低垂了，嘴角抖動了一下子。看起來就像是硬生生吞回說到一半的話語，那話語像是生物一樣，只留下一根尾巴在嘴邊跳動。

好不容易，低著頭的他說話了，「我一直沒辦法下決心，才會拖到今天才來。」

本間沉默地攪動咖啡。從浴室那邊傳來小智正在聽的防水收音機聲音。這孩子洗澡還要聽音樂的習慣，到底是什麼時候開始的？

之後和也便不再說話。總不能兩人之間永遠陷入沉默，於是本間開口問說：「你說的決心，是下決心來找我嗎？」

和也點點頭，總算抬起了頭來。

「我擔心是會是很唐突失禮的拜託，所以猶豫不決。只是本間先生是這方面的專家，平常工作很忙大概沒空，剛好聽我媽說您現在停職當中……」

本間不禁皺起了眉頭。想要拜託停職中的刑警（因為是那方面的專家）幫忙，可想而知都是些什麼事情了。

「是跟黑道搞上了，還是朋友交給你保管的東西是贓物呢？還是說發現自己遺失的車子被換了車牌變賣呢？你說的是這類的事嗎？」

「不，不是。」否定的回答立刻冒了出來。

「那是怎麼一回事呢？」

和也吞了一下口水，回答說，「我訂婚了。」

因為對方的表情太過認真，本間不敢笑出來。

「那該恭喜你囉。」

「可是一點都不值得恭喜。」和也表情嚴肅地繼續說下去，「因為我的未婚妻不見了。所以我希望找到她。我想找人也是本間先生的工作之一吧？您知道怎麼找起，比起我一個人手足無措地亂找，本間先生應該很快能找到她。所以我來拜託您，幫我找到她。」

看著和也雙手趴在桌子上，幾乎是哀求的姿勢，本間一時之間說不出話來。他眨眨眼睛，視線移向窗外。大雪依然下著。

「我不知道前後發生了什麼狀況……」他才說到這裡，和也便猛然冒出話來，「我會好好說明的。」

本間舉起一隻手制止說：「等一下，先聽我把話說完。」

「是。」

和也重新坐好，態度依然十分嚴肅認真。

「你的未婚妻不見了，換句話說失蹤了？」

「是的。」

「而你希望把她找出來。」

「沒錯。」

「就算是我，也不能隨隨便便答應你這種事。這一點你應該也很清楚才對？」

和也本來還想說些什麼，但停住了，只是緊閉著嘴點了點頭。

「所以你先把事情經過跟我說明清楚好嗎？我並不是答應你幫忙找人，而是覺得這件事非比尋常，不能夠漠不關心。這樣你懂嗎？」

看起來和也應該也想找個人傾訴一下吧，毫不遲疑地便點頭答應，「好。」

「那麼在說之前，不好意思，可否打開那個小抽屜拿出紙和筆給我，沒錯……就是那個，謝謝。」

先借用一下小智的計算紙當作筆記。原子筆上印有文具店的名字。

「那麼……該從哪裡說起才好呢？」

好笑的是，一旦對方準備要聽，反而不知如何說起。和也顯得難以開口。

「那就由我來發問好了，她叫什麼名字？」

和也安心地鬆了一口氣回答，「關根彰子。」

本間遞出原子筆，請他寫下漢字。

「年齡？」

「今年二十八歲。」

「你們是因同事關係而戀愛的嗎？」

「不是，她是我客戶的員工，不對，應該說之前是。因為失蹤後，公司也辭職了。」

「什麼樣的公司？」

「叫做今井事務機公司，是批發收銀機的公司。最近也開始提供辦公室機械用品的租賃服務。他們公司只有兩名員工，是個小公司。」

「她曾經是那裡的員工囉。你們什麼時候認識的？」

一開始，和也思索了一下。

「嗯……我們是前年，所以是平成二年吧。十月份左右，不對，應該是九月的連續假日之前，那是我們第一次的約會。」

本間在手上的紙上記著，「一九九〇年九月」。自從改了年號之後，他便試著學習改用西曆。

現在是一九九二年一月二十日，所以已經認識一年又四個月了。不過像這樣子就訂婚了，應該不算太快吧，還算是標準的交往期間。

「你們訂婚了？」

「是的，在去年聖誕夜。」

和也不禁露出了微笑，畢竟那是個浪漫的舉動。

「你們有過正式的納聘儀式嗎？」

和也結巴地表示，「沒……沒有。這是我們兩人之間的約定，不過我們交換了戒指。」

本間抓著筆，只是移動視線看著和也。

「因為父母的反對嗎？」

和也遲緩地點點頭。

「是你的父母還是對方呢？」

「是我父母。因為彰子幾乎是孤家寡人一個。」

「原來如此……」

才二十八歲的年紀，倒是少見。

「本來她是個獨生女。小學的時候父親過世了，好像是因為生病。大概是因為回憶起來太難過，她沒有跟我說明過詳情。兩年前她的母親也過世了。」

「也是生病的關係嗎？」

「不，是因為發生意外。」

本間在關根彰子的名字下寫著：父母雙亡。

「那她是一個人生活囉？」

「是的。住在杉並區方南町的公寓裡。」

「她的故鄉在哪裡？你問過她嗎？」

「有，她說是宇都宮市。只是剛剛也說過了，因為父親很早過世，從小很貧困，又被親戚冷淡對待，似乎沒留下什麼好的回憶。她說過再也不想回去，也幾乎從來不提故鄉的事。」

「那她和親戚之間有任何往來嗎？」

「幾乎沒有。彰子完全是孤苦無依的一個人。」

提到對方孤苦無依一個人時，直呼其名的「彰子」二字聽起來分外大聲，彷彿是在強調自己是她唯一的親人一樣。

「你知道她過去的經歷嗎？」

和也的表情又變得很沒有自信。「我只知道她從宇都宮的高中畢業後便直接到東京來了……」接著又強詞奪理地分辯說：「可是和女生交往，哪有空問那麼多對方的學歷或工作經驗的嘛。」

「是嗎？」本間一臉嚴肅地反問：「要是說完全都沒想到過，我反而覺得像是在說謊。」

他慢慢地想起來了。以前曾經聽千鶴子說過，和也的爸爸也就是她的堂哥，他們一家人在親戚之間很自以為是，以在乎學歷、職業而聞名。千鶴子和本間要結婚時，還被他們批評說是，雖然說是警官，如果不是好單位，恐怕也沒什麼未來可言！

聽說她堂哥本人從名門大學畢業後就進入一流企業工作，在上司的撮合下和有生意往來公司的高級主管的千金結婚，總之從頭到尾就是令人看不慣的那種人。他的太太想來也是和丈夫有著同樣人生觀的女性吧。

和也是那種父母的小孩，照理說應該也受到了影響才對。

本間眼睛盯著和也看時，和也感覺不太自在地避開了視線，伸手端起了咖啡杯。咖啡已經涼掉了，表面浮著一層牛奶的薄膜。

「我和我爸媽的想法不一樣。」

放下杯子後，和也語氣有些憤怒地表明說，「只要是好女孩，能和我一起生活的話，我覺得學歷呀、工作什麼的這些都很無聊，根本沒有意義。」

「一點也不無聊的。」本間冷靜地說話。

「這麼說的話，的確是我言重了。但是就別的意義來說，那是錯誤的。」

小智大概是洗完澡了，已聽不見收音機的音樂聲。安靜的客廳裡，本間的聲音顯得分外響亮。

「這麼說來，就你父母的想法而言，彰子小姐不是合適的對象囉。」

「你說的沒錯。」

「有沒有讓他們見過面？」

「只有一次，是在去年的秋天。」

「感覺怎麼樣？」

「我覺得束埔寨和平會議的氣氛還比較好一點呢。」

本間笑了。和也依然氣憤地繼續說明，「所以我自行決定跟彰子訂婚，也打算不顧一切地結婚。反正沒有必要拘泥於外在的儀式，最近有很多人也都是這樣子的。」

「這樣對你的上司來說不太好吧？」

這時和也頭一次笑了，感覺笑得很自傲。

「因為這種事讓上司對我的印象不好，我還不至於那麼沒用。」

實際上他應該是個反應很快、行動力也不錯的青年吧。從他的外觀舉止就能觀察得出來。本間做了二十幾年與人相處的工作，這點看人的本事還是有的。就像是刀具店老闆，不用試也能分辨刀子的好壞一樣。

能讓這個青年這般著迷，關根彰子應該是個很有魅力的女性，頭腦肯定也不錯。那麼年輕就成為天涯孤女，卻沒有誤入風塵，而是選擇平淡、樸實的生活自給自足，可見得個性很有毅力。

可是——

「結果她還是沒辦法忍受跟你父母之間的摩擦吧，所以決定讓自己消失。」

如果用以前的說法形容，就是選擇「退出」。本間本來要這麼說的，但還是閉上了嘴巴。

和也的眼光霎時暗沉了起來。人說眼睛是靈魂之窗，有時就像是電燈泡不亮的地窖一樣，看起來是一片深沉的漆黑。

「你知道她失蹤的理由嗎？」

和也沉默了好一陣子都不說話。因為肩膀上搭著浴巾的小智探頭出來看，本間使眼色叫他不要出來。小智點點頭便縮了回去。

「我很確定……她失蹤的理由絕對跟『茶花女』的女主角不一樣。」好不容易說出這句話，和也正視著本間的臉。

「那你是知道明確的理由囉？她有寫信給你嗎？」

和也搖搖頭說：「她什麼都沒留下給我。我只是靠推測的，但也不夠完全。」

「究竟是怎麼回事？」

嘆了口氣後，和也以說明的語氣開始回答，「新年假期時，我們兩人去買東西。因為我可以住進公司的宿舍，決定把那裡當做我們的新房，所以一起去買些家具、窗簾。」

「原來如此。」

「買了許多東西後，順便也去看了衣服。她買了一件毛衣，結果要付錢時，才發現沒有什麼現金了。」

大概很難過，和也停頓了一下，抬頭看著天花板。

「結果錢是我付的。我本來就打算買給她，所以一點也不在意。當時我第一次聽彰子說她沒有任何信用卡，覺得很吃驚。我們銀行底下有信用卡公司，員工也有信用卡申辦配額，只是我不喜歡公私不分，所以不僅是女朋友，連親近的朋友我都沒有拜託他們辦我們的信用卡。」

這樣子還能被上司認同是有能力的業務人員，可見得他相當會要求朋友親戚以外的客人配合吧。一想到這裡，本間在內心裡不禁苦笑了一下。

「那一天我們便商量了一下。為了準備今後的結婚，還必須買很多東西，但是不見得每次我都能陪她一起去買。這時如果讓彰子一個人帶著現金出去是很危險的，所以趁此機會就辦張信用卡吧。到時候結了婚，只要提出姓名變更的申請就好了，現在彰子的帳戶就當作生活費的帳戶使用。我也需要有一個自己可以隨意使用的帳戶。」

原來這就是當下年輕夫婦的想法呀。和也就算是有了家庭，也不打算放棄掌控家庭財政的大權。

「聽我這麼說，彰子也答應了。於是隔天我們見面時，就交給她我們信用卡公司的申請表格，當場要她填好，並帶回分行處理。」

和也將申請表格交給了負責人員，請負責人員送交給同一銀行旗下的信用卡公司受理。

「通常核一張卡需要一個月左右的時間。不過因為我有認識信用卡公司裡面的人——您可能也很清楚，銀行有很多退休的管理階層，也就是所謂的窗邊族，或是因為各種因素而外派到旗下的信用卡公司任職。其中一位外派的員工叫做田中，正好跟我是同期的。」

和也皺著眉，語氣有些辯解的意味，「田中其實很優秀，只是生了點病。大概就是因為頭腦太好了，於是精神狀況出了點問題。所以暫時被外派到信用卡公司。」

本間點點頭問說：「他怎麼樣了？」

「我拜託田中早點將彰子的卡片核出來，田中也答應了。可是上星期一他卻打電話來……」

星期一，就是十三號囉。本間用眼角偷偷瞄了一下月曆確認。

「他抱歉的說，不好意思，彰子的卡核不出來。」

和也的嘴角又開始抖動了。

「不只是這樣，他還說，栗坂你要跟她結婚的話，最好再等一下，等調查清楚再說。」

「理由是什麼？」

深深吐了一口氣後，和也像是鼓勵自己一樣，肩膀上下動了一下後回答，「因為關根彰子的名字上了銀行體系和信用卡公司體系共用的資訊機關黑名單。」

申請信用卡或分期付款購物時，每個人都會被信用資訊機構確認身分，看看過去是否有過滯繳或未繳費、就算有也不是很嚴重的情況發生過。這一點本間倒是知道的，不過他納悶的是——

「銀行體系和信用卡公司體系——不是同一個機關嗎？」

「是的，其實不同，分為銀行體系、信用卡公司體系和個人融資體系。而且東京和大阪的組織也不同。不過彼此都有資訊的交流。所以只要用過信用卡或貸款的客人，就算是一次的紀錄也能查得出該客人的繳費狀況。」

所以才能夠當作身分擔保囉。

「被列入黑名單就表示被認為是『繳費狀況不良，需要被注意的人物』。」

「於是就不能辦信用卡，也不能跟銀行貸款了嗎？」

「是呀，我當然大吃一驚。因為彰子說她以前沒有申請過信用卡，像她這種人怎麼可能會被列入黑名單呢？」

「會不會是弄錯人了？」

「我一開始也是這麼想，但可能說話的口氣不太好，惹得田中也不高興，他一副吵架回嘴的語氣說，我才不會出這種錯呢！」

因為太過興奮，和也有些喘不過氣來。

「他說了，不可能弄錯人。他還說，在回報給你知道之前，我還仔細確認過有沒有弄錯。」

最後田中要他去跟本人確認，和也聽了臉色發青。

「可是我也認為一定是弄錯人了。登錄在信用資訊機構的資料，不就只是些姓名、出生年月日、職業和住址之類的嗎？又沒有登錄戶籍所在地，一旦搬家了，住址便靠不住了。就算是職業，也可能因轉業而改變。光是姓名和出生年月日的話，就難免會出現偶然相同的情況。」

這倒是真的。事實上，本間的同事就曾經接過毫無關係的信用卡公司打電話過來確認貸款的個人資料，他的同事大吃一驚趕緊調查，才知道竟是姓名一樣、電話號碼類似的烏龍事件。換言之，根本就是件同名不同人，連電話號碼也只是區域號碼不同的巧合。

「這點我懂。然後呢？」

「我沒有讓彰子知道這件不愉快的事，因為根本就是行政作業上的疏失嘛。於是我又打電話給田中，跟他道歉並拜託他再仔細調查一下。看看資訊是來自哪裡？有什麼證據？我想只要查出這些，就能知道問題出在哪裡。」

本間稍微皺了眉頭。

「有那麼簡單嗎？」

「可以的。不……」和也話說到一半，「其實沒辦法立刻做到。對於這種疏失要提出申訴時，必須要本人才行。也就是說，必須要彰子去要求信用資訊機構公開登錄的資訊；在這種情形下，為了確認本人身分，還必須經過許多繁瑣的程序。」

「你是說因為事出緊急，這些手續都免了嗎？」

和也聳聳肩說：「因為我以為我有權利代替彰子出面提出申訴，而且以田中的立場應該也能立刻獲得這些資訊。」

但看來實際調查的結果跟預想的有很大的出入。和也臉頰的線條緊張，繼續說明下去，「實際上並沒有花太多的工夫。田中表示有事實的根據，堅持自己沒有認錯人，他手上有證據。」

「什麼證據？」

和也從西裝內袋掏出一張紙，看起來像是感熱紙一樣的東西。

「這本來是郵寄給一家大型信用卡公司——我不能說出名字——顧客管理部長的信件。田中經由信用資訊中心取得這封信，然後傳真給我的。」

本間接過那張紙。

那是B4大小的紙張，以文字處理機打出直式書信。

敬啟者

敝人身為東京都墨田區江東橋4—2—2城堡公寓錦系町四〇五室　關根彰子委任之代理人寄出此信。

關根女士於昭和五十八年（一九八三）取得信用卡，之後於日常購物、現金融資等之利用，因缺乏計劃性與對利率的無知，從昭和五十九年（一九八四）夏天起逐漸出現每月清償費用滯繳的情況。為解決此一情況，該女士擬增加收入而開始兼職，結果身體健康反而因此受損，為了因應當下的生活費用而不得不增加借貸。又為了籌措每月清償費用而向地下錢莊借貸，以債養債的結果，目前擁有債權人三十名，負債總額約一千萬元。關根女士名下無任何資產，不得已乃於今日向東京地方法院申告破產。

是以煩請各債權人體察關根女士的窘境，協助其破產手續之進行。此外，一部分之融資業者，至今仍以激烈手段催討債務；如今後仍繼續該種行為者，將立即訴諸民事刑事等法律手段處理之，敬請理解。

昭和六十二年（一九八七）五月二十五日

東京都中央區銀座9—2—6

三和大樓八樓　溝口、高田法律事務所

關根彰子代理人

律師　溝口悟郎　印

本間抬起眼睛看著和也的臉。

「她宣告個人破產了。」和也說。

「看過這個，你後來怎麼做呢？」

和也幽幽地回答，「我去問了彰子。」

「她承認了嗎？」

「是的。」

「什麼時候的事？」

「十五號那天。」

「這時候你還覺得有弄錯人的可能性嗎？」

「我還是覺得弄錯了人，不，應該說我希望是。」和也痛苦地搖搖頭說：「所以我也給彰子看了這信。」

本間的視線再一次落在書信上面。

「於是乎她人就這樣子消失了嗎？」

和也點點頭。

「你給她看信的時候，她沒有否認嗎？」

「她只是臉色一下子發青了而已。」

不只是嘴角，和也說話的聲音也開始抖動。

「可不可以幫我找她出來呢？」和也小聲說：「我只能拜託本間先生了。如果去找徵信社的話，很可能會被父母發現，因為我現在還跟他們住在一起。而且萬一電話打到辦公室裡也不太好。」

「徵信社嗎……」

所以是親戚就可以嗎？而且是停職中閒得發慌的刑警。

「我和彰子談過。給她看這封信時，她表示有很多因素造成這種狀況，但現在無法明說，必須給她一些時間。我也答應了。因為我相信彰子。可是隔天她人便消失了。人不在公寓裡，也沒有去公司上班。」

每說一句話就搖一次頭，和也說話的樣子彷彿關根彰子就在他眼前一樣，他很努力的對她傾訴衷情。

「沒有辯解、連吵架也沒有。這太過分了，我希望她親口對我說明整個事情經過。我希望跟她談，我並不是要責怪她，我真的只是這樣子希望。可是我的力量不夠，不能幫她什麼。彰子沒有留下通訊簿之類的東西，我也幾乎不知道她的交友狀況，根本無處找起。可是本間先生應該有辦法吧？拜託您，幫我找出彰子。」

一口氣吐露出感情，將該說的話都說完之後的和也，像是發條玩具車一樣，車身倒了，車輪因為慣性原理還在繼續不停地轉動，他的下巴依然顫動著。上顎和下顎碰觸的時候發出聲響，聽起來像是牙齒打顫的聲音。

本間一言不發地凝視著他，腦子裡兩個不同方向的念頭在掙扎著。這兩種念頭並非激烈的交戰，而是彼此顧忌對方如何出招而靜觀以待。

一個是單純的好奇心，或許也可以說是他的職業病。

年輕女性的失蹤，這件事本身並不稀奇。就像是馬路邊的垃圾桶蓋失竊一樣，經常有女性消失的情況發生。但是年輕女性的單獨失蹤跟「個人破產」扯上關係，倒是少有聽聞。一家人半夜跑路的情形可以想見，一個女人，不是為了躲男人，而是為了躲債而逃就很稀奇了。

不對，本間重新思考。因為關根彰子是宣告個人破產，並不表示她的債務從此消失。還是說，即便是破產了，欠的債還是留存在那裡呢？

另一個念頭則是隱藏在好奇心下面，一種痛苦的不愉快感。千鶴子生前十分疼愛和也，可是他卻以工作忙為理由，連葬禮沒有出席。三年來一次也沒有聯絡過或打電話弔唁慰問。結果竟然為了自己的需求，不顧颳風下雪的日子趕來家裡，實在是太過分的傢伙了！

由於本間的沉默不語，和也只敢偷偷抬起眼睛觀察。大概是意識到自己的立場和本間目前所處的狀況，他終於能設身處地以戒慎恐懼的語氣詢問說：「本間先生，我知道您身體的狀況不太好，無法到處活動……」

「哪裡……」本間盡可能客氣簡短的回應。和也則是難為情地低著頭。

「聽我媽說，您是受到槍傷……」

「你媽倒是知道的不少嘛。」

事件本身並不很大，連報紙上也沒有報導太多。那是專門以搶劫深夜營業的咖啡店、酒店為目標的下三濫強盜——雖然使用刀子威脅，實際上卻沒有傷過人——而且他只有一個人。可是這種膽小的強盜為了保護自己，還是偷偷地在懷裡藏了一把粗製濫造的改造手槍。

結果這個強盜對著逮捕自己的兩名刑警之一開槍了。事後本人表示，「我沒有意思要開槍，而是一不小心扣了扳機。看見子彈真的飛出去，自己也嚇了一跳。因為太過驚嚇，不知不覺又開了一槍，」總之是個烏龍事件。因為搶匪不小心扣扳機而被子彈擊中膝蓋的刑警本間也覺得的確是件烏龍事件。但是事後聽說這個膽小的強盜連續開兩槍後，他的改造手槍就跟主人一樣地烏龍，居然爆炸了，把他的右手指頭也給炸掉了，本間看著自己裹著石膏的左腳，擔心是否會有後遺症的同時，不禁覺得好笑了起來。坦白說，在復原期間接受比現在還要痛苦的復健醫療時，不知道後悔過多少次，早知道那時就應該用力捧腹大笑才對。

和也咬著嘴唇。

「對不起，我只顧著自己的情況，沒有考慮到您的傷勢。我……」

本間依然沉默地看著結巴的和也，但同時也發現自己有些過於興奮。

之所以毅然決然決定停職，一如和也所說的，是因為想到現在自己的狀況反而會給同事們帶來工作上的負擔。既然無法全力工作，一開始就不要被當作一份人力計算進去比較好。不想成為艱困的雪山登山隊裡的受傷者，這是他和週遭的人都很清楚的共識。

然而今天在回家的電車上所感受到的焦躁和不安，是無法以上述的理由解釋得過的。那是上述理由之外的反應。

「或許能幫你一些忙……」內心還沒下定決心，但發覺時嘴裡已說出這些話。和也趕緊抬起頭來。

「只是如果你期望太高，對我也是困擾。我並不是答應幫你將她找出來。因為不知道的事情還很多，總之先看看在這種情況下能做些什麼，我們試試看。這樣你能接受嗎？」

和也緊張的臉頰稍微和緩了一些。

「這樣就夠了，拜託您。」

3

本間向栗坂和也表示，沒有等到天氣恢復、積雪融化、道路狀況較好時，他無法行動。和也答應了。所以今天早上醒來時，心想雪可能還在下，就算停了，天氣狀況仍然不好，所以追蹤關根彰子下落的事應該會再延一天吧。

沒想到大雪在半夜便停了，早上看見的是令人吃驚的大晴天。從家裡的窗戶向外看，馬路上的積雪都已經清除乾淨，濕潤的柏油路在陽光下閃閃發亮，而且眼見著路面即將就要曬乾了。家家戶戶屋頂和屋簷上垂掛凝固的雪柱也逐漸溶化成水滴落下。

吃過早飯的小智，抓著書包往大門的方向移動，走到一半時回頭問說：「爸爸，今天要出去嗎？」

本間將眼睛從報紙中抬起來，簡單回答一聲。「嗯。」

「栗坂哥哥來拜託你什麼事嗎？」

「是呀。」

「你什麼時候回家呢？」

「這個嘛……還不知道，看出去的情況才知道。」

小智站在走廊中間面對著這裡，臉正好迎向東邊的窗戶。但是他皺著眉頭似乎並不只是因為炫目刺眼的朝陽的關係。

「不會有事吧？」

「我會小心行動，不會有事的。」

「栗坂哥哥來拜託你什麼事呢？」

本間看了一眼電視畫面上顯示的時間說：「你要遲到了。」

小智不甘願地背起了書包。

「結果爸爸根本就是不能好好待在家裡的人嘛！」小智一臉的無奈。

「我又不是一個人出去對付整個暴力組織。」

「這次如果跌倒摔斷了腿，我才不管你呢。」

「你才要路上小心點呀。」

「謝謝你的雞婆，我出門了。出門小心喲。」說完又加了一句，「後面的那句出門小心，等爸爸出門時再重複放一次來聽。」

本間笑說：「好，我知道了。」

看著小智生氣地上學，心中著實覺得過意不去。但是天氣既然已經放晴，就沒辦法了，畢竟答應人家的事就要照辦。

小智出門後，本間立刻從椅子上站起來，來到窗邊向下看。這個社區的小學生們各自以樓層為單位結隊往位於南側的學校方向邁進。不久便看見包含小智在內的七人小隊穿過樹叢走向社區裡的人行道。

半路上遇見被鏟子堆成小山的骯髒積雪，孩子們伸手去摸。

「好硬呀。」

「濕答答的。」

「好髒喲。」

彼此發出被積雪給出賣的不平呼聲。的確，對小孩子而言，傍晚開始下起的大雪到午夜才停，清晨開始溶化的積雪，是絕對不能放過的新鮮玩意。就像是撩撥人心的說謊女子一樣，正準備大玩一場卻無法如願。

為了避開擁擠的通勤時間，他一直在家裡閒晃到十點，這之間仔細查看過目的地的地圖，以減少不必要的移動。

另外也查了一下「個人破產」的正確意義，看有沒有線索可循。國語辭典上沒有該詞的說明。接著翻閱家裡有的現代用語辭典，原本不太抱什麼期望的，沒想到居然有說明的文字。

《個人破產》法院所主持，將債務人所有財產公平分配給債權人的制度是為「破產」。債務人完成破產手續後，即可因「免責」而從債務中解脫。其中有所謂債務人本人提出申請的「個人破產」。近年來為了解決因信用卡的濫用、個人融資等多重債務人的困境，申請的件數有增加的趨勢。這種個人破產者，相對於一般的企業破產，又稱之為「消費者破產」。破產者因為破產而受到某些資格的限制，但可因免責而「復權」。此外其破產事實並未登記在戶籍上，故其選舉權、被選舉權等公民權不會因此而被褫奪。

老實說，對於最後幾行的說明，本間有些驚訝。

過去對這種事的態度是很漠然的，以為一旦想要破產的話，該事實將跟隨著自己走過一生。像本間這種工作性質是調查別人隱私的人都有如此想法，更遑論一般人更是有這種根深蒂固的觀念。所以這種用語辭典才會特別加上一句說明，表示沒有這種事的。

（也就是說，想要隱瞞破產事實是很容易的，不，甚至不必刻意的隱瞞，只要閉嘴不說出來就沒事了。）

比方說，關根彰子只要不申請新的信用卡，過去破產的事實也不會敗露出來。就像之前她不是都說自己從來沒有申請過信用卡嗎——

還是說，在和也勸她辦新卡時，她以為破產已經過了五年，應該沒事了，結果期待落空了。

本間將厚重的辭典放回書架，開始作出門的準備。一早出門就——他有一種老百姓的罪惡感，但還是打電話叫了輛計程車載他到車站去。

他有提到屆時會申報費用，和也無條件地答應了。就常識而言，這也是應該的，即便是親戚之間也應該事先說明清楚才對。反正只要確實能拿到收據，本間打算這一陣子好好利用計程車行動。

放下話筒後，本間抽了一根香菸，並在煙灰缸裡放了點水才出門。將家裡的鑰匙寄放在一樓的井坂家，打過一聲招呼後走出去。

跟昨天一樣，他用收起來的雨傘代替枴杖撐著走路。並試著用傘尖碰觸路上所看見的每一處雪堆。陽光曬過的雪堆顯得「濕答答的」，陰影下的雪堆則「好硬」，所有的雪堆看起來都「好髒」。日曬下的雪堆較小，一碰就容易垮掉。

在人行道尾端最後碰觸的雪堆，感覺是「好硬」。

還好，比起「濕答答的」，令本間覺得今後的運勢比較開朗。

今井事務機公司距離新宿車站西口不遠，以正常人的步程約五分鐘便能走到。

那是沿著甲州街道上的一棟五層樓高的辦公大樓，該公司位於其中的二樓。正面面對馬路的六扇細長的玻璃窗上，由內向外各貼了一個字拼出「今、井、事、務、機」的公司名，最後一扇玻璃窗則空白，拉上窗簾，作風顯得很保守、規矩。

一樓是開金庫的，似乎跟二樓的公司業務有所連結。本間探頭進去詢問電梯位置，一位正在看報的店員話說到一半又吞回去，「樓梯在……」

小瀧橋路的那條平緩的斜坡走起來反而辛苦，因為會造成膝蓋的負擔，下坡路其實比上坡路難走。儘管在電車裡面都是坐著，可是連續兩天都外出行動，現在不過還是上午，整個大腿已經開始有種緊繃的感覺。

服務台、會客室和辦公室全部都在同一樓面，一眼就能全部看見——就是這樣的一間小公司。桌前坐著一個穿著深藍色制服的女性，立刻起身出來應對。

「我跟在這裡工作的關根彰子小姐的未婚夫是親戚，想請教些關於關根小姐的事。」

身穿制服的女性大概才二十歲左右吧。一張圓臉，有著大眼睛、鼻子兩旁滿是雀斑。聽本間這麼一說，立刻睜大眼睛表示，「啊……是……好的。」聲音像小孩子一樣，身材也很嬌小。

「可以的話，我想跟社長或是關根小姐的上司見個面，不曉得方便嗎？」

「關根小姐我聽說過，我聽說過她的事。」語氣有些急促，「我們社長現在在對面的大樓的咖啡廳裡。」

「在洽公嗎？」

「洽……沒有啦，只是在喝咖啡。他常常這樣，公司裡面只有我，我去叫他回來。」

說時人已經走向門口，接著又猛然回過頭說：「可是萬一我不在的時候有電話來，該、該怎麼辦？」

聽起來像是在問本間的意見。

「那我該怎麼做好呢？」

她想了一下說：「應該不會有人打電話來吧。」

看來她的性格是有事明天再煩惱的那種人。

「我馬上就回來了，請你先坐在那邊等。大衣就脫下來放在旁邊好了。」

說完像隻麻雀一樣匆匆飛離開現場。

狹小的辦公室內整理得十分乾淨整齊。三張一樣大的辦公桌，面對面地排在一起。每張桌子上都放了很多的帳簿和檔案架。豎起來的背面整齊地面對門口，方便隨時存取資料。制式化的感覺令人馬上聯想到車站裡的書報賣店。

三張桌子裡面，在剛剛那位女性坐的桌子對面，應該是關根彰子的座位吧。桌上整理的很乾淨，拉開最上層的抽屜一看，裡面有原子筆、尺、便利貼和「關根」的會計章。

背對著窗戶有一張附帶側桌的大書桌，正好可以環視對面的三張辦公桌，應該是社長的位置吧。椅背上放著一個手織的毛線靠墊。桌面上放有一個空著的文件盒和一本封皮捲曲的雜誌。上前看看，雜誌是「財界通信」。

倉庫大概設在別的地方。不過就這個樣子來看，這家公司給人感覺也太安靜、空閒了。關根彰子在的時候，包含剛剛的女孩子，表示有兩名女性員工在工作。但是整體氣氛不禁令人擔心，有這麼多工作好忙嗎？

由此可見薪水也高不到哪裡去了——正想到這裡的時候，剛剛那位女性已經帶著社長回來了。

「不好意思，讓你久等了。」

一位聲音很大的老人家。襯衫上搭著毛線背心，別著繩狀領帶，戴著老花近視兩用眼鏡。厚厚的毛襪上套著最新流行的健康拖鞋。

「你是關根小姐的家人嗎？」

「不，我是她未婚夫那邊的親戚。」

問題出在哪裡呢？是麻雀般的女孩傳達能力有問題，還是社長的聽話能力不好？

「原來如此，是栗坂先生那邊的。」

一副哪邊的親戚都無所謂的表情。

「來，請坐。」

社長一手指著窗邊的會客室，同時自己先坐了下去。看見本間腳步拖曳著前進的模樣，劈口就問說：「是風濕痛嗎？」

「不是。」本間有些吃驚，「是車禍的後遺症。」

「噢，那為什麼要帶把傘呢？」

「因為不捨得買枴杖嘛。」

「醫生那裡不是可以借的嗎？」

「是呀，是硬塞了一枝給我，但我沒有興趣用。感覺好像昭告天下人，我受傷了一樣！」

社長摸摸自己禿得精光的頭說：「說的也是，我能理解你的心情。」

昨晚要求和也拿出所有的名片，在背面親筆寫上，「這位本間俊介先生是我的親戚，煩請協助其進行調查。」有了這個至少可以證明和也是關根彰子的未婚夫，就當作介紹信的替代品使用。

和也寫的時候還一副「沒有這個必要」的表情。他大概以為身為刑警的本間只要跟調查對象出示黑色的警察手冊，所有人都會配合地知無不言吧，所以才會來拜託本間幫忙。但他實在想錯了。

因為正式提出停職申請的人，是必須暫時將警察手冊交出來的。本間手邊沒有證明文件。如果沒有證件卻聲稱「我是警察」，是比拿出偽造手冊謊稱「我是警察」還要危險的，會惹來不必要的麻煩。

所以昨晚和也在寫完所有的名片後，本間也把這個情況做了說明。和也一副失望的神色，但至少沒有說出，「早知道還不如拜託徵信社算了。」他大概更擔心這件事被父母或銀行發現吧。

本間將和也的名片和只印有自己姓名、家裡住址、電話號碼的名片一起遞給社長。對方依序仔細觀看，這之間剛剛那位麻雀般的女職員端出了茶水。

老闆拿出來的名片上則是印著，「今井事務機股份有限公司　取締役社長　今井四郎」。

「你說是栗坂先生的親戚，請問是什麼樣的關係呢？」

社長最先表示關心的是這一個部分。

「和也是我太太堂哥的孩子。」

「噢。」

「我也很困擾，常常不知道該如何說明我們之間的稱呼。」

「應該是表外甥吧。是嗎，小蜜？」

麻雀般的女職員抬起了頭，她應該就是小蜜吧。

小蜜趕緊回答說：「我翻辭典查查看。」

社長接著又問了下去，「不好意思，你的名片上面沒有職銜，請問你從事的工作是什麼？」

本間早做好了準備，「我是雜誌的撰稿。因為常做各種的調查，所以和也才會來拜託我幫忙，希望我幫他找到關根小姐的下落。」

「雜誌的話，我也常投稿的。」

因為社長說得很得意，本間只好拚命點頭。

「是財界通信嗎？」

「噢！你也知道這本雜誌呀。」

本間只是微笑不做回答。如果開口說「我曾經見過你的名字」，那就是說謊，光是微笑便不算欺騙了。以前他聽說過，「財界通信」是典型的那種只有投稿去那兒的人才會看的雜誌。

「那你要問些什麼？」喝了一口清淡的日本茶後，社長切入正題。

「有關關根小姐的消息，她還沒有回來上班嗎？」

和也打電話來這裡提到關根彰子不見了，是在四天前，一月十七號的早上九點左右。那一天和也到外面跑業務，途中繞道這裡說明情況，並詢問這裡的人是否知道彰子的行蹤。

「十六號那天她沒來上班，我們還輕鬆地認為她是以為國定假日的隔天還放假，所以曠職了。接到栗坂先生的電話時不禁大吃一驚。」

「關根小姐以前也有過這樣子曠職的情形嗎？」

「有過一次。她說是因為發燒睡著了，沒辦法起來打電話請假。對不對，小蜜？」

小蜜側著頭思索。社長笑說：「對了，那時候小蜜還沒有來這裡上班吧。」

「社長跟和也很熟嗎？」

「是的。不過應該說他是我們公司往來的主要銀行吧。所以聽到他和關根小姐訂婚的消息，我還很驚訝呢。」

「你是在這裡聽到他們訂婚的消息嗎？」

「不是，是在酒席上。你看也知道，我們是小企業，辦起尾牙、春酒，沒什麼人很冷清。所以我都跟這些女孩說帶她們的朋友、男朋友一起來參加。聽到兩人的喜訊，應該是今年的春酒吧。是嗎，小蜜？那是今年喝春酒的事吧？」

專心在自己座位翻辭典的小蜜，趕緊回答，「是的。」

「當時還給我們看了戒指，是紅寶石吧。關根小姐的生日寶石。」

「是藍寶石才對。」小蜜頭一次自己提出註解說明，「社長老是弄錯，是藍寶石才對，明明是藍色的寶石。」

「噢，也對。」又摸摸自己的禿頭——或許這樣能修正自己內部的記憶——社長說，「是藍寶石，藍寶石。關根小姐該不會拿著戒指消失了吧？」

「是嗎，我倒是第一次聽見這事。」

和也答應今天晚上兩人一起調查彰子的房間。關於彰子持有的物品，本間打算到時再仔細詢問和也。

「聽栗坂先生說，十五號晚上兩人吵架了。十六號早上打電話過去，她沒有接電話。結果晚上到住的地方去找，關根小姐已經收拾隨身東西離開了。」

「其實你說的沒錯。和也整個人都呆掉了。」

「還帶著戒指，是表示還想跟栗坂先生重修舊好，還是只是因為那是貴重的東西呢？反正理由就是兩者之一吧……。不過只是吵個架的話，過幾天應該就會回來吧。事情鬧大了，反而會讓關根小姐下不了台，不是嗎？」

上了年紀的男人之中不乏在這種時刻，思考方向顧慮年輕女性的人。倒不是說他們人真的很好，而是他們沒有吃過女性的虧吧，本間心想。

「他們之間不是什麼小吵架。」本間慎重地回答，「為了不讓關根小姐感覺不愉快，這裡我也不便多說。總之和也也很震驚。」

社長稍微探出身子問說：「有那麼嚴重嗎？」

「是的，對他們兩人之間而言。」

社長似乎也能察覺這曖昧說法的背後意義。

「真是遺憾，這樣的話，看來我們什麼也幫不上忙。能說的，就跟當時對栗坂先生說的一樣。是吧，小蜜？」

小蜜點點頭，視線依然看著辭典。然後說了一句，「社長，應該不是表外甥。」似乎沒有命令她停止，她的個性就會堅持到底。可是社長什麼都沒說，本間也不太在意，只是對小蜜的認同多了一些。

「關根小姐是什麼時候被貴公司任用的？」

今井社長發出「嗯……」的聲音思索。在他還沒有說出「什麼時候呢，小蜜？」之前，本間便提議說：「可否讓我看看她當時的履歷表呢？既然出了這種事，也應該到她之前上班的地點去問問看。」

「噢，可以呀。」社長答應的十分乾脆，然後起身離開。拉開他辦公桌最下方的抽屜，不花什麼時間就從檔案中抽出一張紙走回來。

首先映入眼簾的是一張常見格式的履歷表，上面貼有大頭照。

昨晚和也粗心地忘了帶關根彰子的照片給本間看，所以這是他第一次看到彰子的長相。

本間覺得她長得很漂亮。

一般這種照片，任何人看起來都會像是通緝犯。居然能讓人覺得美麗，可見得本人應該更加漂亮許多。

髮型是稍長的短髮，或許應該說是清湯掛麵的短髮。鼻樑挺直，眉毛從照片上看不出是否有描畫過，柔和的眉型，恰如其分地位在漂亮的額頭和秀麗的眼睛之間。緊閉的嘴唇帶著微微的笑意。

「很可愛吧？」社長說：「本人更是漂亮。尤其是和栗坂先生交往後人又變得更標緻了。對吧，小蜜？」

小蜜停止了翻閱辭典，坐在旋轉椅上看著這裡說：「和她一起出去買東西時，常常會被男人搭訕。」

那也難怪吧。

「她個子很高嗎？」

「什麼，你們沒見過嗎？」

「就是說嘛，和也訂婚的事沒讓家裡知道。」

「這點關根小姐也說了。」小蜜插嘴說：「說是栗坂先生的家人反對，還說是嫌棄她沒有學歷。」

「是嗎？」本間看著小蜜問說：「她覺得很懊惱嗎？」

「是呀，有一陣子還煩惱得瘦下來了。直到栗坂先生不顧家人反對買了戒指跟她求婚時，她還很煩惱。訂婚之後，整個人就不一樣了。」

本間點點頭，視線轉回到履歷表上。

關根彰子的出生年月日是一九六四年九月十四日，籍貫是東京都。聽和也說她出生於宇都宮，是遷過戶籍嗎？

看她的過去經歷，高中以前所受的教育都是在宇都宮市內。之後的職歷欄則列有三家公司名。最早那家，看名字覺得應該也是受理辦公室機器的公司，叫做「三好租賃公司」，地點在涉谷區的道玄坂上。就職時間是一九八三年六月，於八五年三月離職。如果說高中一畢業就來東京，在上班之前有兩個月的空檔，應該是用來找工作的吧。

接著是「石井股份有限公司」，不知道是什麼業種的公司，本人在一旁註記從事的業務是「打字員」。地點是在千代田區三崎町。就職時間是一九八五年四月，於八六年六月離職。

第三家是「有吉公認會計事務所」，地點是在港區虎之門。一九八六年八月開始工作，做到一九九〇年一月為止。離職的理由，每一家都是，「個人因素」。

而這份履歷表的填寫日期是，平成二年——一九九〇年四月十五日。

「她以前在會計事務所做過呀。」

「應該是吧。」社長一邊伸長脖子看著履歷表，一副忽然想起來的表情回答。

「為什麼辭掉那裡的工作，有沒有聽說過什麼具體的理由呢？」

「大概有說是因為工作量大，忙壞了身體之類的吧。」

身為經營者還表現得如此無所謂。大概是對方也感覺到本間心裡的想法，於是摸摸自己的頭笑著說：「不是啦，像我們這種小公司，要是太囉唆問人家之前的工作狀況，恐怕就找不到員工肯來了。所以只要見到本人覺得人品不錯，就不會問東問西了。畢竟誰沒有過去呢。」

這麼說倒是可以接受。而且本間覺得就算是以這種方式雇用員工，憑這位社長的眼光也不會看錯人。

今井社長能讓這間小公司，維持在新宿這麼高價位的地段上。就是因為公司規模小，更需要卓越的能力。

經營一間大企業，在某些意義上就等於是讓擁有電腦自動駕駛設備的豪華客機飛動一樣。每一次的飛行都考驗著機師的能力。

但是這種小公司，說穿了不過是架老舊的螺旋槳飛機，只有在視野清晰的情況下才能飛行，無法指望電腦代勞。光是靠機師一個人的力量，每次的起飛降落都要拚命。因為每一次的飛行都攸關生命存亡，只要機師的技術不好，飛機就會墜落失事。

「貴公司的徵人啟事都是如何處理的？」

「徵人廣告欄呀，報紙的。」

「關根小姐被錄用是什麼時候的事？」

社長再次瞄了一下履歷表。

「面試後第二天，就發出錄取通知了。應該是請她二十號起開始上班的吧。」

「她在貴公司負責的是一般性的事務工作嗎？」

「是的。就是做些打字之類的文書工作。」

「同事有……」說時看著小蜜的方向，她一副吃驚的神色。

社長回答，「當時只有關根小姐一名員工。小蜜是在她上班半年後才來的。沒錯吧，小蜜？」

小蜜點點頭。

「其他還有什麼人嗎？」

「沒有，就我們三個人。偶爾會有些人進出我們公司，和關根小姐都只是點頭之交，所以應該不會知道她的下落吧。」

「不知道社長還有沒有什麼其他線索可以提供？」

對方顯得頗為遺憾地搖搖頭。

「你是說除了栗坂先生之外，關根小姐有沒有比較親密的朋友嗎？我不是很清楚，真是對不起。」

「哪裡，別這麼說。」

本間的視線一投射過來，小蜜已經準備好答案等著。表情毫不訝異地立刻回答，「我也不知道。」

「沒聽她提起過其他朋友的名字嗎？」

想了一下，小蜜搖頭說：「常聽她提起栗坂先生的事……因為我和關根小姐偶爾在回家路上會一起喝個茶、逛逛百貨公司什麼的。」

「是嗎……」

「會不會是回故鄉老家了？」社長問。

「關根小姐的父母都已經不在人世了。」

社長拍了一下自己的額頭說：「噢，原來如此。」

「當然我還是會去調查看看的。」

本間拿起履歷表問說：「不好意思，這個可不可以影印一張給我？」

社長輕輕搖搖手說：「不用，你就直接拿去吧。就算要給栗坂先生看也無所謂。問問她之前上班的地點，或許能知道些什麼吧。」

本間很高興地收下了。

「希望能早點找到關根小姐。」

「我們也是希望主動去找，跟她聯絡上，這樣本人也比較好回來。」

「是啊，因為吵架分手總是不好。」

起身準備告辭時，小蜜已經及時拿著大衣在一旁準備幫他穿上，但是因為兩人身高差距太大，沒辦法套上。本間笑著取過大衣，自己穿好。這之間小蜜則幫他拿著雨傘。

「剛剛提到太太堂兄的小孩應該怎麼稱呼。」小蜜一臉正經表示，「只知道應該不是表外甥的說法。」

聽起來語氣好像很遺憾。

「那等妳知道了再告訴我吧。」讓本間不得不這麼回答她。

「是。」小蜜回答，社長在一旁微笑。

本間走下樓梯時心想，關根彰子的薪水也許不高，但服務的這家公司氣氛倒是不錯。

4

首先是電話。

關根彰子履歷表上寫的三間公司，應該沒有必要三間都調查。只要聯絡到今井事務機公司之前服務的「有吉會計事務所」就夠了。她在那裡工作了四年，結交其他朋友的可能性最高。

人行道和馬路上都已經乾了，堆積在路邊的雪堆也融化成返回北國的長距離卡車所掉落的東西一樣的大小。

走回到甲州街道和小瀧橋路的十字路口時，立刻走進眼前的第一家咖啡廳。電話就設在進門處的旁邊，先找好座位讓腳休息一下，點完咖啡後才又站起身來。

彰子以漂亮的字體填寫履歷表。不能說是龍飛鳳舞，但每一個字都給人認真書寫的印象。看起來就像是會規規矩矩寫日記、家計簿的那種人——在等待查號人員回應之前，本間心裡想著這些。

好不容易才聽見女性查號員的說話聲，本間告知「有吉公認會計事務所」的地址，詢問其電話號碼。等了四、五秒才聽見回覆。

「你所說的地址，並沒有登記有吉公認會計事務所。」

有種撲空的感覺。

「都沒有嗎？類似名字的事務所呢？」

「請稍候。」

現在的查號作業都是利用電腦，所以在電話雜音之中傳來輕微的敲擊鍵盤聲音。

「沒有。請問地址是不是弄錯了？」

本間再一次讀出來確認，沒有讀錯。沒辦法，只好先掛斷電話。

會計師、律師、代書等獨立開業的人，因為是靠客人登門拜訪而做成生意，通常不太會變更事務所地址，否則就是斬斷自己的商機。他們一開始選擇開業的地點時會很慎重，一旦決定了就不會輕易搬離開。

新人的時候，大家都會先寄居在前輩的事務所裡，等待時機成熟後再獨立開業或跳槽。但是像「有吉」這種以單一名字營業的事務所，從電話簿上悄然地除名，會是怎麼回事呢……？

是上了年紀的會計師退休了，所以連事務所也給收了嗎？但是根據剛剛今井公司社長的說法，彰子之所以離開工作四年的事務所是因為「工作量大，忙壞了身體」。那就不可能是關門大吉了。

（當然她為了隱瞞離職的真正理由，很有可能隨便捏造了謊言……。）

只要到這個地址訪問週邊的公司，多少能知道一些真相。但這麼一來至少要用掉一天的工夫，

本間覺得很麻煩，於是又拿起了話筒。

「石井股份有限公司」，千代田區的三崎町。在那裡只工作了一年兩個月，如果能聯絡得上，

調查這裡應該還快一點。

但是——

「該公司名並沒有登記在這個地址上。」

跟剛剛查號員聲音不一樣的女性口齒清晰地回答。就像之前做過的一樣，本間原本想問「有沒有類似名字的公司呢」，卻開不了口。

「喂……喂……？」聽見查號員的呼叫，本間小聲咳了一下。

「對不起，麻煩再幫我查另一件。」

三好租賃公司。這一次他沒說，「請幫我查電話號碼，」而是問說，「這個地址有沒有登記這家公司的名字呢？」

查號人員回答，「沒有。」

回到座位，喝著溫熱的咖啡，仔細檢查那張履歷表。

感覺實在是——真糟糕。

今井公司的社長就是那種人。一眼看見彰子就很滿意，覺得可以相信，所以根本就沒有打電話給她之前服務過的公司確認過履歷表上的內容。也因此沒有人發現上面寫的滿紙都是謊言。

但這完全只能說是僥倖，根本是很危險的玩命做法。過去之所以沒有敗露，實在是因為她的運氣好。

關根彰子一開始就知道後果會是如何嗎？要不然就應該多下點工夫才對，至少填寫真有其名的公司也好。

她不想在履歷表上寫出真實的經歷，所以滿篇的謊言。而且還避開會有人事部門調查的大公司，只找小公司求職。萬一要是被調查，發現履歷表上的謊言，她也決定認了。反正總是會被拆穿的，那又何必麻煩想那些複雜的謊言呢。在這樣的求職過程中，正好被今井事務機公司給錄用了——大概就是這樣的過程吧。

她的律師寄送她宣告個人破產的信件是在昭和六十二年——一九八七年的五月。

本間心想，果然沒錯。為了隱瞞這個事實，只好在履歷表上做假了。

想當然爾，宣告個人破產的當時，彰子應該還在工作。上班的地點經常會接到信用卡公司、地下錢莊激烈的催討電話，甚至是討債人員登門拜訪吧。這對公司而言是十分丟臉的事。本間從工作經驗上，對於那種個人融資的討債人員手法，多少有些認識。自從昭和五十八年——一九八三年十一月起實施地下錢莊管制法規之後，之前號稱是「討債地獄」的暴力行為表面上是平息了，但取而代之的是更陰險、更綿密的討債手法。例如將催討信件或是「請立刻跟某某信用卡聯絡」等文字傳真到辦公室裡，讓對方難以招架。

如果在履歷表上填寫真實經歷，新的雇主會跟之前公司的人事部門聯繫，一通電話之後的結果會是如何呢？

「關根小姐嗎？哎呀，那個人跟地下錢莊……」

一旦提到這些，人家就不會雇用你了。個人破產的事實被知道也不太好。別人會認定你的財務管理太過鬆懈。

所以只有寫下謊言。

因為穿穿脫脫很麻煩，本間就一直穿著外套，覺得有點熱，喝了一口開水，目光又落到履歷表上。

因為不知道彰子是在什麼情況下而導致個人破產，覺得不該有先入為主的偏見，也頗同情她的處境，同時又認為和也應該早點跟她斷絕關係比較好。

接下來該怎麼辦？如果要有效率地行動的話——

不過這些謊言寫得還真仔細，不知道她是從哪裡找來這些公司和地址的？

就在這時，才猛然發現自己怎麼沒想到呢？

如果在今井事務機公司之前也上過班，她就應該有投保勞工保險。勞保局的勞保業務早在十年前就已經電腦作業了，所有資料都已經上線。關於登錄在該新系統的受雇人資料，只要鍵入被保險人證上面的號碼，立刻就能查詢到之前被雇用的紀錄。當然所謂「登錄在該新電腦系統」，並不一定只限定是新進員工，不論是換工作、年資到了退休也會加以登錄，發給新的被保險人證。本間曾經看過一次，像舊式的火車月票一樣的大小，比起過去為了防止偽造而印刷複雜圖樣的舊證，新證給人感覺只是張薄的令人失望的紙片。

關根彰子應該也擁有被保險人證。被今井事務機公司任用時，她交出證件，由社長或是彰子本人拿到新宿的勞保局異動科提出申辦。

本間站起來走到電話旁邊，打到今井事務機公司，是小蜜接的電話。

說明情況後，小蜜有些吃驚。但是問出勞保的內容，則是不太費什麼工夫。小蜜立刻答應幫忙調查。她離開話筒時，可以聽見她和社長之間的說話聲。

「喂……我找到了保險證。」

「怎麼樣？」

「勞工保險，被保險人證。」小蜜照本宣科，「關根、彰子。被保險人證核發日期是平成二年、四月、二十日。」

彰子的履歷表是同年四月十五日填寫的。換句話說——

小蜜說：「對了，關根小姐說她是到這裡上班後才加入勞保的。」

「真的嗎？」

「嗯……不，是的。」

「她說之前都沒有投保嗎？」

「沒錯。我被錄用的時候，因為我一個人不懂得怎麼辦手續，怕會被勞保局的人罵，所以關根小姐就陪我一起去辦。那個時候她跟我說的。」

電話中有些雜音，換成社長說電話。

「剛剛真是不好意思，小蜜說的沒錯。不過過去的職歷居然都是假的。」

「的確很奇怪。」

「關於勞保，關根小姐說她在之前的公司都是工讀的身分，沒有當過正式員工。以現在的說法就是兼差人員吧。」

「是……」

本間心想，不是兼差人員，而是「兼職人員」，同時嘴裡又問，「為什麼她沒有成為正式員工呢？關於這點她有沒有說明過？」

社長和小蜜交談了一兩句後回答，「她說是因為工讀的薪水比較好。」

「這麼說來，她可能從事的是特種行業囉？」

「這個嘛——」這次換成社長一個人沉思這個問題，「會有可能嗎？關於這一點我實在是不敢說，何況關根小姐根本一點也沒有做過那種事的感覺，沒有那種味道。」

沒錯，當今這種事就是很難說呀。現在的世界，有很多女大學生白天是學生，晚上搖身一變成為高級酒店的陪酒小姐。

加上關根彰子長得又漂亮。只要她在高級酒店對著有錢客人善加運用吸引和也這種男人的魅力，肯定能賺不少錢。

所以她才不需要勞工保險的保障。

但是她卻宣告個人破產，究竟她出了什麼事？

放下電話，回到座位，無視於女服務生面露有些不快的視線，本間深深靠在椅背上。

五年嗎？如果要左右人生的境遇，這時間也夠長了。而且就算在這段期間發生了什麼，經由和也口中描述的關根彰子形象及她所服務的今井事務機公司的氣氛來判斷，她肯定是往好的方向改變了。

數著零錢，嘆著氣的同時，本間思考前往下一個目的地的移動方法。

過去委託律師寄出那封信通知信用卡公司的時候，彰子過的是什麼樣的生活呢？為了找尋她的下落，這麼做看起來是繞了遠路，卻說不定反而容易找到答案。她企圖隱瞞的過去。只要前往她隱瞞不住的蛛絲馬跡所在，或許一切就能真相大白。

和也所知道的關根彰子，是她小心翼翼、拚命所製造出來的假象，並非真實的彰子。如果老是追尋她所製造的假象線索，也許會被帶到更錯誤的方向。

本間沒有想到事情會發展成這個狀況。他甚至以為最直接可行的方法，就是在今井事務機公司問出彰子的朋友名字，然後繼續追查下去就能找到本人。但是本間也對和也說過，「不要期望過高」。跟彰子有關的事都是她費心經營出來的表象。

彰子在被和也質問之後便立刻消失了。儘管帶了錢離開，但感覺就像只剩下身上穿的一套衣服一樣，所以本間堅信她一定得去投靠朋友。

然而，當知道她是那麼地在乎過去，一心一意想要埋藏過去，就算是找到了她失蹤之前的好朋友，恐怕也沒什麼幫助吧。彰子是因為她的過去逼近眼前而選擇逃離。逃離的方向必須是完全不知道她的過去、一個不會從頭到尾要她說明過去的對象才行。如果她去找的人是知道她的過去而輕視她、會給她責難眼色的話，也只是徒增困擾罷了。

如果是這樣，這種對象自然就很有限了。

沒辦法，乾脆去找關根彰子委託宣告個人破產的溝口律師吧。去銀座的話，從這裡搭地下鐵丸之內線，不必轉乘就能直達。

5

因為發生過很多事情，一時之間沒辦法說明。請給我一些時間——

站在溝口法律事務所前時，本間的腦海裡浮現這些話語。這是關根彰子面對和也質問五年前個人破產的事情時，她所回答的話。

那是和銀座大馬路上的喧囂相隔兩條街，一棟小型辦公大樓的八樓。事務所正好位於邊間，正面和右手邊各有一扇門，都是嵌著毛玻璃，可以隱約看見裡面的動靜。

會來法律事務所的人，多少都是因為「發生了什麼事」。說不定比起正經八百的一扇大門，這種設計反而能讓他們感覺到安心。因為不會有「這是最後的通牒，人生已經沒有退路」的氣氛。儘管那只是一種心理作用也好。

正面的門上用粗大的字體寫著「溝口・高田法律事務所」。敲門之後，立刻有人回應，一位給人感覺緊張兮兮的青年幫本間開門。

「對不起，請稍候一下。」

說完立刻快步離開門邊，隔著身後的桌子趴下去接聽電話。大概他正在講電話吧。

門口凌亂排列著四張職員用的辦公桌，旁邊的櫃子上放著一個數字顯示的鬧鐘。時間是下午的三點二十七分，不對，已經二十八分了。

一眼就能看出那是鬧鐘，應該是有員工在這裡過夜吧。還是說是有人用來，「我只睡一個小時，待會兒再工作。」鬧鈴定在上午的兩點鐘。會這樣子使用鬧鐘的人，其實不多。不管從事什麼工作，就是那種有辦法消化忙死人的行程表的人。

屋子裡瀰漫的空氣令人精神一振——不是像今井事務機公司的小蜜那樣，充滿趣味性的慌忙匆亂；而是這家事務所充滿了一種與時間競爭的緊張感。連空氣中飛揚的塵埃都好像被時間切割過了。

L型的辦公室裡，縱軸的部分是屬於員工工作的空間，橫軸的部分則用來接待客人，但並非是會客室的型態，而是像醫院的診療室一樣用屏風隔成三塊，各自放置著桌椅。既然招牌上列的是兩位律師，兩張桌子應該是讓他們跟客戶談公事用，多出來的一張就是讓客人等候用的吧。現在三張桌子都坐滿了人，所以屋子裡十分熱鬧，充斥著彼此交談的聲音。

剛剛的那位青年終於講完了電話，趕緊回到本間前面。結果一不小心碰到了電話旁邊的印表機送紙匣，送紙匣發出巨大的聲響掉落在地板上。

「哎呀……真是對不起。」

青年急忙裝好送紙匣並道了歉，但看起來並非對本間說，而是對著掉落的送紙匣致歉。

「請先坐一下。溝口律師還在跟客戶談事情，時間有點拖延了。」

「沒關係，我的時間很多，不急的。」

可是剛剛在新宿車站前打電話來時，他們說溝口律師只能撥出下午三點半到四點這半小時的時間給突然求見的客戶。所以也不能慢慢來。

「這邊請。」

青年一隻手寫著備忘錄，一邊招呼本間坐在空的旋轉椅上。本間很高興能夠坐下，先將雨傘立在門口的走廊邊。

除了青年之外，還有一位年約二十七、八歲的女職員從剛剛起電話就接個不停。大概對方太過激動，只見她努力安撫著。本間心想，關根彰子第一次到這裡時，應該也是充滿了不安與疑慮，精神陷入容易激動的狀態吧。

青年終於寫完備忘錄抬起了頭，所以本間詢問說：「最近有沒有一位叫做關根彰子的人來過這裡呢？」

青年的眼珠子向上動了一下，一副思索的表情，「關根小姐——」

「是的。彰子的章，是文章的章，該怎麼說呢？旁邊再加倒寫的三點水。」

「啊，就是那個彰子的彰嘛。」女職員不知在什麼時候說完了電話，她說：「藤原道長的女兒，一條天皇的王妃彰子呀。」

「越說我越迷糊。」青年說完，對本間一笑。本間只好對著空氣寫一遍讓他知道。

「沒錯，就是這個字。」女職員點頭說。

「那個彰子就是紫式部所服侍的王妃嗎？」聽見本間這樣問，女職員笑了。

「是的，沒錯。」

青年的表情顯得更茫然，一邊搖頭一邊翻開大型檔案夾，大概準備回到自己的工作了吧。

本間對於古典文學不太在行，以前千鶴子上文化講座的課時，曾經選讀過「閱讀源氏物語」的講座，有一段時間常聽她提起。

「清少納言則是服侍彰子王妃的情敵定子王妃。所以當時的朝廷，才會有著代表那時代的兩位才女存在吧。」

「沒錯，之後定子的娘家中關白家沒落，造成兩位才女的立場截然不同。」

本間也很驚訝自己居然會記得這些事，之前聽千鶴子談起時，根本就是左耳進右耳出，有一句沒一句地胡亂應和著而已。

想到這裡不禁笑了出來，趕緊又回歸到正題。

「我有帶照片。」

將履歷表從西裝內袋中取出，將只貼有大頭照的部分摺出來讓對方確認。大概覺得有興趣，青年也站起來走出了座位。

「沒什麼見過的印象。如果最近有來過的話，我通常都會記得的。」

「讓我看看。」女職員說。青年從本間手上取走履歷表，沒有攤開地拿給女職員確認。

「她的長相我也沒什麼印象，是我們事務所的客戶嗎？」

「大約是五年前，曾經委託溝口律師辦理宣告個人破產的手續。」

「五年前的話，我還沒來這裡上班呢。」青年說完，交還了履歷表。然後一副這下跟我沒關係的表情回到座位。

女職員則雙手撐著下巴靠在桌子上思考。

「來我們事務所委託的業務九成都是這一類的，光憑內容我也很難判斷。可是這名字我好像有點印象。」

畢竟這裡進出的人太多，一時之間不可能立刻有反應。本間將履歷表收回原來的口袋裡。

「彰子……彰……嗯……好像有聽過這名字……」

「當時難道沒有提到一條天皇嗎？」

聽到青年開口調侃，女職員笑了。

「我是不是說過了？這名字很特別，通常不會唸做『Shoko』，而是唸成『Akiko』。」

對方側著頭沉思。

「請問……她是不是長有虎牙呢？」

可是一看花了如此多的時間確認，顯然彰子最近沒有來過這裡。難道她並沒有來找律師嗎？

這時叫到他的名字了。

「本間先生嗎？讓你久等了。」

本間哈著腰抬起頭正準備站起來時，就在四目相對的位置，一位老人站在眼前。

對方若是個上班族的話，曾經是一度因為年齡到了而退休，之後又擔任了幾年的特約顧問什麼的，現在終於到了真正該停止工作的歲數了，四捨五入的話，少說也有七十歲吧。但是神情還顯得很有活力，身材矮胖，氣色紅潤。會給人上了年紀的感覺，大概是因為脖子鬆弛的皮膚和堆積的皺紋，浮現在左臉頰上的斑痕，以及鼻樑上戴著的老花近視兩用眼鏡吧。

他看起很忙碌但卻值得信賴，像個穿西裝的小救星。

本間想要說明情況，卻不由得心急了起來。因為離四點鐘剩下不到十五分鐘的時間。又不能省略不說自己被委託調查此事的緣由，只好按下和也因為自己是刑警而上門委託的事實，簡單明瞭地提到「自己是文字工作者，調查也屬於工作內容之一。」

「不知道律師這裡是否有幫申請宣告個人破產的業主代理寄發通知函給各個債權人呢？」

律師立刻回答說：「有的。因為業主聲明個人破產後，必須通知他們高抬貴手。這麼一來，討債的情況也會跟著停止。當然也可能有些討債公司的人會變本加厲、強制執行。這種情況很少，就看如何處理了。」

本間拿出那封通知函給對方看，「我想這應該是律師這裡發出的吧……」

律師點頭說：「沒錯，是我們事務所發的。關根彰子小姐嘛……嗯……」一副探索記憶的神色，但終於還是顯現出失望的表情。

「她最近沒有來拜訪過律師嗎？」

「沒有耶。如果說消失行蹤是在十六號，那還不到一個禮拜嘛。我可還沒有老糊塗到這麼近的事情都會忘記——」

大概是業務太忙，律師的聲音都啞了。慢慢啜了一口剛剛的女職員端上來的茶水後，他側著頭表示，「可是我對關根小姐倒是很有印象，如果有來我一定會認出來的。」

說完後，放下茶杯抬起頭說：「不過——不管是什麼親友關係，即便說是關根小姐的未婚夫親屬，我也不能隨隨便便告訴你她的事情。我想這一點你應該也能了解。」

「是的，我知道。」

這是律師的守密義務。

「只不過站在我們的立場，是想找她出來好好談一談，所以才會想說她是不是有來找過律師你——」

「很遺憾，我幫不上忙。我和關根小姐自從那次，也就是兩年前見過一次面後，就沒再碰過面了。」

自從那次？兩年前？她宣告個人破產是五年前發生的事呀。

或許是本間顯現出聽到這句話破綻的臉色，溝口律師露出尷尬的神情。

本間試探地問說：「你說兩年前，是她母親過世的時候嗎？」

律師藏在眼鏡背後的眼睛豁然開朗了，一副「原來你也知道」的語氣說，「是的。」

「能不能告訴我她當時是在哪裡工作的？目前她是在新宿的一家今井事務機公司服務，除了社長外，連關根小姐一共才兩名職員。但是那位社長和同事完全不清楚她的交友狀況。」

本間盡可能語氣和緩地繼續說明，不讓對方感覺到有任何批評彰子的意思，「我曾經看過她交給該公司的履歷表，上面所列的職業經歷都是假的。我想是因為擔心過去的事被知道就找不到工作的關係吧，所以我沒有責怪她的意思，而是不知道該從哪裡著手才能找到她的人。」

「她的未婚夫栗坂先生那裡怎麼樣？」

「他也是什麼都不知道。而且如果他知道的話，也不會來拜託我了。聽說關根小姐不太提起自己的事。」

律師有些皺起眉頭地開始思考。

本間擔心自己太過專注盯著對方看，會給對方壓迫感，於是將視線落在自己的手上。結果發現了桌上有用原子筆塗鴉寫著「笨蛋笨蛋笨蛋」的字跡。大概是其他客戶在等待律師出現之前寫下的吧。

笨蛋、笨蛋、笨蛋。

假如五年前就有了這張桌子，說是關根彰子塗的鴉也不是沒有可能的。從她破產之後的生活來看，關根彰子的確下定決心想跟過去的自己一刀兩斷，開始新的人生，而且她也成功了，擁有吸引像和也這種男人的知性魅力，在過去的她是不可能的；但如果她現在還繼續著墮落的生活，想吸引像和也那樣的人就像是天方夜譚了。

而這一切的原動力，應該就是在她拜訪這家事務所，在她辦理宣告個人破產的手續時，她內心浮現自我厭惡的激烈想法所致的吧。

因此當被和也質問時，她的臉色霎時發青，一時之間不知如何回答。

「不好意思，失陪一下。」說完，律師站了起來，一手抓起本間遞出來的和也名片，快步走向了職員的辦公桌。

大概是要打電話跟銀行確認是否真的有栗坂和也這號人物吧，同時也要確認本間的電話號碼不是憑空捏造的吧。

本間靠在椅子上等著。兩三分鐘之後，律師回來了。一坐下便開口問說：「今井事務機公司是個一般的公司嗎？」

額頭上依然堆滿了皺紋，只是語氣緩和了許多。

「是的，是個小型批發商，受理的商品是金錢登錄的機器。」腦海中浮現了小蜜的臉，趕緊補充說明，「職員穿著樸素的制服。」

律師一字一句緩緩地表示，「這麼說來，關根小姐跟夜晚的工作已經撇清了關係囉。」

本間沉默地看著對方的臉。然後感覺律師有點屈服的樣子——不過只是枝頭稍微彎曲似地繼續說下去，「五年前她來商量破產的事，第一次到我們事務所時，當時還在酒廊裡上班，應該是銀座或是新橋那一帶的店吧。」

「她來找律師你，是有人介紹的嗎？」

律師一臉溫和的笑臉回答，「沒有沒有。我在昭和五十年代（一九七六—一九八五）後期，也就是所謂地下錢莊糾紛頻仍的年代起，便開始投入個人多重債務者、破產者的救濟活動。經常出席演講與接受雜誌的專訪等。關根小姐說她是在美容院的女性雜誌上看到了關於我的報導而來的。」

本間一邊作筆記一邊緩緩地點頭。律師問說：「關根小姐的故鄉……應該是在宇都宮吧？」

「是的，沒錯。聽說高中一畢業就來到東京了。」

「是的，剛開始是在一般的公司行號上班。也是在那家公司服務的期間擁有第一張信用卡。直到開始被催繳卡費，才到酒廊去兼職，但同時對方要債的手段也越來越激烈，讓她不得不辭去公司的工作。就這樣掉入了社會的大染缸了。畢竟破產之後，一時之間她也無法回到正常的工作吧。就我所知，她還在繼續晚上的兼職，至少她本人是這麼說的。不過真是難得呀，她又能回到正常的公司上班。」

律師摘下眼鏡，用指尖按摩鼻樑說：「但偽造經歷，總不是件好事。」

然後伸手拿起茶杯才發現裡面已經空了，他大聲喊，「喂，澤木小姐，麻煩加個茶水！」

剛剛的那名女職員走過來，迅速地撤下茶杯，並換上新的熱茶。

喝了一口新的熱茶後，律師繼續說：「後來呢，兩年前，她是為她母親的保險金來找我商談的，我還記得很清楚。」

彰子的母親投保了簡易保險，據說身故後可領回兩百萬的保險金。當然這筆錢進了彰子的口袋。

「她來問說可不可以偷偷留下這筆錢呢？我回答她，破產之後的收入可以自由運用，所以沒問題。當時的她比較瘦了，但精神比較好，我還記得我也替她感到安心。」

彰子不過是他眾多客戶中的一個人，老律師卻還有印象，而且還很關心她。一想到這裡，本間覺得很放心，表示彰子具有這種讓人願意關心她的特質。

「我這個人對於自己的事很健忘，連一個小時前吃的午飯內容是什麼都記不住，但是對客戶的事倒是記得清楚。」

這個律師的確看起來是這種人！

「而且關根小姐的案例，本來辦理破產手續就比較麻煩，加上她的精神又十分混亂。兩年前她再度來訪時，大概多少有了一些錢吧，整個人態度穩定了許多，氣色也明朗了許多。」

那是平成二年，一九九〇年的事了。

「關根小姐來拜訪你，是幾月的事呢？我是說，同年的四月她進入今井事務機公司上班，說不定是因為這筆母親的保險金，她開始有了積蓄，於是趁此機會辭去了酒廊的工作。」

溝口律師輕輕嘆了一口氣說：「看記錄的話應該一目了然，上面有當時的地址和上班地點。請等一下。」

律師再度離開，但過了十分鐘依然沒有回座。本間看了一下時鐘，時間是四點二十五分，他不禁有些擔心。

四點二十七分的時候，律師回來了，手上拿著一張小紙片。

「兩年前她來這裡，剛好也是這個時期，剛過完年不久的一月二十五日。」

說時並遞出了紙片，「這是關根小姐當時的工作地點和住址。」

本間很有禮貌地道謝後，接過了紙片。上面用很大的字寫著酒吧的名字「拉海娜」及其位於新橋的住址，下面「家裡地址」則寫著，「埼玉縣川口市南町2—5—2，四〇一室」。然後空了一行，在下面寫了「葛西通商股份有限公司」和位於江戶川區的地址。

「這是關根小姐被討債公司騷擾，最後逼不得已辭去的公司嗎？」

律師點點頭。

「太好了，承蒙協助。」

看著本間將紙片收起來，律師問道：「後果怎樣，是否也能知會我一聲？既然提供資訊給你，我也很在意後續發展。」

「一定會，我保證。」

大概是已有下一個客戶在等候吧，律師站在椅子的旁邊沒有坐下。於是本間也站了起來。

「如果還是找不到的話，不妨在報紙上刊登尋人廣告吧！」

「你是說像『彰子，有事商談，盡速回家』之類的廣告嗎？」

「其實效果比預期要高很多的。我想可以挑選關根小姐以前訂閱的報紙試試看。」

倒是有一試的價值也說不定。

「如果關根小姐回來和栗坂先生見面，到時必須說明清楚為什麼會落到個人破產的理由的話，我可以出面幫忙的。因為那不是她一個人的錯，現代社會的信用卡貸款等制度，在某些意義上簡直就是一種公害。」

公害！

頗耐人尋味的說法，本間心想，只可惜沒有時間詳談。

「她如果有跟我聯絡，到時我會跟她說栗坂先生和你找她的事。」

不過律師言下之意是，但我不會告訴你們她人在哪裡。

「至於關根小姐要不要跟你們見面，由她自己決定。只是我會試著說服她，畢竟逃避也不是辦法。」

「謝謝。」

「我是說如果她有跟我聯絡的話。」輕輕一笑之後，律師說：「自從兩年前見過面以來，就失去了關根小姐的音訊。我甚至不知道她之後搬了家和辭去了酒廊的工作。」

「今井事務機公司的職場氣氛很好，有家庭的溫暖。」

「栗坂先生是個認真老實的青年嗎？」

「非常認真老實。」卻在心中又附加一句，只是有點獨善其身。

「是嗎，畢竟是在銀行服務的人嘛。」律師的語氣顯得有些感動，「關根小姐從生活到工作，連身上所穿戴的衣物都做了改變。兩年前我們見面的時候，一眼就能看得出來她是從事那種夜晚上班的特種行業，粧也化得很濃。」

本間聽了笑說：「那她真的是改變了，不對，應該說是又恢復到過去了才對。聽說走在路上常被男人搭訕，從和也和今井事務機公司裡的人的說法想像，以及履歷表上的照片來看，她的確給我一種知性美女的印象。」

「是嗎？」律師摸著下巴說：「真的是變了一個人了，女人果然是具有魔力。」

「十分具有彈性呀。」

「總之是件可喜的事。」

彰子來律師事務所是在一九九〇年的一月二十五日，到今井事務機公司上班則是三個月後的四月二十日。的確是在短期間內做了一百八十度的轉變，本間認為是她母親的保險金帶來的影響。

兩人來到走道的途中。下一個客人背對著他們，無精打采地坐著等候。

「說句難聽的，我認為關根小姐是那種喜歡跟男人玩的女人，一旦進入那種行業就很難自拔。對了，她還說過要存錢把虎牙給拔掉，她的牙齒長得不是很整齊。我說有一些特徵不也很好嗎，但本人還是很想拔掉。」

要不是這句話，本間就會依然慢步走路，而非停住腳。

虎牙嗎？

剛剛那個姓澤木的女職員不也問說：「請問她是不是長有虎牙呢？」

那可是個很大的特徵，比唸法特殊的名字都要讓人印象深刻。

但是和也描述關根彰子的容貌時，從來沒有提過虎牙半個字，難道只是單純地忘了提起嗎？

履歷表上的照片，她面帶微笑但嘴巴是閉著的。所以看不出牙齒長的樣子，也許笑開來就會顯露出虎牙。

也或許她在與和也認識之前就已經調整過牙齒了。很可能利用母親過世留下來的保險金做了這方面的用途。

但是——

從一九九〇年的一月二十五日到四月二十日之間，做了一百八十度的轉變。

怎麼可能？開什麼玩笑嘛。

本間也覺得自己想太多，不可能，太誇張了。

畢竟這不是個事件，只是親戚拜託幫忙調查的小事。

「怎麼了嗎？」溝口律師的語氣有些焦急。

在短期間內簡直變了一個人。

本間很想敲敲自己的腦袋，才離開職場兩個月，就已經開始頭腦昏花了嗎？

就特定人物進行走訪詢問的搜查時，首先必須要做的是什麼？

確定彼此所談論的是同一人物。否則問了老半天，才發現搞錯人了豈不鬧笑話，所以一開始就該先確認清楚。

名字和長相是否一致呢？

本間覺得有些不太對勁。雖然一兩顆虎牙不算什麼，或許是和也沒有說清楚。但就算是多此一舉，既然已經感覺不太對勁，還是確認一下比較好。這已經成了本間的習慣，就像身體的本能一樣。昨晚和也沒有帶彰子的照片過來實在是太粗心大意了，所以他才會在今井事務機公司要求影印彰子的履歷表，因為需要有她的長相。

「對不起，還有一件事要麻煩你。」

本間取出履歷表交給律師，問說：「這照片上的女性是關根彰子小姐嗎？」

溝口律師看著履歷表，本間從一數到十，律師還在盯著履歷表看。

長時間的凝視，讓本間知道自己不好的預感是正確的。

沒想到——

在短期間內變了一個人。

「不是。」

律師慢慢地搖頭，感覺好像手中拿的是什麼髒東西似地將履歷表交還給本間，並說：「這名女性和我所知道的關根彰子並非同一人。我沒有見過她。我不知道她是誰，但我肯定她不是關根彰子，而是別人。你說的是別的人。」

6

從丸之內線方南町的車站，徒步約十五分鐘的距離吧，來到一幢最新流行的小巧建築，外觀像是積木堆成的公寓，外面有著突出的八角窗。這是和也未婚妻居住的地方。一樓的一〇三室，靠東南方向的邊間，窗外的空地已成為公寓住戶的腳踏車停車場。

時間剛過八點。本間在公寓前下車，和也為了不造成附近居民的困擾，決定開到路邊找好停車位再回來。

開車到本間位於水元的家接他前往彰子家調查，是一開始就說好的。但是和也因為本間不肯在路上報告今天一天調查的結果，顯現一臉的不愉快，車子也隨便亂開。

「本來今天該加班的，我卻六點就趕來了。跟我說一下又有什麼關係嘛！」一手伸進褲子後面的口袋掏鑰匙，一邊嘟著嘴抱怨。

「我想你還不至於沒用到拒絕加班就讓主管對你的印象分數不好吧？」本間靠在門廊的柱子上，故意這麼說。

「找不到鑰匙嗎？」

彰子將公寓房間的鑰匙交給和也是在半年前。和也把鑰匙收在錢包裡，他表示因為跟自己家裡的鑰匙放在一起的話，會被他媽媽發現並責怪的。

「找到了。」

和也還是一副臭臉地拿出鑰匙，發出很大的聲音開著門，繼續抱怨說：「我也是很吃驚，不是嗎？上班時候突然打電話來，要求一大堆事情。我希望你稍微說明一下也是應該的吧？」

本間推開他率先走進了玄關。

「燈的開關在哪裡？」

和也在背後按下開關，天花板上的電燈泡跟著亮了。兩人脫下鞋子，踏上簡短的走廊。

離開溝口律師的事務所，本間第一件做的事，就是打電話到和也的辦公室。先是打呼叫器通知他有急事，然後再利用咖啡廳的電話進入正題。

「你知道關根彰子戶籍上登記的地址是哪裡嗎？」

劈頭就這麼問，電話那頭的和也有點吃驚地說不出話來，然後才問，「你問這個要幹什麼？」

「你知道的吧？」

「知……道，我知道呀，在方南町的公寓，她之前一直都住在那裡。」

「真的嗎？」

「真的呀。因為分區議會議員選舉時，有收到通知投票的明信片。那種選舉人的通知單，必須是戶籍登記在該住址的人才收得到吧？」

和也說的沒錯。

她有去選舉。以關根彰子的身分進行公開的活動。

就像墨水的污漬逐漸暈開一樣，不好的預感越來越深了。

「那我想要她的戶籍謄本。我想你在外面跑業務，應該有時間去申請吧？」

「為什麼需要那種東西呢？」

「我沒辦法說明理由。你是她的未婚夫，只要說是她委託你來辦的，區公所的人應該不會拒絕才對。記得帶證明身分的證件過去。如果被拒絕也沒辦法，但是請你盡可能圓滑地說服對方。」

「嗯，我會試試看的。」

交代完這些後，本間先回家一趟。在回程的電車裡，頭痛得受不了。就連現在頭也繼續痛著。七點左右和也到水元來接他時，本間家的一顆小炸彈爆發了。是小智，他聽說爸爸打算晚上不在家而大發脾氣。

本間當然知道小智是在擔心他，同時小智也很害怕。因為自從媽媽車禍身故以來，他就是這樣——一想到如果連剩下的父親也沒有了，就會害怕得不得了。所以他一點也不希望本間冒任何危險、出任何勉為其難的任務。

儘管本間利用時間安撫了一下小智，但是今晚他大概會一直生氣吧。本間離開家門的時候，小智是一個人窩在房間裡的。

本間一坐進車子裡，和也便說：「對不起，沒能拿到戶籍謄本。」

瞬間，本間臉上露出了安心的神色。

「是嗎，沒拿到呀。是不是因為你說她戶籍登記在方南町是錯誤的？」

「才不是，是被拒絕了。說什麼沒有證據能證明我是她的未婚夫，沒有委託書就不能申請。」

本間一陣錯愕，「原來是這個意思呀。」

「是呀，不然你以為是什麼意思？」

原來是遇上了不通情理的服務人員吧，那也沒辦法……

「她沒有室友嗎？」

和也一邊握著方向盤，一邊像是欣賞珍奇動物似地轉頭看著本間，「你是說她跟誰一起住嗎？開什麼玩笑嘛。」

「你有見過公寓的房東嗎？」

「打聲招呼是有的，也是住在附近的人。彰子倒是經常在路邊和房東聊天。」

那麼住到一半換個人的可能性便消失了。「關根彰子」一開始就是以關根彰子的身分住進方南町的公寓，和房東處得不錯，有去登記戶籍，也有去選舉。

冒名頂替的人敢這樣子肆無忌憚，恐怕是因為知道自己不管做什麼，真正的關根彰子也不會出面抗議吧？

本間首先想到的是，戶籍的轉賣。是不是個人破產之後，一時之間無法正常生活的關根彰子將戶籍轉賣給同年紀需要戶籍的其他女性了呢？

還是說，往更壞的方面想，真正的關根彰子說不定已經死了，既沒有提出死亡的除籍登記，遺體也還沒有被發現。

不管是哪一種情況，都不是可以隨隨便便開口說明的，所以在剩下的路上，本間只有沉默地隨著車身搖晃。和也也只有一副臭臉地任意加速駕駛。

而現在兩人走進了曾經與和也有過婚約的女性之前所住過的房間裡。房間裡的空氣和本間的心情一樣，涼到了谷底。

簡短的走廊左手邊是一體成型的浴廁間。右手邊則是狹窄的廚房。牆邊有冰箱、餐具櫃和電爐，只留下可讓一個人轉身的空間。到處都整理的很整齊。不鏽鋼製的洗滌槽刷洗的一塵不染，用手指觸碰便能感覺光滑潔淨。三角架底下則胡亂堆放著空的啤酒罐，應該是上次和也來時幹的好事吧。除此之外也沒有廚餘的臭味，整體而言給人乾淨的感覺。

大概是門口吹來的風，抽風扇緩緩地轉了兩圈便停了，扇葉閃閃發光。本間走出了廚房。

起居間也一樣整理的乾淨整齊。大概有四坪大吧，是個橫倒的長方形房間。右手邊的盡頭擺著一張床，整個床罩拉到枕頭上面，確實有做好床務整理。床頭部分設計成一個小書架，上面放著一盞圓形燈罩的檯燈和兩本文庫版的小書。書名是《一個人遊北美》和《最新歐洲購物資訊》。兩本都跟旅行有關，內容則令人有對照的感覺。其中書皮被讀到捲了起來的是《一個人遊北美》。

床邊有一個圓筒狀的垃圾桶，擺在窗戶底下。裡面也是清的一乾二淨。

房間裡除了一個固定的衣櫥外，還有一個較大的衣物棉被收納櫃和組合式的書架，以及一個有輪子的小抽屜櫃，上面擺著無線電話。地板上鋪著地毯——就觸感而言，材質是棉混紡的。上面放著一張白木製的圓桌和配對的兩張椅子，桌腳旁邊有一個玉米葉編織的大型籃子，籃子裡是織到一半的毛衣和幾顆毛線球，上面插著棒針。本間拿起來一看，和也趕緊小聲說明，「她說是幫我織的毛衣，我們本來在下個月要去滑雪。」

「她有滑雪道具嗎？」

和也點頭說：「收在陽台的置物櫃裡。」

推開落地窗來到陽台，原本與隔壁房間的隔板處是不能擺置東西的，現在卻放著一個在郵購目錄上常見的置物櫃。打開一看，裡面有全新的滑雪板、裝著滑雪靴的大型鞋袋。兩者都包著防塵的塑膠袋，並用膠帶黏得密不透風。

「什麼時候開始滑雪的呢？」本間背對著和也詢問，和也立刻回答說：「彰子是從前年開始的，是認識我之後才開始的。我則是從學生時代就開始玩的。」

「她什麼時候買這些道具的呢？」

「也是從前年開始的。一開始是買滑雪服，然後用去年夏季和冬季的獎金買齊了滑雪板和滑雪靴。因為是我跟她一起去買的，所以記得很清楚。」

接著又以一副煞有介事的表情輕聲補充說：「她都是一次付清現金，雖然店員也勸她可以刷卡分期付款。」

本間聽了一語不發，心想告訴對方個人破產的人不是你所認識的「關根彰子」固然容易，但現在還不到時候。

滑雪板是「羅西鈕」，滑雪靴是「沙洛蒙」，都是品牌名稱。

「這些算是滑雪用品中的高級貨嗎？」

和也輕輕摸了一下滑雪靴的鞋袋，「倒不是什麼很高級的東西，尤其又是前一季的商品的話。

如果是新一季的設計，整套買下來很可觀，只有一件一件補齊吧。這些牌子對初學者而言算是很合適。我記得她的滑雪衣應該是『克雷松』的吧。」

意思是說彰子並沒有太過浪費。

推動一下鞋袋，在角落裡發現一個蓋子上印有「家庭木匠工具組」的箱子，旁邊有一瓶密封的罐子和破抹布。拿起來一看，一股刺鼻的臭味撲面而來。

「什麼東西？」和也湊上前來詢問。

「汽油。」本間回答，並將罐子放回原位。

站在外面才五分鐘，手指已經開始冰冷。陽台緊鄰著隔壁大樓的牆壁，大概是為了保護隱私，陽台四周圍有間隔兼障眼用的護欄。怎麼看都覺得日曬的光線不足。

「她都怎麼洗衣服的？」

陽台上看不到任何的曬衣架。

「她都是去自助洗衣店。」和也回答，「她說這屋子裡沒有放洗衣機的空間，而且也沒有曬衣服的地方。加上住在一樓，曬內衣褲什麼的很麻煩。」

回到室內，本間拉張椅子坐下。重新環視四周。家具和窗簾也都不是用很高級的貨色。倒是那具衣櫥很可能是榆樹的材質，應該價值不少錢吧。或許是因為長期要用的家具，多少願意花點錢用好的東西吧。

「有沒有聽說這裡的房租是多少？」

和也攤開織到一半的毛衣——身體的部分已經完成——凝神注視的表情顯得茫然。本間重複同樣的問句。

「噢……好像說是一個月六萬吧。」

「很便宜嘛。」

房間很小、光線又不好、也不是高級公寓，但至少是在東京都內，而且房子還算很新。

「聽說是地主為了節省遺產稅才蓋了這幢公寓，所以不能賺太多錢。彰子還很自傲說自己很會找到這種便宜的好事。」

說完後和也以一種納悶的眼色問說：「你問這些要幹什麼？」

本間正在觀察那具衣櫥。之前沒有發現，剛剛從旁邊檢查時，看見在正面把手附近有一大塊顏色不一樣的污漬。或許因為這個原因所以能要求折價吧。

看來這房間的主人擁有頗合理的購物精神。

「你知道她從這屋子裡帶走了些什麼東西嗎？」

和也人雖然坐在床上，卻緩緩地轉動頭部看著衣櫥說：「少許的衣服和平常出門用的旅行袋不見了。另外就是存摺和印章。」

「沒錯嗎？」

「對。彰子總是將這類的貴重物品裝在空的餅乾盒裡，藏在床鋪底下。」

和也彎下身子，將手伸進床下，拉出一個二十公分見方的四方形盒子。是銀座高級西餅店的餅乾盒。

打開蓋子，裡面幾乎是空的。所謂「幾乎」，是因為裡面只有一個便宜的木頭印章，上面刻著

「關根」。

本間心想，她大概將「關根」這個姓也給拋棄在這裡了吧。

「想要找的東西有三樣。」

「什麼東西？」

「首先是她的相簿。」

「那在書架裡就有。」

「接著是她學生時代的畢業紀念冊。」

和也眨了一下眼睛說：「為什麼要看這種東西？」

「她有讓你看過嗎？」

就好像被告知鼻子上有髒東西一樣，和也突然退縮了。

「有嗎？」

和也慢慢地搖搖頭說：「沒有。因為她說過不想記起故鄉的過去，我想這就是原因吧。」

「可是一般人都會帶著才對，還是說她另外有租借儲藏室嗎？」

「沒有，畢竟沒有必要吧。彰子一個人住，又沒什麼錢。你不是去過今井事務機公司嗎？彰子光靠那裡的薪水生活，哪有閒錢讓她亂花呢。」

「好，了解。總之就是要類似畢業紀念冊之類的東西。」

「那第三樣呢？」

和也看起來有些不安，就像閉著眼睛走路的人一樣，用手摸索著牆壁。因為不清楚本間的目的，很擔心自己將被帶往何處。他有點防備的樣子。

「我想她之前破產時，曾經從溝口律師和法院那裡收到過什麼文件資料。麻煩你找找看有沒有剩下些什麼在這裡。」

和也的嘴角動了一下，好像要說些什麼，但最後還是沉默地做他的事。

兩個人默默地各自檢查了約三十分鐘。畢竟房間不大，可收納的空間也很有限。而且她又是個愛乾淨的女性，衣櫥內整理的井井有條，一如和也說的，抽走衣物的空間都留有縫隙。

結果和也找到的，就只有一開始就知道位置的相簿。本間則是在書架上的空格裡找到小香水瓶。打開瓶蓋，飄出一股濃郁的香氣。假如她在今井事務機公司裡噴這種味道，想必社長和小蜜會大吃一驚吧！

「她平常是用這種香水嗎？」

本間遞出香水瓶詢問，和也卻皺著眉頭說：「她不用味道這麼強的香水，而是更輕淡的古龍水。她總是用小型的噴霧香水瓶，放在皮包帶著用。」

本間將香水瓶放回書架上，並瀏覽架上收藏的書本。文庫版的小書比較多，且多半是女作家寫的小說。說不定在這些書後面會藏有香水瓶，就像女學生會將香皂放進收拾內衣褲的抽屜裡一樣。

乾淨清爽，看起來很舒服的房間。如果現在有女性說要住進來，幾乎可以直接走人將房間交租出去了。

因為房間裡沒有留下前人的味道。

本間不禁重新認為，她消失了。突然間，腦海浮現破壞舊巢痕跡然後另覓新居的蜘蛛。真是不好的聯想。

「我們走吧。」本間對和也說：「她的相簿可以借給我嗎？用完後就還給你。」

「幹什麼用呢？」

「不告訴你每一項用途，你會死是嗎？」

和也抱著相簿，視線避開地說：「這可是我未婚妻的照片。」

「是目前行蹤不明的未婚妻，而你不是要找她出來嗎？」

用力嘆了一口怒氣之後，和也上前交出了相簿。

「對了，我聽今井的社長說，她把你送她的訂婚戒指給帶走了。」

和也不高興地點點頭，然後在離開房門之前，終於以忍受不住的口吻質問說：「本間先生，為什麼從剛剛開始你都不叫彰子的名字？為什麼都是用『她、她、她』呢？」

「是這樣子嗎？」

「究竟你是為了什麼目的要來調查這個房間的呢？」

本間沒有回答，默默地關上了房門。所以和也的質問隨著燈光被留在房間裡，那些被棄置的桌椅、床鋪、書架裡的書代替它們的女主人聽著這個疑問。

或許它們也很想知道本間的答案，是為了什麼目的要調查這裡？

但也說不定它們早知道了答案，它們知道本間真正想知道的答案。

究竟住在這個房間裡的女主人是誰？

7

帶著相簿回到家已經是十點左右。因為開車來回，所以沒有帶傘。白天的疲勞如今一起釋放，每走一步都舉步維艱。在國宅門口停了一下、在三樓共用的走廊上也停了一下，好讓雙腳得以喘息。

意外的是，家裡的大門沒有上鎖。剛開始本間並沒注意，鑰匙插進去轉動後才發覺。於是抽出鑰匙重新來過，這時聽見了腳步聲。井坂來到門口從裡面幫他開了大門。

「原來你來幫我看家呀。」

「因為久惠喝春酒回來的晚。我一個人在家等也是無聊，所以就跟小智一起看電視。」

看他有些靦腆的解釋，但其實是小智又哭又鬧，他不忍心放小智一個人在家吧。

「真是不好意思。」本間低頭致意後，輕聲詢問，「小智那傢伙是不是不懂事，給你添麻煩了？」

井坂搖搖頭，然後輕輕用下巴指著小智的房間說：「已經睡了。還交代我說，爸爸回來的時候，千萬叫爸爸不要叫醒他！」

「因為他還在生氣嘛。」

本間不禁苦笑，井坂也跟著一起露出笑臉，但沒有發出笑聲。兩人踮著腳步，回到電視聲音響著的客廳。本間落後一步走進客廳，井坂關掉電視，並將燈光調得更亮一些。然後擺出一副裁縫師觀察客戶身材的表情，仔細盯著本間看。

「你好像很累的樣子。」

「大概是一下子活動的太厲害了吧。事情變得有點棘手了。」

本間把相簿放在桌上，井坂微微側著頭問說：「要喝點啤酒嗎？」

井坂根本就不能喝酒。本間自從出院後就處於禁煙禁酒的狀態，直到最近才又一點一點地恢復了。本間想晚上睡不著，與其吃安眠藥，不如利用輕微的酒精比較好吧。但是今晚已經這麼累了，再加上酒精，明天恐怕會睡上一整天，所以便搖搖頭拒絕。

「那我來泡咖啡吧。」井坂說著走進了廚房。現在他沒有穿圍裙，可是面對著瓦斯爐、餐具櫃的背影卻很具有架勢。矮矮胖胖的身材，一開始就不會令人覺得不習慣，而今更令人讚嘆他的轉型成功。

井坂住的是一樓東邊的兩房兩廳，只有夫妻倆一起生活。今年正好滿五十歲，但給人第一眼的印象卻顯得更老一些。他的太太名叫久惠，比本間大一歲，今年四十三，但看起來不過是三十五、六歲的感覺。職業是室內設計師，和朋友在南青山開了一家事務所，從早到晚全年無休地忙著工作。兩人沒有生小孩。

井坂本來是一家以裝潢為主要業務的建築公司職員，跟久惠的事務所有生意往來。他是建築公司老闆的愛將，十分受到老闆的信賴。

然而老闆猝逝，老闆兒子才剛接管公司，經營狀態便出了問題。新老闆是個連跟客戶寒暄打招呼都做不好的年輕人，只有氣派完全是個大老闆。果然在這個連壁紙也不會貼的年輕老闆帶領下，公司破產了。原因好像是出在年輕老闆討厭繼承家業，居然玩起了眼前獲利亮麗的股票期貨。

身為真才實料的技術人員，井坂並不擔心找不到工作。但是天外卻飛來橫禍，年輕老闆竟毫無根據地控告公司實際經營者的井坂貪污瀆職。這已經是五年前的事了。

原本就是無中生有的誣告事件，稍微調查一下就能洗清冤情。井坂被無罪釋放了。因為公司的負債幾乎都是年輕老闆自己拿去花用掉了，會有這種結局也是想當然爾。只是從小就被教育「所有的過錯都是別人犯的」，年輕老闆不太能接受這個事實，於是一而再使出其他花招來困擾井坂。自然也對井坂之後的工作造成了影響。倒不是說他的品行或為人受到懷疑，而是像經常被警方傳訊、必須找律師商談之類的事佔去了工作的時間。

還好久惠的工作很順利，兩人也各自擁有積蓄。井坂和妻子商量之後，本想等這件煩人的事結束之前，暫且先待在家裡，當個家庭主夫。剛結婚的時候，兩個人就盡可能公平地分擔家務，所以現在賦閒在家也不會造成彼此的困擾與不習慣。可是持續兩三個月後，井坂才發覺自己頗適合作家事，他也決定以此為業，正式經營起他的家政事業。

目前除了本間家之外，還跟其他兩戶人家簽約幫忙打掃和洗衣服。當然他自己家的家事，則是跟他過去從事裝潢業務時一樣跟久惠兩人平均分擔。

「這是應該的嘛。」井坂久惠說。

本間和他們夫婦熟識，正好是在井坂貪污誣告罪鬧得最凶的時候。說是鬧得最凶，也已經是最後的階段了。警方已經愛理不理、自己聘雇的律師也宣布放棄，實在找不到其他手段可使的年輕老闆，竟然隻身拿著鐵棒來襲擊井坂家。

那一天是星期日的晚上九點左右，本間難得這個時候會在家。其實他正有要事馬上得出門，只是剛好回家換個衣服罷了。

事後聊起當時的情形，千鶴子說，「我還以為是哪裡發生了爆炸！」原來是年輕老闆揮舞著鐵棒用力敲打井坂家門邊的窗戶，打碎一地玻璃的聲響。

隨著玻璃飛散的碎裂聲，緊接著的是久惠的尖叫和男人咆哮的罵聲。

「是樓下的太太。」千鶴子還沒說完，本間已經衝向大門。一把將想要跟著出門看熱鬧的小智給推了回去。腳尖才剛塞進鞋子時，又聽見另一聲擊打門板的聲音，就像是沒敲準銅鑼一樣的聲響。

「我殺了你們！」咆哮聲不斷，說話的人醉了，連聲音都聽起來臭氣沖天。

「快打一一〇。」本間對千鶴子丟下一句話便衝下樓梯。

要抓住整個人從破壞的窗戶探進身子、拉扯井坂胸口的年輕老闆並非難事。因為對方太過喧鬧，本間拽著他的頭用力往瓦斯表上撞，才一次對方便安靜了下來，之後也沒有因此而被告。大概對方也搞不清楚是誰幹的好事。

不過久惠可就厲害了，她居然敢跟年輕老闆應戰。手上高舉著平底鍋，差點連本間也要跟著遭殃。

久惠是個十分標緻的美女。本間現在還會常常想起她大叫，「你敢對我先生怎麼樣！」一邊拿著平底鍋正準備衝過來給年輕老闆一擊的呲牙咧嘴狠樣。而且甚至覺得當時的她比起平常盛裝微笑時都要美麗許多。

「小智說栗坂哥哥拜託你做奇怪的事，他很生氣。」井坂一邊泡咖啡，一邊背對著本間說話。

本間靠在沙發椅上，雙手搓揉著臉笑說：「的確是拜託我做了一件怪事，我都覺得頭腦快出問題了。實在是太久沒用生鏽了。」

千鶴子猝死後，本間又不能不上班，小智不論在現實生活或心理上都變成了孤零零一個人。這時率先跳出來表示願意照顧他的就是井坂夫婦。在小智的身心狀態恢復平靜之前，從接送上下學到晚上陪上廁所，都是他們夫婦一手包辦。換句話說，本間和小智能夠重新生活變成目前的型態，全靠井坂夫婦的幫忙。

因此到現在為止，家裡的許多小事，他們都是這樣子商量過來的。加上這次本間的住院，更加麻煩了他們夫妻，欠的人情益發難以收拾，但也加深了彼此之間的信賴。

「什麼怪事呢？聽說是找人吧。」井坂將兩湯匙的砂糖放進咖啡裡攪拌，嘴裡問著。

本間點頭回答，「說是未婚妻跑了——我看也真的是被逃婚了。」

「真可憐。不過這樣子要把人找出來，應該很費工夫吧。」

「剛開始的時候我可不這麼認為。」

「年輕女孩子的話呢……還是放砂糖比較好。」井坂制止了本間拿起咖啡杯的手繼續說著，「疲倦的時候，放砂糖比較好。我常常跟久惠這麼說。說什麼減肥不放糖，結果累了就喝『蠻牛』什麼的提神，難怪精神老是緊張不安。那種做法太不合自然了。累了就是加砂糖，這是最好的方法！」

本間聽從推薦喝完一杯香甜的咖啡，雖然不可能立刻消除疲勞，感覺上心情倒是輕鬆了許多，果然不錯。

「整個情況變得好像在玩什麼奇妙的遊戲一樣。」本間一開口說，井坂便將手撐在桌子上擺出洗耳恭聽的姿勢。

「什麼遊戲呢？」

「不是有一種遊戲，把眼睛遮起來摸東西，然後猜猜摸到的是什麼。有的時候還會在摸的東西上面蓋著箱子或一塊布。」

井坂偏著頭想了一下，然後用力點頭說：「啊，我知道我知道。對啦，就是讓人家摸什麼水煮蛋呀、蒟蒻、寵物之類的猜謎遊戲吧？」

「沒錯，就是那種。眼睛被矇起來的人不管摸到什麼，心裡都會很不舒服吧，表現得大驚小怪的。」

「久惠有一次在忘年會的餘興節目中玩過。你知道她摸到了什麼嗎？算盤。可是她卻鬼叫鬼叫地好像被外星人攻擊一樣……」

井坂邊搖頭邊笑，還擦了一下眼角的淚水。大概是回想起來還覺得很好笑吧。

「可是那又怎麼樣呢？」他催促本間說下去時，眼角還是堆滿了笑意。

本間也一臉笑容地繼續說明，「我現在也覺得很奇怪，或許是因為眼睛被矇住的關係吧。換句話說，整個狀況還不是很清楚，這時候最忌諱大驚小怪，打開蓋子說不定出現的就是算盤。只不過目前所接觸的感覺——似乎不是很舒服就是了。」

本間說的很慢，同時也整理一下自己的思路。井坂不時點頭，聽得很認真。

「可是……居然冒用別人的名字。」井坂感嘆地說完後，摸著自己圓滾滾的脖子。

「不是只有名字而已，連身分都假冒了。這種案例過去也不是沒有，已經是很久之前的事，大概是昭和三十年代（一九五六—一九六五）那時吧。有個男人借用別人的戶籍過日子，結果被控告侵占姓名權。」

但是那個男人並沒有改變原來的戶籍與變更別人的戶籍謄本。

不，應該說是辦不到。因為一旦這麼做了，什麼時候會露出馬腳就很難說了。名字被冒用的本人發現在自己不知道的情形之下戶籍被更動了，肯定會把事情鬧大的。所以他只能偷偷摸摸地什麼也不做，只是借用別人的身分。

可是「關根彰子」就不一樣了。

「時代不一樣了。戶籍的買賣也不是不可能的。」井坂說時，對著空氣皺著眉頭，「這年頭不是有東南亞的女性就為了在日本工作而跟日本人假結婚嗎？」

說的也是……本間心想。

井坂看著本間的表情，大概覺得自己說的話引領出意想不到的線索，不禁笑開了臉。

「不過——再仔細想想，戶籍制度是為了什麼而設立的，真是令人搞不懂耶。」

「歐美國家就沒有這種制度。」

「我就說嘛，只有日本有。」

「但也不是說一點用處都沒有。戶籍至少可以防止刑法上所列的一種犯罪。」

井坂眨眨眼睛問：「什麼罪？」

「重婚罪呀。」本間笑說：「國外的電影和小說中不是常有這種主題嗎？因為他們那裡只有出生證明和結婚證書，加上國家又很大，很容易發生重婚的情況，還是說很容易讓人犯下重婚罪。但是在日本，只要調查一下戶籍就能立刻知道婚姻狀況。」

「所以就無法欺騙女人了。」

「沒錯，就算要騙，轉個戶籍頂多也只能隱瞞過去離婚的事實吧。」

「噢，就只是這麼一點用處呀。那為什麼不乾脆停止這種麻煩的制度呢？」

聽井坂這麼一說，本間不禁也思考，如果能有一種新的制度，更加簡便又能保護人民隱私權的話該有多好……

「說的也是……就像領養這種事，寫不寫出來都是問題。就連特別領養制度的實施也是四、五年前才開始的。」

井坂邊聽邊點頭，表情卻有些僵硬。雖然想裝出不在意的樣子，但還是會顧慮到本間的立場。

小智並非本間和千鶴子的親生小孩，還在襁褓時期就被領養回來的。那是在特別領養制度實施之前，也就是戶籍上可以不記載小孩子親生父母姓名的制度之前。

人性本來就很殘酷，只要發現別人哪裡不一樣，就會群起攻之。小智在托兒所時，不曉得怎麼洩漏出去的（大概是註冊時所繳交的戶籍謄本吧），校園裡流傳著小智是養子的說法。還是四歲的小孩子，同學之間並沒有出什麼問題，但在媽媽之間還是成了一時的話題。為此千鶴子有一段時間既生氣又很傷心。

當時夫妻倆商量的結果是，反正將來總是會知道的，若是從別人的口中得知，對孩子而言太可憐了，因此決定等小智十二歲時再親口告訴他。沒想到三年之前千鶴子發生那種事，結果本間得一個人說明真相，到期限之日還有兩年。

停止撫摸脖子的手，井坂看著本間問說：「和也的未婚妻，是不是不知道關根彰子這個人宣告過個人破產呢？」

本間這才回過神來，「大概是吧。恐怕她自己最為吃驚也說不一定。」

肯定是很大的失算，所以臉色才會一下子變得鐵青。

「而且調查破產的經過時，假冒身分的事實也會跟著被調查出來，會讓人發現她不是真正的關根彰子，所以只好趕緊逃跑了。」

「而且跑得很慌張。」

「慌張的樣子讓本間先生感覺不太對勁！」井坂確認般地說的很慢，表情顯得有些認真

「我覺得情況真的很不對勁。問題是戶籍謄本該麼辦？」

「和也人很老實吧？」井坂問說：「大概在櫃檯吃了閉門羹吧？」

因為他不知道事情的嚴重性，所以沒有盡全力去辦。可是沒有將整個情況說明清楚的人是本間，自然也沒有理由責怪和也。

「當然也可以拜託搜查課的什麼人幫忙拿，反正文書照會的申請不需要一一經過課長的檢查蓋章，雖然很簡單……」

「但是你不想用那種方法。」

「嗯，畢竟是私人的調查，而且又是在東京都裡。如果是鄉下地方的話，還可以勉為其難拜託

人家幫忙。」

「本間先生自己去櫃檯說明情況，難道拿不到嗎？」

「不行，這種事情公家機關管得很嚴的。不然的話，問題可就多了。」

井坂像個孩子一樣，雙手撐著臉頰思考著。

「如果是跟關根彰子一樣年紀的女孩到櫃檯去，表明自己就是『本人』的話，會怎樣？該不會被要求拿出證明身分的證件吧？」

本間搖搖頭說：「應該不會那麼嚴格確認吧……不過，我不知道。」

「那就這麼決定了。」井坂微笑說：「我去拜託久惠事務所的女職員跑一趟吧。從南青山到方南町，倒也沒有多遠。」

「不行，那樣子不可以的。本來就不可以那麼做的……」

「這是非常時期，就算失敗了也沒關係，我會去跟久惠說說看的。」

井坂坐到十一點左右，久惠快回家的時刻才離去。只剩一個人的本間還沒有睡覺的意願，拿出那本相簿仔細的翻閱。

似乎和也和他的未婚妻都不是很喜歡拍照。就印象而言，看來是兩個人親密交往之後才開始拍照的，所以應該保存有這一年半期間內的相片，但是相簿裡卻只塞了個半滿。

還是說——本間停止翻閱的手，思考著。

和也的未婚妻自從開始以別人的身分、別人的名字進行詐欺的行為，或許便本能地產生了戒備心，不留下照片也不遺留下足跡。

她被和也質問不過才一天的時間，就能將公寓收拾得一乾二淨，自己也消失無蹤。通常總是得先有一定程度預知後果，才能夠消失得如此漂亮，不是嗎？儘管不希望發生這種後果，也不願意多想，但是萬一自己並非「關根彰子」的事實敗露，就必須讓自己能當場逃逸……

所以她的交友範圍狹窄，從這點來判斷也就不難理解了。她隨時都做好從前線撤退的戰鬥準備。

本間想起她放在方南町公寓置物櫃裡的那一小瓶汽油。家事交由媽媽一手處理的和也似乎不太清楚那瓶汽油的用處，但本間一眼就看明白了。因為以前千鶴子也曾做過。

那瓶汽油是用來擦拭沾黏在抽風機上面的污垢的。難怪扇葉光可鑑人。

逃離公寓的時候，應該是沒有閒功夫連抽風機都擦拭乾淨。換句話說，和也的未婚妻平常就打掃得很仔細吧，這從房間內的樣子也能看得出來。

會不會這只是因為她很愛乾淨呢？僅止於此？

不留下蛛絲馬跡！

可是如果就這樣跟和也結婚、建立了自己的家庭，又該怎麼辦？深深紮根之後才敗露過往的行跡，她該如何是好？還是一樣會逃跑嗎？

還是說她有她不得不逃跑的理由？

收在相簿裡的最後一張照片，很偶然地是她的一張臉部特寫。左耳邊微微可以看見打了燈光的灰姑娘城堡尖塔。大概是兩人到東京迪士尼樂園玩時拍的照片吧？時間是晚上，搞不好是去年的聖誕夜或是除夕夜吧？

她開懷地笑著，露出美麗的牙齒，並沒有虎牙。

一如熱心於妝點自己，她也是個喜歡保持房間整潔的年輕女性。本間不禁在心中浮現出這樣的形象，她拿著吸塵器清潔地板的模樣、拿出家庭木匠工具組中的起子拼裝組合家具的模樣、用破抹布沾汽油擦拭抽風機扇葉的模樣……

清潔劑固然也可以，但是短時間內要見效，還是汽油最好用。千鶴子曾經這麼說過。事後則又喊著很傷手，拚命往手上塗抹護手霜。

本間的心中多少還是存在著「這不是工作」的感覺吧，所以對整件事沒有看得很嚴重。一個和千鶴子用同樣方法作家事的女人，他實在不願認為會有什麼黑暗的過去。那個裝有汽油的小瓶子和光可鑑人的抽風機扇葉，會作那種事的女人竟然會有不得不逃避的往昔，他實在不願意承認。

背後發出了細微的聲響，於是本間的視線從相簿轉到了身後。是小智探著頭在看他。

「怎麼，起來了呀？」

小智沉默不語。用十歲小孩特有的方式扭曲著腳站立著，一臉不高興、縮著脖子、一副受寒的樣子看著地板。

「既然起來了，就該穿上衣服，是要上廁所嗎？」

還是不說話，本間壓低了聲音說：「不高興的話就說出來聽聽，臭著臉誰知道呢？」

好長一段時間，只能聽見小智濃濁的呼吸聲。於是本間突然想到，哎呀，這傢伙鼻子又有問題了。

「右邊的鼻子塞住了吧？」試著一問，小智一副沒有這回事的表情回答，「我才沒有鼻塞。」

「光著腳站在那裡，不用十分鐘就會鼻塞了。」

「可以嗎？」小智用下巴指著椅子，等到看見本間皺著眉頭，才又改口問說：「我可以坐下來嗎？」並用手指著椅子。

「可以呀。」

本間伸出手調整暖氣機的出風口，好讓小智也能吹得到熱氣。小智一坐好，便用聰明伶俐的松鼠般表情面對著他問：「今天去了哪裡？」

「很多地方。」

「這是什麼？」手指著桌上的相簿。

「和也放在這裡的東西。」

「栗坂哥哥拜託你什麼事？會比受了傷不能出去還要重要嗎？你不是答應過我在傷好之前都不出去的嗎？」

小智越說越快，最後甚至發起了脾氣。他肯定到剛剛為止，一直躺在床上努力練習，等爸爸回家後要怎麼數落。可是一旦開口後便什麼都忘了，很自然地便說出了責備的言語。

「對不起。」本間很誠懇地道歉，「我的確是沒有遵守和你的約定，這是爸爸的不對。」

小智眨著眼睛。

「可是和也他現在很煩惱。為了幫忙他，爸爸不得不出面。」

「可是栗坂哥哥又沒有幫我們家做過什麼，為什麼爸爸就要幫他？很奇怪耶。」

說的倒是很有道理。

「你真的這麼想嗎？」

「嗯。」

「那這樣子的話，我們就不能幫助有困難的人了。」

小智沉默不語，假裝吸了兩、三下鼻子後才說：「可是那也不一定非得要爸爸幫忙呀。栗坂哥哥可以去找別人嘛，不是嗎？」

「找誰？比方說？」

小智想了一下回答，「他可以去找警察呀。」

「警察在目前的階段是什麼都不會做的。這一點爸爸說的準沒錯。」

小智不滿地嘟著嘴問，「是要找什麼人吧？」

「嗯。」

「那個人有在相簿裡面嗎？」

雖然他的問法有些不合邏輯，但本間還是點點頭。

「我可以看嗎？」

換句話說，他想看看那個讓爸爸破壞約定不能在家養傷的人的長相。本間翻出相簿最後一張的照片讓他看。

「就是這個女人。」

小智認真地端詳了好一會兒說：「這裡是迪士尼樂園耶。」

「大概吧。」

「這個人長得很漂亮。」

「你也這麼認為嗎？」

「爸爸呢？」

「是吧。」

「栗坂哥哥應該覺得她很漂亮吧？」

「那是一定的囉。」

「哥哥的女朋友跑了嗎？」

本間沉默了一下子才回答說：「沒有同情心的人才會這樣子說話。」

小智的眼光低垂了下來，然後又開始搖晃起雙腳。似乎想甩開腳上那雙名為「不高興」的隱形拖鞋。

「今天……」突然間他開口了。

「怎麼了？」

「小勝家的呆呆不見了。」

就像用釘書機連續裝訂文件時，突然沒針，打空了。本間有那種感覺，趕緊搖搖頭問說：「你說什麼？」

「呆呆不見了，晚上沒回家。會不會被人帶去衛生所了？」

小智光滑的臉頰上，凍結著不安的表情。

呆呆是小勝家養的一條雜種狗。大約是三個月前，被人棄養在公園裡，小勝和小智兩人便帶回家來了。

小智也想養牠，但是本間不答應。本來這個公寓就禁止飼養寵物，而且養在家裡的話，又要增加井坂的困擾。

小勝家或許因為他是鑰匙兒，父母聽從了他的願望，所以這隻取名為呆呆的狗邊留在他家了。不過小智也經常帶牠出去散步。

「呆呆也長大了，難免一、兩個晚上會不回家的。」本間試著安慰。

那是一隻遠祖可能有柴犬血統的小狗。雖說已經長大了，但是嬌小的身軀一個大人單手就能抱得起來。而且不怕生，對人沒有戒心，任何陌生人喊牠名字，便搖頭擺尾地飛過去舔對方的臉和手。也因此不管如何調教，就是學不會「握手」、「坐下」，所以取名叫做「呆呆」。

因為是這樣的一隻狗，路上任何人經過都可能輕易帶走牠。應該不會是被衛生所捕野狗的人給抓走了。

「不用太擔心，再等些天看看。說不定明天一早就回來了。」

本間這才發覺或許小智是想跟他說這件事。當然小智也擔心膝蓋還未完全康復的他到處奔波，但小智也同樣十分擔心行蹤不明的呆呆，所以想說出來，讓爸爸安慰他不用擔心。

「如果沒有回來，我可以去找牠嗎？」

「可以呀。」

猶豫了一下之後，小智說：「爸爸也很擔心栗坂哥哥不見的女朋友嗎？」

「擔心呀。」本間回答，但和對呆呆則是不同意義的擔心。

「我懂了。」輕輕點點頭後，小智說：「我懂了，可是你不要太勉強。到時候調查太累了又不想去做復健，小心人家又打電話來催。」

因為復健太辛苦了，他曾經一次沒有去。結果負責本間療程的物理治療師是個女性，打電話來說教，還說下次要到家裡來做。（對方的家就住在離本間家一站遠的龜有車站附近。）被兒子這麼一說，當爸爸的真是顏面掃地。

「我會注意的。」

小智嘻嘻笑著從椅子上滑下來。這時手肘碰到了桌上的相簿，應聲落在桌子下面。

「啊，對不起。」

小智趕緊撿起了相簿。這時從相簿一角飄出一張照片落在地板上，本間將照片撿了起來。是一張彩色的立可拍照片，沒有標上日期。八公分見方的四方形外框中，拍攝的主體是一棟房子。

「是什麼呢？」小智湊過頭來問。

一間漂亮的洋房。巧克力色的外牆，窗戶和門板都是白色的，通往大門口的兩層階梯旁放置著花盆。屋頂傾斜的角度像貴婦人的帽子一樣，像事先經過了細密的計算，上面還開了一扇天窗。

畫面前方有兩名女性由右向左經過。兩個人好像都是突然發現面對這棟屋子正面的照相機，一個人朝著前進的方向，另一個人則是對著鏡頭——也就是看著鏡頭，輕輕做出揮手的動作。大概是發現到有人拍照，所以揮手致意吧。

兩個女性都穿著寶藍色的背心套裝，長袖的白襯衫胸口打著一個桃紅色的蝴蝶結。大概是制服吧。

房子和兩名女性。其他就是出現在畫面左上角的天空，和像鐵塔一樣的東西。因為只照到一小部分，仔細看了好久才發現，會不會是棒球場的照明燈呢？於是本間問了一下小智。

「沒錯……就是棒球場的那種燈。」

重新再檢查一次相簿，發現這張照片是夾在封面內側的口袋裡。那是用來收藏底片的紙製袋子，因為不透明，之前沒有發現。

小智回到房間後，本間再度仔細觀察這張立可拍相片。

只是一張房屋特寫的照片，角落的兩名女性是偶然被拍進去的吧，所以主體是這間洋房。如果是拍人，應該等到被拍照的主角走到更好的位置才按快門吧。

為什麼和也的未婚妻要保存這張照片呢？

是她出生的老家嗎？如果是的話，至少會是一個線索。若不是這個房子的家人，卻拿著別人家的照片到處走，倒也是少見的興趣呀。

被拍得有些模糊的照明燈。

這是哪裡呢？

在棒球場附近的房子。然而若要特定是哪裡，這點線索是不夠的。日本全國不知道有多少個棒球場，根本就數不清。

但是本間還是將和也未婚妻的特寫照片和這張立可拍相片抽了出來準備借用。他將兩張照片收進記事簿時，正好聽見小智房裡的咕咕鐘報出午夜十二點的鐘聲。

8

井坂久惠送居民卡和戶籍謄本來，是隔天早上十點左右。

正在門口掃地的井坂先看見了她，本間聽見他們兩人交談的聲音也起身來到門口。或許是今天早晨的空氣特別冷，久惠的臉頰紅通通的。腳上穿著和嘴裡吐出來的氣息一樣雪白的新球鞋。這身打扮開著紅色的奧迪跑車到處跑，可見得她們事務所的收入足夠養活她和另外一名設計師及秘書。

「我們公司的理惠馬上幫我跑了一趟。果然只要說是『本人』，很簡單就能申請到手了。」她充滿活力的邊說明邊脫下鵝黃色的夾克。

「你怎麼好像剛剛被救出來的俘虜一樣呢？」在廚房仔細端詳了一下本間的臉，久惠這麼說。

「有那麼憔悴嗎？」

的確還有一些疲倦，但今天早上起床的感覺還算不錯。心想是不是鬍子沒有刮乾淨，一邊摸著下巴。久惠看他這個樣子不禁笑說：「不是啦，正好相反。因為你一副好像剛剛恢復自由的表情。」

看來整天窩在家裡還是很無聊吧？」

「因為找到了可以出門走走的藉口了。」井坂在大門口邊掃地邊插嘴說話。

「整天面對著拉高訓練器，實在有夠煩人的。」

「什麼拉高什麼的？」

「就是用來鍛鍊體力的一種機器，復健的時候老被逼著做，也有人說是體適能訓練機器。」

「原來如此……」久惠像是覺得很有趣轉動著眼睛說：「用那種好像怪獸的名字，聽都沒聽過。」

接著從大包包裡拿出印有區公所地址的信封，裡面裝有居民卡，以及裝不進信封袋裡的戶籍謄本和戶籍貼條影本，放在桌上。

「你確認一下。」

本間沒有馬上拿起來看。久惠微微點了點頭，然後數著指頭確認說：「有記載本籍所在的居民卡、戶籍謄本和戶籍貼條影本。你要的東西都到手了，在同一個區公所就能全部辦好。這個人登記的地址和本籍是同一個地方耶。」

久惠撥弄一下像是剛燙好還維持著捲度的及肩長髮，微微一笑。不是那種愉悅的笑容，而是用來緩和氣氛的。

「昨天聽井坂說的，你說有種不好的預感。」

井坂洗完手，邊用圍裙擦乾手邊走進廚房。他探頭看了一下文件，問久惠說：「有沒有很麻煩呢？」

「一點也不。」

「是嗎，這算是盲點囉。」

井坂說的沒錯。法律明明規定，沒有正當理由是不能隨便閱覽與借出抄寫影印的，但只要同樣年紀的人在櫃檯表示是「本人」，就能輕易拿到手了。

本來櫃檯服務人員為了確認是否為本人，應該要求提出駕照等證明文件，不是那麼隨隨便便就能過關的。但在實際操作上，執行得並不徹底。而市民本身也不知道這個規定——應該說被告知的市民並不多，所以一旦需要到區公所申請資料時，如果被嚴格要求的話，反而會抱怨一兩句，衝突也會增加吧。結果，除非是需要特別慎重檢核的服務櫃檯，在忙碌的時間裡，對外觀不那麼可疑的市民要求太多的話，是會顯得不通人情的。尤其是男性的櫃檯服務人員，對於申請謄本的年輕女性，盡可能的希望表現出不拒人於千里之外的態度，也是在所難免。

花了時間和金錢，既不能讓櫃檯服務人員感覺到精神上的負擔，又不能讓市民感覺到服務態度不親切。因為政府的隱私權管理和法律不夠完備，所以才會產生這些弊病。本間不禁想起那件發生在小智托兒所時期的騷動。

井坂坐在旁邊，大概是想起昨晚的話題，臉上浮現一些緊張的神色。

久惠問說：「她搬到方南町是在平成二年（一九九〇）的四月，根據昨天聽到的狀況，同一時期她剛好也換了新工作囉。」

本間翻閱著戶籍謄本，點了點頭說：「就是今井事務機公司。」

在方南町的居民卡上，當然只列了關根彰子一個人的名字。

戶長：關根彰子

住址：杉並區方南町3—4—5

接著在「1」的欄位裡記載著：

姓名：關根彰子

出生年月日：昭和三十九年（一九六四）九月十四日

性別：女

關係：戶長

遷入日期：平成二年（一九九〇）四月一日

戶籍：東京都杉並區方南町3—4，於平成二年（一九九〇）四月一日自埼玉縣川口市南町2—5—2遷居

也就是說她兩年前的一月二十五日拜訪溝口律師之後，過沒多久便從當時居住的川口市搬到這裡來。換言之，這樣就能知道這個女人是從什麼時候開始冒用「關根彰子」的姓名和身分。

平成二年，一九九〇年的四月。

本間將戶籍謄本拿在手上，立即就發現了自己想法的錯誤。

「她不是轉出戶籍，而是另立戶籍。」

「你說什麼？」井坂探過頭來問。

「出生地在宇都宮的關根彰子。籍貫就是履歷表上所寫的『東京都』，所以我以為她是將戶籍轉了出來。但是你看這上面寫的，並非如此。她是另立新的戶籍，一個人將戶籍建立在方南町上。」

籍貫欄　東京都杉並區方南町3—4

戶長姓名欄　關根彰子

戶籍事項欄　平成貳年肆月壹日登記。［印］

身分事項欄　昭和參拾玖年玖月拾肆日生於栃木縣宇都宮市銀杏坂町，同出生月之貳拾日父親申請入籍。［印］

平成貳年肆月壹日申請自栃木縣宇都宮市銀杏坂町貳仟零肆號關根庄司戶籍分出戶籍。［印］

父母欄　父　歿　關根庄司
母　歿　淑子

與父母關係欄　長女

名字欄　彰子

出生年月日欄　昭和參拾玖年玖月拾肆日

因為不是轉籍而是分籍，所以戶籍貼條影本也記載著：

住址欄　東京都杉並區方南町3—4—5

住址遷入年月日　平成二年（一九九〇）四月一日
名字　　　　　　彰子

上面只記載了這些。

戶籍貼條是為了確認該戶籍裡面所記錄之人目前的住址而浮貼的紙條。如果調查分籍之前的宇都宮戶籍，在已被除籍的戶長「關根庄司」貼條上應該就會記錄以前彰子搬遷過的所有住址。

而且最後一個住址應該是「埼玉縣川口市南町2—5—2」。那是真正的關根彰子，還在酒廊「拉海娜」上班，擔心是否該領取媽媽的保險金，所以登門跟溝口律師商量該如何是好時所居住的地方。

本間的視線來回徘徊在羅列的漢字上時，突然感覺手臂上起了雞皮疙瘩。

剛搬來這裡的時候，有一天抱著還是嬰兒的小智到水元公園散步，看見路邊掉了一條繩子。原本已經跨過去了，但心裡總覺得有些納悶而回頭看。結果繩子竟然扭動了起來，消失在枯葉之中。那是一條瘦小的蛇還是巨大的蚯蚓呢？至今本間還沒有搞清楚。

常會發生這種情況，迷迷糊糊看過的東西，心中感覺有些不對勁，結果真相竟然令人難以想像。直到視線的焦點對準了，才恍然大悟。

「說不定是我的大膽假設——」久惠小聲地表示。

「怎麼了？」

「我是這麼認為的。當我看見這份謄本時，我覺得栗坂和也的未婚妻不只是利用了『關根彰子』的戶籍，她其實是想完全取代這個身分吧。」

「所以才會故意另立戶籍囉？」

本間心中也有同樣的想法，所以才會感覺一陣寒意。

「是的，還有父母欄前面所註記的『歿』字，如果沒有要求是不會主動填寫上去的。」

井坂吃驚地問，「是嗎？」

「我母親也是很早就過世了，所以我是根據自己的經驗得知的。我提出死亡證明時，服務人員問我說，戶籍的父母欄位裡要不要填寫『歿』呢？」

本間偷偷看了井坂一眼，然後感覺很不舒服地皺著眉頭，重新看著戶籍謄本。

「那麼故意填寫上去——看起來好像是一種強調，你們不覺得嗎？表示這個戶籍裡面只有我一個人。還是說即便是在文件上面也不希望跟別人父母寫在一起呢？至少讓他們兩個人已經死亡的事實突顯，心裡會比較好過呢……或許是我想太多了，可是老公你覺得呢？」久惠說完看著井坂。井坂側著頭思考。

本間再一次凝視著兩個並列的『歿』字。似乎可以感覺到久惠的言下之意——其實絕非她想得太多。

別人的戶籍。別人的父母。別人的身分。

是用錢買來的？還是說——

用其他方法侵占的呢？

不管是哪一種，那個「關根彰子」確實做了萬全的準備轉換成別人的身分。

「可是一個人哪有那麼容易就能變成完全不同的陌生人呢？」井坂不寒而慄地縮著肩膀表示意見。其實應該不會感覺寒冷的，因為房間裡有暖氣。就連剛剛在外面吹著冷風的久惠，臉頰也由通紅轉為普通的血色。

井坂覺得毛骨悚然。

「的確沒有那麼簡單，但是只要抓到訣竅，也不是不可能的。」本間說。

「可是……就算戶籍沒問題，只要上班的話，就必須投保健康保險、厚生年金吧？」

「健康保險嘛——首先，以企業為單位的社會保險，根據任用時的履歷表所填寫的姓名、地址等資料就能投保。只要上面寫的沒問題，就不會露出馬腳。社會保險局是依市區町村的行政單位分級管轄的，如果從前一個公司離職了，在離職的當時就會自動從保險工會退保，也必須繳回保險證。所以——這只是我的假設，基本上來說不太可能會發生重複投保的問題，自然也沒有嚴密進行交叉調查的必要。」

井坂一副質疑的神色看著久惠，久惠點頭說：「我們事務所是由理惠辦理這些業務，的確不是要求的很嚴格。」

「個人投保的國民健康保險，基本上是根據住民登錄的資料。搬家後重新投保時，只要提出之前保險的證據——不限於國民保險、健康保險——只要有退保證明就能再投保。年金基本上也是同樣的結構，檢查做得很寬鬆。例如投保國民年金是必要的，但就是有很多人沒有投保。因為他們認為自己年老的時候不見得能領到這筆錢。」

井坂重新仔細地看著謄本。

「真的關根彰子住在川口南市町時，是在酒廊裡上班。所以說她應該有投保國民保險。這種情形下，想要冒用她身分的假關根彰子進入今井事務機公司上班後，便能自動投保。她只要拿著保險證到川口市區公所的國民保險櫃檯說：『我上班了，要退掉國民保險。』自然會被受理。也許會有保費結算的動作，但只要跟對方說句辛苦了，馬上就能辦好。」

「哈哈哈……」

「而重要的是，任何情形之下，只要有女性來到A這個區公所說：『我開始上班了，所以國民保險要退掉』。不管她是不是投保國民保險的同一人，確認的時候完全不看照片的。只要帶個木頭章、健康保險證去就行了。就算是別人代勞也不會被發現。不光只是申請謄本，甚至遷戶口、除籍也可以找別人出面，只要年齡、性別不要差距太大，帶了證件，表示是『本人』便可以過關。」

這種情形並不只限於國民健康保險，戶籍的轉出、居民卡的申辦等也是一樣。只利用證件確認身分，卻不比對臉和照片。

只要遮住籍貫和現在住址，其他任憑對方想看什麼都無所謂，幾乎是門戶洞開了。

不過有個前提條件，當事人保持沉默，這是絕對必要的條件。

井坂沉默著，似乎是在認真思考有什麼空隙可鑽。

「如果那個人投保了民間的壽險呢？會不會被發現跟要保人的長相不一樣呢？那種公司的業務員很會記客戶的長相。」

想了一下，本間搖頭說：「最近的保險幾乎都是從銀行帳戶扣款的吧？這種情形之下，只要知道帳戶，確實匯入保費，就不會被起疑了。而且滿期之後自動續保，也不會有問題。根本不需要跟服務的業務員見面。尤其如果保的是十年、十五滿期的簡易保險，到時候再厲害的業務也記不住十年前客戶的長相吧。」

久惠在一旁點頭稱是，「一旦覺得危險，就乾脆解約算了，很簡單嘛。當然業務員會囉哩叭唆希望不要解約，可是只要拿著保單到保險公司的服務櫃檯，立刻就會受理，連身分也都不會確認。」

聽久惠這麼一說，井坂深深嘆了一口氣說：「怎麼感覺越來越恐怖了。」

「所以說，她的確是孤注一擲、破釜沉舟。」本間看著久惠。

「但是這個案件我有一點覺得可疑，就是勞工保險的部分。」

根據今井事務機公司小蜜的說法，「關根彰子」於一九九〇年四月才正式投保勞工保險，之前都只是兼職。所以她的勞工保險證核發日期也是一九九〇年四月。但是溝口律師卻說真的關根彰子在高中畢業後剛上東京時，曾經在葛西通商股份有限公司上過班。

「真的關根彰子到葛西通商上班是在一九八三年的時候，當時勞工保險已經上線了。七年後，假的關根彰子到今井事務機公司上班時，曾到勞保局的櫃檯投保，當時為什麼沒有確認其身分，我覺得很可疑。」

久惠偏著頭思考說：「問一下我們事務所的員工就能知道吧……應該會查對名字和被保險人證號碼，但是如果本人說是，『第一次正式上班』，或許就不會仔細確認了吧？」

但是反過來說，如果仔細確認勞保局的資料庫，調查看看昭和三十九年九月十四日出生的關根彰子是否重複投保，就能證明她的身分被冒用的事實。再怎麼健忘的人，也不太可能忘記自己過去任職過的公司名稱和曾經上過班的事實。本間說到這裡，只見久惠點頭說：「真的關根彰子離開葛西通商是什麼時候的事？」

「大概是在她宣告個人破產前不久吧。因為討債公司變本加厲，讓她難以繼續待在公司裡吧。」

「這麼說來，最快也是在一九八六年裡囉。那就沒問題，勞工局的資料通常保存七年；我聽稅務師說過。所謂的雇用記錄，其實就是人事費的記錄。所以跟稅金有關係，必須和同一段時間的帳本、傳票、收據等一起保存。」

看著本間把這些記了筆記，井坂突然拍手喊了一聲說：「那麼護照和駕照又怎麼辦？」他大聲問，「上面不是有貼大頭照嗎？如果被冒用，馬上就會被看穿的。」

由於本間沒有立刻回答，久惠接著又問說：「有沒有跟栗坂和也確認過這一點呢？」

「沒有，還沒有確認過。」

井坂說的沒錯。所以如果真的關根彰子擁有駕照的話，和也的未婚妻就應該說過，「我沒有駕照。」而且不管別人怎麼勸說，她肯定不會說，「我要考駕照。」

護照的情形也是一樣。如果真的關根彰子已經擁有護照，和也的「彰子」就無法申請護照，蜜月旅行也就無法出國了。

因為只要確認上面的照片，所有騙局就會被拆穿了。

「我想應該先到川口市南町，真的關根彰子曾經住過的地方看看。」本間輕輕用手指敲著居民卡上登記該住址的部分這麼說：「只要能知道她用什麼方法離開那裡的，說不定就會找到許多線索。」

久惠看著井坂的臉，突然輕聲說：「我昨天聽你說完之後，心中有個不好的想法……」

井坂注視著她的臉問說：「什麼不好的想法？」

「是指兩年前的事吧？」本間開口問。久惠白皙的額頭上出現細紋，她點頭說：「關根彰子的母親不是過世了嗎？」

井坂發出吸了一口氣的聲音後表示，「不會吧？怎麼可能……」

「可是她不是領了一筆保險金嗎？」

「妳是說是為了錢？」

「不，不是只有這樣，不單只是錢的問題。」本間收拾好文件，邊從椅子上站起來邊說：「關根彰子的家只有她們母女倆。換句話說，只要媽媽死了，身邊就沒有人關心女兒彰子的生活了。」

冒用戶籍、冒用其身分，簡直是再適合不過的狀況了。

說是偶然也未免太湊巧了。本間從昨晚起就一直在想著這一點。

先是家人，接著恐怕就是消滅——本人。

「老公，你先做完打掃的工作，之後我們一起吃午飯。我送本間先生到車站去。」久惠邊說邊起身，表情顯得很認真。

9

川口市南町二之五之二，是棟四層樓高的老房子，名稱叫做「川口公寓」。一樓大概是整修過後新開張的店面，一間是光鮮亮麗的便利商店，另一間則是與便利商店大異其趣的咖啡廳「巴卡斯」，面對道路的窗戶顯得陰沉。

一眼看過去，川口公寓裡面似乎沒有常駐的管理員。便利商店的收銀台前站著活力十足的年輕人，但本間卻把腳步移向了巴卡斯的入口。便利商店的店員反應太快，而且對當地的資訊不是很清楚。那裡是孤獨的人或是以孤獨為樂的人們會去的場所，那裡不會有情報的，就算有也不會有人留意。從前曾經為了調查某件強盜事件，集中式地走訪各便利商店問訊，結果很吃驚地發現，原來便利商店的店員們幾乎不會對客戶的長相留下任何印象。

巴卡斯的門口掛著「準備中」的牌子，但大門是開著的。本間邊打招呼邊走進去，看見在吧台裡面一個年輕女孩和大聲談笑的中年男子同時抬起了頭，兩人的手臂上都沾滿了泡沫。

「對不起，我們還沒有開店。」男人說話的聲調意外顯得高亢，說話的同時用手腕擦了一下鼻子，於是修剪漂亮的鬍鬚也沾上了泡沫。

本間站在入口大門的內側說明來意，想要探聽過去住在這裡的人的消息，能否告知房東或管理這棟大樓的不動產公司在哪裡？

結果男人回答，「我就是房東。」

男人一邊擦掉手上的泡沫一邊走出吧台，年輕女孩則繼續清洗東西，但視線卻盯著本間看。

「你說以前住在這裡的人，大概是什麼時候的事呢？」

「一九九〇年，也就是前年。我確定前年的一月她還住在這裡，四〇一號房，名字叫做關根彰子，在酒廊工作。」

「是嗎？」男人仔細看著本間說：「你還蠻清楚的嘛……你是那個關根小姐的親戚嗎？」

本間將準備好的說辭重複說了一遍，男人邊聽邊點頭，然後回頭對著洗東西的女孩說：「明美，去叫媽媽來。叫她帶公寓的檔案夾來，快點！」

「是。」女孩從吧台走出來，身上穿著短得嚇死人的迷你裙，腿的線條細長得令人驚艷。這兩人居然是父女，一時之間不禁給人奇妙的印象。

「來，這邊坐。」男人邀本間坐在最近的位置上，自己先坐了下來。

咖啡廳取了酒神「巴卡斯」的名字有些矛盾，裡面裝潢倒是名符其實。堆積的貨品、壁紙和塗成黑色的吧台，一眼讓人聯想到酒吧。

「不過你這樣很辛苦吧？」男人翻遍了口袋好不容易才掏出香煙，邊點火邊說。看見本間遞出了名片，趕緊叼住香煙，又開始手忙腳亂地翻口袋，但這次卻沒有斬獲。

「我的名片好像用完了，我叫紺野。」說完輕輕點了一下頭。

「耽誤你時間不好意思，你們不是應該準備開店了嗎？」

時間是十一點左右，午餐應該屬於營業時段。但是紺野卻笑著搖頭說：「我們傍晚才開店。幾乎一半算是pub了，因為也有卡拉OK的設備。」

狹小的店裡面，有一角用簾子遮住，或許就是放卡拉OK的地方吧。

「你還記得關根彰子小姐嗎？」

「這個嘛……我不太管公寓的事，都交給我老婆處理了。她馬上就會來，你問她比較清楚。」

一如配合紺野說的話，剛剛那個叫做明美的女孩回來了。她從隔開店面和裡面房間的門板後面探出身說：「爸，媽叫你也來，帶著客人一起。媽一聽說是關根小姐的親戚來了，嚇了一跳。」

紺野信子坐在「巴卡斯」店後面的小辦公室裡，週遭滿是帳簿。聽他們夫妻的說法，他們除了這裡還擁有兩間公寓，而且都是由信子一個人管理。

引介完後，紺野先生便立刻回到店裡。第一印象覺得他是個善於交際的男人，但是和太太站在一起，卻又給人弱勢的丈夫印象。真是有趣的遠近比較法。

溝通之後，信子立刻拖出一個紙箱。約是裝橘子的水果箱大小，蓋子上面印有「玫瑰專線」的公司名和看起來像是該公司的商標吧，一個玫瑰花造型的簡單圖案。文字和圖案都是粉紅色的。

「我一直都收在倉庫裡，因為不太放心。」信子拍拍紙箱蓋說：「這些都是關根小姐私人的東西。她離開這裡的時候留下來的。不管怎麼說，我們是沒辦法隨便丟掉的。」

「什麼意思？」

信子挑高了眉毛，顯得很意外。她的眉毛沒有經過修整和描畫，形狀很自然。

「關根小姐離開四〇一號房時，什麼家當都沒有帶走，難道你不知道嗎？」

坐在信子請他坐下的旋轉椅上，本間探出身子問說：「換句話說，她沒有跟你們說一聲就離開這裡囉？」

信子用力點頭說：「倒是留了一封信，說什麼自己老是很倒楣，想離開東京到新的地方重新開始。所以過去的東西都留下來，請我們幫忙處理，大概就是寫了這些吧。我做這行生意這麼久了，頭一次遇到這種房客。」

「那麼她只提了一只皮箱就離開這裡囉？」

「應該是吧。」

「之後沒再見過面嗎？」

「是呀，換句話說她是趁夜逃跑了，半夜裡就悄悄不見了。因為我們也不住在這裡，根本不知道。是早上到巴卡斯打開信箱拿報紙時，看見四〇一號房的鑰匙和她留下來的信，我們才知道她跑了。」

「那是什麼時候的事了？」

信子拿出檔案夾，檔案夾的背面寫著「川口公寓租屋」，裡面夾滿了文件。

「是平成二年（一九九〇），所以是前年了。沒想到都過了這麼久了。」

真的關根彰子去找溝口律師是在那一年的一月二十五日。假的彰子出現在今井事務機公司、租方南町的房子居住則是在四月。戶籍的分籍手續是四月一日辦的。所以說兩人的身分交換——換句話說，真的關根彰子消失在這裡應該是——

「應該是三月份的事吧？」

信子翻閱檔案裡面的內容點點頭說：「沒錯，三月十八號，是星期日。那一天早上，我剛剛也說過了，我們發現了那封信。」

也就是說，她是在前一天的星期六離開了這裡。

家具、行李都沒有帶走，獨自一人，沒有跟房東說一聲便銷聲匿跡了……

「她留下來的信呢？」

「不好意思，早丟了。」

那就沒辦法了。

「關根小姐是會做這種事的房客嗎？我的意思是說，她是個很隨便的房客嗎？」

信子側著頭思索僅有的記憶後回答，「倒也不會……所以我才會很吃驚。她頂多就是半夜把垃圾丟出來，深夜回家上樓梯的聲音太吵之類的情況吧。」

「房租都有準時交嗎？」

「是的，每個月都準時給。」

「她是在酒廊上班吧？關於這一點，剛搬進來的時候有沒有發生過什麼問題？」

信子笑了，臉頰上堆起了笑紋反而更增添她的魅力，她就是這種類型的女人。

「這種事太囉唆的話，是會找不到房客的。我們這裡押金收三個月，還必須要打契約。只要不造成鄰居的困擾，對於房客的職業、生活我們是不會設定條件的。」

紺野信子這女人算是個標準的生意人吧。沒有化妝、頭髮也只是簡單束在後面，發自內在自然的緊張感，讓她看起來顯得年輕。

「很老實，是個不錯的房客，關根小姐她這個人。見面也都會向人打招呼。」

信子的說法，讓本間慢慢地點點頭，應該是吧。溝口律師也說過兩年前見面時，她給人很沉穩的感覺。

可是為什麼毫無預兆地留下身邊東西消失無蹤了呢？

本間心想，在可預期的情況之中，恐怕發生了最糟糕的狀況。

如果真的關根彰子將戶籍賣給了假的彰子，就沒有必要做出趁夜逃跑的行為。如果她想要搬家，只要循著正常手續辦理即可。退一步想，就算她想將所有家具、身邊東西都換過重新生活，也應該採取更符合常識的做法吧。理由她應該對房東提起過。

真的關根彰子在兩年前的三月十七日消失在這裡。沒有告訴任何人便突然斷絕音訊。然後在下個月初，別的女人冒用她的身分開始在方南町生活。

本間感覺胃開始慢慢地在翻騰。

矇眼遊戲的箱子裡，放的並非是算盤。而是造型奇怪、一不小心就會割傷手的刀子。

紺野信子疑惑地看著他，本間指著紙箱問說：「我可以看看裡面的東西嗎？」

「可以，請。」

他在接待客人用的茶几上打開紙箱蓋子。

「家具之類的大型東西不是賣了就是當作大型垃圾處理掉了，至於這些東西就……」

就數量而言，東西不多。三卷錄音帶、五付廉價的耳環、裝在盒子裡的珍珠別針、只有前面幾頁寫過的家計簿（頁角都已經泛黃了）和一張過期了的國民健康保險證，期限到平成元年（一九八九）三月三十一日止，登記的地址則是這棟公寓。

還有破破爛爛的美容院會員卡，兩本文庫版小書，兩本都是時代小說，輕鬆的捕快故事，倒是令人意外的興趣。

「錄音帶內容是什麼？」

「好像錄了音樂，我女兒聽過一次，還說大概是從收音機裡錄的東西吧。」

剩下就是幾張文件——都是東京都裡某家醫院「給病人」的簡介資料。內容寫著，門診的掛號時間、標示各科位置的地圖、預約的方法、領藥規定等病人該注意事項。

夾在簡介資料中有一張收費明細。日期是一九八八年七月七日，彰子到內科看門診。如果只是這樣就沒什麼，問題是上面有用原子筆在空白處寫的電話號碼。

「這是？」本間指著電話號碼問信子，「妳有打到這裡試過嗎？」

信子點頭說：「有，我打過。我以為可能是關根小姐朋友的電話號碼。」

「結果呢？」

信子拍著紙箱說：「結果打到了這裡。」

「什麼？」

「就是玫瑰專線呀，原來是郵購公司的電話號碼。大概是關根小姐在醫院候診室的雜誌上看見這個電話號碼給抄了下來的吧？然後打電話過去請他們寄目錄過來。」

本間看了一下紙箱蓋子問說：「這是郵購公司的名字嗎？」

「沒錯，跟男人沒什麼關係，主要賣的是女人的內睡衣、襪子之類的東西。」

「內睡衣？」

「就是貼身衣物啦。」信子笑著回答。

「所以說這個箱子也是她房間裡的東西囉？」

「沒錯，所以我把不好處理的東西都放在裡面。首飾之類的很難賣，我又不喜歡丟書本。」

在醫院簡介的下面還有一張簡介，上面有彩色照片，是介紹墓地的廣告單。地點是宇都宮市內的「綠色靈園」。

大概是她母親過世時，她考慮買塊墓地吧？

「她可能是想幫她媽媽買墳墓吧。」信子也說。

「妳知道關根小姐母親過世的消息嗎？」

「知道呀，因為住進來時候的保證人就是她媽媽嘛。過世時也是關根小姐主動通知我的。」

「聽說是發生意外死的。」

信子蹙著眉說：「說是喝醉酒，從家附近的石頭階梯上摔了下來。」

「在宇都宮嗎？」

「是呀。因為她媽媽一個人在那裡生活，聽說有工作，身體也很健康。」

「關根小姐對她母親的過世是否顯得很悲傷？」

「看起來的確是受了很大的刺激，因為她們母女的感情不錯。」

本間心想，應該是吧。如果真的關根彰子和母親感情不好，決定再也不回故鄉的話，就不會住在這個JR線火車一班車就能抵達宇都宮的川口市了。這就是人性呀。

和也說過他的「彰子」不喜歡提到故鄉的話題，但那是假冒身分的「彰子」。所以對假的「彰子」而言，別說是靠近宇都宮了，連提到宇都宮都不願意，這也是想當然爾。

將東西收回箱子時，本間又問：「這些東西可以麻煩妳再收藏一陣子嗎？」

「可以呀。只要找到了關根小姐，記得跟我聯絡一聲。」

「一定會的。」

「這些就是全部了嗎？」信子用手勢要本間確認箱裡的東西。

本間想了一下後問說：「可不可以將錄音帶借給我？」

「隨你方便，你可以聽聽看。」

將其他東西收回箱子，蓋上印有玫瑰專線名字的蓋子。為了謹慎起見，本間問說：「關根小姐的房間裡有沒有留下以前的照片、學生時代的相簿之類的東西呢？」

信子搖頭說：「如果有那些東西，我會好好收起來保管的。不過就算是偷偷搬走了，還是會帶走那一類的紀念品吧。」

「也許吧。」

然後拜託信子將檔案夾裡關根彰子租屋契約書上的保證人——也就是她母親生前的住址抄下來給他。

「妳這裡有沒有關根彰子的照片呢？」

「沒有耶。我們和房客之間沒有私下的交情。」

「有沒有其他房客跟她的感情較好呢？」

「這個嘛……」信子想了一下回答，「不管怎麼說，現在的房客都不是關根彰子那時的人了。我們這裡的房客替換得很快。」

房客替換快，表示信子的手腕高明吧，因為相對來說有更多的押金可以收。

「她消失後，有沒有跟她上班的地方聯絡過呢？位於新橋的『拉海娜』酒廊。」

信子的視線落在剛剛的檔案夾上，過了一會兒才點頭說：「是的，我打過電話。店裡的人也很吃驚，還問說她大概也打算辭掉工作吧？」

「她真的也辭掉了工作……」

「是的。因為到了星期一也沒去上班，店裡打電話到我這裡來問。還說有些還沒結清的薪水，她都丟下不管了。」

本間又開始感覺到胃的翻騰。肯定沒錯，真的關根彰子並非出於本意而銷聲匿跡的。

她是被迫消失的。

「她的房間有男人進出過嗎？」

如果有親密的男人，應該會擔心她的行蹤吧。

信子搖頭說：「就算是有，我們也沒有發現。你不如去問店裡面的人吧。」

信子率先走出辦公室。推開連接店面的門等著本間離去時，她問道：「看你很不舒服的樣子，是關節炎嗎？」

「不，是意外事故。」

「既然這樣，又何必勉強自己到處調查呢。為什麼不報警處理呢？他們不是會幫忙尋找失蹤人口的嗎？」

本間苦笑說：「他們是會接受申報的，但不會幫忙找。」

「真冷淡呀。」

店裡面，紺野先生在吧台裡煮咖啡，明美則在擦拭窗玻璃。趁著三個人都在，本間提出最後的問題，「還有一件事想請教——」

他拿出和也未婚妻「彰子」的照片問說：「你們看過這名女性嗎？在關根小姐住在這裡的時候。」

先是信子，接著是明美，最後才是紺野將照片拿在手上仔細觀看。然後三個人一起搖頭，於是起初看似不像的三個人，整齊劃一的搖頭姿勢便證明了他們是一家人。

「是嗎，謝謝你們。」

世事本來就沒那麼簡單能夠找到答案的。

離開之前，本間突然想到便開口問說，關根彰子留下的家具衣物等是否全都賣掉了呢？

「是呀，在跳蚤市場給出清了。」信子回答，「都是些有的沒的，價錢又都定得很便宜。她的信上說要我們把賣掉的錢當作賠償損失，而我是不想藉此大撈一筆的。」

「這麼說起來，還有這個。」明美扯著自己身上穿的毛衣說：「這不是當時我留下來的嗎？媽，妳不記得了嗎？」

那是一件黑底、花朵圖案的毛衣。在明美的胸口，剛好是心臟的上方，一朵不知名的鮮紅花朵張開了嘴巴。

下午在回家的路上，順道去了車站前的照相館一趟。因為要請照相館的人將立可拍照片翻拍放大。

店裡面的年輕人一副學生模樣的裝扮，好像不是工讀生，而是這家店老闆的兒子。本間拿出那張巧克力色房子的照片給對方看，對方問說：「這是什麼？」

「我就是想知道，才要放大照片呀。」

「噢，這張照片要先還給你比較好嗎？這樣的話，只要等三十分鐘就能拿回照片了。但是放大的部分要等到後天才能交件。」

「麻煩你了，我要等。」

店裡的椅子太小，坐起來不穩。等待的時間裡，沒有半個客人上門。不知哪裡吹來的寒風，吹得本間感覺好冷。

於是乾脆走出照相館，利用附近的公共電話，撥到溝口律師的事務所。話筒傳來女性的聲音，看來是那個叫做澤木的女職員。

律師不在，說是到鄉下出差幾天。

「後天的話，會在事務所裡。」

「我有事找他，不曉得他行程排得怎麼樣？」

過了一會兒，對方說：「行事曆上都排滿了耶。」

「那就沒辦法囉。」

對方輕輕一笑之後說：「溝口律師吃午餐的地點是固定的，是事務所附近的烏龍麵店。你不妨去找他看看？應該能談個三十分鐘吧。」

店名是「長迴」。寫下對方給他的地址，道完謝後掛上話筒。正好看見剛剛的年輕店員衝出照相館，東張西望地尋找逃逸的客人。

回到家看了一下時鐘，已經過了下午三點。井坂不在家，不知道是到別人家幫忙打掃呢？還是出去買東西了？燒好開水，沖泡一杯即溶咖啡，坐在廚房的椅子上，思考了一陣子之後，本間打了一通電話。

是搜查課的專線電話。

本來就沒認為能立刻找到對方，果然對方也出門辦事了。接電話的是別組的刑警，彼此報告了一下近況，然後放下聽筒，才開始喝咖啡。

對方來電是在二十分鐘之後。電話鈴聲一次還沒響完，本間便接起話筒，聽見對方的大嗓門。

「還真快呀，我看你還沒累垮嘛！」

那是碇貞夫，本間的刑警同事，兩人是警校時的同學，之後各自發展不同。碇貞夫後來配置在警視廳的搜查課，好巧不巧又跟本間同屬於搜查課則是兩年前的事。「搞什麼嘛，結果又在同一個單位。」碇貞夫笑說。

「我聽說你來電話，特地跑到外面來打。課長耳朵尖，不方便在他旁邊說話，有什麼事嗎？」

碇貞夫身材雖然矮小，卻是個丟往牆壁反彈之後筋骨不傷的肌肉型猛男。說話很快、嗓門又大，老家是稻荷町的佛具店。

「不好意思，知道你忙，卻還有事要麻煩你。」

碇貞夫大聲笑說：「沒關係，這筆帳先記著。等你回來上班，我會要你加倍做還給我。」

「我想申請文件照會，能不能夠背著課長幫我去做呢？」

「小事一樁，那位仁兄根本什麼都不會看的。對方是哪裡？銀行嗎？」

「不是，是勞工局和區公所的居民課。」

同時報上今井事務機公司的「關根彰子」的勞工保險被保險人號碼、出生年月日和所屬的勞工局單位。

「我要這個人的就職記錄。假如我沒有猜錯的話，同一個人應該是在兩家公司都有投保勞工保險。」

「我知道了，那兩家公司名稱呢？」

本間報上今井事務機和葛西通商的名字以及個別的住址。碇貞夫沒有反問，身手俐落地一一記下。

「其他要查的是區公所的什麼？」

「同一個人的除籍謄本和戶籍上的貼條影本。」

然後報上關根彰子分籍前的戶籍所在地——宇都宮。碇貞夫寫完後覆誦了一次。

「小事一樁呀……」他的聲音稍微壓低了，「你現在在幹什麼？我還以為你整天忙著跟復健的小姐約會呢。」

「這是親戚拜託的事，幫忙找個人。本來是不應該麻煩你出面的，但是情況有點不太對勁。」

「你是說——」話筒傳來碇貞夫的呼吸聲，「可能會發展成犯罪案件嗎？」

「嗯。」

「既然這樣，你就回來吧，當成公事就不麻煩了。一個人調查太辛苦了。」

「不過我還沒有十足的確信。不對，我是很確信，只是不知道情況會發展成什麼樣。」

「聽起來很麻煩呀。」

「總之暫且我想先這樣子試試看。不好意思，麻煩你了。」

聽著話筒傳來窸窸窣窣的聲音——一定是碇貞夫在抓頭，他答應說：「我知道啦。可是你說是親戚的事，難道跟小智有關嗎？」

碇貞夫很喜歡小智，嘴裡老是說，因為是外人，所以可以不負責任地寵小智。

「跟小智沒有關係，是遠親，千鶴子堂哥的兒子。你知道該怎麼稱呼這種關係嗎？」

「我哪會知道。」碇貞夫笑著準備掛斷電話，本間趕緊追問說：「喂，你最近還在相親嗎？」

碇貞夫年齡四十二歲，仍是孤家寡人一個。他聽了大笑說：「有呀，有呀。就在上個禮拜天。對方是寡婦，有個二十歲的兒子。」

「你看上人家了吧？」

「你怎麼知道？」

「因為你說話很有精神呀。」

「鬼扯，我才沒有那麼單純。」碇貞夫笑著說完後，突然變回正經的語氣說：「喂，你剛剛是說在找人嗎？」

「我說了呀。」

「是女人吧？」

猜得真準。

「嗯，你還真會猜。」

「那女人活著嗎？」

本間苦笑著說不出話來。真是敏銳的傢伙，馬上就聞出了哪裡不對勁。

真的關根彰子十之八九應該已經身故了。是被人所殺還是衍生出其他狀況而死的，現階段還不能斷定……

但是冒用她名字的女人，還在某處活著。本間說的很慢，好讓自己也聽得清楚，「有個活著必須找出來的女人，她絕對還活著好好的。」

碇貞夫停了一下沒有說話，然後才說聲，「你自己小心點。」便掛上電話。本間也將話筒放好。然後將手撐在桌子上，動也不動地坐在那裡。過了一陣子才很辛苦地站起來，從小智房間取出小型錄放音機，開始聽關根彰子留下的錄音帶。

都是些流行歌曲，曲風明朗的情歌佔大多數。這些歌曲都在腦海中流瀉而過，只有紺野明美身上穿著的毛衣，原本是關根彰子的毛衣，被假的彰子棄置的毛衣，鮮紅的花樣不停在本間閉著的眼裡閃動。

10

這一次栗坂和也又是在晚上九點過後才來。究竟是工作太忙還是沒事做也必須等到上司離去後才能下班，無法從他不高興的神情判斷出來。

傍晚，本間打電話到他辦公室通知說：「要跟你報告，同時還要問問你的意見。」大概是先預告過，和也心裡多少有些準備，他外套也不脫地劈頭就問說：「你說要問我的意見，究竟是怎麼回事？」

說出壞消息之前必須先做些心理建設。否則剛碰面就告訴和也天地變色的事實，說不定他反而不會當真，也無法真誠接受。

「你先坐下再說，我的說明很長。」

「找到彰子了嗎？」

本間搖搖頭說：「我先說清楚，這不是好消息。你得做好心理準備才行，可以嗎？」

和也皺著眉頭說：「太誇張了，怎麼回事？」

「這件事一點都不好笑。」

「我知道，所以你趕快說吧。我可沒有那麼多的閒功夫。」

本間早交代小智乖乖待在自己的房間裡。小智大概是在玩電動吧，房間裡不時傳出電動遊戲特有的音效。廚房裡的冰箱馬達也很努力地轉動。在這兩種聲音的陪襯下，本間依照順序報告之前調查的經過。

「關根彰子」的履歷表、戶籍謄本、居民卡，全都攤在桌子上，和也臉上的表情也跟著消失了。他像是戴著假面具，背後只有眼睛會活動。

「你是在開玩笑吧？」聽完本間的報告，這是和也第一句開口說的話。為了說出這句話，他好像一直停止呼吸等待著，所以有點喘不過氣來。

「遺憾的是，我沒有開玩笑也沒有說謊，這是事實。」

「可是……」不出所料，和也說到這裡便笑了，雙手輕輕攤開，彎曲成鉤子狀的手指對著空氣舞動，「太可笑了，你說彰子不是彰子，這怎麼可能？」

本間默默地看著他的臉，這時候說任何話，和也都聽不進去的。

「我正打算跟她結婚耶？是我選擇了她呀。」

言下之意，請不要隨便批評我栗坂和也挑選為妻的女人。我很完美，所以我的選擇也很完美。

「可是她並不是名叫關根彰子的女性呀。」面對著半張開嘴巴、目光茫然、視線游離的和也，本間一字一句慢慢地說明，「她是別人。所以她完全不知道五年前個人破產的事。所以當你拿出那張通知函質問她時，她馬上臉色發青了。對她而言，那簡直就是晴天霹靂。」

如果和也的「彰子」事先知道關根彰子有過個人破產的經歷，不管別人怎麼勸說，她都不可能申請辦理信用卡的。

「今天我去拜訪的川口市公寓裡，並沒有留下真的關根彰子過去宣告個人破產的證明文件。我想應該是一開始就沒有留下。不管她用的是什麼方法，如果她放在顯眼的地方，當你的未婚妻借用她身分時，就應該看見而事先知道她破產的事時才對。」

也說不定真的關根彰子因為這張文件會讓她回想到不好的過去，所以將它毀棄了。如此一來，只要本人嘴裡不說，就不會有人知道破產的事實了。

「我想你一定受到很大的衝擊，但是我既然知道了這些事就沒辦法放下不管。所以就算你決定從此不再過問這件事，我還是要繼續追查下去。」

本間說完後看著和也的眼睛。他還沒有認清現實，儘管眼睛是張開著，意識卻不知道漂流到何處了。

「你決定怎麼樣？要放手嗎？還是要繼續呢？可以的話，我希望你能幫忙。關於你的未婚妻，你是最清楚的。有關她的資訊，你知道得最多，那是我所需要的。她是在哪裡跟真的關根彰子接觸？為什麼要冒用關根彰子的身分？為了調查這些真相，任何細微的線索我都需要。」

經過一段頗長的時間，和也終於開口說：「我……什麼都不知道。」

在沉靜的空氣中，只聽得到小智熱衷的電動遊戲音效聲。

和也緩緩地抬起頭，就像躺在路邊的流浪漢投給路上行人的眼光一樣，模糊的視線這才對準了本間的臉。

「我知道了……」

「知道了？」

「是彰子拜託你這麼做的吧？」熄滅的火焰再度燃起，和也的眼睛睜得好大，「我知道了，你雖然找到了彰子，可是她卻拜託你保持沉默，對吧？彰子想要跟我分手，所以才會拜託你編出那種故事。是不是彰子有了別的男人？是嗎？所以你才會那樣子亂說吧？」

和也站起來探出身子靠近本間，一不小心碰到了桌子，將煙灰缸摔到地上發出巨大的聲響。和也的嘴唇裡飛濺出口沫，「你說是不是嘛？」

電動遊戲的音效停止了，小智的房門也開了。一張小臉立刻探了出來，睜得好大的兩隻眼睛盯著本間看。

本間提醒自己不要看小智，慢慢地站起來壓住和也的手臂。

「你真的是這麼想嗎？」

一如積木搭成的塔崩落一樣，和也跌坐在椅子上。然後雙手抱著頭縮成了一團。

小智悄悄地滑出房門，來到走廊的半路上停下了腳步，稍稍想了一下，然後右轉往大門的方向衝出去。

過了一會兒，和也的後腦勺開始震動。本間以為他在哭，卻又好像不是。不久和也抬起頭說：

「你這些話我聽夠了！」

狠狠丟出一句話後，他用抖動的手擦了一下嘴巴。

「我不知道你安的是什麼心，這種話去騙別人吧！我可沒有笨到乖乖坐在這裡聽你鬼扯！」

和也站起來，粗魯地從衣架上扯下外套，沒有穿上身便要奪門而出。本間坐在那裡不動聲色，他想和也不會就這樣子回去，應該還有話要說才對。

果不其然，和也走到了客廳門口便停下腳步。然後回過頭，像要甩掉纏在身上的東西似地聳著肩膀，從上衣內袋掏出了錢包，隨意抽出了幾張鈔票，「這是到今天為止的花費，我想應該夠了吧。」

他對著本間丟出了鈔票。好幾張的萬元大鈔就這樣飄飄然，很沒有威嚴地飄落到地上。

原來他是想到了錢，本間心想。想到和也怎麼怒罵也不能甘心本間對他未婚妻的污衊，接下來則是跟錢扯在一塊，真不愧是在銀行上班的人。

他覺得自己的尊嚴遭受到污辱了。心想像我栗坂和也這麼優秀的人所選擇的女性，就憑你這種下三濫的刑警也想批評指教，根本是無可容忍的。這就是他的想法吧。

「她沒有給你看過一張立可拍的照片？」

和也叉著腿站在那裡，嘴裡用力呼著氣。

「是房子的照片。一棟有著巧克力色的外牆、漂亮的西式建築。她有讓你看過嗎？」

「那種東西——」和也的聲音沙啞了，「我怎麼可能看過！」

最後他轉身離去。

玄關的大門被粗魯地開了又關上。接著馬上一陣慌亂的腳步響起，是小智帶著井坂衝回家來。

「你沒事吧，爸爸？」

兩個人都緊張地睜大了眼睛。本間彎下腰收拾掉在地板上的鈔票。

「我沒事呀。」

「真的嗎？有沒有受傷呢？」

井坂也一臉鐵青，「我嚇了一跳。因為小智跑來說爸爸有危險，結果電梯一下來是那年輕人衝了出來——那是什麼？」井坂的視線落在鈔票上詢問。

「說是給我的手續費。」

「用丟的嗎？真是過分。」

小智很憤慨，但井坂卻立刻笑說：「不過給的倒是不少嘛。大概是錢包裡有多少就掏出來多少吧，三萬塊呀！」

「不好意思讓你擔心了。」本間也跟著一起笑說：「這樣子收得太多了。剩下的還是得還給人家，不然說不定之後他會告我的。」

「真是過分的傢伙！」小智一個人還在生氣。

本間拍拍兒子的頭說：「不用那麼生氣。他也是受了刺激，根本不知道自己做了些什麼。」然後稍微皺了一下眉頭說：「倒是你玩電動好像玩得太過火了吧，這個禮拜還剩下多少時間呢？」

可以玩電動遊戲的時間，一個禮拜只有七小時。如果超過了十分鐘，下個禮拜就要沒收起來不准玩。這是本間家的第二項規矩。

「還有兩個小時。」小智嘟著嘴表示，「這種事就記得很清楚哦？」

「那是當然。」

小智不高興地回房間收拾電動遊戲機。

剩下兩人後，井坂開口問說：「看這樣子，你們的談判破裂了。接下來要怎麼辦？」

「繼續調查呀，總不能放手。」

「要找出失蹤的女性嗎？」

「是的。」

本間看著窗外，整個社區都籠罩在夜色之中。

那個消失的「關根彰子」也在這同樣的夜色下。即便是在這一瞬間，她的呼氣在黑暗中化成了白色，她的聲音在某處響著。

「你要怎麼找呢？」井坂同樣看著窗外詢問。

「我想從回溯真的關根彰子的生活開始著手。看看她過去如何生活？有過什麼樣的遭遇？也許知道這些，那個冒用她身分的女人的存在自然也會跟著浮現。」

「一個會破產的女人，生活應該也很亂吧。你想調查得完嗎？」

對於井坂的疑慮，本間報以微笑說：「說的也是……但是我想從知道她是什麼樣的人，或許能得知想要替代她的女人會是怎樣的人。總之我只能從那裡開始著手。」

究竟關根彰子擁有什麼樣的特質會讓想冒用別人身分的女性看上了她呢？

井坂突然哼起了一段詩句，「火車……」

「火車？」

看著一臉疑惑回過頭來詢問的本間，井坂慢慢地繼續吟詠下去，「火車今日過我門，哀憐欲往何處去。」

然後一張圓臉堆著笑說：「昨天晚上我和久惠聊起個人破產的話題時，突然想起了這首詩。這是首古詩，應該是《拾玉集》裡的詩吧。」

迎面駛來的火車——

說不定是命運之車。關根彰子想要下車，而且她已經下過一次車了。

但是現在想要取代她的女性，不知道這情形卻想要叫住火車。

她在哪裡？本間對著遠方的黑夜，心中問著：她人在哪裡？

還有，她是誰？

11

撥開「長迴」的門簾走進店內，迎面就是一股白色蒸氣。白色木頭的櫃檯裡面，穿著潔白耀眼日式圍裙的老闆正好打開了鍋蓋。

溝口律師就端正地坐在最裡面的雙人桌前。熱氣模糊了他的眼鏡，但是當本間經過狹隘的走道靠近他時，或許是有所感覺吧，律師抬起了頭。

「噢，你來了呀。」同時大方地指著對面的座位要本間坐下。

「不好意思打擾你用餐的時間。」

「沒關係的，澤木小姐已經跟我說過你會來。」

脫下眼鏡邊用手帕擦拭，律師邊推薦說：「這裡的炸蝦烏龍麵很好吃喲。」

於是本間順從地向端著冰水過來的女服務生點了餐。

雖然過了午餐的尖峰時刻，店裡面還是擠滿了人，十分熱鬧。還好不會影響他們之間的說話，甚至本間認為這種程度的吵雜正好適合談論他目前遭遇的困難。

「那之後有些什麼進展嗎？」將眼鏡戴回鼻樑上時，律師開口問。老律師不戴眼鏡的時候看起來比較年輕。

「有了複雜的進展。」

律師的眼睛在眼鏡背後稍微睜大了一些。

「你是說不是你找錯了人？」

本間點點頭。律師請他說明情況。

「這故事說來話長。」本間先提出聲明才繼續說下去。

畢竟是熟能生巧，前天晚上對和也說過了一次，今天他就能很有條理地敘述清楚。比起在搜查會議上不得不發言的情況，本間覺得自己今天的表現很不錯。

這中間，點的烏龍麵送了上來，律師拿起筷子，做出催促本間繼續說下去的動作，但是沒有說話。臉上的表情始終顯得很平靜，絲毫沒有表現出吃驚的樣子。如果像是走進鬼屋的小孩一樣，對每一個轉角出現的嚇人玩意兒都大驚小怪的話，也就沒辦法幹好律師這一行了。

本間說完整個經過後，律師也吃完了他的烏龍麵。點了一下頭後，他說：「我大概知道整個情況了。接下來換你用餐，我也來說些話吧。」

看見本間留意著手錶，溝口律師搖搖頭說：「不必擔心我接下來的工作。」

他再度脫下眼鏡用手帕擦拭，同時閉起嘴巴稍微整理一下思緒後，才用平靜的語氣說：「你說想知道關根彰子是過怎樣生活的女性。我將就我所知道的提供給你參考。同時我想應該能解決你的某些誤解。」

「誤解？」

「沒錯。看來你好像這麼認為，關根彰子是個搞到個人破產的人，而且又從事特種行業。是個花錢沒節制、行為不檢點的女人。生活方式肯定也是亂七八糟，所以探索她過去的人際關係也會很麻煩。我說的沒錯吧？」

本間稍微舉起了筷子，做出肯定的表示。的確如此，而且這也是井坂所擔心的。其實不只是他，只要讓一般人看了關根彰子的資料，一旦看見其中「個人破產」的字眼，多半的人都會這麼想的。

律師微微開口一笑，稍稍露出了不像他這種年紀會有的整齊牙齒。

「我說的誤解就是這個。在現代社會中，會被信用卡、現金卡搞到破產的，反而是些很老實、非常膽小懦弱的人居多。為了讓你明白這一點，我必須先從這個業界的結構開始說明起。」

他從西裝的內袋掏出一本四角都斑駁的黑皮記事本，放在手上說：「本間先生，你是哪一年出生的？」

「一九五〇年，昭和二十五年。」

「也就是說今年是四十二歲囉，我還以為你應該比較年輕呢。」

然後又笑著繼續說：「這麼說來，是在你十歲的時候吧。日本第一次聽到『信用卡』的說法。應該是發行紅卡的丸井吧，那家店用『信用卡』取代了『分期付款』的用詞。昭和三十五年，就是一九六〇年，美日簽訂安保條約那一年。這一年大來卡也問世了。大來卡的核卡十分嚴格，申請卡友的門檻相當高。因此在日本算是十分受到信賴的卡片之一，誕生的年代也比較早。」

換句話說，已經有三十二年的歷史了。

「一九六〇年，可說是日本經濟高度成長的元年，我們國家開始邁向民生富裕。信用卡產業的誕生也是時代必然的趨勢。」律師繼續說明，「而且如果沒有這些民間金融業者的存在，日本的經濟和人民生活也不可能發展得起來。其實已經沒有退路了。」

律師打開記事簿看了一下內容。

「我剛剛提到了民間金融業者，正確說法應該是『消費者信用』。基本上它可以分為兩部分來談，一個是『銷售信用』，就是用卡片購買東西；一個是『消費者金融』，也就是以定期存款、郵政儲金為擔保的貸款——像是銀行帳戶的透支等之類的。此外還包含消費者貸款，也就是現金卡小額貸款、信用卡的預借現金等金融業務。這樣你了解嗎？」

本間已經用完餐了，正在記筆記。

「前者的『銷售信用』又分為『分期繳費方式』和『非分期繳費方式』。不是說銀行發卡的信用卡沒辦法分期繳費，信用卡公司發的才能分期繳費，指的就是這個意思。另外還有不辦卡，只對該項物品簽訂分期繳費契約方式，不是嗎？所以說『分期繳費方式』、『非分期繳費方式』個別還可以因『單一商品』和『卡片』而細分下去。」

接著矮小的律師重新調整好坐姿才繼續說明，「根據平成元年（一九八九）的統計，首先『銷售信用』之中的『分期繳費方式』，新契約信用供給額，簡單來說就是該年的營業額，是十一兆四千零八十二億元。『非分期繳費方式』是十一兆八千五百七十二億元。『消費者金融』同樣的在平成元年統計則為三十三兆九千五百十一億元。兩者合計是——」

大概是已經記住了，所以沒有計算的必要。但是為了強調，律師故意停頓了一下才說：「平成元年的消費者信用新契約供給額是五十七兆兩千一百六十五億元。怎麼樣？幾乎算得上是國家預算規模的產業了吧。」

「的確是的。」本間說。

「大約是五十七兆，相當於該年度國民總生產毛額的百分之十四，或是每個國民可支配家庭收支的百分之二十。幾乎和美國是一樣的。自然而然消費者信用便成為我國經濟活動的重要支柱之一了。」

接著律師又繼續強調其成長狀況。

「消費者信用新契約供給額的成長率更是驚人。昭和五十五年（一九八〇）的總計數字是二十一兆零三百五十九億元，假設以此為指數一百，五年後的昭和六十年（一九八五）指數上昇為一百六十五，總額是三十兆七千零六十億元。而平成元年（一九八九）的那個數字，指數已增加為二百七十二，不到十年的時間，膨脹了將近三倍。」

律師用手指在桌上畫線說明，「如果以圖表顯示消費者信用新契約供給額的成長率和國民生產總額的成長率，國民總生產毛額的圖形是這樣子的。」

他畫出一道角度三十度的斜線。

「而消費者信用是——」

這次則畫出一道四十五度的斜線。

「你看，是不是很像坡度很陡的滑雪場，你不覺得有些異常嗎？有看過其他產業的成長率如此驚人嗎？」

「難怪會說是泡沫經濟嘛。」

律師想了一下，然後搖頭說：「你所謂的泡沫經濟，是指社會上一般所認為去年崩盤的經濟景氣，但我不以為然。本來金融市場就是虛空的，不具有實質。就連所謂的貨幣，不也一樣嗎？不過是張紙片，是塊平板的圓形金屬，難道不是嗎？」

溝口律師語氣平淡地表示，「但在現實生活中，萬元大鈔自有其價值。百元硬幣和只在店裡使用的電動遊樂場代幣不一樣，通用於日本全各地的自動販賣機，因為這是一開始就規定好的。就連小學生也在學校的課堂上過，究竟貨幣經濟是怎麼一回事，本來就是很虛幻的。金錢制度實際上是國家所設計制定的。但也因為有了這種制度，使得我們免於過著用一頭豬、家人的衣物去交換一把青菜、一包米而特地下山的生活。社會基礎因為有貨幣經濟的存在，我也才能透過解決別人的糾紛而營生餬口，不是嗎？」

本間點頭稱是。

「然而金融市場本來就是虛幻的。」律師再一次強調，「換個詞形容的話，它虛幻的如同現實社會的『影子』。所以自然有其限度。想到社會所能容許的限度，就不免感到這種消費者信用異常膨脹的狀況十分奇怪。照理說，這種制度是不會如此膨脹的，如果不是用刻意的手法，其成長率也不可能這麼快速。就好像說，本間先生你已經長得很高了，但應該還不到兩百公分吧？可是你的影子卻能伸展到十公尺長，你不覺得很怪異嗎？」

說話的語氣並沒有越來越激昂，但是溝口律師的言詞卻深深吸引了聽者的注意，「比方說，以信用卡的發卡數來看，到昭和五十八年（一九八三）三月底的統計是五千七百零五萬張。昭和六十年（一九八五）則是八千六百八十三萬張。而平成二年（一九九〇）三月底已增加為一億六千六百一十二萬張。成長率是百分之十六點五。每一年光是發出這麼多的卡片，即表示有這麼多持卡的消費者。」

千鶴子持有信用卡嗎？本間心想。她應該沒有以自己的名義申請卡片過……。

「我剛剛一概以信用卡來說明，但其實它可細分為幾類。主要有三種，首先是銀行發的信用卡：例如UC卡、DC卡、JCB集團卡、日本VISA卡等，多達十幾家。這種最為普及，使用張數也最多。從昭和五十八年到平成二年的成長率是百分之二十點二。其次是信用卡公司發的卡，如日本信販、遠東金融、大信販等八家大公司。成長率是百分之十六點一，也是很亮麗的。接著是物流業發的卡，丸井當然屬於這一種，另外像百貨公司、大型超商不是也有發卡嗎？如西武呀高島屋什麼的。但是使用範圍僅限於該店的相關店面。這是它的缺點，但是有商品折扣、免繳年費、核卡容易、賣場即可發卡等優點，所以才能跟前面兩種相抗衡。最近連稍具規模的購物中心也開始推出自己的卡片。這種的成長率是百分之十九點二，進展很快。像這樣子，隨便走在路上都看見信用卡的廣告。對了，你擁有信用卡嗎？」

突然被一問，本間有點說不出話來，「噢……我是有一張，好像是聯合信用卡吧。」

「的確信用卡是很方便。尤其是像你這種半夜也可能得出門的職業而言。」律師微微笑了一下之後又接著說：「我有兩個女兒。最小的那個以前曾經被扒過，但是沒有抓到犯人。從此她就不太敢帶現金出門，幾乎都是使用信用卡。使用卡片的話，就算是被偷，也能將受害程度控制到最小。」

「還有出國旅行也是。」

「沒錯，同時也是一種身分證明。它的確是有這些的好處。像我這種專門處理信用卡破產、從事受害人救濟活動的律師，固然覺得信用卡是萬惡的根源，應該全面被廢止才對。但其實是不對的，我自己也很清楚。」

「是呀，那當然。」

點了一下頭，律師接著說：「所以說消費者信用只有兩公尺的身高，卻有十公尺的影子，其最大原因在於待會兒要說明的，無差別的過度授信與過高的利率和手續費。其實這才是今天的正題所在。比方說──」說到這裡，想了一下才繼續說：「這是一年前我所受理的一個個人破產案例。一名二十八歲的上班族在當時擁有三十三張的信用卡，負債總額高達三千萬。而他的月薪扣掉稅金不過才二十萬元，其他又沒什麼資產。你怎麼看這個案例？」

三千萬元──對於身為地方公務員的本間而言，就算領了退休金也沒那麼多呀。

「月薪才二十萬的人為什麼會負債高達三千萬呢？是誰借給他這麼多的錢？為什麼他能借這些錢？這就是所謂的過度授信、過度融資。」

舉起了喝乾的冰水杯，發現是空的又放回桌上，繼續說話，「負債膨脹的過程，一般是這樣子的：首先是申辦信用卡，為了方便而使用。購物、旅行，一卡在手，通行無阻，漸漸地手中的卡片也跟著增加了。一般有正常工作的人，在核卡上不太會遇到問題，走在百貨公司、銀行或超市都會被邀請辦卡。只要成為卡友就能享有折扣啦優待等好處。於是自然而然便辦了，就像剛剛我所提到的，辦理信用卡的『陷阱』到處都有。」

律師舉起豐腴的手，曲指而數說：「結果不只是購物，也開始會用到預借現金的功能，因為很方便嘛。換句話說，不單是『銷售信用』，連『消費者金融』也接觸到了。話是這麼說，其實也不需要下太大決心。以銀行發的信用卡來看，可以從銀行帳戶扣錢的自動提款機就直接能預借現金。而信用卡公司或物流業者也會在店面裡外設置跟銀行提款機類似的現金提領機，塗得花花綠綠的。只要插進信用卡、按下密碼，就像從自己的帳戶提款一樣，很簡單就能借現金了。」

剛剛的女服務生前來收回餐具，並添了冰水。律師輕輕舉手表示致謝。

「這是一個象徵性的例子，也是我處理過的個案。客戶開始使用預借現金其實是因為一個『錯誤』。」

「錯誤？」

「是的，客戶起初是要從銀行帳戶提領自己的錢，以為插進提款機的是金融卡，沒想到竟插進了信用卡。偏偏他的兩張卡片密碼是一樣的，自然都有錢跑出來。本人因為沒有看到列印的明細表，心中有些納悶，但也沒有很在意。直到收到當月的信用卡帳單才嚇了一跳，發現是自己搞錯了。」

「應該很吃驚吧，因為被收取了利息。」

「是呀，但是他是覺得『怎麼預借現金這麼容易呀』。利息也沒有想像的高。大概是借十萬元扣三千塊利息吧，大約一個月的期間。這一點請你記下來，客戶當時並不覺得利息很高，所以便開始經常利用起該項功能。」

一口氣喝完半杯的冰水，律師說：「買東西、借現金，因為方便不斷使用。也不是一次花大錢，而是一點一點地用，所以沒有浪費的感覺。但畢竟借錢就是借錢，時間到了就必須清償。累積下來的結果，財務便日益吃緊。假如是一個剛進公司的新鮮人上班族，月薪大約是十五萬的話，一個月清償兩、三萬還能接受。四、五萬就難過了。但是一不小心，很容易就會積欠那麼多。於是便會更加地依賴預借現金，為了清償A公司的債務，用B公司的卡片借錢。一旦開始這種習慣後，債務便如積雪般增加，最後預借現金也解決不了問題了。你想接下來會怎麼做呢？」

「找地下錢莊囉。」

「沒錯。」律師斬釘截鐵地表示，「於是同樣的過程又開始重複。又開始得煩惱如何清償跟A錢莊借的錢，只好到B錢莊去借，然後是C、D、E錢莊。而地下錢莊的做法是，為了讓客戶還自己錢莊的債務，會介紹客戶到其他錢莊借錢。當然對方是門檻更低、資金較少、借錢條件更寬鬆的錢莊。因為經營上有困難，所以無限制地盡量放款出去，好賺取利息。這就是他們的結構。」

客戶一心只想到明天的還錢、下次的繳費期限，只要有錢能借哪裡都敢去——這就是客戶的心理狀態。

「所以都是那種很老實、膽小懦弱的人囉？」

聽見本間的詢問，律師用力點頭說：「沒錯，就是這樣。因為這種人不會逃跑也不會欠著不還，一心只想著趕快還債，就這樣陷入了深淵萬劫不復。最後搞到身體也壞了，越來越悲慘。」

「關根彰子也是嗎？」

「很典型的例子呀。」

有一段時間，除了白天的正職外，晚上還兼差——

「就這樣每況愈下，走到最後最差的一步田地就是所謂的『收購店』。本間先生因為職業的關係或許知道這個行業。他們就是讓客戶去申請信用卡買東西，然後以七成的價格收購回來，作為其清償的價格。他們讓客戶買的東西從家電製品到首飾應有盡有，最多的就是新幹線車票。這些車票進到了金元券店裡，就成了便宜的商品。我們一般人通常會去買來出差用，因為價格低廉嘛。」

律師的嘴角流露出扭曲的笑容。

「這種業界的結構讓人一旦跌進去後，便很難爬出來了。越是老實的人就越陷在裡面動彈不得。然後被債務追著跑，直到變成最壞的結局，就是犯罪。」

本間苦笑了一下說，「一些警察的醜聞幾乎都跟地下錢莊有關係，大概就是這種情形吧？」

但這一次律師沒有笑容地表示，「沒錯，因為他們的工作是要保持社會的體面。此外還有老師、自衛隊員和成千上萬的公務員們。」

的確這不是件好笑的事情。

「以常識來思考的話，一個才二十出頭的年輕人，居然會有業者肯借他一、兩千萬，這種情形本來就很奇怪，但現實生活之中卻存在著。而且是該業界在操控這台巨大自行車的運轉，不斷地把錢借出去。因為他們抱著最後只要不是自己抽到死牌的心理，自然就能繼續運轉。實際上，不管是銀行還是信用卡公司或地下錢莊，規模大的很少會抽到死牌。我剛剛所說明的該業界結構，位於金字塔上方的業者是固若磐石的，吃完好處後帳單就一層一層往下丟。倒楣的債務人就被壓得喘不過氣來，變成多重債務人，永遠無法翻身！」

溫和的律師臉上首度現了嚴厲的皺紋。

「請將手錶上的時針撥回到幾十年前，撥回到令人懷念的當鋪的時代。在那個時代裡是無法無限制地借錢的。好不容易籌出典當品，也只能在發薪水前抵押告個急。街頭巷尾根本找不到能讓一般人沒有擔保就能借錢的機構。但我並不是說那個時代就比較好，畢竟跟當時比起來，現在的確是比較容易生活的時代呀。」

店裡面開始有了空位，但櫃檯裡面依然冒著白色的熱氣。

「我必須再強調一次，請別誤會。我並不是說要回到沒有消費者信用制度的過去。因為有五十七兆呀，再怎麼說也不能讓營業額如此龐大的產業消失吧，那是不可能的。畢竟它已經是支持日本經濟的重要支柱之一。我要說的是，為了撐起這根重要支柱，每年有好幾萬的人柱犧牲了，應該趕緊結束這種愚蠢的現象才對。許多人為了它而個人或舉家自殺、趁夜逃跑、鋌而走險地犯罪、甚至不惜連累他人，踏上悲劇的結局，成為多重債務人的人柱。」

「所以你是說這種結構應該改變囉？」

「沒錯。而且首先要取締的就是怎麼想也覺得不合理的高利率。大型地下錢莊的利率，年利率可以從百分之二十五高到百分之三十五。這是因為處於利息限制法和修訂出資法的夾縫中，基於『雖然覺得不對，但也無法一一糾正』的灰色地帶想法下產生的利率漏洞。但是對每一個債務人而言卻成了大問題，比方說——」

律師伸出手在桌面上畫了一條斜線，從二十度的角度開始緩緩上昇，最後變成了四十五度角的斜線。

「用卡片借現金，無法清償便找地下錢莊幫忙……在這種模式下，假設借兩百萬，年利率是百分之三十，到了第七年便會膨脹成為一千六百萬元！這就是它的曲線。」

「我的客戶之中，有個三十歲的男人欠了一千兩百萬的債。以他的情形來說，其中的九百萬是利息的部分。就像是夜市賣的烤膨餅，越漲越大。像這種利率的可怕，借的時候沒有人會注意。因為提領現金的機器在你插入卡片的時候並不會說明利率有多少。」

律師嘴角的皺紋扭曲，呈現出似笑非笑的表情。

「所以這就跟我要說的第三個重點有關了，就是要有徹底的教育，將這類的知識普及出去。剛剛我是不是有說過，預借現金的人一開始並不覺得利息很高？」

「有，你還要我記住這一點。」

「沒錯，一開始沒什麼感覺。但是利率就像鬼上身一樣，越來覺得越重。還有預借現金，聽起來就像是語言的魔術。上地下錢莊，尤其是對年輕人來說太難看了。但是用信用卡預借現金，感覺卻很時髦，而且他們以為利率比地下錢莊便宜。但這實在是很大的誤解！信用卡預借現金的利率，換算成年利率是百分之二十五到百分之三十五，跟大型地下錢莊不相上下。但是不清楚這一點，一般客戶就呆呆地信以為信用卡預借現金比較安全，而開始了錯誤的第一步。」

溝口律師的冰水杯又見底了。

「特別是年輕人容易上這種當，因為消費者信用致力於開拓年輕階層的客戶。其實任何企業都一樣，只會對客戶吹噓好的一面。所以客戶只有自己變得聰明才行，然而現實社會這一部分卻缺失得最厲害。大型都市銀行以學生為對象發行信用卡，至今已有二十個年頭了，請問在這二十年之間有哪一所大學、高中或國中，有指導過學生在現今的信用卡社會中正確使用卡片的方法呢？這才是當務之急，偏偏有些都立高中把即將畢業的女生聚集起來教授化妝之道。如果那麼講究外表的話，就應該順便教導進入信用卡社會的基礎知識才對。」

律師氣憤地拍了一下桌子說：「我也不喜歡將一切都歸罪於政府，但之所以這麼生氣，是因為關於這個問題，牽涉到政府機關的縱向管理。目前根本沒有管理消費者信用這種業界整體的直屬機關！」

「沒有嗎？」

「銷售信用歸通產省（經濟部）、消費者金融則是大藏省（財務部）管理。一個相當於國家預算規模的產業，居然分別交給兩個權衡對立的機構管理，難怪每次聯繫什麼都出問題，自然也無法及時提出什麼對策來。實際上有的銀行既從事銷售信用的業務也提供預借現金的服務，而且是同一張卡片。」

可以了嗎？溝口律師說完便站起身來，稍微看了一眼櫃檯裡的老闆，並微微一笑。本間突然發覺，老闆大概已經習慣了這種情形吧。

「你想知道關根彰子是個什麼樣的女人，所以打算加以調查。我也願意在我所知的範圍內協助你。所以我說了這麼多，你不妨當作是一篇很長的前言吧。」

「關於消費者信用的產業結構嗎？」

「是的。你現在或許會這麼想，的確，消費者信用的世界存在許多的問題，有結構上的問題、利率的問題、行政管理的缺乏效率、教育上的不足等等。但是明明知道還不起偏偏還要借錢，搞到自己進退兩難的，畢竟還是個人問題，不是嗎？若不是個人的缺點，過分輕視社會的陷阱，也不會淪落到那種地步。其證據就是，目前全日本的國民並非每個人都是多重債務人呀，眼前的我就不是。只要是規規矩矩的人就不會發生那種問題。搞到一身債務的人，一定是本人哪裡有缺陷或缺點所致的吧。我說得沒錯吧？」

果然被說中了，本間不知如何是好，只好看著櫃檯裡老闆的臉，老闆一臉笑容。

「我猜對了嗎？」

「猜得很對。」

小咳了一聲，稍微停頓一下之後，溝口律師開門見山地問，「本間先生，你會開車嗎？」

「什麼？」

「開車，你有駕照嗎？」

本間點了點頭回答，「會，我有。只是沒有開車。」

「是因為工作太忙，沒時間開車嗎？」

「不是……」

說到一半沒有說下去，是怕對方驚訝，但本間還是覺得應該先說清楚較好。

「其實在三年前，內人出了一場車禍。那一天下雨，一輛大卡車從對面車道衝過來，撞壞了車子。」

溝口律師睜大眼睛問說：「然後呢？」

「內人過世了，幾乎是當場死亡。從此我就沒有開車。一來也沒有車子，心情上也很難適應。總之就是時間到了去換新的駕照。」

律師沉默地退後一步，像個小學生般地鞠躬致歉說：「雖然我是無心的，但還是讓你提起了傷心事。」

「沒有的事，請你不要介意。」同時心想，真是個認真的老實人。

「只是為什麼會問起開車的事呢？」

被這麼一催，律師趕緊調整好坐姿繼續說下去，「問了不該問的事，真是不好意思。但聽你這麼一說，或許你更能理解我接下來要說的內容。」

「怎麼說呢？」

「你太太是個遵守交通規則的人嗎？」

「是的，因為常常要開車載小孩子，所以十分謹慎小心。」

「對方的卡車司機呢？」

「聽說是邊打瞌睡邊開車，因為工作太累了……只是我聽到這個理由實在無法接受。說什麼人手不夠，已經兩天沒睡覺地從九州開到東北又開回來。」

律師聽了點頭說：「車禍現場是否有中央分離的安全地帶？路面有多寬呢？你太太是否有充分的空間足以避開對面方向的來車呢？」

對於一連串的問題，本間只是沉默地搖頭以對。

「在那種情形下，到底有錯的是哪一方呢？」律師說：「當然打瞌睡駕駛的卡車司機有過失，但是讓他處於那種工作狀態的雇主也有問題。而在大型貨車和一般自用車共同行駛的道路上，沒有設置減少衝擊的中央分離安全地帶的行政當局也有疏失。路面太過狹窄也不對，想要拓寬路面卻無法拓寬，那是因為自治體的都市計劃做的不好，同時也是因為地價高得不像話的緣故。」

一口氣自言自語般說完這些，律師抬起了頭。

「如果麼一想，就會發現造成車禍的因素很多，理由很多，必須改善的地方也不少。假如我在這裡無視於所有的因素，只是怪罪說：『會發生車禍都是司機的不對，不管是加害者還是受害人都一樣。規規矩矩開車的人是不會引起車禍的，會遭遇車禍都怪開車的司機有問題。』請問你做何感想？」

本間明知道這只是個修辭性的質問，卻無法回答。他看著律師的臉，然後想起來第一次見面時律師曾說過：「信用卡破產簡直是一種公害！」

「沒錯。」溝口律師點點頭說：「用一句『他們有人格上的缺陷』就把多重債務人給定下罪名是很容易的。但那跟不考慮前因後果就直接認定出車禍的司機『開車技術不好才會出事，這種人不應該給他們駕照』的說法，又有什麼兩樣呢？淨說些『證據就是有些人就是不會出車禍呀』、『要跟他們好好學習才對』之類的風涼話。」

本間的腦海裡浮現了車禍之後、卡車司機在交通課刑警陪同下出院並來家裡燒香時的表情。奇怪的是，本間記不得對方的長相，只記得對方到最後還是不願意正視本間的眼睛，而且手始終在顫抖。之後當本間打掃司機顫抖的手所抖落的香灰和他跪過的榻榻米時，才發覺司機的體溫異樣地溫熱。

於是本間心想，啊，因為這傢伙活下來了。同時本間開始湧起一股難以開口的憤怒。

但是他知道這憤怒並非只是針對撞死千鶴子的司機，所以才會氣憤填膺。因為他知道不是只有卡車司機有錯。

可是心裡明白又能怎樣，所以他才會感到憤怒。

矮小的律師停止說話凝視著本間的臉。大約有幾秒鐘的時間，看起來像是在發呆。

「律師你要說的，我很明白。」本間開口說話。似乎他的聲音讓律師回過了神來。

律師又慢慢開口說下去，「對於交通事故，總說是司機的責任。對於馬虎隨便的汽車管理行政，與其說是安全性更偏重於經濟性，毫不在意不斷推出新車種的汽車產業結構，忽略這些事情是錯誤的，不是嗎？」

「是呀。」

「的確有一部分的問題在於司機，所以有些人提議吊銷他們的駕照是為了社會好。但是將那些司機和沒有任何過失卻因車禍喪命——一如你太太那樣的駕駛相提並論，只是用一句『出車禍是本人的不對』來概括，更是錯誤之至。關於消費者信用和多重債務人的偏見，也是同樣的道理。」

一部分的情況，的確是本人有錯，也有那種的案例，但不能以偏概全。這不是可以一概而論，故意漠視其他情況就能解決的問題。

律師稍微調整一下語氣，添加了一點點個人的感傷情緒，他說：「現行的破產法，有很多必須修訂的問題點。例如部分媒體等曾經強烈批評說是『任意倒債的個人破產』、『煽動不負責任風潮的倒債』就是其中的一環。對於申請個人破產的手續，你清楚嗎？」

「大概知道一點吧。」

「其實手續很簡單。」律師詳細地加以說明。

首先到所屬的地方法院申告破產，只要在破產申告書上填寫必要事項，連同戶籍謄本、居民卡、財產目錄、債權人一覽表等資料和詳細說明積欠債務經過的書面報告一起繳交即可。之後等候法院的傳喚出庭，跟法官面對面地以口頭做事實的確認。這叫做「審訊」。

法院的調查和審訊，並不會太費時。申告個人破產，通常在提出資料後一個半月到兩個月左右就能生效。

「個人破產之中，如果擁有房子等資產，若預估可做某種程度的清償時，在破產申告生效後，會跟企業破產的處理方式一樣，由法院委託一名財產管理人負責債權人的調查、整理與債務清償的分配等。這中間，破產人未經法院許可不得任意搬家或旅行，郵件也必須轉送到財產管理人那裡。這是一般的處理形式。但如果破產人是二十出頭的年輕人，通常他們不會有這些過程。因為他們應該沒有折算之後——也就是變賣後足以償還債務的資產吧。衣物、家具、音響電器之類的東西，就算變賣也值不了多少錢。所以大部分這類東西會留在他們手上。」

足以清償債務的財源，被稱之為做「破產財團」——如果不存在的話，自然持續「破產」狀態就沒有意義可言。因此在這種情況下，通常會宣布「同時取消破產」，也就破產申告成立的同時，其破產也被取消了。這麼一來，破產申告也跟著被取消，也就不受到行動遷徙等的限制。

但是債務並非這樣就沒有了。在同時取消破產生效之後的一個月內，又必須申請「免責」。直到免責生效，才能解脫清償債務的義務。而這項生效需時半年到七個月的時間。

個人破產幾乎都能申請得到免責，但有一些條件。

「首先該破產人必須在過去十年內沒有申請通過破產、免責等情事。換句話說，一個人十年只能一次有效，這是最低限度。」

此外如果惡意隱瞞資產，或是一邊準備申告破產一邊又欺騙債權人繼續借錢等詐欺行為，將成為無法免責的原因。但只要不是詐欺行為，即便破產的原因是遊山玩水、過度浪費，但只要其負債是經過一定程度的時間累積（短時間內急速造成的債務，會被認定是蓄意性的破產），只要破產人表現出願意「重新來過」的想法就沒有問題。

「這是因為破產的手續其首要目的是要救濟債務人。」律師說明，「但是事到如今，這一點卻被人誤解，反被批評說是，一筆勾銷浪費造成的債務，成什麼體統！」

說完律師嘆了一口氣。只有在嘆氣的時候，律師才突然顯現出老態。

「如果是靠年金生活的老年人或是沒有生活能力的未成年人還沒有話說；正是工作力旺盛的上班族或年輕人，只憑一個申告就能解除債務，在道義上難免為人所詬病。對於這些債務人，除掉不合理的利息外，至少在本金部分也應該設計讓他們以工作所得分期償還才對，這是我的想法。」

只不過——律師笑說：「現在火燒到了眉頭，眼前有許多人前來求救。這種時候是不能去取締雲梯車的違法停車，還是先要救人才對。之後再去修訂、修改法律。」

本間點點頭說：「你說的很有道理。」

「有些人因為不知道辦理個人破產的法律知識，最後被債務逼得自己或舉家自殺、趁夜逃跑……。聽起來很不可置信，但這些悲劇到今天還不斷發生。最近我們的努力總算有了效果，許多人在悲劇發生之前已經懂得來找我們商量了。」

「有多少人呢？」

律師翻閱了一下記事簿，然後回答，「申告個人破產的案例有直線上升的趨勢。法院的破產部忙得不可開交。昭和五十九年（一九八四）當時的地下錢莊糾紛，全國一年就超過了兩萬件。之後漸漸地緩和了下來。這幾年又有上昇的傾向。平成二年（一九九〇）是一萬兩千件左右，去年則是增加為兩萬三千件，今年確定是超過了這個數字。而且前不久，我們事務所開始在東京地區設立『信用卡問題110專線』，兩天裡六支電話響個不停。多半是二十幾歲的年輕人打來的，其中比較特別的是，小孩欠債離家出走，家長打來求救的電話。」

所以說還是教育問題囉，本間心想。的確學校應該教導才對，畢竟現在信用卡的電視廣告、看板已經那麼氾濫了。

「這麼說來，已經是將近十年前的事了。當年的地下錢莊糾紛，因為昭和五十八年十一月實施的地下錢莊管制法，禁止討債業者以暴力手段追討債務，所以客戶來我們事務所商量問題的氣氛也為之一變。變得比較和緩，對負債這件事顯得不那麼焦躁，或者說缺乏悲壯的情懷，相反的，等到自己發覺情況不對勁時，多半也來不及了。」

「說不定這樣子情況更糟。」

律師聽了哈哈大笑。

「我呢，經常在演講時會說，總之在趁夜逃跑前、自殺死前、殺人之前，最好想起來還有破產申告的手段可以一試。觀眾聽了都會大笑，但這其實不是好笑的事。因為缺乏破產的法律知識，會搞得家破人亡、沒有工作呀。隨便更動戶籍或居民卡的資料，馬上就會被討債公司的人知道行蹤，所以只能讓小孩假就學。得偷偷摸摸地過日子，我甚至還聽說有些人就混在原子輻射清潔工人之中討生活，再怎麼危險的工作也肯去做。據說這些『棄民』人數多達二、三十萬，完全沒有人管。」

本間心想，簡直是活著的幽靈。一群漂浮在財富河流裡的棄民。

店裡面只剩下溝口律師和本間兩個人。律師發出一聲「嘿咻」，站起來跟老闆招呼說：「常常這樣，真是不好意思。」

老闆微笑以對，看來也很習慣了。

走出店門，銀座的小巷不同於入夜繁華的姿態，以不同的面貌迎接他們兩人。奇妙的是，眼前看見一台自行車和到處散落成堆的垃圾。夜晚，這條街道上無數的店家拚命吸取的金錢，在中午的這個時刻都放在銀行裡了。或許就是因為這樣，白天的銀座看起來如此悠閒，沒什麼份量。

金錢的桎梏甚至能套住街道的足踝，遑論是人呢，套牢的程度更加嚴重。被套住的人願意就這樣乾枯致死呢？還是肯努力揮舞意志的刀刃斬斷足踝逃脫而去呢？

溝口律師手插在大衣口袋裡回過頭說：「五年前，剛開始辦理個人破產手續時，我要求關根小姐寫一份負債累積經過的書面報告，她曾經這麼跟我說過。」

——律師，為什麼會借這麼多錢，我自己也搞不清楚。我只是想讓自己生活得更幸福！

「只是想要變得更幸福。」本間重複地低喃。

律師聽了微微一笑說：「她是這麼說的沒錯，大概也不能做為你的參考吧。」

行進間他還表示，「關於她工作地點的住址，我會就我所知提供給你。隨時歡迎你來，我會交代澤木小姐準備好的。」

「真是十分感謝，太好了。」

「不過條件是，調查經過要讓我知道，我也很在意。」

「是的，一定會。」

「關根小姐……不知道是否平安無事？」

表面上聽起來，律師是無心地說出這個疑問。但或許不是這種形式，他也說不出口吧？

本間無法回答，律師也沒有繼續追問下去。

他們在銀座四丁目的街頭分手。告別之後，律師還很不放心地叮嚀說：「我說的話千萬別忘記了。關根彰子小姐並非什麼不檢點的女人，她也是很努力在過生活。發生在她身上的事，說不定哪一天也可能發生你我身上。她所遭遇的狀況，請你千萬要記在心裡，否則見樹不見林，你將永遠無法找到她與取代她身分的女性。」

「我知道了，我會謹記在心。」

揮手道別後，律師轉身而去。剛好綠燈亮了，矮小的身影立即消失在人群中。

消失在無數的樹木之中，消失在森林裡。

隨波逐流在看不見潮流的河水中，跟著那一群不知道懷疑的群眾消失而去。

12

早早就染成暗紅色的夕陽下聚集著七、八個小孩子，在社區兒童公園的出入口，有的爬欄杆、有的蹲著、有的靈活地反手抓背、有的正在踏地。人群之中有個矮小的男人雙手叉腰大聲地發表演說。因為有些距離，聽不見演說的內容，感覺說話很有氣勢的樣子。

小孩子們看起來聽得很認真，在公園裡的其他人注意力也被吸引過去。坐在旁邊鞦韆架上，腿上各自抱著幼兒的兩個年輕媽媽，則是嘴角泛著笑意凝視著演講的男人。

「就以這種方式下去做，各位，聽清楚了嗎？」男人對著小孩子們問。於是蹲在角落裡的一個男孩子，邊起身邊質疑說：「聽清楚了。可是叔叔你是誰呀？」

男人活力十足地回答，「我嗎？我是明智小五郎。」

小孩子們彼此互相對看。

一開始看見背影時，本間就知道這男人是誰，等聽見說話聲音就更確定了。本間加緊腳步，正想快速通過公園欄杆旁邊的走道。

「什麼明智小五郎？」果不其然小孩子們有所疑問。

「名偵探呀。你們不知道嗎？真是丟臉。」

「我們知道，可是叔叔你不是呀。」

小孩子群中有人低聲說「對呀」，也有人諷刺地竊笑，但笑得不是很用力。於是也有大人跟著笑了起來，剛剛的兩名年輕媽媽更是掩著嘴笑得花姿亂顫。

矮小的男人看見形勢對他不利，再度大聲喊說：「這種事情，現在一點也不重要。總之照我剛剛的說明，大家分頭進行搜索，聽見了沒？好，出動！」

男人擊了一聲掌，小孩子們感覺不像很投入的樣子，卻還是解散各自行動去了。

本間還差幾步就要到達九號大樓的轉角時，從背後被叫住了。

「喂！」

本間沒有回頭也沒有停下腳步。本來他就拖著左腳走路，就算加緊腳步也快不到哪裡去。男人很快便追趕了上來。

「幹嘛呀，你不應該裝做沒看見就想走人吧。」

本間回過頭揮著手說：「我不認識你，我們沒有關係，彼此是陌生人。」

「你還這麼說！」

碇貞夫豪爽地笑著追上來，愉快地和本間並肩走路，一邊配合著本間不太靈活的步伐一邊關心說：「看你很辛苦的樣子嘛？」

「不用你雞婆關心。」

「能夠代替你的話，我是真的很想代替你。」

「閉嘴！」

結果本間還是笑了出來，「你到底是在幹什麼？」

碇貞夫挺起胸膛說：「我在指揮搜索行動，因為我是專家。我在聚集少年偵探團訓話呀。」

「搜索什麼？」

「狗呀，好像是迷路了。」

本間停下腳步問：「是呆呆嗎？」

碇貞夫一副「我就知道」的表情，「沒錯，都怪你們給牠取了沒用的名字，才會迷路了。」

意思是說呆呆還沒有回來囉。

「聽小智說是隻對人沒有戒心的狗，腦筋不是很好，可能被誰撿了去。」

「希望不要被汽車給壓死了。」碇貞夫稍微小聲地加了一句。

本間知道這個男人很喜歡小動物，連以前住的公寓裡的老鼠都一一給牠們取名字。之後甚至只要聽聲音就知道那隻老鼠出現了。一開始他坐在從來不收拾的床上，盤腿看著天花板說「現在的聲音是克莉絲汀，她和亞蘭正打得火熱」時，本間還以為他瘋了。

兩人來到電梯口，好不容易喘了一口氣。

「你怎麼知道呆呆的事？」

「小智說的呀。」碇貞夫回答，自然地就像喊自己的孩子一樣。因為小智也很黏他，本間也不在意，但聽小智表示過，「喊他碇叔叔的話，感覺好像他在生氣」。那是因為他的聲音聽起來很威嚴的樣子。

「我可是跑了三千里來找你，結果你不在家，卻看到小智和他朋友湊在一起找狗，所以我就提供我的專業幫忙囉。」

「可是剛剛的少年偵探團裡面，沒有小智在呀？」

碇貞夫撐大鼻孔驕傲地說：「畢竟少年偵探團的團長得不一樣呀。我讓他跟井坂先生和小勝三個人去衛生所了，說不定呆呆被關在那裡。」

不管什麼時候見到碇貞夫，他總是穿著同樣的西裝。其實他有三套同樣布料、同樣剪裁的西裝經常替換著穿，所以在旁人的眼裡以為他只有那身行頭。如今他拉開那件穿舊的褐色西裝上衣胸口，像變魔術般取出一個大型的牛皮紙袋。

「拿去，你要的東西。」

家裡的客廳還殘留著暖爐的熱氣。碇貞夫像是走在自己家裡一樣，穿過走廊到牌位前上香。本間則利用這個時間確認信封內的東西。

裡面是關根彰子在宇都宮的除籍謄本和就業記錄。看來之前擔心會被課長責怪是多餘的了。

「謝謝，太好了。」

碇貞夫一邊敲鉦一邊合掌祭拜。然後面對著牌位說：「千鶴子，妳老公又在做些奇怪的事了。」

碇貞夫和千鶴子算是青梅竹馬，從小學時就認識。本間會和千鶴子相識也是在讀警官學校時碇貞夫介紹的。

事後他本人也坦白說，一開始就打算撮合他們在一起才介紹的。

（碇貞夫表示，對我而言，千鶴子就像寶貝妹妹一樣，怎麼可以嫁給隨隨便便的什麼人。本間反問他說，那你自己怎麼不娶她算了。碇貞夫很認真地思考後回答，因為太熟了，所以不行。居然說是太熟了。）

由於他很忙，難得來到家裡。但是偶爾來時，就會停留在牌位前好一陣子。本間也都會讓他一個人靜靜待著直到高興為止。

本間拉張椅子坐下，將信封裡的東西攤在桌子上。

除籍謄本的內容倒是一目了然。真的關根彰子在假「彰子」將戶籍分到方南町之前，從來都沒有動過戶籍。戶籍一直都是以父親為戶長設於「宇都宮市銀杏町二〇〇一號」。查對其浮貼紙條，真的彰子搬家之後的地址也都依序登記清楚。最早的記錄是東京都江戶川區葛西町四丁目十番五號，確定住處的日期是昭和五十八年（一九八三）四月一日。

那是在葛西通商工作時住處的地址吧，公司所在地的地址不是登記在這裡，是在距離不遠的地方。

東京都地圖和電話，哪一個離自己比較近呢？是電話，伸手就能拿到。於是本間拿起話筒，同時翻閱記事簿查看葛西通商的總機號碼打電話去。

話筒傳來女性的聲音。本間表示自己想寄東西過去，想確認地址。然後唸出紙條上的紀錄，結果對方說那不是公司而是員工宿舍的地址。

掛上電話抬起頭時，看見碇貞夫站在和室和客廳的交界處看著他。

「真想喝昆布茶。」碇貞夫說。

「放在櫃子的最下面。」本間回答後，碇貞夫走向餐櫃，依照指示打開櫥櫃門拿出了小茶罐。接著將水裝滿水壺，放在瓦斯爐上後點火。

「我得自己來嗎？」

「當然。」

「你要不動，小心很快變成了糟老頭。」

「我早就感覺好像變成糟老頭了。」

浮貼紙條上記錄的第二個住處是關根彰子申告破產時所居住的錦系町城堡公寓。本間心想，大概在關根彰子離開葛西通商的宿舍搬進這棟公寓時，花了不少的錢。或許她就是從這時期開始走偏了路。

年輕人住在員工宿舍時，因為門禁啦、囉唆的管理員和壞心眼前輩的欺負什麼的，自然很嚮往一個人自由自在的生活。但是對於獲得那種自由要花費多少錢的「現實」卻不太能認真面對。因為窩在宿舍時並不能真實感受外面的世界，不論是開燈還是馬桶沖水都要花錢的「使用者付費」的殘酷事實。

紙條上最後記錄的是她破產後搬家的住處，於一九九〇年三月十七日消失行蹤的川口公寓。

母親過世後，關根彰子去找律師詢問保險金的事，卻完全沒有提到其他不動產的問題。這表示說她母親一個人生活時居住的老家，應該是租來的房子吧。父親早年過世，只剩下母女倆的家庭，這種情形是可以理解的。

就除籍謄本和浮貼紙條上的記錄來看，她的母親在一九八九年十一月二十五日死亡之前，曾經搬過三次家，都是在宇都宮市內。死亡當時所登記的戶籍住址銀杏坂町二〇〇五號，已經住了有十年，離原戶籍也很近。

她母親之所以沒有離開宇都宮市，是基於對故鄉的愛戀嗎？還是擔心一個人到都市工作的女兒，為了讓她有一個隨時可以回來的「巢」呢？

碇貞夫安穩地坐在本間斜對面的椅子上。伸手拿起本間看完的除籍謄本翻閱，但一句話也沒有說。

勞保局拿來的就業記錄也跟本間所猜測的內容一樣。關根彰子果然重複投保，擁有兩個勞工保險被保險人號碼。

一個是真的關根彰子在葛西通商上班時投保的號碼；另一個則是一九九〇年四月，假的彰子被今井事務機公司任用後，聲稱「自己是第一次投保勞保」而取得的號碼。

「拿到資料後，我還跟勞保局負責該業務的人通了電話。」碇貞夫開口說：「重複投保的事，對方也嚇了一跳。還說不是沒有人隱瞞過去的就業記錄。這種人如果在櫃檯說『第一次上班』，為了避免不正當的支薪，有時是會嚴格確認的。但如果對方是個一般上班族，又是年輕女性，說是第一次上班也是很有可能的，通常就會直接讓她投保。畢竟調查很費工夫，而且就跟你說的一樣，一般就業記錄只保存七年。這個關根彰子在葛西通商上班的就職記錄已經沒有了，有的只是她辭職時的記錄，之後還領了一段時間的薪資。」

本間點了點頭，陷入沉思。

被今井事務機公司任用時，假的彰子既沒有真的關根彰子的就業記錄，連她的勞工保險被保險人證都拿不到，所以才不得已到櫃檯聲稱「第一次上班」的嗎？還是說她根本就沒考慮太多，以為隨便說說應該沒什麼大問題呢？

從她過去的行動來推斷，感覺她應該不是後者那種隨遇而安的女性，所以應該是前者囉！由於手上沒有真的關根彰子的勞工保險被保險人證，沒辦法只好在櫃檯前說謊的吧。辭掉葛西通商的工作之後，被債務和討債公司所逼，於是申告個人破產，搬家逃到川口公寓，在酒店裡工作餬口——真的關根彰子在這種動盪不安的生活中，很有可能遺失了這張薄薄的被保險人證，使得假的彰子儘管翻遍了川口公寓的房間也無法找到吧。

水壺響了。碇貞夫趕緊起身，身手俐落地沖泡昆布茶，並用手指抓著兩個茶杯回到客廳。

「有派上用場嗎？」他一邊吹著熱氣邊問。

本間收拾好資料，偷偷斜眼瞄了一下碇貞夫，發現對方也在看他。

「嗯，謝謝。」

「還有嗎？」

「如果能告訴我這名女性是否持有護照與駕照，就更好了。」

碇貞夫「嗯」了一聲，視線看著電話說：「我現在是可以確認，但是護照的話可能比較難點。萬一遇上討厭的傢伙就麻煩了，還是晚點再打電話吧。晚上告訴你應該夠意思了吧？」

「太好了。」

碇貞夫完全不問本間究竟在調查什麼。本間很清楚他的想法，目前的階段，這是屬於本間的家務事，自己不過是幫個忙而已，所以不應該過問。萬一將來事情搞大了，本間自然會說。

「欠你好大的人情，下次一定還。」

結果碇貞夫卻說：「我要你現在就還。」

本間看了他一眼，碇貞夫的下唇突出，露出了嚴肅的表情。

「傷腦筋，你得幫我想想！」

是有關目前正在調查的殺人事件。

「現場是在中野。距離車站公車車程約二十分鐘的獨戶人家，時間是半夜兩點過後。侵入民宅的強盜。只有夫妻倆的住家，先生被殺死了，太太被綑綁，強盜逃跑了，但逃跑的時候被附近的居民看見了。」

「原來如此。」

「是有錢人家，先生五十三歲，太太三十歲，是繼室。」

「小孩呢？」

「和現在這個太太沒有生，但是財產很多。一共經營了兩家咖啡廳、一間錄影帶出租店和兩家便利商店。」

「好闊呀。」

「先生還投保了一億元的人壽保險。兩人結婚一年半，這樁婚姻在先生的親戚口中不受好評，被認為是女方貪圖男方的財產。或許這是一般常識性的看法。」

本間苦笑了一下說：「然後呢？」

「我個人則認為是假強盜，是女方為了害死丈夫而設的騙局。太太外面有男人，這種傳聞到處流傳。男人為了女方自然鋌而走險。」

「這說法應該還算合理。」

「是吧？」碇貞夫拍了一下桌子說：「可是問題就出在這裡。沒有嫌疑犯。」

「什麼？」

「沒有呀，就算是用X光調查她的私生活，也找不到太太有外遇的線索。根本查不到男人的半個影子！貞節清白得令人跌破眼鏡。」

「太太人長得怎麼樣？」

「是那種耐看值得長期交往型的，她先生就是看上她這一點。」

萬一被本人知道恐怕會氣得大叫，但是本間腦海中浮現的是，在川口公寓遇見的紺野信子的臉。她也是個美女，而且又很精明能幹。

「真是令人難以相信。」碇貞夫感嘆道，「怎麼想都覺得她應該會有男人，可是調查的結果又找不到。怎麼會有這麼奇怪的事呢？她是那種感覺人盡可夫的漂亮女人呀，而且又比先生年輕了二十歲……」

碇貞夫說話的聲音就像是背景音樂，本間一個人陷入了沉思。腦海中浮現一隻手拿著檔案夾，一邊頭腦清晰回答詢問的信子的臉。而在那個時候她的老公和女兒則是邊洗碗盤邊嘻鬧……

（明美，去叫妳媽過來。）

「我說——」本間發出聲音，因為只說了一半，碇貞夫不禁問說：「什麼？」

「你剛剛說的那些店，經營權都是誰在主導的？是先生還是太太？」

碇貞夫一臉好像坐在麵店卻端出法國菜一樣茫然的表情。

「是哪一邊呢？」本間重複又問。

「應該是先生吧。」

「應該？你是用猜的。」

「是呀，因為錢都是先生一手控管的。事實上他們已經被稅務機關的人盯上了，聽說有逃漏稅的嫌疑。」

「錢是先生管的。」本間慢慢地重複這句話，「但這也不能代表『主導經營權』呀。比方說店裡的裝潢、錄影帶店裡放些什麼樣的軟體設施什麼的，需要有很多的想法。這些都是誰在做的呢？」

碇貞夫立刻回答說：「噢，這些是她先生做的。太太對於這種事是不過問的。因為年紀大的先生總是寵她，不要她『花腦筋在這些工作上』。」

「兩個人有為這種事吵過架的跡象嗎？」

碇貞夫搖頭說：「就我調查的結果是沒有。而且太太看起來也不像是那種女人。她就像是釣到金龜婿，正高興一輩子可以輕鬆過日子的女人。」

「是嗎……？」

「是呀。」碇貞夫笑說：「只不過店員們對她倒是頗有好感。對了，咖啡廳雇用的店長說過，老闆娘對於店裡面播放的音樂提供過有趣的意見。因為她就像是新時代的女性一樣，為了抓住年輕客戶讓生意興隆，所以建議該掌握什麼樣的要素，以她做為客人的經驗。不是嗎？」

本間深深一點頭，然後說：「還有兩個問題。」

「什麼嘛？」

「太太結婚前的職業是什麼？」

「普通的女職員。」

「事務工作嗎？」

「嗯，就是做那種誰都能夠勝任的雜事吧，不是專業人才。不過本人好像也會簿記，倒也沒有很笨。」

本間又想起了紺野信子的臉。

「第二個問題，剛剛你說謠傳太太有外遇，有什麼根據嗎？」

「都是附近鄰居和店裡面的員工說的。說是看見太太常常打扮得特別漂亮偷偷出門。」

「但是並沒有特定的男性對象。」

「就是說嘛，所以我才傷腦筋。」

「這種時候太太都是做什麼打扮出門的呢？」

「你是說服裝嗎？」

「嗯，是套裝還是和服？還是飄飄然的洋裝？有噴香水嗎？化妝很濃嗎？還有帶什麼樣的皮包出門也是問題，是只能放化妝品和手帕，純裝飾用的小皮包？還是放的下記事簿、帳簿之類的功能性手提包呢？穿的鞋子也有關係，是花枝招展型還是實用型的呢？」

聽到一半拿出記事簿做筆記的碇貞夫睜大了眼睛問：「現在是怎麼回事？」

本間將雙手放在腦後，悠閒地靠在椅背上說明，「因為你說聞不到男人的蹤跡，所以我是基於這個前提來推論。如果這個太太背著其他人的眼光外出時，總是打扮得整整齊齊，化妝和香水也很節制，拿著實用的皮包和簡單的鞋子。那麼她所見面的對象就很有限了。」

碇貞夫端正坐姿問說：「誰呢？」

本間瞇起了眼睛回答，「可能性最高的是……」

「最高的是？」

「銀行。」本間說：「而且是她先生主要交易對象以外的銀行，新的銀行。和她有生意往來的銀行。所以才要偷偷地見面，因為被先生知道就糟了。」

碇貞夫攤開肥胖的小手說：「怎麼可能？太太去找銀行的人見面要幹什麼？」

「為了事業的融資呀。」

「為什麼？」

「應該是她想自己開一家店吧？因為她想自己來經營，開家咖啡廳或錄影帶出租店。」

看著攤開雙手的碇貞夫，本間不禁笑了。

「你和我做這行這麼久，難免會有先入為主的想法吧？認為女人的犯罪，背後一定會有男人。換句話說，女人沒有男人是犯不了罪的，只有為了男人才會鋌而走險。女人的犯罪都跟感情有關係，絲毫沒有例外，這是我們根深柢固的想法。因為就連殺嬰事件，廣義來說也是和男人的感情出了狀況。」

「……是呀，現實人生就是這樣。」

「沒錯，但是現代的社會不一樣了。不對，不是現在，事實上從很早以前就開始不同了，不是嗎？女人之中也開始有無關於男人的犯罪動機——例如想開創新事業，所以得除去妨礙她的人。」

碇貞夫想反駁，卻又說不出所以然來而放棄。本間繼續說下去，「說不定一開始這個太太並不是看上先生的財產才跟他結婚的，說不定她是看上了先生的事業，以為結婚之後透過先生自己也能跟那些事業攀上關係，不是嗎？」

即便是粉領族，過了二十五歲，還是整天做些跑腿的雜事，應該也會覺得自己很悲慘吧？從前跳脫此一困境的唯一方法就是「結婚」。

現在不同了，「留學」、「獨自生活」、「開創事業」……有不同的路可選擇。只是每一項都需要花錢，而且是龐大的金額。於是達到目標的方法之一就是找個上了年紀的企業家「結婚」。

緩緩地眨眼睛後，碇貞夫說：「結果真的結婚了，情況卻不是那樣？」

「嗯，先生願意給她錢，寵愛她，卻不讓她碰經營權，說什麼不希望用到妳可愛的頭腦！那跟粉領族時期當辦公室裡花瓶有什麼兩樣，絲毫沒有改變嘛。」

「可是在我眼裡，那種新時代的小女人似乎很滿足這種情況。」

碇貞夫還在掙扎抵抗。說人家是什麼新時代的小女人，也真夠嗆的了。

「或許有的女人是那樣，但也有人不是。事實上，這跟男女性別沒有一定的關係。」

「是嗎？」

「對於擁有某種獨立心和氣概的女人而言，男人對她說：『好了啦，妳不需要讓妳可愛的腦袋瓜煩惱這些妳不懂的事情。這種事交給我來處理，妳去修妳的指甲吧。』說不定她們聽了反而會生氣得受不了呀。」

「可是這個太太沒有跟先生吵架呀。」

「是吵不起來吧，因為先生根本不跟她一般見識，總是一副『可愛的寶貝幹嘛要生氣呢』的態度。所以她會生氣，覺得自尊受傷了。於是想東想西想要改變；偏偏始終像這樣子無法找到突破點，最後便耍出了狠招——」

說到這裡，本間用詞小心地繼續說明，「而且她也想證明自己有不亞於她先生的能力和決斷力，不是嗎？透過順利除掉先生的這件事。所以說不定她和共犯兩個人殺掉先生時，還將滿腔累積的憤怒與不滿全部傾倒出來，讓她先生吃了一驚也很難說。」

碇貞夫一副在麵店用餐卻被要求付相當於法國大餐的費用的表情。

「可是她應該是有共犯的吧？」他問話的表情就像撤退的軍隊死守最後一座碉堡一樣，「應該是她的情夫吧？有男人，一定是的。她要情夫出手幫忙，果然幕後的是男人。」

「可是你不是說查不到男人的線索嗎？」

「也許是我們的搜查不夠完全。」

本間開門見山地表示，「我可不那麼認為。既然找不到男人的線索，共犯就是女的。也許是她粉領族時代要好的同事，她們打算一起開創事業，所以除掉了妨礙她們的先生……說不定是對方提的議。而且女人跟女人見面，既不會被人懷疑也不會太顯眼，兩個女人聯手攻擊，也能殺死一個大男人的。這方面你不妨去調查看看？」

碇貞夫沉默了好一陣子，終於以訝異的語氣開口說道：「那個太太有一個很要好的女性朋友。葬禮的時候，對方十分照顧她。」

「那就說不定對了。」

碇貞夫張大眼睛看著他，然後才開口說：「我也應該被槍擊一次看看吧。」

本間本來想開玩笑說，感覺很不錯哦，但還是臨時閉上了嘴巴。

不見得女人的犯罪都跟感情問題有關，時代已經改變了——

讓本間有這種想法，或許就是因為「關根彰子」的關係。

她偷了別人的戶籍，假冒別人的身分，在行跡即將暴露時，放棄眼前的婚姻逃逸無蹤。究竟她有什麼目的或是發生了什麼事都還不清楚，唯一能確定的是，她的行動並非為了愛情、男人或是情欲。

就順序來說，她假冒成為關根彰子並不是為了跟和也結婚。因為跟和也的戀愛是之後才有的，在她使用假的名字和建立起假的生活之後。

而且只要稍微露出破綻，她可以無視於被拋棄的和也的心情、不在乎今井事務機公司同事的驚訝與困擾，一個人消失而去——

本間認為有什麼東西在追趕著她。他幾乎可以斷言，她在逃跑。雖然還不知道追趕她的是什麼，因為是緊迫盯人的追趕，所以她拚命地逃跑，用盡心思，提心吊膽。

而這些她都是一個人辦到了。於是本間又想，她是孤獨的，她只有自己一個人。既不用顧慮任何人的心情，也不用聽從任何人的指示。

撕開明亮圖案的壁紙，背後隱藏著鋼筋水泥的牆壁。一個任何人都難以突破、無法摧毀的牆壁。

那是她鋼鐵般堅強的存在意志。

只是一切都是為自己。她就是那種女人。而這種女人或許在十年前還不存在於我們的社會裡。

「我們的想法是不是已經太古老了。」碇貞夫喃喃低語。

碇貞夫前腳回去，井坂和小智後腳便踏進家門。

「呆呆，還是沒有找到。」小智顯得很失望，「會不會死在哪裡了？碇叔叔說，如果死了話，清潔隊或衛生所會負責處理，所以馬上就會知道的。」

「那裡的人怎麼說呢？」

「沒有，說是沒有處理過任何跟呆呆長得很像的狗的記錄。」井坂回答。因為在意小智，所以用詞很小心。

「因為呆呆對人沒有戒心，說不定開車經過的人跟牠玩，覺得牠可愛就帶走牠了。」

小智靠在牆上悶不吭聲。本間和井坂互相看了一眼。

「爸爸。」小智低聲呼喚。

「什麼事？」

「衛生所裡有好多的狗耶。」

本間心想「糟了」。因為他知道身為父親、身為大人，他將面臨一個非常難回答的問題。

「那些狗都要被殺掉嗎？為什麼有人會把狗給丟掉呢？那些人為什麼要養狗嘛？」

我就知道，我也不想回答。井坂擺出這樣的臉色，一邊摸著臉頰一邊低下頭去。

「為什麼呢？」本間回答，「爸爸也不明白那些人為什麼要做那種過分的事。我雖然不明白，但我們家裡不會那麼做，而且如果看到有人那麼做，會想辦法阻止。很遺憾爸爸一個人的力量，能做的大概就是這樣。」

井坂微微彎下腰探視小智的臉。

「久惠阿姨不是說過了嗎？這世界上有很多混蛋傢伙。養了狗卻不負責任的那些人就是混蛋傢伙。」

然後將小智拉到一旁說：「先去洗個手吧。洗澡水馬上就燒好了，去洗個澡吧。累了吧？」

小智慢慢地轉身走出廚房。剩下的兩個大人同時都發出了嘆息。

「衛生所那種地方，連我都覺得不好受。」井坂壓低聲音說。

「真是不好意思。」

「不是，沒關係的。只不過真的是有很多狗，看了真叫人難過呀。」

井坂正準備往流理台的方向走過去，突然停下腳步說：「對了，差點給忘了。」並且將手伸進上衣內的口袋，掏出印有照相館名稱的信封袋。

「剛剛我們要出門的時候來電話，說是放大的照片洗好了。我本來還想該怎麼辦，結果照相館就在去衛生所的路上，我又擔心你專程跑一趟太辛苦，所以就幫你拿了回來。」

其實本間早忘了，原來是那張立可拍照片。因為不太可能成為什麼線索，心裡便放棄了，結果就這麼給耽擱了下來。

「太好了，我都給忘了。」

看他拿出照片來看，井坂又說：「店員說，因為原來的照片焦距不對，放得太大反而看不清楚拍些什麼東西。這是最大限度了。」

大概是B5影印紙三分之二的大小吧，那間巧克力色外牆的房子給放大了。

並沒有因為放大而有什麼戲劇性的變化。一如店員所說的，反而有種模糊不清的感覺。照片上只有那個房子和兩個女人，以及那盞模糊的照明燈——

這時本間突然發現。

一開始以為是眼睛的錯覺，於是趕緊從旁邊的抽屜裡翻出小智還是誰送的放大鏡紀念品，放在照片上重新檢視。

果然沒錯。

可是怎麼會有這種事呢？

「怎麼了？」

在井坂的質疑下，本間抬起臉遞上照片。

「井坂兄你看棒球嗎？」

「這個嘛……」

「去球場嗎？」

「去呀，東京都會圈裡較大的球場，我幾乎都去過。」

聽他這麼一說，本間感覺有些興奮。

「那井坂兄就你所知，有沒有照明燈的方向相反，也就是對著球場外的奇怪棒球場呢？」

井坂眨了眨眼睛說：「這個嘛……什麼意思？」

井坂拿出老花眼鏡，戴在鼻樑上面，將照片拿在手上。本間用手指指著照明燈的部分問說：「這是棒球場的照明燈吧？」

「沒錯。」

「所以說這個房子就蓋在球場旁邊，沒錯吧？」

「說的也是。」

「好，你再看仔細點。」

本間用手指敲著照明燈的一個個電燈泡。其實照明燈只是在畫面的左上角稍微被帶到一點而已。

「放大之後我才發現，這個照明燈的燈泡每一個都對著這個房子的方向，對吧？也就是說，是對著外面。因為棒球場裡面是不可能蓋房子的。」

事實上也是。照明燈的燈泡面對著鏡頭，照在巧克力色房子的方向。

井坂將鼻子湊在照片前面仔細觀看。

「是呀……你說的沒錯。」

「你對這個球場有沒有什麼印象？」

井坂手持著照片，側著頭思考了一下，然後慢慢地問說：「本間兄對棒球……？」

「我沒什麼興趣。」

井坂點了點頭說：「我想也是。因為如果你看過實際棒球場的照明燈，立刻就會知道要改變燈泡方向是很困難的。」

「噢……是嗎？很困難嗎。」

「一般照明燈都是對著球場中間照的，不然的話就沒什麼意義。要將燈光照向外面的話……」

「除非是什麼可以掉頭式的設計。」說完，本間自己也覺得好笑。

井坂也跟著笑了。「如果能使用那麼厲害的照明燈，馬上就會被報導了。像神宮外苑那一帶就很陰暗，比賽完後，將照明燈轉向球場外照亮觀眾回家的路面，不也很好嗎？」

本間將照片放在一旁，搔著頭思考。

但是這張照片拍出了奇妙的現象卻是不爭的事實。

「對外投射的照明燈呀……」井坂還在納悶。

13

本間打電話詢問對方住址，接電話的女性告訴他從新橋車站前的火車廣場該怎麼走過來。位於新橋車站日比谷出口前的這個廣場，展示著貨真價實的C11號蒸氣火車頭，雖然不如涉谷忠狗廣場那麼有名，但還算是一個相當熱門的約會見面場所。

「拉海娜」酒店還在繼續營業。接電話的女性語氣有些自傲地表示，開店已經十年了，老闆和媽媽桑都沒有換過人。

本間心想真是太幸運了。因為特種行業的變動本來就很激烈，別說只是兩年前，他早就有心理準備面對老闆或店名變更的可能性。

大概是溝口律師交代過，在詢問關根彰子的就業經歷等資料時，那個姓澤木的女職員態度很親切。本間將這些資料整理如下：

一九八三年三月　來到東京　任職於葛西通商
一九八四年　夏天起開始有信用卡借貸的問題，搬離宿舍，改住錦系町城堡公寓
一九八五年　四月起於新宿三丁目的「金牌」酒店兼職
一九八六年春　因為勞累而感冒住院十天，經濟狀況益形惡化
一九八七年一月　討債公司變本加厲，不得已自葛西通商離職
一九八七年五月　申告破產。搬離城堡公寓轉往「金牌」酒店同事宮城富美惠家借住
一九八八年二月　確定免責。辭去「金牌」酒店工作，轉往新橋「拉海娜」酒店。
　　二月起自宮城家搬往川口公寓居住
一九八九年十一月二十五日　母親於宇都宮發生意外而身故
一九九〇年一月二十五日　為保險金一事拜訪溝口律師
然後，三月十七日　失蹤

本間決定根據這個表反向調查回去。先從拜訪溝口律師開始，接著調查「拉海娜」酒店。然後視在「拉海娜」酒店調查結果，決定去宇都宮還是「金牌」酒店，或拜訪當時讓關根彰子借住的同事「宮城富美惠」的家。

由於尋找呆呆的成效不彰，小智晚飯吃得不多，一臉臭臭的樣子。本間出門前到他房間瞄了一下，正在跟朋友講電話。因為最近沒有時間照管他，電話佔線時間太長的事就放他一馬吧。

從家裡到車站還是決定搭計程車，再改搭電車，所以感覺上今天沒有用到傘的必要。雖然還不

能像平常一樣走路，但比起之前到今井事務機公司調查時，至少可以不用依靠外物行動了。

栗坂和也提出要他幫忙是在這個星期一，今天是星期五，才第四天。不可能在這麼短的期間，受傷的膝蓋會有戲劇性的好轉，本間心想應該還是意志力的問題吧。

復健療程規定每個禮拜兩次，原則上排在星期一和星期五，所以今天等於是蹺課了。可是看這腳的狀況，本間倒是沒什麼罪惡感。他甚至覺得比起那種無聊的療程，比起被物理治療師的猛操，現在這樣子反而更具療效。對於自己拚命找理由把行為正當化的想法，本間不禁苦笑。

（搞不好又要接到挨罵的電話也說不定！）

雖說是復健，但不是在醫院裡做。只是從警察醫院出院後，朋友推薦這家運動健身房，說是不妨當作恢復身體機能的訓練去試試看！據說那裡跟幾家私立醫院有合作關係，可以和醫生聯繫安排有系統的訓練課程。

不管是公立還是私立，東京都內與郊外的醫療機構都面臨人手不足、資金短缺、設備不夠等問題。最主要的原因出在地價高漲。要想增加土地蓋新大樓，引進新的設備，動輒就要上億的花費，根本就是天馬行空的夢想。所以復健設施成了首要放棄的項目，只能朝委外經營或合作的方向推動了。

受理本間這件療程的治療師，今年三十五歲，大阪土生土長的女性，三年前結婚。她先生任職於全國規模分支機構的外食產業，因為先生的調職而來到了東京。個性爽朗大方，只是每次本間累得汗如雨下，她卻坐在櫃檯裡，一副事不關己的臉色說風涼話，「不行呀，我就說東京的男人吃不了什麼苦。」聽得令人生氣牙癢！

東京吸納各地來的人們，很快就能將他們同化。奇怪的是，偏偏關西人始終能保持原有的本色。關西口音也擁有強韌的生命力，儘管語尾變化是「標準國語」，但音調還是一如從前，一聽就知道來自關西。本間對此不禁產生一抹憧憬的感覺，自己雖然是東京出生的，卻不是東京人，偏偏對於自己的籍貫又沒有稱做「故鄉」的認同吧。

本間的父親是東北鄉下地方貧苦農家的三男。二十歲那年來到戰敗後的東京找工作餬口，當上了警察。應該說是想到東京來，所以才去當警察的。因為當時的東京有嚴重的糧食不足問題，因此對外地來的人口有所限制，唯有答應當警察才能無條件遷居到東京。

父親並非抱著什麼堅定的目標，也不是為了維護社會正義，只是為了餬口、為了明天的生活而當警察的。

本間心想，這也難怪。當時的日本人失去了過去堅守的生活信條，就像是沒人操縱的木偶一樣，只能茫然地看著週遭的一切。一時之間是不可能找到新的生活目標。

父親就這樣抱著當初的想法，平淡地過著他的警察歲月。反而是母親覺得不可思議，因為本間居然明顯受到父親的薰陶與感化也當上了警察。

「畢竟是流著同樣的血統吧。」母親說話的神情帶著些許的不安。

因為自己是過來人，所以一開始對媳婦千鶴子有著奇妙的同情。

「如果想分手，沒關係，直說無妨。讓千鶴子撫養小智長大成人的贍養費，我會幫妳跟俊介要的。」母親甚至還如此公開宣布，本間聽了不免有些憤慨，但當時千鶴子卻是一笑置之。

如今他的父母和千鶴子都已經不在人世了。

他們三個人都是北方人。母親和父親是同鄉，千鶴子出生於新潟縣的大雪地帶。所以每次回老家，在聊天的時候，本間突然會有種抽離的感覺。在他們之中，只有我沒有「故鄉」的記憶，我沒有「根」的印象。

千鶴子說過，「你不就是東京人嗎？」但本間至今從沒有過自己是東京人的意識。他認為自己的家所在的地理上的東京，和所謂「東京人」、「東京之子」的「東京」，在定義上有著不言而喻的差異。固然俗話說「沒有連續住上三代就稱不上江戶人」，但這種差異是無法用如此膚淺的方式界定的。

本間覺得關鍵在於那個人是否能感受到「自己血液和東京是連在一起的」。而這種時刻的「東京」才是「故鄉的東京」、「能夠生養與教育下一代的東京」。

然而現在的東京已經變成人們無法生根與生存的土地了。既沒有泥土味、也不再下雨，而是一塊無法耕作的荒地。

有的只是作為大都市的機能性罷了。

就像汽車一樣，儘管設備再豪華，性能多棒，人們還是不能在車子裡生活的。汽車是偶爾乘坐用，為了方便而使用，偶爾開去整修、洗車，到了使用年限或用膩了便換新車。汽車不過就是這樣的東西。

東京亦然，只是剛好沒有其他車的性能比東京這輛更好，就算有也只是某些特性較強。大多數的人因為已經使用習慣了，其實不過只是把它當作隨時可以替換的備用品看待。

人們對於隨時可以買來替換的東西是沒有根性的。不會將隨時可以買來替換的東西稱之為故鄉的。

因此現在東京裡的人都是失根的草木，大部分的人們賴以生存的其實是父母，甚至是祖父母所擁有的根源記憶。

但是這些根源其實多半很脆弱，來自故鄉的呼喚早在很久以前就已經沙啞了。所以失根的人們有增無減，本間認為自己也是其中的一分子。

或許就是因為這樣，當他為了工作奔走在大都會之中，聽許多的人們說話時，從他們的言語內容、語尾變化、音調變化、遣詞用字，很明顯能感受到對方的「故鄉」在何處時，他就會有種傷感的情緒。一如同伴在一起玩耍，隨著天色漸晚，一個個朋友被母親的呼喚聲叫回家，沒有人來叫自己回去，最後竟發現週遭只剩下自己一個人——那種孩子般的心情。

晚上八點三十分，推開「拉海娜」酒店大門時，前來迎接他的二十歲出頭的年輕女孩就帶著點博多地方的口音。是啊，九州也是吸引力很強的土地，絕對不會輕易放棄在那裡出生的人們。

本間不禁心想，在這裡上班時，關根彰子是否也曾提起故鄉宇都宮呢？

「如果猜錯了對不起，請問你是警察嗎？」拉海娜雇用的媽媽桑，和本間面對面不到五分鐘便這麼問。

「答對了！」本間笑說：「妳怎麼知道的？」

對方聳了一下裸露的肩膀。由於她穿著一件露單肩的洋裝，可以看見光滑圓潤的右肩和半片的鎖骨小露。脖子上有一顆小黑痣，正好在衣服的延長線上，說不定是故意點上去的。

十坪大小的狹長空間裡，有一個馬蹄型的吧台和兩個包廂。裝潢很簡潔，牆上只掛了一張海報大小的照片，是幅巨大的樹木照片。

員工只有大概是在這裡打工的年輕男孩和同樣是打工的兩名年輕女孩；其中一位是那個有博多口音的小姐，另一位則像是這裡的老大姐。

本間坐在吧台最旁邊的位置，吧台裡面除了媽媽桑，還有一位從這裡只能看到側臉的調酒師。因為長得有點像井坂，感覺很好玩。

酒店外面掛有招牌，但看起來並沒有喧囂的感覺。和「巴卡斯」不一樣的是，這裡沒有卡拉OK的設備。作為一間酒店，這裡的裝潢和擺設並沒有花費太多金錢，就是那樣的一間店。吧台的另一邊放著一個笨重的大花瓶，裡面插著花。仔細一看才知道是假花。如果是高級酒店，就一定會插鮮花。

固然不能說是很大眾化，但卻是生客難得上門的一家店。就像是公司行號的中階主管——薪水不是很高的那種——偷偷保留給自己一個人享受的酒店。現在坐在店裡面的四名客人看起來也不像是屬於同一個團體。

這是一個能讓人數少的酒客感覺輕鬆的地方，所以才能夠維持十年以上吧。

本間只是開口說「認識以前在這裡工作的女性」，但是媽媽桑大概已經心知肚明，提出剛剛的第一個疑問之後便接著問說：「你要找誰嗎？」

「妳還沒有回答我為什麼知道我是警察。」本間說：「也許我只是跟以前在這裡上班的女性交往過，來到這裡懷念舊情而已。」

「哈哈哈」大笑之後，媽媽桑說：「像我們這種店是不會有那麼奇特的客人會來。而且我大概都能掌握店裡小姐的男性關係，不認識的男人想來這裡詐騙，門都沒有！」

「掌握呀？」本間用手指稍微搔了一下太陽穴說：「該不會是斡旋吧？」

「死相，會說這種話的人，肯定就是警察。」

本間故意做出吧台上有什麼東西被拍落的搞笑動作。

「你不出示證件嗎？」

「怕嚇到其他客人。」

「說的也是，會掃興的。」

媽媽桑說完，咬著塗抹粉彩口紅的嘴唇，想了一下問說：「你是櫻田門的人？還是這附近的……對了，你是丸之內警署的吧？」

「丸之內警署的人會到這一帶喝酒嗎？」

「因為不是轄區，所以才能放輕鬆吧。當然他們是不會說自己是警察的，可是我們就是看得出來。」

「為什麼呢？」

「氣味吧。你們的眼神都很犀利，不像一般的客人。」同時夾緊手臂，做出觀察四周的表情。

「謝謝妳哦。」

「你是櫻田門嗎？」

「嗯。」

「刑警嗎？應該不會是重案組吧，因為那裡的人不會做出上班族的打扮。」

「是刑警。」

沒有刑警證件的搜查行動。本間的手還在摸索，從西裝內口袋掏出沒有頭銜的名片放在吧台上，媽媽桑雙手拿起名片觀看。

「本間先生嗎？請問有什麼事？跟在我們這裡上過班的小姐有關係嗎？」

本間在凳子上重新坐好。

「不知道妳還記不記得，在兩年前的三月為止曾在這裡工作過的關根彰子小姐？」

媽媽桑先是看著本間的臉，然後轉向調酒師的方向。側著臉的他大概也在豎耳傾聽，這時也轉過了頭來。

「菊地師傅，你聽見了嗎？說是要找彰子。」媽媽桑對調酒師說。被稱為菊地師傅的調酒師，沒有停止擦拭酒杯的動作點了點頭說：「嗯，我聽見了。」

「看來妳們都還對這個名字很有印象。」本間說。

「因為薪水還沒結算就跑得無消無息了嘛。」

「就是說嘛。」

媽媽桑探出了身體，因為身體緊壓著吧台，肩帶深深陷入了左肩的肉裡。

「這種事我們店裡可是頭一次發生。我常說自己很會看人，就是太相信自己，這件事對我打擊很大。」

媽媽桑右手放在心臟上方，彷彿打擊還留在胸口似的。然後好像突然想起來一樣地睜大眼睛問，「你在找彰子嗎？」

「沒錯。」

「那女孩犯了什麼罪？」

「不，不是的。因為不是，所以我才沒有出示證件。」

在這裡還是拿和也出來當擋箭牌吧。

「她和我的外甥訂了婚，可是好像臨時變卦不見人影。我的外甥心想人跑了也沒辦法，其實沒有責怪對方的意思。但借給她的錢總得先要回來吧，所以才要找她。外甥嘴裡是說『欠債不還的人死了算了』，可是站在我這個媒人的立場，是不能讓他們就這樣散了。」

媽媽桑和調酒師又對看了一眼。從正面來看，調酒師長得比井坂帥多了。

「彰子訂婚了呀。」媽媽桑輕聲地自言自語。

「你的外甥也是警察嗎？」

「不是，他在銀行服務。」

「是嗎……彰子要嫁給銀行的人當太太呀。」

「她看起來不像嗎？」

「話也不是那麼說啦，只是……該怎麼說好呢？因為她不是細心型的女孩，有個神經質的先生會很辛苦的。」

「她不是居家型的女孩嗎？」

「有點吧。」媽媽桑微笑說：「對於打掃房間、洗衣服什麼的好像不是很喜歡。」

這跟逃離方南町公寓的「關根彰子」就大不相同了。

媽媽桑的年紀看起來——應該快要四十歲了吧。有點豐滿，從某個角度看會有雙下巴。比起關心體重機上的數字，她現在看著本間的眼光更加專注，過了一會兒她說：「我不知道彰子人在哪裡。總之兩年前她那樣子離開之後，連個賀年卡也沒有寄來過。」

媽媽桑的這句話可以只聽表面意義，似乎又若有所指。

聽起來好像是說，你的身分雖然很明確，但我不知道你說的事是真是假。所以就算我知道彰子的住址，也不會輕易告訴你的。

本間不禁苦笑說：「當然我的目的不是這個。我只是想如果能知道她在這裡工作時的情形、甚至能知道一、兩個她朋友的名字就太好了。」

在媽媽桑還沒有做出回應之前，本間又趕緊補充說：「我外甥也知道她在酒店工作過的事。最近這種兼差的粉領族也多了，所以他不在意。因此婚事不是因為這件事而破壞的。其實是我外甥太任性了，彰子終於受不了他了。」

「這種情形最近倒是很多。」媽媽桑笑了一下。

「彰子是個樸實的人吧？」本間故意套話說：「比起我外甥，她人實在許多，又不亂花錢。」

這是指破產之後，生活用度應該很吃緊才對。果不其然，媽媽桑聽了點頭說：「她的開支好像比較緊一點，用錢很小心。」

「現在在店裡面的小姐，是她當時的同事嗎？」

「瑪琪是。」媽媽桑指著那個看起來像是老大姐的女性。本間隔著肩膀看著她，她正在招呼一名中年穩重的上班族，兩人不時地耳鬢廝磨、低語談笑。

「關根小姐跟同事相處得好嗎？」

媽媽桑抬起形狀漂亮的眉毛說：「還不錯呀。」回答得有些曖昧。

「威士忌變淡了。」媽媽桑邊說邊拿新的杯子，並將冰塊放進杯子裡。

「既然妳能掌握小姐的男性關係，應該也很清楚她們的女性朋友吧？」

這一次本間拿出了從相簿抽出來的假「關根彰子」特寫照片給媽媽桑看。

「關根小姐的朋友之中，有沒有這個女人？她現在好像住在這個女人家。」

媽媽桑仔細看了照片，接著轉過頭對調酒師使個眼色，也要他看。然後喊說：「瑪琪，這個端過去。」

等那個老大姐般的陪酒小姐過來後，一邊遞上裝有巧克力脆酥的玻璃杯，一邊壓低聲音問：

「妳還記得關根彰子吧？」

名叫瑪琪的小姐，臉上塗著厚得嚇人的睫毛膏。

「記得……」

「就是那個突然跑掉的女孩呀。」

「噢，那我記得。」說時從瑪琪嘴裡飄出柳橙的味道，她微笑地看著本間走了過來。

「瑪琪，妳記不記得彰子有沒有什麼朋友？」

「有沒有看過她們的長相？或是關根小姐有沒有提起過她的女性朋友？」本間補充提問。

瑪琪也看了照片。「我不知道耶，已經是很久的事了。」

「妳記得她有什麼樣的朋友嗎？」

瑪琪搖搖頭，這一次飄散出來的是香水味，大概是灑在頭髮上的吧。

「我不記得，因為那個人幾乎沒有提過她來這裡上班以前的事。」

「妳還記得她住在川口市的公寓嗎？」

「川口？是那裡嗎？反正就是埼玉縣嘛。她老是說計程車錢太貴，所以每天趁著還有電車的時候便下班了。對不對，媽媽桑？」

媽媽桑沉默地點點頭。本間又問：「她有沒有提起來這裡之前在什麼地方上班呢？」

「說是一般的公司。」

「名叫葛西通商的公司。」

「是嗎？名字我就不清楚了。對了，她好像說過是在江戶川區那裡。」

原來如此，她隱瞞在「金牌」酒店服務的那一段。

大概是因為在那裡上班時，正好經歷了破產、被討債公司騷擾等不愉快的經驗吧。真的關根彰子破產後，在從事新的工作時對過去的經歷有說謊和省略的習慣。

當然她申告個人破產的事實，應該也沒有跟這裡的人說過吧。

「她有男朋友嗎？」

媽媽桑笑了，很正式地回答說：「就我的掌握所知，她沒有。」

「她是個怪人。」瑪琪插嘴說：「常常在想東西。客人約她出去也不太答應。儘管我開口保證說，客人人很好，讓客人請沒關係。她也是不去。」

始終保持沉默的調酒師傅菊地靜靜地表示意見，「雖然不應該亂猜，感覺上她好像在金錢方面吃過大虧。」

本間抬起頭直視著調酒師的眼睛，對方並沒有看他，而是看著吧台上的照片。

「為什麼會這麼想呢？」聽本間問，他才轉過頭來回答，「這個嘛……就是直覺。」

「沒有根據？」

「是的。」

「因為被男人騙過錢嗎？」瑪琪一副很有興趣的神色盯著本間的臉看。

「倒也不是。」

「是嗎。」瑪琪一副很無聊掃興的表情，端著巧克力脆酥的玻璃杯離開了吧台。

「所以說關根小姐不是很好相處的人囉。」本間再一次確認。

「是呀，她一次也沒有跟我們出去旅行過。」

出門前碇貞夫來過電話，回覆說關根彰子持有駕照，但沒有護照。

所以本間以此為前提詢問說：「也沒出國旅行過嗎？」

媽媽桑立刻回答說：「是的。只不過不是因為她不跟人交往，那個女孩是害怕搭飛機，連國內班機也不敢坐。」

「絕對不敢坐嗎？」

「嗯，絕對。你看，那張照片上的樹，你知道是什麼嗎？」媽媽桑指著牆壁上的照片，上面是一棵巨大的樹木。

「那是長在夏威夷茂宜島上的『拉海娜』小鎮，說是小鎮的象徵樹。我妹妹嫁給了美國人，住在夏威夷，我每年都會去看他們一次。通常都會邀店裡的小姐一起去，只有彰子不行，不管我怎麼邀她，她就是害怕搭飛機不肯去。」

所以才沒有辦護照嗎？假的關根彰子知道這情形嗎？

如果真的關根彰子沒有辦護照，那假的彰子就能夠跟和也到國外旅行了。她是否因為知道這點，所以覬覦關根彰子的身分呢？

對了，這裡存在一個基本的問題。

假的彰子在假冒真的彰子的身分之前，照理說有必要調查她的個人資料才對。那個設想如此週到的女人不可能沒想到護照、駕照之類的證件便開始行動的。一定是在取得必要的資料後，判斷沒有問題才開始假冒關根彰子身分的行動。

換句話說，能夠取得她個人資料的，應該是關根彰子週邊的人才有可能。

可見得應該是「金牌」酒店或「葛西通商」的同事囉，但是這有問題。

「金牌」酒店或「葛西通商」的女同事，當然能夠輕易知道關根彰子有沒有駕照或護照，甚至連她戶籍所在的住址也能查到。可是同時也應該知道她有個人破產的經驗才對呀。

如果是「金牌」酒店的同事就肯定知道。至於「葛西通商」的同事，因為是在申告破產前就離職，或許知道她背負債務，但可能不知道個人破產的那一段。

可是如果從她覬覦彰子的身分想要假冒的立場來判斷，自然事先會問她關於債務的事吧，比方說「欠的債處理好了嗎」之類的。

當時彰子會怎麼回答呢？如果回答「我破產了」，那個想變成假彰子的女人就會知道。但如果彰子說謊，跟媽媽借錢還清了、在酒店上班時找到了金主肯幫忙還錢……

還是說假的彰子並沒有確認這些事實。那可就出了大問題。假冒身分還好，偏偏欠了一堆債、被討債公司騷擾，最後連自己不是真的彰子也被發現，豈不是失敗得很慘嗎。

只要肯多花點心思調查，查出關根彰子個人破產的事實並非難事。只要問得有技巧，也可能讓本人自己承認。

這麼一來，知道一切事實還願意假冒的假彰子，到了今天事跡敗露，就不可能如此落荒而逃呀。還有信用卡也是一樣，不管和也怎麼勸說，她也不會想要申請的。

所以說應該是能夠取得其個人資料，但彼此之間又沒有親近到可以知道其破產過往的距離囉。

她真的有這樣的女性朋友嗎？

本間再一次將假彰子的照片拿給媽媽桑看。

「妳不知道這個女人嗎？或許她不是關根小姐的朋友，但可能是曾經來找過她的客人，或是短期間在這裡工作過？」

媽媽桑堅定地搖頭說：「這種事我怎麼可能忘記對方的長相。」

調酒師菊地師傅也做了同樣的回答。

「這裡有沒有關根彰子的照片呢？」

媽媽聳了一下白皙的肩膀說：「我們沒什麼機會拍照呀。」

「那接著我們看這張。」

本間拿出那張巧克力色房子的立可拍照片。

「妳知道這間房子嗎？不然這照片上女人所穿的制服，有沒有印象？」

還是一樣，得到的是否定的答案。由於包廂的客人回去了，送完客人之後的瑪琪回到吧台一起看照片。

「不知道耶。」她回答。

「這房子蓋在奇妙的地方。」本間頗期待因為工作性質見多識廣的調酒師，他說：「就蓋在棒球場旁邊。你看，不是有照明燈嗎？可是這個照明燈照的不是球場，而是對外。你們知道這是什麼球場嗎？」

本間知道媽媽桑和瑪琪的答案會是什麼，所以問話的語氣好像是在提供謎語一樣。但是調酒師很認真地思考了一下，反問說：「這種事可能嗎？」

「是呀，就是不可能才傷腦筋呀。」

看來這條線索只能到此為止。

「關根彰子在這裡上班時，她母親過世了吧？她是否受了很大的刺激呢？」

這個問題引起了明顯的反應。媽媽桑的表情好像背後被人捏了一下似的。

「真是要命，聽說是喝醉酒從階梯上摔了下來。」

「哪裡的階梯呢？我知道的不是很清楚。」

「什麼神社吧？還是公園吧？」

「我不記得。」瑪琪沒什麼興趣回答。然後拿開玻璃杯擦著桌面，暫時離開這裡的話題振作起精神。

突然間她大叫一聲「哎呀」，並睜開濃厚睫毛膏下的眼睛回過頭說：「對了，彰子當時有說過一個女孩的事，對不對，媽媽桑？妳還記得嗎？」

媽媽桑好像沒什麼印象，調酒師也是一樣。

「怎麼回事呢？」本間問。瑪琪抓著他的手臂靠了過來，她的指甲很尖。

「聽說彰子媽媽過世時，最早在跌倒現場發現她。叫救護車來的是一個年輕女人。彰子那時有稍微提到過那個小姐的事，說是對方幫忙很多。」

「有沒有提到名字？」

瑪琪故作姿態地想了一下。

「她沒說。不對，可能說了吧，但是我忘了。」

結果下一個骰子丟出了「宇都宮」的方向。

14

搭乘東北新幹線的話，從東京車站到宇都宮大概在一個小時內能夠抵達。如果是轉乘時間搭配不好的時段，從本間家所在的常磐線金町車站到山手線的新宿車站，大概也要花同樣的時間。所以說交通真的是變得很便利，難怪利用新幹線通勤的上班族越來越多了。

過了中午時間，本間在禁煙車廂的自由席找到空位坐下，將裝有資料的手提包放在腳邊時，感覺到電車開動了。果然是準時發車。

車廂裡面到處可見和本間年紀差不多、穿著西裝的男性。大概是外出洽公的上班族吧。看到這些就不難理解為什麼說新幹線是東京這個商業都市的血管了。

坐在斜前方走道邊座位的年輕人，手機貼在耳畔不停地講話。看他故意說得很大聲，而且是命令式的語氣，應該是算得上是主管級的人吧。不過在公共場所使用手機講電話的人，為什麼都剛好聲音很大，而且都長得一副欠揍的樣子呢？

東北新幹線離開東京車站不久便鑽進了地下，在上野停靠的是地底月台。或許通訊狀況因此不佳，年輕人不耐煩地咋了一下舌頭，將手機給關掉。

本間心想，行動電話應該算是高價位的東西，不知道他是用信用卡還是分期付款買的？

家裡面不知道有多少東西是分期付款買的？一些大型家具和電器多半都是吧。感覺上是在不同的店簽約，再一點一點地清償。說感覺上，是因為這些事過去都是千鶴子一個人包辦，所以家具的顏色、電器的性能等等都是配合她的喜好。本間能夠參與意見的，只有購買的預算吧。

大部分的男人應該都是一樣。就算是沒有成家的單身漢，本間也沒有遇到過選購家具很挑剔或是懂得分辨地毯好壞的男人。除非很有興趣，一般男人對家裡的裝潢是不太在意的吧。

但還有年代的問題。感覺現在二十幾歲的年輕人對於自己一個人居住的套房裝潢、擺設的家具和生活用品選購等都很講究。目前在警視廳搜查一課可以讓本間隨意詢問的人選之中沒有二十來歲的刑警，所以他只能憑想像。

報紙夾頁廣告上的照片、郵購目錄和電視上的丸井購物頻道等，的確現在有很多不錯又很漂亮的家具，看了就令人想要。而且當場只要在店家收銀台前出示信用卡，在簽帳單上簽名就能購買的話，也難怪人們會心情浮動地買東買西，這就是人性嘛。

問題是沒有人會出面制止。有人會在一旁煽動說，這個不錯、很棒、很想要吧、怎麼樣呢，卻沒有店員會說，不過考慮到每個月的利息和清償額度，今天還是到此為止吧。

就賣方而言，肯定會說，誰會做這種蠢事呢。這就是商業主義，誰管得著沒辦法做好自我控制的客人呢。

在上野車站短暫停留後，立刻又出發了。走出地面，穿梭在高樓大廈之中。車上開始廣播停靠的站名，並介紹餐車的位置。

車窗外的東京飛逝而過。

這麼說起來，本間倒是想起幾個月前發生的一件事。

本間同組的組員有一間常去的小酒館，那裡有一名高中剛畢業的女工讀生。因為客人幾乎都是可以作為她父執輩的中年男人，大家都很喜歡她。有一次那個女孩子曾經很興奮地表示說：「去銀座和六本木的高級服飾店，櫥窗不是有展示衣服嗎？腰帶、首飾什麼的，全部配成一套，那都是店裡面的人精心設計的吧。我真希望一次就好，自己能指著那些說：『給我從上到下同樣都準備一套。』」

本間聽了一笑置之，但是同行的碇貞夫卻批評說：「要是這麼做才真的是鄉下土包子，證明自己沒什麼品味，反而會被店員笑。」搞得女孩也無趣地閉上嘴巴。

本間很能理解碇貞夫說的話，大概他說的也是事實。但是當時從女工讀生孩子氣的不高興之中，本間似乎看見了什麼焦躁不安的情緒隱藏著。

好像是在抗議說，才不是呢，你根本不懂。

本間現在才發覺，應該就是那個吧！

那個小酒館的女工讀生該不會為了圓夢，而握著信用卡上銀座吧？因為她是個精明的女孩，應該知道衝動之餘的後果會是如何。

但是——

實際上旁人眼中看似「精明」的人們，往往成為多重債務者。溝口律師說過，都是些老實認真、膽小懦弱、一板一眼的人們。

這時是什麼原因讓他們跨出了那一步呢？有什麼內在因素嗎？

應該不是那種只發生一次的因素吧。也不可能是被上司責罵覺得難過、因為失戀而自暴自棄亂買東西……等這種很日常性的因素。因為這些都屬於本人還能控制的範圍之內。

不是這些因素，不是用這種一般的感情論就能解釋得通的。

安穩行進在軌道上的火車慢慢地、慢慢地開上危險的坡道，而一個小小的轉轍器正誘導它往前面即將腐朽的木橋上開去，橋下是懸崖峭壁。轉轍器無聲無息地運作，改變了火車的軌道路線……背負債務的本人大概也意識不到改變自己的轉轍器是什麼？在哪裡吧？

「為什麼會借了這麼多的錢，我自己也不知道。」

關根彰子曾經對溝口律師這麼說過，說她不知道為什麼會變成這樣。

「我只是想讓生活變得更幸福。」

感嘆個人破產的情形遽增，看不慣倒債風潮興起的人們，恐怕很難完全接受彰子的這個說法吧，本間心想。他們會說，不知道？太不負責任了吧？而且會很生氣地將的確是浪費成癖的犯罪型破產人和像關根彰子這類的破產人混為一談。

害怕這種社會的共識以及對「破產」這個名詞所被烙下的陰暗形象，許多想要求救的多重債務者只能喃喃自語「我不知道為什麼會變成這樣」，而做出離家、放棄工作、背棄故鄉的選擇。

「請不要做出見樹不見林的舉動！」

心中思考這些事的同時，本間回憶起跟溝口法律事務所澤木小姐確認關根彰子的過去經歷時，澤木小姐說的一些話。她在溝口律師那裡工作，已經將近十年。所以對昭和五十年代（一九七六—一九八五）後半期的地下錢莊糾紛事件印象很深刻。

「當時還沒有制定地下錢莊限制法，或者應該說是事情鬧大了，才有了地下錢莊限制法的出爐，因為討債的手段太狠了。我們律師也曾經被負責催收債務的黑道組織給威脅過。當時是溝口律師的合作夥伴，在自己家門口差點被槍擊。沒有受傷算是不幸中的大幸呀。」

對債務人本身的威脅與暴力行為也很常見，但是受害者都因為自己「借錢」而理虧，不敢把事情表面化，通常都是躲在棉被裡哭泣。

「被威脅到受不了，自然會打一一〇吧？可是儘管當時警察來了，當債權人說明情況後，警方也無能為力。黑道分子的頭腦也很好，不會留下明確的證據，所以表面上看來只是債務糾紛而已。結果警方便會說出那句固定的台詞！」

本間搶先說出，「我們不介入民事糾紛，對吧？」澤木小姐一聽便笑了。

「沒錯。我想很多人為這句話吃了不少苦頭，甚至有客戶來事務所哭訴說：『難道要把我給殺了，他們才要開始進行搜查嗎？』」

不只是黑道組織，還有惡質的討債公司會來叫囂說，如果不付錢，就要讓債務人的妻女墮入風塵賺錢還債。這種案例不遑枚舉。

「可是警方會說，你們又沒有真的被綁去賣身，討債公司的人不過是口頭上說說。何況你們又沒有錄音，就不能證明他們說過這種話。然而一度被威脅過的人可就受不了了，那種心情是心理層面的問題。每天的生活和地獄只隔著一層地板似的，整天提心吊膽，最後受不了了便趁夜逃跑。」

為了能在新的地點安定下來，讓小孩上學，自己找到新的工作，就必須將戶籍從原來的地方轉出來。討債公司早料準了這一點，馬上便聞風而至。在學校大門口埋伏，抓住上下學的小孩或跟蹤他們回家。

「所以戶籍是不能動的，但這麼一來就找不到正常的工作。光是要確保住的地方就很困難。選舉權也是幾乎等於沒有，不是嗎？當然也無法投保該地區的國民健康保險。結果就像跌落山谷一樣，狀況是每況愈下。」

於是就產生了所謂的「現代棄民」，這是溝口律師說的。

「只不過比起當時，現在情況好一點的是，現在的多重債務人以十幾、二十幾歲的年輕人佔壓倒多數，他們要重新來過比較容易，至少不會搞到全家妻離子散。地下錢莊糾紛的當年，大部分都是一家的經濟負責人欠了好幾千萬的債走投無路，連累太太、小孩都被拖下水。」

「五十年代後半期地下錢莊風波，其主要原因究竟是什麼呢？和現在又有什麼不同呢？」

澤木小姐想了一下後回答，「當時金融風暴的基本問題，我想是出在房屋貸款。為了買房子，許多人拚命貸款，結果每天的生活一吃緊便跟地下錢莊借錢，都是這個模式。」

「於是全家跟著破產。」

「沒錯。所以說，比起都會區，週遭的郊區破產案例比較多。然而今天的糾紛，大多是以年輕人為主吧？所以不只是東京，各大都市都有。我覺得這恐怕是用完就丟的現代社會弊病。太過浪費的用完就丟。大家的生活變得奢華，偏偏在用錢方面的教育又付之闕如。」

說來真是諷刺，現在因為房屋貸款而破產日多的原因，完全是因為地價太貴的關係。

「因為貴得離譜了，再怎麼努力也買不起房子。所以一般想買房子的人，是不會逞強去貸款的。目前這種狀況下，因為不動產問題而破產的，以投資為目的的借錢人佔壓倒性的多數。他們想轉手套房來賺錢，於是大手筆借錢，沒想到這之間泡沫經濟崩盤了，房子的價格一落千丈。現在賣出去連本金都拿不回來，還要負擔借錢的利息。這跟當初想的完全不一樣，真是痛苦呀。所以以年輕人居多。還好十幾歲的沒有，都是二、三十歲的人。再來就是年紀差更遠的，靠退休金、年金過日子的老年人，他們是因為在股票市場被套牢了。」

又思考了一下，她才繼續說：「這只是我個人的感想，五十年代後半期的金融糾紛背後，或許隱藏著『想要住得更好、想要比別人更奢侈、想要過更好的日子』的慾望，就是虛榮吧。而感覺上快速膨脹的消費者信用正好提供了實踐的場所。不過今天的狀況，我覺得完全可說是『資訊破產』。」

「資訊破產？」

「是的。比方說用什麼方法能賺錢，買股票啦、投資不動產、還有購買高爾夫球場的會員證等。告訴許多正值好玩年紀的年輕人們，什麼國家現在最好玩、去哪裡旅行最時髦。就連住的地方，這個地區最熱門、公寓必須是哪種型的才夠酷。穿衣服要怎麼穿才對，買車的新款式……這些不都是資訊嗎？追求這些資訊，人心都跟著浮動了。這時制度和法律依然不夠完備的消費者信用業者，還是為了自己的利益拚命把錢借出去。我可以告訴你一個很可惡的事實，現在銀行不都另立公司以地下錢莊的方式提供無擔保貸款嗎？那是因為如果銀行自己經營的話，就會觸犯到地下錢莊管制法呀。」

即便是在電話中交談，不時還能聽見她背後傳來此起彼落的人聲、電話鈴聲。像這個事務所做的，就是希望在緊要關頭，讓即將通過最後一道轉轍器往懸崖掉落的火車起煞車的作用。總之他們是不眠不休地工作想要撲滅已經燃起的火焰。

「前一陣子本間先生來這裡時，不是有提到一條天皇的王妃嗎？就是受到了刺激，我最近又開始讀起了《源氏物語》。」澤木小姐最後以明朗的語氣說完這句話掛上了電話。本間不禁納悶，都已經工作那麼忙了，怎麼還有這種閒工夫呢？

資訊破產。

本間覺得這個想法很對，但是不足以說明一切。

人們為什麼要追求這些資訊呢？是因為裡面有什麼才想要追求的嗎？人們究竟看中了什麼？而這個「什麼」是否就是轉轍器，就是小酒館女工讀生其不滿表情下所隱藏的東西呢？是否就是驅使關根彰子這種「老實膽小」的年輕多重債務人踏上歧途的原動力呢？

離開葛西通商員工宿舍，搬進錦系町的城堡公寓時，關根彰子應該有買家具和電器用品。她應該也會想裝飾房間。

是「什麼」讓她搬離了宿舍？這跟之後讓她陷入債務地獄的「什麼」應該是同一樣東西。

那是什麼呢？

應該不只是單純地想奢侈而已吧，也應該不是單純地經濟觀念不夠敏銳。

還有那個企圖取代她的假彰子是否看出了在她內心之中的「什麼」呢？關根彰子是哪裡吸引了她，才成為她的目標呢？

今天早晨也是胡思亂想，雖然攤開報紙，其實根本沒有讀進去，甚至還讓報紙的一角浸泡在咖啡裡面。

結果敲自己的頭大喊「完了」的時候，小智還問他說，「是不是頭痛呢？」因為小智還記得有頭痛老毛病的千鶴子，常常會這樣子敲自己的頭。

這種情況還有很多。在小智的心中還殘留著許多千鶴子生活的小習性。

像現在這種寒冷的季節，千鶴子在換穿睡衣時，會一口氣將內衣、襯衫和毛衣同時從身上剝下來，隔天早晨再整個把它穿回去。穿脫的技術令人嘆為觀止，但畢竟不是上得了檯面的行為，至少顯得沒什麼規矩。本間就曾經唸過她好幾次。

「可是天氣冷嘛。」千鶴子笑著辯駁，卻沒有改過的意思，「你也試一次看看吧，很暖和的喲。」

可是本間根本做不來，其中總是會有一件衣服，不是內衣就是襯衫的袖子會穿錯。就算整個都套上了，感覺還是哪裡不對勁，最後得脫了一件一件重新來過才甘願。

「我知道了！一定是你的身體太硬了。」

本間還記得被千鶴子那麼一說，心裡不太舒服的經驗。說批判對方是太誇張了，只是本間覺得那樣子太難看了。

沒想到去年秋天吧，本間發現小智和生前的千鶴子有同樣的行為。真是太不可思議了。媽媽生前的時候，或許是因為看見本間常常責備她，所以小智都是一件一件地穿脫衣服，等到媽媽過世之後經過幾年，突然開始有了相同的行為。而且小智不是故意這麼做的，是在被本間指責後才睜大眼睛有了自覺。

像這樣往生的人在活著的人之中留下足跡而去。

人活在世上無法不留痕跡，正如脫下的衣服總會殘留著體溫、梳子裡會夾有頭髮一樣，總是會在某處遺留下什麼。

關根彰子也是一樣才對。所以本間才會搭上這班她可能也坐過的東北新幹線，搖搖晃晃地前往宇都宮。那個盜用彰子名字的女人也是為了達成目的——想要取代真正的關根彰子．想要多蒐集一點關根彰子的資訊——而前去她的故鄉。說不定她也坐上新幹線，看著窗外飛逝而過的城鎮風光。

而且——

聽說彰子的媽媽從樓梯上摔下跌死，最早發現並叫救護車來的是一個年輕女人。

本間告訴自己不能想太多。因為他想到，為了讓自己能確實冒用關根彰子的身分，坐在前往宇都宮電車上的「彰子」是否已經開始構思殺害她母親的計劃了呢？

15

嶄新的車站大樓。宇都宮是個繁華熱鬧的都市。

車站出口分為東西兩邊。為了觀察，本間往返走在連接兩個出口的通路上，同時也參觀了一下車站大樓裡的店家。整體氣氛跟新宿或銀座的百貨公司不相上下。擺設的商品貨色齊全，在本間的眼中不論是顏色和品味跟東京都心裡的大規模商店也沒什麼兩樣。

漫步之餘，本間看到了一間服飾店、一間咖啡廳和一家餐廳都貼出了徵人廣告。看來勞動力不足的問題跟東京都心也是一樣。

這裡是新幹線通勤者的住宅區，大都會區裡的衛星城市。

十年前，當關根彰子十八歲時，應該還沒有這般繁榮的景觀吧。但畢竟這裡仍是一個頗大的地方都市，她為什麼要往東京去呢？

如果是為了讀書還能理解，但她九年前上班的公司卻是在江戶川區——儘管位於都市中卻依然顯得很「鄉下」。

這是個充滿活力又很乾淨的車站，來往的人群很多。唯一和東京不同的是，看不到外國人的身影。那些「出外工作」的外籍勞工，不是去東京、大阪等大都市，就是到更偏遠的溫泉區等觀光勝地去了，尤其是女性。對他們而言，宇都宮太近了，也太遠了。

從兩個出口挑選有較大剪票口的出去，首先映入眼簾的是一個巨大天橋。與其說是天橋，或許更應該稱之為立體通道吧？在東北、上越新幹線的停靠車站常見有這種的設施。

從水泥的圍欄向外看，底下是公車站。儘管立有告示板說明發車地點和終點站。但是因為數量太多、太過於複雜，本間還是搞不清楚該搭什麼公車去銀杏町。最後還是靠計程車幫忙了。

告知地址，並表明自己是外地人對這裡不熟，請司機開車到目的地。矮小的司機卻側了一下頭說：「今天是週末，有自行車競賽，所以有點塞。」

從站前大馬路向右轉，行駛約五分鐘後向左轉，轉進一條同樣寬廣的大馬路。車子朝著市內的西方前進。攤開剛剛在車站裡的書報亭買的市內地圖，知道前面就是宇都宮的中央署、縣政府和縣警總部。

也不是沒想過拜訪當地警署以獲取關根彰子的母親淑子死亡狀況的資料。既然是意外事故死亡，就應該留有什麼記錄才對。如果事先讓碇貞夫知道，他一定會說「我會先聯絡好，請讓對方幫忙」，這麼一來效率更好。

但本間沒有那麼做，是因為想維持白紙的狀態。淑子已經過世兩年又兩個月，之前關於她的死因從未被懷疑過，她的女兒彰子也順利地領到了簡易保險金。換句話說，警方並不認為淑子的死亡有問題，所以也結案了。因此也沒什麼好急的，先親自去看過現場、聽聽附近居民的說法，如果仍有需要找警方幫忙，就留到最後再說吧。

大約過了二十分鐘吧。「就是這裡。」司機說完，將車停在標示有「銀杏坂町二〇一〇號」的電線桿前。電線桿位於T字型的小巷口，巷口豎著一個單行道的標誌。

「二〇〇五號就在巷子裡。」

關上車門後，計程車便呼嘯而去。本間看了一下周圍。

從坐上計程車起，不對，從出了車站的那一瞬間起，就感覺宇都宮市是個一望無際的平坦都市。想想因為位於關東平原的正中央，這也是正常的。只是受到「銀杏坂町」地名的影響，很自然便以為是高低起伏的坡道，就像涉谷的地形一樣。

在這平坦的都市裡，哪有什麼階梯會讓喝醉酒的人跌落致死呢？關根淑子是死在自己家裡的吧？

銀杏坂町這一帶跟水元附近很像，都是安靜的住宅區。沒什麼公寓大樓，多半是透天房子，而且建築年代都有些久遠。不像是建商整批蓋好賣的便宜房子，而是根植於該地區的居民的老家，這是本間的第一印象。

慢慢走在T字型的小巷中，迎面遇到一對手牽手的情侶走來。女子稍微看了一下本間拖曳的步伐，然後趕緊將眼光避開。男子則是不斷地大聲說話。前面是一間掛著「羅蕾雅沙龍」看板的美容院，對面是教珠算的補習班。隔壁是棟三層樓的建築，每個窗戶都曬滿了衣物，像瀑布般揮灑下來，一樓是建築包商。再過去空出一台車可停空間的後方是棟外牆塗灰泥的二樓建築，鋁製拉門的入口處掛著用毛筆書寫的舊式招牌「茜莊」。

這裡就是二〇〇五號了。

本間雙手插在大衣的口袋裡，思索著接下來該從何處著手。這時鋁門拉開，跑出來兩名小學生般的小孩。一個男孩和一個女孩，女孩顯得年紀較大些。大概是姐弟吧？

或許是鋁門很重，女孩很用力地想關上門。彷彿一不小心手一滑就會被門打到頭一樣，看的人也覺得有些危險。

好不容易關上門，女孩抓起站在旁邊等的弟弟的手，一起往這邊走過來。看不見其他的人影。

「你們好！」本間開口打招呼。

孩子們停下了腳步，兩人都穿著同樣卡通人物的球鞋。小女孩脖子上掛著一個頗大像是項鍊的墜子。

「你好。」小女孩回答。本間彎下身來，將雙手放在膝蓋上，對著兩張小臉微笑。

「你們是住在這屋子裡的小孩嗎？」

小女孩點點頭。弟弟則是抬著頭看著姊姊，一副「這個人是誰」的表情。因為姊姊什麼都知道。

「是嗎？伯伯想跟以前就住在這裡的人說話，所以從東京過來。你們知道這裡的房東住哪裡嗎？」

小女孩立刻回答說：「不知道。」

「沒有住在附近嗎？」

「不知道，因為我沒有看過房東。」

「是嗎？」這也難怪。

突然間本間發現小女孩沒有握著弟弟的另一隻手，緊抓著脖子上掛著的項鍊墜子。

本間用討好小孩的語氣，故作自然地問說：「那是什麼？」

「警報器呀。」

「心驚肉跳」指的就是這種狀況吧。

「這附近有色狼耶。」小女孩說：「可是媽媽說只要弄響這個，色狼就會跑掉。所以媽媽買這個給我，伯伯想不想聽聽看是什麼樣的聲音呢？」

才不要呢，在這裡一旦警報器大響，恐怕會被帶回警局，豈不糟糕！

「不用不用，對了，你們媽媽在家嗎？」

「不在。」還是小女孩回答。她一抬起腳走路，弟弟也跟著抬起腳走路，就像掛在摩托車旁的拖車一樣。

「可是媽媽就在附近，那裡。」小女孩指著本間的背後。

本間趕緊回過頭，以為有個以責備外來侵略者的眼神瞪著他的女人站在那裡，但是沒有。小女孩指著「羅蕾雅沙龍」的招牌。

「媽媽身上也有警報器。」小女孩說。

這世界上戒心最重的人是誰？應該是擁有幼兒的年輕媽媽吧。因為有許多醜惡事件是以小孩為對象的。

那對姐弟的母親是在「羅蕾雅沙龍」工作的宮田金惠女士，她也是個戒心重的年輕媽媽。因為是美容師，照理說應該具有服務業的熱忱才對，但是本間從推開「羅蕾雅沙龍」那扇響著鈴聲的大門到進入店裡面說明來意，竟足足花了三十分鐘。

本間很謹慎開口地表示對於外甥和也的未婚妻關根彰子有些疑慮。

「我可不想惹上什麼麻煩。」

「不會的。畢竟我也是和也的親戚。只是因為彰子沒有親人，我們多少會有些擔心。」

說話的時候，本間心想自己是否露出了不愉快的神色。

金惠點點頭說：「是呀……關根太太的死法真是可憐呀。」

金惠稱呼關根淑子為「關根太太」，稱呼彰子為「她女兒」。她表示跟關根家不熟，只是到葬禮露個臉的交情而已。

但是從她的話中解開了「階梯」之謎。

關根淑子跌死的地方是離這裡幾公里遠北邊的八幡山公園旁一棟舊房子的樓梯。

「那是棟三層樓的建築，一、二樓是銀行，三樓則是家小店。關根太太是那家小店『多川』的熟客，好像一個禮拜會去喝一次酒。在樓房的外面有一道水泥蓋的安全梯，不是那種常見的彎彎曲曲的樓梯，而是從地面直接通到三樓、高得嚇人的那種，坡度很陡。不過二樓的地方有一小塊緩衝區就是了。」

淑子就是從那裡跌下來的。

「三層樓高耶，又沒有任何的阻擋。聽說脖子都摔斷了。就算是老房子，那種樓梯都算是違章建築。還上了報紙呢，只是不很大就是了。」

狹小的美容院，看起來不怎麼時髦。美容師除了金惠外，還有一名「師傅」是這家的老闆，現在出去買東西了。說到客人，只有一位坐在紅色合成皮椅上，讓金惠用髮捲捲頭髮，正在打瞌睡的老太太。

等候區的座位太硬，坐起來很不舒服。本間心想反正是空著的，沒跟金惠打聲招呼，便主動坐在附有頭盔——就是一頭放進去，有熱風可以吹乾頭髮的機器——的美容椅上。金惠也沒說什麼。她看起來有點憔悴，或許是因為照顧小孩很累吧。

「當時新聞鬧得很大吧？」

「那當然囉，你想是那種樓梯耶，很早就有人說太危險，結果真的出事了。」

「警方有來調查嗎？」

「好像有吧，因為是意外事故。」

聽金惠的語氣，她對於淑子的死因絲毫沒有懷疑的感覺。

真的關根彰子在「拉海娜」對於母親的過世只是簡略地陳述事實，但是假的彰子會怎麼說呢？和也對於「彰子」母親的死因，只說是「意外事故」。這大概是因為「彰子」只跟他透露那麼多吧。而且對和也來說，這對她而言，畢竟是件難過的經驗，自然也就沒有繼續追問下去了。

會不會是故意從樓梯推倒一個喝了酒、腳步不穩的人，然後假裝是意外事故呢？

真要做的話，這應該是最簡單又安全的殺人方法了，只要不被懷疑的話。

「當時旁邊都沒有人嗎？」

金惠偏著頭說：「這個嘛……我不知道耶。」

本間換個角度詢問。

「你們家跟關根家熟嗎？」

「還好吧。」金惠說。她和先生、兩個小孩住在茜莊二樓的二〇一室；生前的淑子則是住在他們正下方的一〇一室。

「關根太太住在那裡將近十年了。」

「每一次更新租約房租都會漲，她居然都沒有搬家呀。」本間試探地這麼說。

金惠聽了笑說：「你是從東京來的吧？」

「是呀。」

「難怪你不知道。聽說東京的房租貴的像是以前的高利貸一樣，我們這裡可沒有。車站附近的公寓應該很貴，但是茜莊是木造房子，不會漲得太離譜。」

「十年都住在同一個地方，難道不會膩嗎？」

因為是租人房子，那有能力搬家呀。

「搬家太麻煩了。男人都會交給太太去處理，我家那口子根本都不會幫我。」

金惠彷彿突然想到似地嘟起嘴。儘管表情、臉色變了，她的手指還是不受影響繼續動作。她也幾乎完全沒有看著自己的手指，但手上動作依然正確無誤。

「你們是什麼時候搬進茜莊的？」

「嗯……今年是第五年了。」

「很快就跟關根家認識了嗎？」

金惠點頭說：「是呀，因為有小孩的關係。有時會從椅子上跌下來或發出吵鬧的聲音，不是嗎？所以先去打聲招呼。與其先被正下方的住戶抱怨，不如自己先出面比較好吧。」

「當時彰子有在家裡出入嗎？」

「她女兒我大概見過兩次面吧。暑假和過年都一定會回來。」

一直在打瞌睡的老太太，頭上的髮捲都上好了，金惠看著鏡子調整整體感覺，然後暫時離開，拿了一條乾毛巾回來。

「關根太太的女兒長得很漂亮吧？」

「是呀，人很漂亮。」

本間根本是亂說的，因為他還沒有機會看到真的關根彰子的長相。

「可是有點風塵味吧。」

本間看著金惠的臉，她似乎正在專心幫老太太的頭包上毛巾，但視線有些游移。

看來她在試探些什麼。

「那是因為她在酒店上班的關係吧。」本間說。

「聽說……」金惠用橡皮筋將毛巾固定老太太的頭上。「我不知道該不該說這種事，聽說她女兒跟地下錢莊借錢，被搞得很慘。你知道嗎？」

金惠家是在五年前搬進來的，正好是關根彰子處理個人破產手續的時期。也是地下錢莊糾紛鬧得最兇的年代，所以金惠會聽說彰子的困境。

「我知道。」

於是金惠臉上閃過遺憾的表情，還差點發出咂舌的聲音。看來她是知道什麼。

「很慘耶，關根太太家來了討債公司的人，連警車都上門了。」

「什麼時候的事呢？」

金惠手上拿著燙髮藥水的罐子想了一下。

「嗯——應該還是在昭和（一九八八年以前）的年代吧。」

那就沒錯了。

「聽說那種借錢，雖然是小孩欠的，但是做父母的可以不用還。」金惠的語氣顯得很意外。

「是呀，反過來的情形也沒有還錢的義務，只要不是連帶保證人的話。而且只要不是兩個人一起花的，夫妻之間也是一樣。」

「是嗎？如果我那死鬼賭自行車跟人借錢，我可以不用還嗎？」

「當然。」

金惠淋上藥水，大概是冰涼的感覺，老太太總算從瞌睡中醒來。突然開口說：「什麼，你老公還在賭自行車嗎？」

金惠笑著回答，「說是要幫我蓋房子。」

「妳別傻了。」

老太太在金惠幫她戴上塑膠浴帽時，轉頭看著本間。本間對她點頭致意。

「他是師傅的老公嗎？」

「才不是呢，是從東京來的客人。」

「討厭，我還以為是妳離婚的老公又回來了呢。」

看來這位美容「師傅」有過離婚的經驗。

「從東京來這裡幹什麼？」老太太不是問本間而是對著金惠問。金惠將老太太的頭轉向前方，並戴上塑膠浴帽。

「來看我的呀——如果太燙就說一聲。」

後面那句指的是套在老太太頭上，跟剛剛的頭盔不一樣的美髮機器。按下按鈕後，紅色的燈光亮起，並發出「嗡嗡嗡」的聲音。

金惠按下推車上的計時器，一副工作結束的樣子往本間所在的位置走來。坐在客人等候的座位上，從圍裙裡掏出一根細長的淡菸，用十元打火機點燃香菸。

然後長長地吐了一口濃煙，臉上神情彷彿辛苦工作就為了這一刻的樂趣。

「如果要調查她女兒的品行。」金惠壓低聲音說：「與其問我這種鄰居，不如去學校問還快一點。」

「學校？」

「是呀，關根太太在這附近的小學廚房工作過，她女兒也是讀那所學校的。」

「可是現在問些小學時候的事，根本沒什麼用吧？」

「會嗎？關根太太說不定會跟同事抱怨女兒的不對吧。」

剛剛提到借錢一事，浮現在金惠眼中不懷好意的目光又出現了。跟自己毫無關係的婚姻話題，她當然會沒興趣，所以說話才會盡可能地挑毛病吧。

更何況對方是個從事特種行業、跟地下錢莊借錢、對母親不孝的女孩呢。

「還有呀……」金惠似乎看出了本間的疑惑，繼續說：「關根太太女兒年紀比我小很多，我無法直接知道什麼。但是她的國中、高中同學應該還很多住在這裡吧，去找他們問不就得了。總有開同學會什麼的吧。」

「妳知道彰子有什麼特別要好的朋友嗎？」

「這個嗎……」金惠偏著頭似乎沒什麼概念。

「有沒有小時候的朋友還住在這裡，會來這裡燙頭髮的？」

金惠對著正在吹熱風的老太太大聲問說：「老太太，妳還記得住在我家樓下的關根太太嗎？」

頭被固定的老太太，面對著前方大聲說：「就是從樓梯上摔下來死掉的人嗎？」

「沒錯。她不是有個女兒嗎？大概是二十五、六歲吧。」

「今年已經二十八了。」本間開口訂正。

金惠吃驚地說：「討厭，已經那麼大了呀。二十八歲了呀。老太太，你想她有什麼同學住在這裡嗎？」

老太太打了個大哈欠，眼睛沁出了淚水，看來很想睡的樣子。大概是很暖和又舒服的關係吧。

本間心想她應該靠不住吧。

結果老太太回答說：「葬禮的時候，本多家的阿保好像有來，不是嗎？」

「阿保？啊，原來他是呀。」

「是呀，怎麼妳忘了？本多太太參加告別式時，不是妳幫她做頭髮的嗎？」

金惠笑著說：「哎呀，是嗎。」

本多保。問出他的名字和他家的「本多汽車修理廠」位置後，本間起身說：「還有一個問題想請教。」

「什麼問題？」

他從口袋掏出假彰子的照片。

「請問有沒有看過這名女性？她有沒有來找過關根淑子或是跟回家的彰子在一起過呢？」

金惠將照片拿在手上，也給了老太太看。

「沒有看過耶。」

「這小姐怎麼了嗎？」

「對不起我沒辦法說，其實也不是什麼大不了的事。」

聽了本間這麼說，好奇心反而被鼓舞了起來，金惠再一次注視著照片。

「這張照片能不能夠借給我呢？」金惠的語氣顯得很客氣，「因為我想讓可能知道的人看。我一定會還的，知道什麼後也會打電話給你的。」

本間先給了金惠一張印有家裡地址的名片。然後是那張「彰子」的照片，之前為了不時之需早已經請照相館加洗了好多張。

「可以呀，那就麻煩妳了。」

拿好自己的外套，本間往門口走去，金惠叫住了他。

「關根太太的女兒是要跟什麼樣的人結婚呢？」

「是我那沒用的外甥呀。」

「我不是問這個，是做什麼的？」

稍微猶豫了一下，本間回答，「在銀行上班。」

金惠和老太太在鏡子中彼此對看了一眼點了點頭。

金惠說：「這件婚事最好還是放棄吧。」

金惠的身體裡面同時居住的，有讓小孩隨身攜帶警報器的媽媽、擁有愛賭自行車的老公和疲於生活的妻子等部分。這些部分讓她對離開故鄉到東京投入特種行業、因為債務被討債公司糾纏的關根彰子能夠冷眼旁觀。

「我們會好好考慮的。」當作對方提供許多資訊的謝意，本間如此回覆。金惠也露出了滿意的笑容。

這一次「羅蕾雅沙龍」的大門沒有發出清脆的鈴聲。來到外面，本間舒了一口氣。

「阿保，有你的客人。」穿著一身油污連身工作服的中年技工對著廠房裡面大聲呼喚。

修車廠鐵皮牆邊的一輛五十西西摩托車旁，原本蹲在那裡跟兩個高中生商量什麼青年站了起來。身材不高但很結實的肩膀上，頂著一個看起來很頑固的戽斗下巴。頭髮削得很短，走近一看，額頭上盡是汗珠。

從金惠的「羅蕾雅沙龍」走路到這裡約十分鐘的路程。面對著通往車站的大馬路設有一面招牌。一眼看過去約有二十幾輛的汽車和一些自行車。最旁邊是一輛小卡車。身上穿著胸口繡有「本多修車廠」字樣工作服的技工，在看得見的範圍內就有五名。

「請問是本多保先生嗎？」本間開口一問，對方便輕輕點頭。看他緊盯著本間的視線不放，想來是十分驚訝吧。

「不好意思，突然來拜訪。」

就像對宮田金惠說的一樣，本間說明其來意。阿保越聽眼睛睜得越大。

「那麼彰子在東京過得很好囉？她在哪裡呢？」

「你問哪裡是——？」

「自從她離開川口的公寓後，就不知道搬到哪裡了，我一直很擔心她。」

這句話讓本間有鑽出山洞的感覺。

「你去過她川口住的地方嗎？」

「去過，結果說她已經離開了。」

「你見到了房東？」

「是呀，對方很生氣，說彰子才在前個禮拜不說一聲地跑了。」

「所以說你是前年三月底去的囉，對不對？」

阿保一邊將油污的手在褲管上摩搓一邊思考了一下才回答，「大概是吧。」

「你跟她很熟嗎？」

「是沒錯……」漸漸地阿保眼中懷疑的神色越來越濃了。

「這樣感覺很討厭，我不太想幫忙你調查彰子的品行。」像是袒護朋友般，阿保挺著胸膛說話。本間背後是那兩位站在摩托車旁的高中生，還在等著阿保，阿保隔著肩膀看了他們一眼說：「你還是去問別人吧。我不想做這種事。」

「不是這樣子的，我不是在調查她的品行。」

好不容易找到一個可能突破困境的人，不能就這樣放棄。

「其實有很多內情，說來話長。不曉得能不能撥些時間給我，不然我也可以待會兒再過來。我是要找出下落不明的彰子。」

結果本間坐在「本多修車廠」會客室等了三十分鐘。這中間電話聲不斷響起，大概是別的電話給轉接過去了。不等每一通電話聲響兩次以上就安靜了下來，可見得這裡對員工的教育很徹底。

等到那兩名摩托車的高中生回去後，本多保才捧著兩個紙杯的咖啡走進會客室。

或許是以前出過車禍也說不定，在明亮的地方一看才發現阿保的額頭上有一道斜斜的傷痕。除此之外，他算是端正英俊的好青年了。左眼好像有些斜視，但還是給人親切的印象。

因為內容太過複雜，阿保中間不斷提出疑問之外，其他則不多說廢話安靜聽著。當電話又響起時，他伸手按了一個鈕讓鈴聲不再作響。

「目前我無法證明自己是名刑警，因為停職期間，我將證件繳回去了。我不是壞人，也沒有說謊，請你相信我。」

阿保的視線看著會客室的桌面思索著本間的這些話。

「好……沒關係。」阿保慢慢地說：「要確認的話也很簡單，只要跟境兄說立刻就會幫我查的。」

「境兄？」

「是的，他是宇都宮警署的刑警，彰子媽媽過世時，他很親切地幫忙。我跟他很熟。」

「可以跟他見面嗎？」

「我試試看，我想他應該能夠撥空的。」

阿保因為其他事情而懷疑問說：「既然事情演變至此，為什麼不公開調查呢？得早點找到小彰，和冒用她名字的女人才對呀——」

本間稍微攤開手說：「如果找到她們，發現兩個人都活得好好的，而且戶籍的買或或租賃也是出於兩人的合意，該怎麼辦？這還是最好的情況。但只要這種情況有一絲的可能性，警方就不會出動。」

阿保咬著嘴唇，吞吞吐吐有點難以啟齒，最後才說：「萬一……假設小彰被殺了，沒有發現屍體就不行嗎？」

「要想變成事件，有屍體是最好的。」

阿保嘆了一口氣。

「你都是叫彰子『小彰』的嗎？」

「是的。」

本間看著點頭的青年冒汗的額頭心想，看來總算找到關根彰子真正的朋友了。

「小彰」這小名，聽起來有兒時玩伴的味道。就像碇貞夫叫千鶴子是「千千」一樣，語氣有著不像他本人的溫柔。

「可是我——」阿保欲言又止，「小彰的媽媽過世後我去川口找她，發現她失蹤時，我有了很奇怪的想法。」

他用請示的目光看著本間。

「我想果然是小彰殺死了她媽媽，所以才會逃跑。」

感覺就像是一顆無法預料方向的球飛來一樣。自己明明看是風景畫，別人卻開口問說：「這是幅人物畫吧？」

「那是因為你知道那個……彰子之前曾被地下錢莊討債的事吧？所以懷疑會不會是為領取保險金而犯案。」

阿保點點頭，神情有些難過。

「還有郁美也說過，小彰媽媽從樓梯摔下來時，除了看熱鬧的人外，有一個樣子很奇怪的女人也在。她戴著墨鏡遮住臉，不知道會不會是小彰。」

本間探出身子問，「等一下，你說的郁美是——」

「是我太太。」

「她也是彰子的朋友嗎？」

阿保搖搖頭說：「不是。是郁美發現了小彰媽媽倒地，並叫救護車來。那天她剛好路過。因為這個緣分，她也來參加葬禮，我們是因為這樣而認識結婚的。」

16

當然修理廠還沒有下班，本多保是無法出門的。兩人約好晚上九點過後再見面長談。阿保指定到車站前的小酒館，說是他常去的店。已經打電話保留了位置。

「因為那裡比較暖和。」他還補充說。

直到九點過後，阿保推開小酒館打在臉上很痛的厚重門簾進來，本間才知道他說這句話的意思。

阿保帶著一個年輕女子進來。高領毛衣下面是一件寬大的毛呢長裙，但還是無法遮蓋住體型，應該是已經懷孕六個月了吧。

「這是我太太郁美。」阿保點個頭，一邊坐進位置一邊介紹說。他將兩個椅墊重疊放在電暖爐旁邊郁美的座位上，好讓她可以靠著。

「初次見面，請多指教。」郁美邊說邊慢慢屈身坐下。雖然動作小心，但顯得態度很穩重。

「第一個小孩嗎？」

聽本間一問，郁美柔美的眼尾便堆起皺紋微笑說：「第二個了。可是他這個人就是愛誇張。」

「生太郎的時候，不是差點早產嗎？」阿保害羞地反駁說。

「老大叫做太郎嗎？幾歲了。」

「才剛做過週歲，所以很忙。」

滿頭是汗的服務生走過來跟阿保輕鬆談笑並接受點菜，然後說聲「香菸對身體不好」便關上紙門出去了。反正點的東西馬上就會送上來，這之間大家便聊些無關緊要的家常話。

「本間先生是第一次來宇都宮嗎？」阿保問。

「嗯，因為要工作所以沒有機會來。」

「也不像是為了觀光特別會來的地方，從東京的話。」郁美微笑說。

「結果看到是大都會還嚇了一跳。」

「都拜新幹線之賜。」

「可是現在還是常常有人會問說『有釣魚天井的城在哪裡』，那明明是編出來的故事。」

阿保說他從高中畢業後就在父親底下工作。

「本來我就喜歡搞車了。」

他和關根彰子從幼稚園到中小學都是同學。高中唸不同的學校，是因為他選擇了高工就讀；不然如果還是讀普通高中的話，應該還是會跟彰子讀同一所學校吧。

所以兩人同過班也讀過不同的學校。但其實這不重要，因為兩人家住得近，又是去同一個補習班，所以阿保表示，「她是我女性朋友中最好的一個。」說這句話時還偷偷看了他太太一眼。

郁美本姓大杉，也是出生在這個都市，但所讀的學校和阿保、彰子完全不一樣。從東京的短期大學畢業後，在丸之內當了五年的粉領族。回到故鄉是因為和父母住在一起的哥哥調任到橫濱上班，害怕寂寞的父母便把她叫回家住。

「剛好我一個人生活也膩了，東京的物價又很高。」

「而且一到二十五歲，公司裡也不好待了吧。」

對於阿保開玩笑的說法，郁美點頭的表情竟是認真得令人意外，「沒錯，真的。我實在是受不了了。」

如果大杉郁美繼續留在東京當粉領族、一個人生活，她一定不會這麼老實的回答吧。反而會笑著怪對方說「你好壞呀」，或是說「是呀，寂寞死了」，但臉上一點寂寞的表情都沒有。

「說到我工作的地方，我在的時候根本不是什麼大公司，薪水和獎金都很普通。也沒有豪華的員工旅行，調薪調得很有限度，加班津貼還要扣稅。我總算明白為什麼找工作一定要找大企業。而且職場氣氛還冷冰冰的，真是受不了。」

這也是常有的事。本間說：「薪水的事暫且不談，處理一般事務的女職員到了一定年紀就很難待得住，不管是大公司還是小公司都一樣，難得會碰上好的工作場所。」

「是嗎？」

「可是到了二十五歲就待不住，還真是過分呀。」聽本間這麼一說，郁美笑說：「像女警、老師、各種技術人士、特殊專業人才等女性從業人員就不一樣；如果只是處理一般事務的女職員，就算是年輕一歲也是比較好用的，她們的上限是二十五歲。最近電視上不是說，時代不同了，女性到了三十歲還是一枝花。根本就是騙人的，二十一歲的女孩只要後面有二十歲的新人進來，就已經被當作舊人看待了。」

「工作本身還有趣嗎？」

郁美想了一下，然後喝了一口大茶杯裡的烏龍茶，才慢慢回答說：「很好玩呀，現在想起來的話。」

現在有先生、有小孩、有家，以現在的立場回想起來的話。

「跟你們說一件有趣的事吧。」郁美說：「大約是半年前吧。以前公司的同事，不算特別親近，一個同課的女孩子突然打電話到我娘家。當時正好我帶著太郎回娘家過夜，馬上就接到了電話。」

因為頭一次聽到，阿保的表情顯得很有興趣。

「我一接電話，對方就用很明朗的聲音問說『妳好嗎』。我心想怎麼回事，但還是回答『很好呀』。她說了許多我辭職後公司的閒話，因為她還在上班，幾乎都是她一個人在說。什麼去香港玩啦、今年的公司旅遊是伊香保溫泉啦什麼的。然後總算說到了重點問我說，『妳現在在幹什麼？』我回答，『照顧小孩很累耶。』」

「然後呢？」

郁美稍微吐了一下舌頭說：「對方吃了一驚問說，『妳結婚了嗎？』我說，『對呀，因為我不喜歡當未婚媽媽。』她聽了便沉默下來，然後開始說話有一搭沒一搭的，最後感覺很唐突地將電話掛了。」

一時之間陷入了沉默。郁美用一根手指頭沿著放在旁邊的酒瓶輪廓描畫起來。

「我想大概她是在找不如她的同伴吧。」

「不如她的同伴？」

「是呀，因為很寂寞的關係吧，一定是。覺得自己一個人，有種跌入谷底的感覺。可是她以為不是因為結婚、留學而辭職回鄉下的我，至少比不上她在東京生活奢華有趣，一定過得比她慘吧，於是打電話過來。」

阿保的表情就像吃了不知道內容是什麼的菜色一樣，「什麼心理嘛，我不懂。」

「我想你是不懂得。」

「男人應該是不懂吧。」本間一說，郁美卻輕輕搖頭說：「是嗎，我可不覺得。男人也有男人的問題，比方說是升遷啦、年收入多少等等的。但是阿保是不懂的。」

阿保不高興反問：「為什麼？」

郁美微微一笑，然後抓著他的手臂安慰說：「別生氣，人家不是說阿保頭腦單純或是笨。」

「明明就說了。」阿保嘟著嘴，還是笑了出來。

「人家不是那個意思，人家是說因為阿保很幸福。」

本間問說：「幸福？」

郁美點頭說：「嗯。因為他從小就喜歡汽車。因為太喜歡了，連讀書都選擇適合的學校就讀，而且爸爸又有自己的修車廠，他在那裡當技工，技術一流。」

「我可不是一開始技術就是一流的。」話雖這麼說，但阿保卻顯得很得意。

「是呀，你是不斷努力累積來的。可是努力要有成，也必須要有才能才行呀。不行的人，就算再怎麼喜歡也是不行的。阿保是因為從小就喜歡，熟能生巧，於是沒有任何東西能夠阻擋你。這難道不是最幸福的事嗎？」

本間覺得郁美表達的言詞不是很好，但內容卻很真實。

「我其實也想到更大的工廠去當技師，我也有過夢想。」

「你是說進馬自達汽車，然後到法國利曼（Le Mans，世界24小時耐力賽車）去嗎？」郁美笑著說。

「沒錯。可是我有工廠，我要繼承家業，所以雖然有夢想也只好放棄。」

郁美什麼都沒有說，只是笑著。

阿保的說法不對，有根本性的錯誤。但是郁美沒有硬要拆穿他的聰慧，讓本間對她有了好感。本間認為本多郁美很平凡，長得又不是很漂亮，在學校的成績應該也不怎麼突出的樣子，但她是個聰明的女人。她肯定是張開眼睛在生活著。

「你們認為關根彰子為什麼要去東京呢？」

聽到本間這麼一問，一時之間阿保和郁美互看了一下。然後郁美一副「接下來是阿保的範圍」的神色，目光低垂著拿起了筷子。

「趁著菜熱的時候吃吧！我肚子好餓。」

「妳不是吃過晚飯才來的嗎？」

「我還要幫肚子裡的孩子多吃一份嘛。」

郁美毫不在意地將筷子伸進了燉菜鍋裡。本間看著阿保的臉問說：「關於彰子高中畢業和就業時的情況，你知道些什麼嗎？」

阿保咬著粗糙的下唇，然後反問說：「這些跟調查小彰發生了什麼事，有任何關係嗎？」

「我覺得有。對於彰子是什麼樣的人、會因為什麼而行動，我必須知道得越詳細越好。必須從這裡開始，才有可能找到之後發生了什麼事情的切入點。」

「也能知道是什麼樣的女人想要冒充她、如何阻止她繼續冒充下去嗎？」說完，阿保斜眼看了一下郁美說：「我已經跟郁美提了本間先生說過的話，她的腦筋比我要好的多了。」

郁美嘴裡含著笑意。阿保伸手取走她所帶來的小手提包說：「我帶了這個來。只有高中時候的，是我父親在我家附近幫她拍的。」

拿出來的是一張照片。本間終於能一睹的關根彰子的照片。

她穿著水手服，手上拿著黑紙筒，一臉正經地看著鏡頭。細長的眼睛、小巧的鼻子、兩根長辮子垂到了胸口。體型很修長，從膝蓋以下露出於長裙外的部分，可以看出她是O型腿。

五官很端正，只是化了粧就會更漂亮——頂多就是如此而已。當然這是一張從前的照片，不能一概而論。但她不像假的彰子給人一眼就驚為天人的感覺。

「她到東京之後回來過兩三次，我們曾經在路上碰過，之後就是在葬禮上了。頭髮的長度一直都是一樣，後來燙了，葬禮的時候還染成了紅色，說是沒空染回來。人顯得花俏許多，說話聲音也變大了。感覺好像真的小彰躲在裡面，外表的只是一張看板而已。」

沿用阿保的說法，本間調整角度重新觀察這張照片，想像她看板般的感覺。

「你們知道彰子曾經被討債公司糾纏得很辛苦的事嗎？」

兩人一起點頭。郁美說：「我是和阿保交往後聽說的。」

「我很早就知道了。我媽和小彰她媽媽上的是同一家美容院，在那邊能夠聽到很多消息。聽說連警察都叫來了。我還跟阿姨說如果太過分的話，下次討債公司的人來了記得喊我過去。」

「你說的阿姨指的是關根淑子嗎？」

「是的，我跟阿姨也很熟。」

「聽說彰子到了東京就業後，暑假和過年都會回家來，是嗎？」

阿保好像想了一下，停頓之後才說：「是嗎……也有沒有回來的時候吧。」

「你們有開同學會嗎？」

「有，只有國中三年級的同學會。當時小彰沒有參加。」

「是嗎？」

「可是同學聚在一起就會說東說西，我也是透過那種管道聽說小彰在東京當陪酒小姐。」

阿保舔了一下嘴唇，表情痛苦地說：「我們有個同學在東京上班，他說有一次走進涉谷的便宜酒店，竟然看見小彰穿著網狀褲襪在裡面。」

「涉谷？那他是騙人的。彰子沒有在涉谷上過班。」

「那是在哪裡呢？」

「新宿三丁目的『金牌』酒店和新橋的『拉海娜』酒店。『金牌』我沒去過，我倒是去看過『拉海娜』，可不是什麼便宜的酒店，小姐也不會穿著網狀褲襪。」

「大概是想吸引大家注意，所以才瞎編鬼扯的吧。」郁美說。

「你們朋友之中，也有人知道彰子被逼債的事嗎？」

「當然有，這種事傳得很快。」

「那關於她如何解決債務問題呢？」

阿保搖頭說：「實際情況是不曉得，好像是什麼個……個……」

「個人破產。」

「噢，是呀。她的這個做法，我也是剛剛聽本間先生說了才知道。因為阿姨說到處跟親戚借錢才解決了地下錢莊的債務，我還以為是真的呢。」

原來如此，本間心想。畢竟「破產」二字給人灰暗的印象。就連彰子的母親也要隱瞞女兒個人破產的事實。

「那地方上認識的人們現在也都還是這麼想囉？」

阿保點頭說：「應該沒有其他想法吧。只是有一陣子也傳出覺得奇怪的風聲。因為關根家沒有什麼能借錢的親戚，至少在宇都宮市內是沒有。」

「所以，當討債公司不再騷擾時，大家會覺得奇怪。」郁美加以補充。

「因為大家心中有這個想法——」本間慢慢說出，「就連你看到關根淑子的那種死法，也不禁懷疑起彰子了。」

彷彿是在確認自己的想法寫在上面一樣，阿保注視著郁美的臉，然後說：「是的，沒錯。」

「你懷疑彰子又開始有金錢的問題，所以覬覦起母親的保險金。」

阿保頭低了下來。郁美回答說：「沒錯，因為聽說有兩千萬呀。」

本間苦笑說：「實際上是兩百萬。」

「什麼？真的嗎？」

「是呀，只是簡易保險。」

「那為什麼會變成十倍呢？」

「因為是謠言嘛。」

「阿保你是聽誰說這金額的？」

阿保側著頭想了一下說：「不記得了。」

「葬禮的時候，你有直接問彰子本人『債務處裡得怎麼樣了』嗎？」

「這種事不太好開口吧。」

「會嗎？」

「不管怎麼說，當時的小彰看起來因為媽媽的過世而受到了很大的刺激，談錢的事很難……」

「可是你心裡頭卻懷疑她可能殺了自己的母親？」

直接無禮的問話方式，但阿保並沒有因此生氣。看起來是打從心底感到羞愧。

「……是的。」

「就連境先生也是嗎？負責該案件的刑警也沒有問她的不在場證明嗎？」

「好像警方也做了調查，但是沒什麼結果。」

是嗎？關於這一點本間暫時保留。說不定警方根本沒有調查到那裡。

「你在葬禮之後到川口的公寓找她，是因為這個懷疑嗎？」

郁美對於這一部分似乎都很清楚，於是代替沉默的阿保發言，「是的，所以才專程到那裡去。」

「因此發現她行蹤不明便認為是畏罪逃跑了。」

「是的。」

「我實在無法相信事情會變成這樣。」

「這也難怪，連我也還不太敢相信呀。」

本間拿出那張「彰子」的照片給郁美看。

「妳看過這名女性嗎？」

郁美將照片拿起來觀看。

「妳說關根淑子從樓梯上摔下來時，剛好經過現場並叫了救護車。在那些看熱鬧的人群之中發現了一名樣子有些奇怪的戴墨鏡女子，是嗎？」

郁美的視線落在照片上回答說：「是的，沒錯。」

「那名女子跟照片上的女性相比，長得像嗎？」

郁美緊盯著照片看了好一會兒，整個包廂裡安靜無聲。隔著紙門能聽見外面點菜應和的聲音。

不久後她蹙著眉搖頭說：「我不認識這人。我沒有看過她。我也不知道她是不是那天晚上看到的那個女人，很難說。畢竟已經是兩年前的事了，我也只是剛好瞄了一眼而已。」

「感覺怎麼樣呢？」阿保開口問。

「我不知道，我不能隨便亂說。」

本間點頭說：「說的也是，謝謝妳。」

不可能運氣那麼好的。同時本間對於郁美不昧於情勢的表現也感到讚嘆。

「關根淑子從樓梯上摔下來的經過，妳還記得嗎？」

郁美不寒而慄地抱住雙肘。

「我還記得。那一天夜裡，我打工完在回家的路上。我在車站大樓裡的咖啡廳打工，有時可以把賣剩下的蛋糕帶回家。那一天晚上也帶了蛋糕。結果那一場混亂之後，回家打開一看，蛋糕全散成一團了。大概是我尖叫時，隨手亂甩亂轉的關係吧。」

「不好意思要妳回憶不愉快的畫面。掉下來的時候，淑子有尖叫嗎？」

郁美靜靜地搖搖頭，然後說：「這一點警方也問過了，我沒有聽到尖叫聲。忽然之間就掉落在眼前。」

本間摸著下巴思索時，阿保開口說：「所以警方一度說過可能是自殺。境兄——就是之前提到負責本案的刑警，提出了自殺的說法。他說，如果不是自己想死，喝醉酒的時候是不會下那種樓梯的，明明有電梯可搭。」

「言之有理。」

「只是『多川』裡的人表示，阿姨討厭搭電梯，尤其是喝醉酒的時候更覺得噁心，總是自己走樓梯下去。」

「是嗎——」

「可是境兄還是堅持自殺的說法。他說，如果是意外事故或被人推倒的話，絕對會發出叫聲才對。」

本間心想，倒也未必全部都是。如果是冷不防地被推倒，或是被其他東西吸引了注意力的話……

「看情形，有時候也可能只會發出像打嗝一般的聲音。現場很安靜嗎？」

阿保笑說：「『多川』裡面有卡拉ＯＫ，隔壁的酒店裡有舞池，經常放著舞曲。我們也去過那裡，根本沒辦法跟旁邊的人交談。」

郁美也同意說：「是呀。而且當時聽見我尖叫而跑出來的都是附近大樓或店家的人，『多川』的人直到事情鬧大還不知道發生了什麼。」

「關根淑子常去『多川』嗎？」

「好像很常去。」

「定期性的嗎？」

「沒錯。我是聽小彰說的，說是從她們母女還住在一起的時候，到小酒館喝酒是阿姨唯一能輕鬆的時刻。」

「她有固定去的日子嗎？」

「說是週末晚上。因為阿姨在廚房工作，星期六放假。」

每個禮拜六的晚上，再來只要知道地點，就近等待即可。然後隨時留心喝醉的淑子從『多川』出來，從背後用力一推——

看起來很簡單。但是對於想要殺死關根淑子的人來說，要完成這項殺人計劃，首先必須先觀察一陣子她的生活，要知道她行動模式的必要準備。如此一來才知道她有到『多川』喝酒的習慣——

聽起來很費工夫。

如果這是他殺，凶手是女性——假的「彰子」的話，應該還有更簡單的方法吧？她假裝成推銷員到家裡行凶吧，因為同是女性比較不會有戒心。

還是說「彰子」以不同管道得知淑子到「多川」喝酒的習慣。所以一到宇都宮便打算利用這一點來殺人，這樣的話就有可能用到危險的樓梯了。

可是她是如何獲得到這項資訊的呢？

「我想與其我們在這裡說，不如直接去『多川』看看吧。」阿保提議。

「你可以帶路嗎？」

「當然。」

「我也去。」郁美說。

「可是身體會受涼耶。」

「沒關係，我穿得很厚。」郁美挺起下巴說話。

她的話似乎隱藏著本間聽不出來的關鍵語，阿保聽了立刻放下玻璃杯重新坐好說：「本間先生，我想幫你的忙。」

「嗯？」

「我想幫忙，幫忙找出小彰。拜託你讓我幫忙。」

這種事情應該先徵得懷孕中的太太的答應吧。本間看著郁美的臉。她有點逞強地緊閉著嘴唇，點了一下頭說：「請試著用他吧。」

「可是修車廠呢？」

「請假，這點自由我還有。」

「可是……」

「沒關係的，已經說好了？郁美也答應了。」很快說完這句，阿保逃跑般站了起來說：「倒是我有點冷，想去小個便。」

「幹嘛一一報告。」郁美邊說笑邊敲了一下阿保經過時的膝蓋後方。

等到只剩兩人時，郁美併攏雙膝，對著本間露出沒有意義的微笑。

「阿保真是個好人。」

「嗯。」本間點頭說：「把你們也拖進這件怪事，真是不好意思。但是剛剛說的——」

郁美用力搖頭回答說：「沒關係的。」

「不太好吧。」

「沒關係的。」

郁美開始摺疊起放在腿上的手帕說：「聽說你是東京的刑警？」

「可是停職中。」

「我聽說了。別看阿保人那樣，他可不笨。下午本間先生從修車廠回去後，他就先打電話給境兄，確認警視廳裡有沒有本間這個人了。」

「原來是這樣呀。」

「所以他才想要幫忙。能跟真的刑警一起去找人，多棒呀。」

「妳真的答應嗎？他修車廠可以不去，但有時候甚至連家都回不了喔。」

「我是說真的，請讓阿保幫忙吧。」

停了兩秒鐘，本間才說：「還是不行。」

郁美吃驚地抬起頭問，「不行什麼？」

「我不認為妳是真心答應，也無法讓你們之間發生風波。我會報告調查的狀況，請說服阿保留在家裡吧。」

「那不行，你還是讓他幫忙吧。」

「妳不覺得討厭嗎？」

郁美的聲音變大了，「討厭。我當然覺得很討厭。」

本間沉默地看著她，郁美豐滿的臉頰有些顫動。

「我雖然覺得討厭，更受不了他在家裡整天擔心彰子的事。」

「不會的，那是妳想得太多。」

「你怎麼可以這麼說，警察先生你又不清楚阿保他人？」

本間有點被郁美的氣勢嚇到。

「可是就算是青梅竹馬，對現在的他而言，還是妳和太郎比較重要呀。至少這一點我看得出來。」

「是呀，我們很重要，他很看重我們。可是不一樣，意義不一樣呀。」

「有什麼不一樣？」

郁美聲音無力地表示，「本間先生有過青梅竹馬的人嗎？」

「有，但現在不怎麼熟了。」

「那你就不會懂。」

「阿保跟彰子之間又不是長大後依然很親密的吧？」

「可是他很在意對方，阿保一直都很關心彰子。彰子去東京、跟地下錢莊借錢、當陪酒小姐……阿保都很關心。他其實很喜歡彰子。」

「我先說清楚，那種『喜歡』跟對妳的感情是不一樣的。」

「是不一樣，因為不一樣所以我才答應。答應阿保為那個人拚命做這些，但只有現在，如果能從此做個了斷的話。我不希望再繼續牽扯下去。」

郁美低著頭，一顆淚水垂直地掉落在她放在腿上的手背上。

「太過興奮對小孩不太好喔。」

本間試著開個玩笑，但郁美沒有接受，也沒有打算逃離之前的話題。她挺起肩膀說：「阿保對我直呼名字，但叫她卻始終是小名的『小彰』。」郁美悠悠地低語，「我其實很在意，一直都很在意。因為他們擁有兒時的共同記憶，我是贏不了的。」

本間看著郁美突然想起了碇貞夫的臉，想起他在千鶴子牌位前叫她「千千」的聲音。

「既然那麼喜歡，阿保不就早跟彰子結婚了嗎？」

郁美笑了一下說：「彰子好像沒把阿保當對象看待。就算不是那樣，也因為彼此太親近而無法接受吧。」

彼此太親近而無法接受——跟碇貞夫的說法很像。

「青梅竹馬跟談戀愛、結婚畢竟不一樣，我想應該是這樣吧。而且——」

「而且？」

郁美像個孩子般拿手背擦去臉頰上的淚水。

「他因為自己有虧於彰子而很懊惱。剛剛不是說他懷疑彰子殺了他媽媽嗎？所以才會想幫忙。」

「想用這樣來補償嗎？」

「是的，補償是好聽話。是因為做錯事想用行動來表示吧。」

阿保老實的臉孔和郁美說話的聲音重疊浮現在本間的腦海中。

「還有就是因為關根淑子那種死法，才讓我和阿保認識了。換句話說，這件事跟我們夫妻有些淵源，難怪我們會很執著在意。所以請讓阿保做到滿意吧。我們可以請假的，因為我們沒有去度蜜月。因為結婚的時候，我已經有六個月的身孕了。」

笑的時候鼻子間聚集了一堆的皺紋，郁美說：「今天六點就下班了，然後我們花了三個小時在吵這件事。那個人在本間先生離去的那一瞬間，好像就已經決定幫忙了。他人很好很認真，所以拜託你，讓他做到滿意吧。」

郁美雖然沒有淚眼模糊，但眼神是哭泣的。心裡頭一定很不甘心。但是這個聰明的女性知道除非阿保覺醒，否則自己是沒有辦法贏過他們的回憶的。

好堅強呀，本間心想。這是她與生俱來的堅強本性吧？

嘆了一口氣，本間說：「等這件事結束後，一定要他花大錢買東西送妳。」

郁美笑說：「我要他蓋棟我們的家。我們有自己的地，我想住那種天井很高的房子。」

「不錯嘛。」

終於紙門開了，阿保回到座位。大概在外面站了一陣子吧，頭低低的。

「走吧，阿保。」郁美催促著站了起來。同時哈著腰回頭看著本間說：「對了，如果這件事阿保幫得上忙的話，能不能請警方頒張獎狀給他呢？」

阿保緊張地制止說：「笨蛋，妳胡說些什麼？」

「有什麼關係，有沒有獎狀呢？我公公最喜歡在牆上掛獎狀了。可是阿保從來都沒有拿過獎狀，只除了小學二年級的全勤獎以外。」

難得恢復了溫暖的氣氛，本間笑說：「我會努力去試試看的。」

17

坐計程車來到大樓前，被阿保一說「你的腳大概爬不上去吧」，只好從下面經過看著那道出事的樓梯。但是已經足夠能感受到那氣氛了。

坡度陡得令人會有雪塊從水泥階梯上崩落的錯覺，而腳下的燈光卻不夠明亮。儘管有扶手，但因坡度陡、階梯淺，就算沒喝醉酒，一不小心失去平衡也會阻擋不住地跌落到地面。

「感覺本身就像是個凶器的樓梯吧？」郁美很冷地縮著脖子低語。

「發生這種事之前，每次經過這樓梯時我都想說真像是『大法師』。」

「什麼大法師？」

郁美一副吃驚的表情問說：「你都不看電影的嗎？」

搭上大樓角落那台聊備一格的破爛電梯。一、二樓的銀行大概是不用這台電梯的吧，電梯裡鋪著廉價的紅色地毯，牆上到處有塗鴉。

電梯發出吱吱嘎嘎的聲音往三樓移動。本間心想，如果腳沒事的話，自己走路上樓還比較快。

「多川」裡面已經先有人等他們來到。看見阿保來，一個上了年紀坐在窗邊包廂的男人站了起來。他是宇都宮警署那個姓境的刑警。阿保的動作還真快。

以前因公出差時，常碰到有些地方刑警會很在意他是警視廳刑警的身分，而故意表現出謙卑的態度或是相反顯得氣勢凌人。還好境刑警不是那種類型的人，但與其說是他的人品所致，說不定是來自他本人所說「還有兩個月就退休」的理由所產生的寬容立場，那其實是某種程度的「看開」吧。

「本多先生已經大致跟我說了你的事。該怎麼說呢？好像很錯綜複雜呀。」

刑警可以分成兩種，一種在小酒館之類的地方是絕對不會公開自己身分的；一種會選擇某種程度的場合然後逐漸積極地公開。境刑警屬於後者，大概是因為「多川」是他的「勢力範圍」吧。手邊擺著溫熱的地方酒，悠閒輕鬆地坐著。說話的語氣也不會讓人感覺有距離。

「首先關於關根淑子的死亡事故，有沒有什麼可疑之處？你先是對這一點有疑問是嗎？」

「是的。有沒有他殺的可能性呢？」

境刑警笑咪咪地笑了。他大概是以這種笑臉作為武器，不讓嫌犯感覺到威脅地拍拍其肩膀，使嫌犯吐露真相的那種刑警吧。

「我想沒有可能，我可以確定。」

「可是……」

境刑警對探出身子的阿保，以開導的語氣說明，「所以說，我之前不是說過了好幾次嗎？淑子女士不是被人從那裡給推下去的，那是不可能的。」

「不可能？」本間問：「你是說辦不到嗎？還是說因為沒有聽到尖叫聲，所以不可能呢？」

「是的，沒錯。不如我們出去一下吧，這樣說明比較快。」

因為外面危險又很寒冷，只有郁美留在位置上，三個男人一起來到大樓的走廊。

那是一條寬約一公尺的水泥走廊，任其風吹日曬。上面突出的水泥遮簷，其實是該大樓的屋頂內側。

假如背後是「多川」的門口，右手邊就是電梯，左手邊是那道樓梯。「多川」是這三樓上三間店面的中間那一間。換句話說，右手邊是另外一間小酒館的門口，左手邊則是阿保之前提到舞曲聲音很吵的酒店門口。

其他就看不到任何門。連儲藏室、廁所什麼的也都沒有。

「這樣你明白了吧？」境刑警一臉得意地往樓梯方向慢慢走去，並說明，「沒有可以逃跑躲避的地方。如果真有人推倒關根淑子，那犯案後只有兩條路可跑。一個是下樓梯，不然就是搭電梯逃跑。只有兩條路。然後跑到附近的什麼店都好，故意裝做沒什麼事發生的樣子。」

「不管那一種，都需要相當強的腿力和演技。」

聽到本間喃喃自語，境刑警笑了起來。

「沒錯，一般人是辦不到的。」

三個人站在樓梯的最上方，境刑警站在最前面，阿保站在最後面。

二樓樓梯休息的地方只有半坪不到大小。僅是一個緩衝的作用，接下來又是連著細長的水泥階梯。最下面則是灰色堅硬的柏油路面。往下俯瞰，會有種想丟點什麼東西下去的感覺。又好像是置身在引發錯覺的圖畫當中，一不小心身體向前傾，連靈魂都會有出竅的危險。

「淑子女士摔下來之後，並沒有其他人從樓梯上走下來。阿保，這是你太太提供的證詞吧。樓梯上沒有任何人。」境刑警隨和地對阿保說話，「但是下樓梯到二樓的緩衝區時，也有可能從已經下班的銀行裡面逃跑。當然腳步必須很快。這一點我們也調查過了，因為二樓畢竟是銀行，除了相關人士外，一般人是無法輕易由外進入的。」

阿保沉默地搔著自己的脖子。

「如果搭電梯的話呢？」本間問話的同時，嘴角不禁泛起了苦笑。一看境刑警的臉，他也笑了起來。

「你是說那台老爺破電梯嗎？」

「是的……」

「淑子女士摔下來時，郁美發現後大叫，引來人群聚集。要在這之前利用電梯下樓，不被任何人看見地逃跑，簡直就跟變魔術一樣。而且路上還有其他行人。」

「那就是跑到店裡面假裝成客人了。」阿保的氣勢降低了，但還在堅持。

境刑警慢慢地搖搖頭說：「那也是不可能的。不管是『多川』、離電梯最近的小酒館還是離樓梯最近的這家店——」說時輕輕敲了一下酒店的門，「都表示說，在淑子女士摔下去時，沒有出門後又立刻回來的客人，也沒有從外面進來的客人。而且這三家店都有自己的廁所和電話，客人只有在來店和回家時才會進出大門。」

阿保對著外觀不怎麼樣但看起來頗具份量的酒店大門揮手說：「這麼吵的店，怎麼可能掌握清楚客人們的進進出出呢？會不會在境兄你們問訊時，店家也是隨便說說而已？」

阿保開始吹毛求疵，但境刑警的表情就像安撫小孩子一樣。

「你說的沒錯，但是阿保，假設推倒淑子女士的凶手在店裡面，請問在這種情況下凶手又是如何知道淑子女士從『多川』走出來的呢？當然可以一直站在走廊上等待，但會被其他客人以異樣的眼光看待，而且事後一定會有記得他的客人出面指證吧？假設人在酒店裡，是否是因淑子女士大聲唱歌經過而讓凶手得知她的離去呢？但其實是聽不見的。」

阿保終於放棄了，突然臉色變得好像感覺很冷，兩手插進了口袋。

「她女兒關根彰子的不在場證明如何？」本間問。

「我們也確認過了。淑子女士的死亡時刻是晚上十一點左右，當時她女兒在上班的酒店工作，有同事可以證明。當天是星期六，酒店並沒有休息。」

「可是不在場證明，不是可以做假嗎？」對於阿保刺探性的說法，本間不由得和境刑警對看了一眼。兩人都沒有出聲，但臉上都有笑容，阿保自己也注意到這個現象了。

「這可不是什麼推理劇場呀，阿保。」境刑警說。

表面上看起來似乎相反，但現實生活中，警方其實比一般人更重視不在場證明。不管再怎麼懷疑，只要有確定的不在場證明，搜查人員就必須將對方排除於嫌犯名單之外，重新考慮其他的真凶。但是一般人卻意外地很頑固，一旦覺得「這傢伙有問題」，就會信口開河認定「什麼不在場證明，絕對是做假的」。一個被冤枉定罪的人，經過調查、審判被判定無罪之後，地方上的居民和親戚們依然還是視其為罪犯，始終給予冷漠的對待，大概就是基於這種心理而來的吧。對於科學搜查也是一樣，儘管刑警因為血型的些微差異而必須另求其他搜查對象時，一般人卻毫不在乎地認為「誰相信那一套說法呀」！

當阿保認定「該不會是小彰幹的吧」的那一瞬間起，便陷入這種深淵，看不見週遭的一切。比起不太明確的不在場證明，阿保心中早認為小彰因為欠債而煩惱的事實比較重要。所以才會想太多、煩惱東煩惱西，最後甚至跑到川口的公寓去找她。他始終抱著懷疑，覺得很痛苦。

「搞不好郁美現在被其他醉漢騷擾，你還是先進去吧。」在境刑警的催促下，阿保走進了「多川」。

晚風連這麼高的地方都吹得上來，本間覺得自己的耳朵已經冰得快沒有感覺了。

本間說：「關於沒有他殺可能的理由，我已經明白了。」

本來本間就不認為關根彰子會殺了她母親，唯一的問題是「彰子」。

「看來你好像還有些保留嘛。」大概被境刑警給看穿了。

「是的，我有自己的想法，請你別介意。」

「沒關係，我也只是在說明自己的想法而已。」

「我聽本多先生提起，境兄好像認為關根淑子是自殺的嗎？」

境刑警頭低的很深地點頭，因為冷風吹來，他的眼裡浮現淚水。

「因為我問過她廚房的同事和『多川』常客中認識淑子女士的人們。」

境刑警注視著垂直而下的灰色樓梯。

「聽說淑子女士以前也曾經差點從這裡跌下去過。在她死前不久，真的就是前不久，說是一個月前的事。當時是屁股著地，只滑落了四、五個階梯而已。」

「有人看見嗎？」

「有。當時淑子女士自己也很驚訝，所以叫了出來，正好有客人跟她擦身而過要進入『多川』，聽見叫聲後跑了過來。」

境刑警從樓梯處抬起眼睛，看起來好像要窺探本間的表情一樣，他說：「聽說當時淑子女士對救她起來的客人這麼說過，『從這裡跌下去會死人的耶。』」

又是一陣寒風吹起，鑽進緊閉的嘴巴縫隙刺痛了牙齒。

「當時她喝得很醉，救她的人也沒有放在心上。只是後來聽她同事的歐巴桑們談起，淑子女士好像人生很不順遂，常常說些活著沒什麼意思、不如死了算了之類的話。」

「人生覺得沒有希望嗎？」

「我想是不安吧。女兒搞得一身債務，年紀快三十了還不想安定下來；在二流的酒店上班又不是什麼正常工作。就連自己也不可能一直都很健康……」

「死亡的時候，關根淑子是——」

「五十九歲。就年齡而言還算年輕。但是身體各部分已經開始報銷了，這一點我最清楚。」

大概是下意識的動作吧，境刑警右手繞到背後按著腰部。

「再這樣子繼續老下去，會變得怎樣呢？又沒什麼存款，萬一不能工作了該怎麼辦……一想到這些就煩惱得不得了。於是一激動自然想尋死了，我認為。」

「可是沒有留下遺書吧。」

沒有留下遺書的自殺，其實比想像要多。本間也很清楚，只是提出來看看。

境刑警似乎不想讓旁人聽到地壓低聲音說：「所以我在想自殺是否也分好幾種。並不是只有做好心理準備才喝農藥或跳樓才叫做自殺；也有像這樣心想『如果就這麼死了該有多好』的自殺方式。」

境刑警說話的同時搖搖晃晃往樓梯走去，本間趕緊伸出手想要抓住他的袖子，因為看見境刑警的右手緊握著欄杆便收了回去。

境刑警只下了一個階梯，但看起來就像是更深入了一層事故當時關根淑子的心理層面。

然後他看著灰色的地面說：「淑子女士每一次來『多川』喝酒，都有人說危險勸她別走這裡，但她還是堅持走這條樓梯。我在想她心裡是否認為，多走幾次總有一次會腳步不穩或是失去平衡地跌下樓去，死得一乾二淨該有多好……」

「她有那麼——」本間一開口，寒氣便灌進了喉嚨。

「她有那麼的孤獨嗎。」

「沒錯，我是那麼認為。」

境刑警說完背對著本間，倒退地爬上三樓的走廊。

「因為在死之前，淑子女士不知已經在這裡走過多少次了。她喝醉酒走這樓梯的事，『多川』的客人們幾乎都知道。但是這些客人之中看著喝醉酒走出店門的淑子，卻沒有人肯送她走到電梯口。沒有一個客人想說，這樣子讓淑子一個人走，她一定又會下樓梯，不如我送她去坐電梯吧，然後從座位中起身去做，而只是嘴巴裡喊說：『危險呀，搭電梯吧』。都只有口頭上的好心。」

境刑警的花白眉毛低垂著，只有嘴角保持笑的樣子，臉上其他部分完全沒有笑意。

「我其實沒有立場說別人，因為我也是那種口頭很好心的酒客之一。我曾在『多川』的吧台看過淑子女士好幾次。」

兩人同時移動步伐往「多川」的門口走去。回過頭一看，彷彿樓梯旁邊有誰在那裡似的——感覺那個喝醉酒身體靠在牆壁上、五十九歲的孤獨母親的身影正往下掉落，卻再也無法回頭了。

傍晚，本間在車站大樓旁的飯店訂好了客房。經過櫃檯時，說是有他的留言。

是小智留的，來電時間是下午七點二十五分。

大約六點左右吧，辦理完住房手續後，本間從房間打電話回家通知這裡的聯絡方法。電話說到一半換井坂接聽，他詢問今晚可否讓小智住他家？本間聽了反而安心，並跟對方道謝。

本間試著打電話到井坂家，小智很快便來接電話。

「爸爸？我等你好久了。」

現在是幾點了？看了一下床頭上的數位鐘，已經將近十二點了。

「對不起，跟人家談事情談得太投入了。有什麼事嗎？」

「那個真知子老『蘇』打電話來了。」

「你說的是誰？」

「真知子老『蘇』呀。」

小智說的是物理治療師，北村真知子。一開始她便自稱為「真知子老蘇」，因為身為大阪人的她，要求大家「幫助她能夠繼續使用大阪口音說話」，所以故意將「老師」發音成「老蘇」。

「是因為爸爸沒有去做復健嗎？」

「嗯。」

「你就為了跟我說這件事，搞到現在還沒上床去睡嗎？」

小智似乎有點緊張，「長途電話不要罵人嘛，太浪費了。這是井坂叔叔家的電話耶。」

「笨蛋！放心好了，這是我打過去的。」

遠遠聽到久惠說：「怎麼了，還是讓阿姨幫你整理一下說話內容吧。」並接過電話。

「喂！」

「本間兄嗎？你聽我說，整件事的開始是，那張奇怪照片上所拍攝著的奇怪球場照射的奇怪照明燈。」

「妳是說那個對著外面的燈嗎？」

「沒錯。我們就是覺得奇怪，一直在想這個問題。一有機會也會問別人。因為想這件事說出來應該沒關係吧，而收集資訊本來就該多方面著手才合理嘛。」

「是……所以呢……」

「你別緊張。你們家小智很乖，一直把這件事放在心上。甚至整天想著那個奇怪的照明燈，連功課都忘了做。」

小智在一旁低聲說，阿姨不要亂說啦。

「功課的事暫且別說了。然後呢？」

「於是小智接到真知子老『蘇』的電話，說什麼你爸爸是戰場上的逃兵，三天之內再不自首就要派憲兵來抓。小智趕緊問對方這件事，因為對方不是運動俱樂部的老『蘇』嗎？說不定會知道。」

本間重新抓好聽筒問說：「結果呢？她知道嗎？」

「她回答說：『這種素怎麼不第一個來問偶呢？』我說的也許不算是正確的大阪口音吧。」

「那是說她知道囉？」

「知道。」一如之前揮舞平底鍋的氣勢，久惠回答得很乾脆，「你知道嗎，本間兄，那個照明燈一點都不奇怪，而是我們隨便認定它很奇怪的。」

「什麼？」

「我是說那照片上的照明燈是很普通的照明燈。就跟全日本每個棒球場上的照明燈沒什麼兩樣。照射的方向沒有問題，並沒有轉換方向。」

「可是那照片上——」

久惠頗感興味地插嘴說：「那是因為假設條件不一樣呀。你看見照片時不是說：『這房子蓋在棒球場旁邊，因為有照明燈的關係』嗎？」

「是呀，我是有說過。因為事實如此嘛。」

「是的，但之後你可就說錯了。你不是說過，『但是燈光對著房子照射，所以照明燈應該是對著球場外的方向。總不可能房子蓋在棒球場裡面吧』？」

「我是說過，因為……」

「所以我說你錯了。」

接著換成小智的聲音，聲音顯得有些興奮。嘹喨的氣勢不亞於久惠，一字一句清清楚楚地強調說明，「爸爸，這是真知子老『蘇』告訴我的。現在全日本有一個棒球場裡面有蓋房子。爸你知道嗎？照明燈的方向沒有錯。是照在球場裡面沒有錯。只是裡面有房子，就在球場裡面。」

因為這突如其來的答案，讓本間一時之間說不出話來，就連傻笑一聲也笑不出來。但是聽小智說話的樣子，也不像是在開玩笑。

「你是說真知子老『蘇』知道那個奇怪的地方在哪裡嗎？」

「嗯，老『蘇』說她是喜歡運動的大阪女性，也是熱情的棒球迷呀。」

「那是說球場在大阪囉？」

「嗯。」小智說：「是呀，一個不用的球場。你不知道嗎？一九八八年九月，南海鷹隊被大榮給收購了，不是轉移到福岡了嗎？所以球場便空了出來，大阪的球場沒有拆掉一直保留到現在，有時作為展覽會場、有時用來開辦中古車銷售會場什麼的。聽說還辦過『生活展』的活動呢。」

「什麼生活展不展的？」

「最近好像還在辦，爸爸，就是那種樣品屋呀。用以前的大阪球場當作樣品屋展示場嘛。所以全日本只有這個地方成了蓋在棒球場裡的房子。爸聽說過嗎？那張立可拍的照片，拍的就是那裡的樣品屋。」

18

搭乘東海道新幹線前往新大阪車站。從車站走五分鐘去轉乘御堂筋線——這條南北貫穿大阪市中心的地下鐵，經過約二十分鐘後抵達了難波車站。這裡的地下街就連喜歡逛街的女性都得花上兩天才能好好逛完，本間穿越寬廣的地下街來到像大雜燴般混亂擁擠的鬧區上面。跟那嶄新亮麗的地下街相比，這地上的鬧街和地下街的關係，就像是嫁入豪門的小家碧玉，富貴的婆家和窮酸的娘家似的。

這就是難波的街道。舊大阪球場離地下鐵的出口不遠，週遭的大樓林立雜處，棒球場就在這條延長線上。

貼滿裝飾用缺乏統一性的雜亂廣告和看板的球場外牆，跟球場本身的形象有著一百八十度的突兀感。看起來就像是到處可見的破舊大樓牆面一樣，令人難以相信職棒選手真的曾經在這裡面擊出過全壘打？在現在像西武球場、東京巨蛋、神戶巨蛋等設備新穎的球隊專用球場不斷增加的潮流中，難怪南海鷹隊無法在這種球場中繼續生存下去，對棒球沒什麼興趣的本間不禁這麼想。

高度限制兩公尺的車輛出入口旁邊，有著一個跟附近大樓味道很相近的鋁製拉門。上面掛著黃色旗子，旗子下垂的部分印有「大阪球場住宅博覽會服務台」的文字。

的確，這裡是全日本唯一在棒球場內蓋有房子的地方。

走進大門，裡面是走道兼辦公室。白色的牆上掛有各種類型住宅的看板，下面貼有該住宅的型號。一早起來就是放晴的好天氣，或許是眼睛適應了陽光，感覺裡面有些陰暗。

走道兼辦公室的盡頭又是一道鋁製拉門，從那裡便能進到球場裡面。拉門前面有長型桌子排成L型的服務櫃檯，一名身著式樣簡單的套裝、三十多歲的女性面對著本間坐在裡面。

櫃檯前面，緊貼著鋁門欄杆，並列著兩張褪色的紅色和藍色椅子。隔著椅背可以看見裡面蓋了好幾棟的樣品屋，到處都有參觀的人們走動著。因為是星期天的下午，來參觀的人還真不少。

還好服務台附近沒有其他參觀者，而且櫃檯的女性也已習慣了各式各樣的客戶，當看見本間拿出那張立可拍照片詢問說：「請問妳知道這種形式的房子在這裡展示，是多久以前的事嗎？」她沒有顯露懷疑的神色。這對本間來說再好不過了。

她首先驚呼，「哎呀！」然後說：「這個嘛……不是現在展示的房子吧。您是要找這一類型的房子嗎？」

口音雖然不像真知子老「蘇」一樣，但語調聽得出來是關西人。說話的聲音很好聽。

「是的，沒錯。這照片上的——就是這個，這個照明燈。因為它是對著房子，也就是球場的方向照的，所以地點可以確定是這個住宅展示場。只是我不知道時期是什麼時候？」

女性抬起眼睛看著本間說：「如果是這種類型的洋房建築，已經推出新的款式了。」

「不好意思，我就是要找這個樣品屋的房子。」

「那就沒辦法了。」說時還用小指的指甲摳了一下嘴邊。她只有小指的指甲留了約一公分長。

「真的是我們這裡展示的樣品屋嗎？」

「地點是這裡沒錯吧？」

對方想了一下，看看照片又看看艷陽下的球場裡面。

「地點嘛……沒錯，就是這裡，可以看得見照明燈。可是現在就是沒有展出這種類型的樣品屋。」

「這裡從什麼時候開始變成了住宅展示場的呢？」

「這個住宅博覽會是從去年秋天開始的，九月的時候。」

「這之間一直都是展示同樣的樣品屋嗎？」

「是的，沒錯。」

「裡面沒有這種類型的洋房嗎？有沒有可能展到一半被換過了？」

「沒有。我們的簡介上面也沒有放，你親自去看看馬上就能知道了。」

說的也是。本間斜眼看了一下放在服務台旁邊成堆的「大阪球場住宅博覽會」簡介，然後問說：「以前有沒有辦過這種的生活展呢？」

「有呀。」

「什麼時候呢？」

「這個嘛……」

她說聲等一下，開始翻閱手上的大型記事簿。本間雙手靠在服務台上等著。

「生活展的舉辦是在一九八九年的七月到十月的四個月之間。」對方抬起頭回答，她朗誦著細小文字所記載的內容。

「當時參加的建築公司沒有這次住宅博覽會的多，大概只有一半吧。」

「當時參加的公司，這次全部都參加了嗎？」

「是的。」

本間抽取了一本住宅博覽會的簡介，翻開內頁遞給對方說：「不好意思，可否麻煩你將上次生活展參展的公司在這次展出的樣品屋上作個標記，我全部都會去繞一遍。樣品屋裡面是不是有該公司的業務員在呢？」

「有的。」

櫃檯的女性比對著手邊的紀錄和簡介，動作迅速地打上標記，共是五家。

一踏進球場裡面舉目四望，不禁訝異這地方居然曾經是正式棒球比賽的場地，太小了，面積實在是太小了。

陽春麗日的溫暖天氣，令人懷疑上個禮拜下的大雪是否是記憶的錯誤。為了蓋新家，有些人全家大小出動、有的是為不久的將來做準備而來收集資訊的小倆口、有的純粹只是來參觀的……。本間混在一群嘴裡不忘惡言批評「不好住吧」、「打掃起來很累」的中年婦女群中，不禁有種祥和的錯覺。尤其是當他抓到各公司的業務員提問後，對方的說明是，「這種類型的房子，敝公司推出了設計更簡潔的新樣品，而且所有木質地板都設置有暖氣……」那種感覺更加深刻。

在對各公司業務員詢問「這個樣品屋是貴公司推出的嗎」的同時，本間還問說：「對於照片上的制服有沒有印象？」另外還拿出假「彰子」的照片問：「有沒有看過這名女性？」

如果被問到理由，解釋上可能會變得很麻煩，本間編了一個藉口說「在找尋離家出走的女兒」。沒想到效果反而很好，大家都很誠懇地回應。本間的心情不禁變得很複雜，看來與其作為一個十歲男孩的養父，我的年齡更讓人相信已擁有一個成年的女兒了。

「您一定很擔心吧。」被人這麼一安慰，內心感覺有些愧疚。

然而成果卻不彰，得到的答案都是「沒有」。

第一家、第二家、第三家……在依序走訪的過程中，突然有種倒退的想法，就算知道這房子來自何處，卻不見得和「彰子」的身分有直接的關係。因為意外的情況解開了照明燈之謎，順勢便來到了大阪調查。但是不可否認的，無法對一張照片抱著太大的期望啊。

就算知道了參加生活展的建設公司是哪一家，如果假「彰子」只是剛好路過的訪客，因為喜歡這房子而拍了一張照片，那麼要靠這張照片追蹤她的身分便不太可能。

「這房子是敝公司推出的樣式。」聽到這樣的答案，是問到最後一家——第五家的業務員，不對，是業務小姐回答的。本間是在「New City住宅」展出的純和式建築的樣品屋前，一個和他水元家的廚房一樣大小的玄關前，遇到了這名業務小姐。灰色的背心制服胸口，掛著名牌「山口」，身材嬌小、長得很漂亮。腳上穿著五公分的高跟鞋，讓她挺直了腰桿。

「真的嗎？」

「是的，沒錯。那是生活展時推出的『山莊一九九〇』第二款。」

遣詞用字很正式，但語調卻是大阪腔，聽起來很輕快。

「山莊是什麼意思？」

「指的是瑞士的山中小屋，如果有需要，也可以幫忙安裝真的或裝飾用的壁爐。但是這種款式的房子不知道還有沒有簡介資料……」說時側著頭，「我跟總公司確認一下，可以請您稍待一下嗎？」

眼看著她要走進右手邊的臨時辦公室，本間趕緊制止她說：「不是，不用了。我只要確認這房子是這裡的樣品屋就好了。」

「什麼？」

「另外還要請教兩三件事，不好意思。」

本間和進進出出的參觀者保持一點距離，來到放有展示用家具的客廳窗邊，提出剩下的兩個問題，並出示「彰子」的照片。

她說她不認識「彰子」。

「很抱歉，沒幫上忙。」

「哪裡，佔用妳時間，不好意思的人是我才對。」

光靠一張照片果然還是不行，正打算離開時，這次換「山口」小姐制止了他。

「如果……不急的話，可以請您等一下子嗎？」

「嗄？」

她用一根手指輕輕押著臉頰，好像牙疼般皺了一下眉頭說：「那照片上的制服，我好像有點印象。」

「沒有錯嗎？」

「嗯……應該是吧。只是不是很確定，對了，我還有一位同事當時也在生活展中服務過。我去叫她，您這張照片能借我一下嗎？」

「可以，請用。」

「那請您在這裡稍待一下。」

她快步走進了臨時辦公室。進出客廳的參觀者們對著只剩下一個人的本間投以好奇的視線。或許看他跟服務人員談得這麼投入，以為他是要買房子或是談論相關的話題吧。

「山口」小姐回來時，還帶著一位比她高、比她年輕的女性過來。穿著一樣的制服，胸口別著「小町」的名牌。一看見本間，微微點頭致意，手上拿著那張立可拍的照片。

「我想是三友代理店的女性員工制服吧。」她一開口便說。

「代理店是——？」

「就是旅行社。」說時將照片拿給本間看，「因為我也跟她們一起接受過新人的教育訓練，所以記得。我想應該沒有錯。」

「所謂的教育訓練是——」「山口」小姐開始說明，「其實我們New City住宅是三友建設旗下的子公司之一。同一集團裡面還有叫做三友代理店的旅行社。」

「所以說你們是關係企業囉？」

「是的，沒錯。所有關係企業的員工，每年有一次或兩次集合到三友建設的大阪總公司，進行異業交流或共同的教育訓練等活動。」

「我所參加的研修，是以進公司一年或兩年的女性員工為對象的。」「小町」小姐接著說明，「所以說會聚集了同一集團不同公司的女性員工。參加研修也算是公事，因此大家都穿著各自的制服。」

「所謂的研修，具體而言都做了些什麼呢？」

「我們先拿到如何應對客戶的講義和守則，然後根據這些上課內容寫報告；也有實地練習的研修。當時大家一起到正在舉辦生活展的會場，學習如何應對前來看展的客戶。」

「妳是說旅行代理店的女性員工也一起來到住宅展示場嗎？」

「是的，沒錯。幾乎都是從事內勤事務或櫃檯業務的女性員工。」「小町」小姐說：「總公司偶爾會聚集這些不同業種的女性員工，讓她們體驗各業種的服務客戶流程，甚至舉辦競賽。上面的人覺得這樣做很有意義。比方說我們有電話應對的禮貌競賽，優勝的人還會獲頒很誇張的獎盃呢。」

說到一半語氣變得有些戲謔，兩個小姐還彼此對看一眼，微微一笑。然後「山口」小姐說：「照片上被拍照的三友代理店的女性，不是對著拿相機的人揮手嗎？我在想肯定拍照的人也是來參加研修的女性員工吧。」

「我也這麼認為。」「小町」小姐用力點頭說。

「有沒有辦法調查呢？比方說有沒有參加者名冊？」

「沒有，但是我想可以到研修中心問問看。」

「研修中心？」

「是的，就在三友建設總公司的附近，有一個研修中心。那裡有所有參加研修的人的紀錄。只要說明理由，應該會提供協助吧。離梅田車站很近的。」

「三友綜合研修中心」是個樓高七層、地下兩層，擁有專用停車場的大樓。端坐在一樓服務台的女性，不像山口小姐和小町小姐一樣那麼的親切。

一聽本間說完話便回覆，「我無法回答關於本公司員工的身家資料與雇用狀況。」

一副敬謝不敏的態度。大廳牆面用的是純大理石的建材，看起來就像是羅馬式的浴室。她的聲音響亮地迴盪著，本間已經聽習慣輕快的大阪腔音調，她標準東京口音的說法其實給人嚴厲無情的印象。

本間早有心理準備會遇到這樣的對待。

因為不是公事，無法強制對方。對方也沒有回答的義務。甚至對於外界的詢問，如果毫無防備地提供資訊，這樣的企業毋寧是失職的。

「我知道我的要求很過分，但能不能網開一面幫忙調查一下？我只想請妳看看照片，告訴我照片上的女性在一九八九年七月到十月之間是否在這裡接受過研修就好了。」

「我沒辦法。」

「這跟找尋失蹤人口有關，不能幫幫忙嗎？」

「你有證據能證明那名女性確實在我們這裡工作過嗎？」

「所以我才請妳看這照片——」本間再一次遞出照片說明。對方皺著眉頭聽，長得固然很漂亮，嘴角卻浮現難以溝通的皺紋。

「不行！」對方搖搖頭。

「這件事妳一個人就能決定嗎？」

「可以。」

「真的？」

「當然。」

「真的不能幫幫忙嗎？」

「這種詢問，我不能回答。請用正式方法，提出書面請求。」

「原來如此，提出書面就可以了嗎？就一定會回答嗎？」

結果對方反而沒信心，視線有些飄移，然後眨了一下眼睛說：「請等一下。」起身離開櫃檯，穿越寬闊的大廳打開後面的門進去了。

本間靠在櫃檯前，嘆了一口氣，感覺好累。如今才算明白那本黑色警察手冊的威力。恢復成一介平民，居然是如此的無力。

自己的嘆息聲意外大聲地迴盪在空曠、沒有人影、一片靜寂的大廳中。

環繞四周的大理石建材，說不定只是仿造品，但看在本間眼裡都是真的。三友建設應該很賺錢吧？如果小智在這裡，他一定會仔細觀察牆壁、地板，開始尋找化石的痕跡。或許在灰色和肉色的混合的大理石肌理之中隱藏著鸚鵡螺也說不定。

本間雙手撐在櫃檯上倚靠著。可以的話，盡可能不讓腳承受壓力。就像老師不在的學生一樣，鬆了一口氣趁機休息。等到那名女性回來，又得挺直腰桿故作正經了。

就在這個時候，本間看見放在櫃檯裡面各式各樣的簡介資料。

根據掛在門口處的金色文字看板，在這個研修中心裡面有可容納百人的小型會議廳、三友建設出資開辦的文化教室等設備。也有可供出租的會議室。簡介資料應該是介紹這些設備的吧。

其中最大本也最厚的一份資料，封面正好對著這裡。印有「躍進的三友集團」大字底下，並列著旗下所有關係企業的名字，文字較小。下半部分則是被其他簡介給擋住了。

為什麼會留意到該資料，一時之間本間自己也搞不清楚。只是茫然地看著上面的文字。

細小的文字組合成各公司名，四列橫隊排在三友建設的名字下面。說是關係企業，企業的種類顯得很多樣而分歧。跟建築業毫無關係的企業也很多。

有三友國貿、三友物流、三友運動俱樂部、泰拉生化科技、三友工程、三友系統、南方綠色園藝等等……

重複看了兩次綿延不斷的公司名，本間還是有點不明白。為什麼自己會留意到這份資料呢？是不是有什麼見過的公司名呢？

這時他才發現了。

心臟有種被踢到的感覺，他想起來了。曾經看過一次，所以才會被吸引住。這家公司名。

不知不覺之間，本間的身體半趴在櫃檯上。聽見腳步聲趕緊將身體移正，卻看見剛剛的女性一臉狐疑地快步跑了過來。

「我跟上司確認過了。」一走進櫃檯裡面，她快速地說明，「還是無法滿足您的希望。」

「是嗎？」

「是的。我們這裡是研修中心，所以有參加過研修的學員名單紀錄，但沒有照片。至少沒有存檔資料。所以如果您不知道名字，只憑照片提出照會查詢是否有該位員工，我們是無法告訴您的。」

「原來如此。」

「所以很對不起，就算是書面的詢問，也不見得能回答……」

本間簡短地回應，「沒關係，可以了。」

「嗄？」

「我知道了，妳說的沒錯，真是不好意思。」

對方有點錯愕，反而覺得有些不太對勁地盯著本間的臉看。本間伸出手指著那本大本的簡介資料問說：「最後還有一個請求，可不可以給我這本簡介？」

服務台的女性嘴角不再僵硬，但仍很機械化地動作抽出一本簡介放在櫃檯上。

「謝謝。」

本間指著並列在內頁的其中一家公司問說：「這家公司也是三友建設旗下的企業嗎？」

「是的。」

「所以說他們的員工也是在這裡接受研修嗎？」

「是的。」

「這家公司的地址也是在大阪嗎？」

服務台的女性露出訝異的表情翻閱手邊的簡介加以確認。

「是的，在三友建設公司大樓裡有訂購中心。」

「其他地方還有分公司嗎？」

「沒有。如果是倉庫和配貨中心則是在神戶。」說時翻開了簡介中介紹該公司的頁數。

「上面有業務內容的詳細介紹……」

內頁最上頭是該公司的名稱，文字很大，下面印有模仿玫瑰花的粉紅色商標。

「華麗的進口內睡衣，便宜的價格」

不用看到這句廣告文案，本間也能想起拜訪川口公寓時，紺野信子拿給他看印有這個商標和公司名的紙箱時的事。

（這箱子也是她房間裡的東西嗎？）

（沒錯。）

信子說是內衣的郵購公司。放在關根彰子房間裡的紙箱。大概錯不了，這是她曾經買過東西的公司。

郵購嗎？

公司名是「玫瑰專線」。

19

梅田可說是商業都市大阪的中心區，大樓林立。三友建設的總公司大樓就位於其間。比起給人嶄新印象的研修中心，總公司的灰色大樓顯得古老而莊重。

看了一下大廳的樓層簡介看板，「玫瑰專線股份有限公司」位於四樓。同一個樓層還有「南方綠色園藝」。大概這是三友集團中較小的兩家關係企業吧。

「玫瑰專線股份有限公司」，連服務台小姐的制服都統一用的是粉紅色，通往辦公室的門在玻璃上也貼有該公司的商標。地板上鋪的酒紅色地毯，因為光線的關係，看起來像是黑色的。

本間對著一臉微笑的服務台小姐開門見山表示，想要跟人事部門的主管見面。

「請問有事先約好嗎？」

「沒有事先約好，但是有急事求見。」

本間盡可能裝出嚴肅的表情，並拿出「關根彰子」的照片說：「請問這名女性兩年前是否在這裡上班過？我在調查關於她的消息。」

服務台小姐皺起眉頭看著照片。然後不知道是因為本間的表情嚇到了她還是怎麼樣，居然沒問本間姓名，只說聲「請稍待一下」，便用手指夾著照片轉身進去裡面的辦公室，而且是用小跑步的。

等待的期間，本間盡可能離服務台遠一點站著。於是很自然便發現放在電梯旁的架子上陳列著「玫瑰專線」的精美商品目錄。

拿起目錄翻開頁次表。這是他第一次翻閱這種東西，找到所要的頁次花了不少的時間。

「如何申購」

只有這裡才沒有擺出姿態誘人的內衣模特兒照片。用字有禮的條列式說明文章之後，夾著一張訂購證，虛線的部分可以切割下來。

「第一次購買的客戶請據實填寫姓名、住址和工作地點。」

「申購可以利用專用訂購證或打電話。電話為免費專線，傳真二十四小時受理。」

「付款方式可用信用卡或劃撥；可指定送貨日，並提供禮品包裝服務。」

「如您的親朋好友尚未使用過玫瑰專線，歡迎介紹推廣。會員介紹新朋友，每一人可享有百分之五的優惠折扣，同時可參加抽獎獲得精美禮品。」

本間的視線追著文字跑，接著看到的是「請協助填答問卷」的頁次。

「使用玫瑰專線的感想如何？除內睡衣商品外，今後希望玫瑰專線也推出什麼樣的商品呢？為了讓女性擁有身心美麗與充實的人生，於是有了玫瑰專線的誕生。更為了能繼續為二十一世紀的現代女性服務，本公司以成為全方位、有創意的企業而努力。現代女性們，如今追求的是什麼？請讓我們聽見會員們的心聲。請填答問卷，並在收件期限內寄回本公司。填答的客戶都將獲贈玫瑰專線特製的旅行用品與化妝包組合一套」

就是這個。

光是為了這問卷，今天來到這裡便值得了。

「家庭成員」、「自用住宅或承租」、「工作年數」、「年收入」。到此為止都算是一般性的詢問內容，但還有更細的項目。

「有無換工作的經驗」

「有無認證等資格」——下面列有「打字檢定」、「一般汽車駕照」、「珠算」、「其他」

「存款額度」

「投保的保險」

「有無信用卡」——「持有信用卡的種類」

對於未婚者的但書，有下面的詢問事項：

「希望在哪裡舉行婚禮」——「飯店」、「結婚典禮場」、「神社寺廟」、「其他」

「新婚旅行想到哪裡」

「有無海外旅遊的經驗」——填選「有」的人，請填寫第一次出國的時間。

對於一個人住的但書，有以下的詢問事項：

「將來有無買房子的打算」

本間舉目看著牆壁，受到目錄繽紛多彩的影響，連壁紙都覺得染上了一層粉紅色。但是他的腦海中卻跟明亮的色彩相反，呈現陰暗的想法。

這是一家進口內睡衣的郵購公司，以合理的價格提供華麗的商品。就只是一間這樣的公司。但是如果會員填寫問卷，問卷內容就立刻成為該公司的資料。因此在這裡上班的人，有機會掌握到這些資訊的人——

就能夠掌握到客戶的隱私資料。

「讓您久等了。」

剛剛的服務台小姐打開門探出頭來，對著本間點頭招呼說：「請。」

上前一看，在她後面站著一位身穿草綠色套裝、年紀約三十來歲的女性。

「不好意思，對於您剛剛提的事情，我們無法提供協助。」本間還來不及開口，身穿草綠色套裝的女性便說話了。態度可說是毅然決然，總之有種給下馬威的味道。

本間盡可能保持平靜說：「由於我的說明不足，貴公司當然會覺得奇怪。能否請給我五分鐘就好，讓我把話給說清楚。」

意思是說這些話不方便直接對服務台的小姐說，但對方似乎無動於衷。

「對不起，沒有辦法。按規定，如果事先沒有約好，是不能安排您跟公司裡的人見面的。麻煩請先回去吧。」

簡直就是閉門羹，一點情面都沒有。是因為遇到的人不好，還是另有隱情呢？正當本間思考接下來該怎麼說時，服務台小姐和身穿草綠色套裝的女性所擋著的通往辦公室的簡短走道旁邊，本間發現有個年輕男子躲在門後面想窺探這裡的狀況。只是一瞬間的感覺，當本間將注意轉移到那人的方向時，男子的頭立刻縮了起來。

「我知道了，下次再來。」本間回答的很乾脆。但身穿草綠色套裝的女性臉上一笑也不笑的。

「不過剛剛交給服務台小姐的照片能不能還給我？」

身穿草綠色套裝的女性以責怪的眼色看著服務台小姐。服務台小姐縮著脖子說：「我去拿回來。」快步走向後面。

本間目送著她往走道的方向看過去，剛剛的年輕男子已經不見蹤影了。

身穿草綠色套裝的女性還是像個衛兵一樣站的四平八穩，沒有看著本間，用她穿著高跟鞋的腳輕踢著地毯。等服務台小姐手上拿著照片回來時，身穿草綠色套裝的女性大概是完成擊退惡客的任務而面露安心的神色，其實本間也因為可以不必看她嚴厲的臉色而鬆了一口氣。

回到電梯間，按下「↓」的按鈕，紅燈亮了。確認過後，本間環視了一下四周。並往左手邊的樓梯間移動。緩衝區的地面上寫著偌大「4F」。走下兩個階梯，靠在牆壁上，看守著電梯間。這時電梯上了四樓，門打開，沒有人搭乘，又發出關門的聲音。

正當本間心想「是錯覺嗎」，他聽見了腳步聲。探頭一看，一名年輕男子拖著腳步在地毯上走，正準備按電梯的按鈕。是剛剛看見躲在門後的男子，很性急地不斷按著按鈕。大概是電梯離這個樓層還很遠，他看了一眼上面的樓層顯示，不耐煩地咂了一下舌頭之後，往樓梯的方向走來。算準兩人不至於相撞的時機，本間猛然出現在他面前說：「找我有事嗎？」

年輕男子自我介紹說他的名字是片瀨秀樹，是玫瑰專線管理課的副課長。

「剛剛那位穿套裝的女士是我的上司，屬於業務方面。工作內容跟我沒有直接關係。我的工作是公司內部的人事管理、申訴處理等，反正就是什麼雜事都做。」

年齡約三十四、五歲，五官端正。稍微超過一點點的話就給人紈褲子弟的感覺，但控制的正好——全身上下是人工曬出來的小麥色肌膚。沒有穿西裝外套，而是西裝褲與襯衫的打扮，腳上穿著正式的皮鞋，鞋頭有鳥翼般的裝飾。從這種氣質、這身打扮的男子口中聽見來到大阪後頭一次耳聞的關西腔日常會話，令人不習慣，感覺不太協調。

「你一開始就認為我會追出來嗎？」兩人一起下樓時，男子開口問道。

「並沒有十足把握。」本間回答後微微一笑又說：「但我認為你應該是知道什麼內情的人吧。」

片瀨的腳步停在二樓的緩衝區。樓梯間裡很安靜，由上而下有一股很難感受到的微風吹來。

「片瀨先生，你看了我帶來的女性照片吧，而且知道她是誰，對不對？」

本間走到對方下一階的階梯上詢問。再一次取出「關根彰子」的照片，拿到他的鼻子前方說：

「請看清楚，就是這個女性。」

片瀨的兩隻手背不斷在褲子後面擦來擦去並抹去汗水。專程追了出來，最後卻又顯得有些遲疑。

「是的。」回答的聲音很小。

「這個人在玫瑰專線上過班嗎？」

這一次片瀨沉默地點點頭。

點頭。

很簡單的一個動作，就是他的回答。說是終點感覺有點不足，但對方直接了當地點了點頭。他認識這個「彰子」。

片瀨終於停止用手背在屁股後面擦來擦去的動作，抬起頭問說：「為什麼要找她呢？」

「說來話長。」

「不能簡單一點說嗎？」

這種問話方式，不由得讓本間覺得他會聽到一如預期的壞消息。說不定他比剛剛的同事們更加認識「關根彰子」。

於是本間直接了當說明，「事實上，照片上的女性假冒別人的名字和身分生活。而且那個被假冒的女性很有可能是玫瑰專線的客戶，她的名字叫做關根彰子。」

關根彰子，片瀨在嘴裡重複這名字。

「沒錯，為了調查這兩個事件，所以我來到這裡。」

片瀨趕緊抬起頭，說的很快，「走出這個大樓向右轉，直走經過四個紅綠燈後，沿著右上方看，會看見一家名叫『觀笛』的咖啡廳。可否在那裡等我呢？我隨後就到。」

結果本間依照指示到了那邊等了一個多小時。等待的時間並不覺得漫長，只是肩膀僵硬得厲害。就像被丟進壓力鍋蓋上蓋子一樣。本間想起了第一次靠自己力量讓嫌犯招供的往事，感覺好像又回到了當時。

姍姍來遲的片瀨，這次穿上了西裝上衣。上下整套的西裝，剪裁的線條柔和，看得出是高級服飾。大概又是名字唸起來很拗口的外國名牌吧。

一邊嘴裡說「讓你久等了」，一邊沉重坐在對面的椅子上。抱在手上印有公司名稱的大型牛皮紙袋，也隨手放在隔壁位置上。

「我跟公司編了一個藉口出來，所以不必擔心回去的時間。請從頭開始說明吧。」

聽著本間的說明，片瀨完全沒有插嘴，也沒有喝端上來的咖啡，只是不時會伸手摸著放在旁邊的紙袋。

說完後，片瀨發出很大聲的嘆息。聽的過程中，他始終看著本間放在桌子上的「關根彰子」照片。

「這就是全部了嗎？」

「是的。」本間點頭回答的聲音有些沙啞。

接著片瀨拿起了他帶來的紙袋。

「我想先讓你看這個比較好吧，我影印的資料。」

取出裡面B4大小的紙張。紙袋裡面還有其他電腦列印的紙張，片瀨暫且將之放在身邊。

「這是離職人員的檔案，因為履歷表、薪資相關的文件沒辦法立刻處理掉。」

他將資料交給本間，「請過目，我想應該不會錯。」

影印的資料有三張，角落用釘書針固定著。本間將資料放在桌上。

最上面的一張是履歷表的影印。沒錯，就是履歷表。

已經是五天前的事了，在今井事務機公司第一次看見「關根彰子」的履歷表，當時的那張大頭照，那張臉。

同一個女性就在眼前。

浮貼在履歷表左上角的小小大頭照正對著本間微笑。髮型和本間手上的照片不一樣，但臉是一樣的，是同一個人。

新城喬子。

姓名欄上，和在今井事務機公司所看到的「關根彰子」履歷表一樣，以同樣的字體書寫著。

「新城喬子」

聽見本間低聲唸了出來，片瀨點頭說：「就是新城小姐，我記得很清楚。她在我們公司時，髮型是直的。」

一九六六年，昭和四十一年五月十日生，今年是二十六歲。比關根彰子實際年齡小兩歲。

籍貫是福島縣，郡山市國中畢業後，進入該市的高中就讀、畢業。

「我們公司雇用她是在一九八八年的四月。」片瀨說：「影印資料的第二頁是她的雇用記錄，上面記錄著在職期間，請確認一下。」

他說的沒錯，上面記載著，「一九八八・四・二十任用　一九八九・十二・三十一離職」。

但是一九八八年的四月，新城喬子已經二十二歲了。高中畢業以來經過了四年，而職歷欄上卻沒有記載，一片空白。

「你知道她到貴公司上班之前，做過什麼嗎？」

片瀨用一根手指摩搓了一下鼻子下方，露出思考的表情。

「有什麼不對勁的地方嗎？」

「沒有……也不是什麼不對勁啦。」片瀨抬起頭說：「她說結過婚。」

「結婚——」

「嗯，說是因為太年輕所以處不好，結果以離婚收場。」

「還真是早婚呀……」

「好像高中畢業後，工作了一段時間。她說因為覺得麻煩就沒有填在履歷表上。我們公司也不想打破砂鍋調查到底，畢竟看起來又沒什麼問題。」

原來如此，本間心想。這麼說來這履歷表上面的記載——至少在經歷和職歷方面是騙人的——說不定也是假的。也許先這麼認定比較好吧。

經歷欄下面寫著「賞罰　無」。接著下一行的資格欄上寫著「珠算二級」。原來妳會打算盤呀，本間心想。接著寫著「一般汽車駕照」。是嗎，妳還會開車呀。

但是關根彰子也擁有駕照，所以妳在冒用彰子的身分時，絕對不能在人前提起這件事。因為妳無法以彰子的身分換新的駕照，妳無法以彰子的身分使用駕照。表面上妳毀棄了彰子的駕照，而必須裝出沒有也不想考駕照的樣子。沒錯吧？這就是妳的做法吧？

在履歷表的家人欄裡，什麼都沒有填寫。跟職歷欄一樣，完全空白。

「她沒有家人嗎？」

「說是父母很早就過世了。」

「換句話說她是一個人生活囉？」

「是的。她住在千里中央車站附近的公寓裡。應該有室友跟她一起住，她說一個人付房租太貴了。」

室友嗎，太好了。

「你知道室友的名字嗎？」

「現在的話……」

「可以查得到嗎？」

「我試試看，應該沒問題。」

本間點了點頭，視線先回到履歷表上，又再觀察了一下片瀨的表情。他的眼光低垂，視線前方面對著本間放在桌上的照片。以迪士尼樂園灰姑娘城堡為背景，假裝是「關根彰子」正在微笑的新城喬子的照片。

「你跟她很熟嗎？」本間問。就像眼睛被滴了一滴水滴似的，片瀨眨了眨眼睛看著本間。

「你和新城小姐？」本間重複問了一次，片瀨才點頭說：「嗯……我們很熟。她是我的下屬，當初面試時我也在場。」

本間心想，應該不只這樣。單只是下屬的話，不會這麼擔心的。

「我知道這個問題很失禮，你和她的私人關係呢？」

片瀨的半邊臉高吊，笑得很不自然。他說：「在職場上我們算很熟，常常一起吃午飯。所以當她突然提出辭呈時，我嚇了一大跳。」

「她有說明辭職的理由嗎？」

片瀨搖頭說：「問她也不回答。」

「你沒有追問下去嗎？」

「我沒有那種權利呀。」

「權利？」

片瀨笑了。雖然是苦笑，但這次是真的笑了。「是的，我沒有權利對她的所作所為有所指示或指責。」

「這是新城小姐對你說的嗎？說你沒有這種權利？」

片瀨沒有回答。明明是個堂堂男子漢，現在卻縮成了一團。

本間沉默地啜飲了一口咖啡，然後思考，新城喬子是個美女，應該也是很具有魅力的女孩吧？被她吸引的男人大有人在，眼前就是一個活生生的證據，不是嗎？

本間再次看著片瀨，他臉上失去了笑意的光彩。他的視線還落在新城喬子的照片上。

「新城小姐於一九八九年的七月到十月之間，應該參加了三友集團的研修，曾經造訪過當時在大阪球場舉辦的生活展吧？」

對於本間的詢問，片瀨像慢了半拍的電腦一樣，露出一陣空白後才抬起頭說：「嗄？」

本間重複了問題，片瀨為了彌補剛剛的空白立即點頭說：「請看資料的第三頁。」

本間依其所言，翻到了「就業記錄」。片瀨指著上面所記錄的最後一行文字，「一九八九・九・九～十　女性員工研修」，接著是研修的場地：「中心」、「New City 住宅展示場」、「三友露台」。

「三友露台是間提供簡餐的餐廳。」片瀨說明，「這項研修是以服務台、櫃檯業務及一般事務處理的女性員工為對象，課程內容是接待客戶時的應對禮貌等技巧。」

「研修的內容很嚴格嗎？」

「也不會，尤其都是聚集女性，所以跟都是男性員工的上課氣氛差很多。」

「所以說也能夠有觀光的心情來拍照囉？」

片瀨想了一下說：「這個嘛……從滋賀、神戶來參加研修的員工之中，會有人帶相機來，為了拍紀念照。當然不是為了拍風景照，而是作為增進友誼的紀念。年輕女孩子總是喜歡好玩有趣的事嘛。」

新城喬子也是跟某人借了立可拍相機，拍下那張巧克力色房子的照片嗎？

接著本間從西裝口袋掏出那張房子的照片，和喬子的檔案資料放在一起仔細端詳。

「剛剛我也說過了，之所以找上玫瑰專線，是因為這張房子的照片。新城小姐為什麼要拍這間房子的照片呢？」

片瀨沒有回答，保持沉默。

「還是說別人拍了這張照片，她去要了過來呢？這也很有可能。但不管怎麼說，都應該有其目的才對。你知道為什麼嗎？」

本間的疑問讓片瀨覺得好笑，「這種事應該問本人才知道吧，我沒有答案。何況這種照片，她又沒有拿給我看過。」

「那意思是說她可能有給你看過其他照片囉？」這種挑人語病的質問方式，連本間也覺得好笑。他說：「換句話說，你和新城小姐之間的關係還算親密不是嗎？」

片瀨的眼光閃躲，伸手舉起咖啡杯來喝。

他的態度很奇妙。故意追上來找本間，因為在意新城喬子的情況而提供協助，卻又不肯承認兩人之間有私下的交往。是不是因為怕麻煩、擔心什麼而不肯說出真相呢？

總之先改變話題吧。

「雇用新城小姐時有沒有做雇用前的調查呢？」

片瀨抬起頭回答說：「沒做什麼調查，因為她只是準員工而已。」

「什麼是準員工？兼職人員嗎？」

「不是兼職也不是正式員工，介於中間的立場。說清楚一點，就是在獎金、福利等方面有些差別。」

取得片瀨的許可後，本間將履歷表資料抄在記事本上。在記事本寫上「新城喬子」時，心情有些興奮，好不容易才平靜了下來。

片瀨整個人恍恍惚惚地，依然看著照片。或許正在回憶新城喬子的種種吧。

感覺上他和喬子之間一定存在著他不想公開的關係，而不只是上司和下屬而已……

然而就算現在強行逼問，他也不會承認吧。而且如果本間的直覺是對的，也難怪片瀨會有錯愕的表現。過去曾是情人關係的女性消失在自己眼前之後，居然用別人的名字生活，接著聽到的都是些奇怪的事——

「片瀨先生！」

呼喚對方之後，他才抬起了頭。

「新城小姐在這裡的工作內容是什麼？」

不是很困難的問題，但片瀨無法立即作答。過了一會兒才說：「玫瑰專線是家郵購公司。」

因為答非所問，本間感覺有點無趣地說：「是呀。」

「本間先生你是不是認為新城小姐在這裡工作時，盜取了那名關根彰子小姐的個人資訊，然後假冒她呢？」

本間有些驚訝，既然你已經想到這裡了，就更好說話了。

本間用力點頭說：「我想應該沒有其他可能性了。」

片瀨趕緊表明，「那是不可能的，她不可能辦得到。」

「為什麼？顧客的資料，不是按個電腦按鍵就能叫出來嗎？簡單的很，不是嗎？」

取代關根彰子的女性掌握了足以冒用其身分的個人隱私資訊，卻不知道她有個人破產的事實。這是其中最大的問題點。她有這種交情的女性朋友嗎？而且在彰子周邊，不論是「拉海娜」還是「金牌」，假冒她的女性都沒有出現過。不接近對象，又如何能取得她的籍貫、家庭成員等基本資料呢？

然而答案就在這裡——郵購。客戶需要填寫訂購證，寫上住址、電話號碼、還有……

「你們不是有問卷嗎？填答的會員，許多個人隱私資料就會被你們知道了。」

本間心想，其實沒有必要知道那麼多的事項。以放棄現在的自己，想要新的名字和身分的新城喬子的女性立場來看。新城喬子首先希望找到一個跟自己年齡差距不大的女性。而且該女性如果跟家人同住就麻煩了，所以一個人生活是必要條件。

想到取代之後的生活，持有護照的女性比較不方便。駕照也是一樣，但如果其他條件配合，這一點可以容許。

年收入和存款越多越好。只要其他條件能滿足，這方面當然是越多越好囉。

最後還有一個。必須是生活在離目前新城喬子這個女人所存在的大阪越遠的都會越好。這一點很重要，而且非常重要。

這些條件，關根彰子是否都滿足了呢？

「只是你們的問卷無法知道關根彰子個人破產的事實，也無法掌握這種資訊。所以新城喬子不知道這一點，我想。」

片瀨點了點頭，拿起之前放在身邊的電腦列印資料。

「請看一下這個，是我剛剛叫出來的。」

本間接了過來，首先看見的是最上面用電腦打的「關根彰子」四個字。

果然她是玫瑰專線的客戶。

「有她的資料嘛。」

「有的。關根彰子果然是我們的客戶。」片瀨說時，用手指指著資料說：「第一頁是客戶的基本資料。最下面不是有『205』的密碼印出來嗎？那是基本資料查詢密碼。」

果然如他所說，看得見205的數字。

「的確這上面記錄了一連串的個人資料，看了便一目了然。」

「我就說嘛。」本間說。

關根彰子也在這裡，她的資料也在其中。兩個女性的接點就睡在該公司的電腦資料庫裡。

「第二頁起是關根小姐訂了什麼商品、何時受理的、商品寄送與否等紀錄。密碼是『201』。最後一頁的一覽表則是繳費狀況。金額後面是入帳日。『Y』表示是『郵局劃撥』的意思。」

本間點頭說：「因為她不能使用信用卡的關係。」

「是這樣啊。不過她都有按時繳費，從沒有超過繳費期限。雖然金額不高，對我們而言算是好客戶。」

繳費金額列出了五千零二十元、四千八百元等細小的數字，最多就是一萬塊錢左右。

片瀨收起資料。他說：「看她的基本資料，在問卷有無信用卡的欄位上，她沒有填答。但也不可能因此判斷過去她有過個人破產的事實，我認為。除非是瞎疑猜的人。所以說你的說法或許是對的，但是……」

「但是什麼？」

「我不是護著新城小姐。」片瀨固執地堅持，「只是我們公司很強調作業系統夠嚴密，不可能讓客戶資料外流的。」

本間想要反駁，片瀨伸出手制止說：「不然的話我可以帶你到公司說明，讓你親眼確認一下。傍晚——如果是七點過後，除了當班的管理階級外，一般事務的職員都下班了，所以應該沒關係。」

「那太好了。」

「所以說我們的資料管理很嚴密，資訊都藏在電腦系統裡，不會外流的。它是封閉型的系統，因為沒有必要跟物流中心或倉庫等外界連線。」

「但是郵購公司裡面一定會有接電話的女性員工吧？」

「是的，有，叫做話務小姐。」

「這些人可以跟資料接觸吧？我是沒有郵購過東西，但我知道流程。打電話過去，當場有人按電腦的鍵盤確認庫存什麼的。在那種形式下，如果按了你剛剛說的查詢密碼，不就可以隨便拿到客戶的資料了嗎？」

讓本間暢所欲言後，片瀨才慢慢地準備反駁。

「不可能的，我說是不可能的。」

「為什麼？」

「話務小姐們接到訂貨的電話時，忙得連喘息的機會都沒有。如果不接電話自行查詢客戶資料，馬上就會被發現的。而且也不能沒有理由擅自使用印表機列印記錄。她們就像接受訂貨的鍵入機器一樣。」

片瀨探出身子說：「剛才我也說過了，你認為新城小姐在這裡一邊工作一邊找尋自己可以取代的對象，對不對？」

「是的，沒錯。只不過我無法判斷她是一開始就是以這種目的來上班呢？還是上班之後發現自己有任意查閱資料的立場？」

「也就是說新城小姐是以白紙的狀態開始進行查閱的囉。她內心之中設定了幾個條件，然後從無數的客戶中挑選出適合的女性。對吧？」

「應該是吧。」本間回答的有些畏縮。

的確，如果照片瀨說的流程來看，喬子找到了關根彰子作為對象。但反過來看就不可能了，不可能一開始就將對象鎖定為關根彰子。

所以查閱資料找出條件適合自己取代的女性，必須要花費相當多的時間和工夫。光是收集大量的資訊便很費時。

假如片瀨說的沒錯，話務小姐時間忙碌，那麼上班時間她們就無暇從事悠哉的查閱動作了。

片瀨苦笑說：「是嗎，我只能說是不可能。因為話務小姐沒有那種美國時間。」

「我想也不能完全斷言吧。」本間依然不死心。

「就算退一步是有可能的……」

片瀨搖頭說：「還是沒辦法的。新城小姐根本就沒有辦法從我們公司拿到關根彰子的個人資料。」

「你怎麼知道？」

片瀨拿出剛剛的影印資料，指出新城喬子的雇用記錄說：「這裡記載了她的工作內容。」

本間看了一眼，上面寫著「一般事務」。

「話務小姐是……？」

「不一樣。她是準員工的事務員，換句話說就是打雜的。剛剛提到研修時，不是說課程內容是『接待客戶時的應對禮貌等技巧』嗎？所以參加的對象不是只有話務小姐。一般事務的女性員工也會參加。根據我的記憶，她是在總務課，幫忙處理薪資計算的工作。那裡也會用到電腦，但是跟客戶管理的電腦是不同的系統，密碼也不同。本來玫瑰專線內部事務處理的作業平台就不能跟客戶業務方面連線的。」

片瀨臉上沒有遺憾的表情，甚至看得出來有些自鳴得意。那是為「本公司」的電腦品質感到驕傲呢？還是為了新城喬子使然呢？本間不得而知。

「新城小姐冒用關根小姐的姓名是事實吧。儘管如此，憑新城小姐一個人的力量做出那種事，我可以明確地說，那是不可能的。」

和片瀨四目相對了一陣子，本間才慢慢發問說：「會不會是你幫助了她呢？」

片瀨的表情不變，只有左眉毛稍微動了一下。

「你受她所託——不管目的是什麼——你為了她而取出資料，也有可能是你教了她查閱資料的方法？」

本來是想直接了當的質問，但或許太快了些。片瀨露出些許的猶豫後，斷然表示，「為什麼我要做那種事？我沒有，絕對沒有。」

在他修長的手指下，新城喬子的大頭照正在微笑。

20

「結果怎麼樣？有去參觀他們公司嗎？」

「參觀了呀。」本間點頭說。

深夜從大阪回來，抱著疼痛的左膝蓋呻吟了一晚上。隔天早上和碇貞夫通電話，心想調查到這裡是時候了，該跟他說明整件事情的經過了。於是過了中午，碇貞夫專程來到水元，兩人隔著客廳的矮几坐著長談，井坂不斷地拿擦得光亮的煙灰缸前來替換，並感嘆說「真是奇怪的事件呀」。

「他們公司的體制跟他嘴裡說的一樣完善嗎？」

「玫瑰專線目前正常上班的話務小姐有三十八人。聽說從上午十點到晚上八點，由那三十八個人輪流接電話。辦公室是一長串的桌子連在一起。」

看到那情景後，本間立刻想到曾在電視廣告中看過類似的畫面。一群二十到三十幾歲的年輕女性們，身上穿著同樣的制服，並肩坐在一起。之所以每個人看起來都很漂亮，或許是看的人的錯覺也說不定。因為一群年輕女性站在一起，自然會產生炫目耀眼的效果。

「說是電話，話務小姐使用的裝置就像是以前PBX總機的縮小版一樣，有操作的按鍵。話筒改成耳機式，小型麥克風拉到嘴邊，就像是吉他歌手用的那種麥克風一樣。終端機一個人一台，每當有客戶訂貨。只要鍵入『顧客編號』就能查對資料。」

「要鍵入號碼嗎？」

「是呀。聽說反應時間很快，是種很好的系統。於一九八八年一月一日引進的。」

片瀨說明，在那之前各單位用的是更單純的電腦系統，彼此之間的聯繫還是依賴電話與郵件。顧客管理、寄送商品等手續也必須併用傳統手寫的事務處理方法。為了引進現行的這套系統，還花了上億的開發費用呢。

「一九八八年一月。」碇貞夫搔了一下他那肥短的脖子說：「新城喬子就是在那年的四月上班的。」

「沒錯。記錄寫的是：一九八八・四・二十，新系統的起用比她的上班還要早。當她開始工作時，現在的系統已經發揮相當的功能了。」

「關根彰子登錄為『玫瑰專線』的客戶是在什麼時候？」

根據在紺野信子那裡找到振筆疾書寫有「玫瑰專線」總機號碼的醫院收據來看，日期是一九八八年七月七日。根據片瀨給他看的「玫瑰專線」公司記錄，之後彰子打了該電話號碼要求寄送目錄是在同年的七月十日。寄回問卷、第一次訂購商品、編上「顧客編號」則是在二十五日。

「好像沒什麼破綻嘛。」碇貞夫覺得很無趣地嘆了口氣。

「沒有，很可惜。所以片瀨才會斷言喬子不可能盜取關根彰子的資料，那麼強烈的反駁。」

新城喬子是如何從無數的客戶資料中挑選出關根彰子的呢？這個問題似乎對片瀨也很重要，所以他很熱心地加以說明。

「總之玫瑰專線的內部事務處理，也就是說新城喬子所負責的薪資計算等業務系統和顧客管理、商品的系統是兩碼子的系統。不是這邊可以任意連線到另外一邊的。除非是所謂的系統管理師這樣的高手，擁有專業知識和技術才能辦得到。」

「技術？」

「也可以說是能力吧，就是擁有充分的軟體和硬體的技術啦。」

「什麼跟什麼嘛，聽不懂。」碇貞夫皺著眉頭說：「但是如果擁有那種技術的人，就可以自由自在地從電腦裡面盜取任何資料囉？那說不定新城喬子就是擁有那種技術的人。」

本間笑著搖頭說：「是就好辦了，偏偏不是。片瀨說她根本是個電腦菜鳥，頂多只是玩過遊戲軟體。」

「真的嗎？」

「片瀨跟她有私下的交往。雖然本人說彼此的關係不很熟，但我看準了不是那樣。有機會我會問出這方面的真相的。」

「你還要跟片瀨見面嗎？」

「嗯。要收集在玫瑰專線工作時的新城喬子資訊，以他為窗口是最快的方法了。那種地方的員工更換速度很快，當時和喬子一起工作、跟她比較好的同事已經剩沒幾人了。我已經拜託片瀨安排跟她們見面說話。」

「沒問題吧？」碇貞夫說：「他表現得是不是太過熱心了？有沒有什麼隱情呢？」

本間想了一下回答說：「的確我也覺得他說的不如他所知道的多。只是還不是很清楚情況怎樣。但如果他是新城喬子的『共犯』的話，照理說就不會專程追上我，讓我看那些資料了。」

碇貞夫發出納悶的低吟聲。

「想一想，他和新城喬子之間的親密關係以及客戶資料的相關問題，多少有些關連吧。只是當時他並不是很深切地知道新城喬子在幹什麼，所以現在才會感到不安吧。」

「是嗎？」碇貞夫不滿地表示，「我支持片瀨是共犯的說法，甚至認為他連殺人都有參與的可能性。」

「你說殺人，指的是關根彰子嗎？」

「或者是她的母親。」

「這個嘛……至少當他看到新城喬子的照片時，他的驚訝是真的。」

「很難說喲。」

「再說吧。不過公平一點來說，就他作為人事主管的立場，這次的事件當然不能放著不管。你想想看嘛，聽起來不是很可怕的事嗎？一個女人失蹤了，假冒她身分的女人卻大搖大擺走路。就連小孩子也能感覺到犯罪的氣息。而這個有問題的女人是公司以前的員工耶，僅僅只是在兩、三年前辭的職。」

「哼！」碇貞夫哼了一下鼻子。

「而且還跟顧客資料管理有關。這對郵購公司而言，不是件小事呀。出問題的話，就連母公司的三友建設也不會有好臉色吧，所以片瀨當然得認真處理。假如隨便讓我們插手的話，公司內部傳出不好聽的謠言反而更可怕。」

事實上，本間離開玫瑰專線，片瀨送他到員工出入口時的表情就像是不斷被洗滌過的床單一樣地慘白。

「話題再回到電腦系統。就算話務小姐能夠坐在電腦前叫出許多資訊，為了不讓任何人看見責怪而順利帶出公司，也必須具備相當的專業知識才行。比方說帶磁碟片進去存錄了許多的資料，可是做出跟業務手冊上不一樣的動作，很難不會被隔壁和後面的同事發覺吧。」

碇貞夫一臉的不高興。因為到現在為止他連文字處理機都還不會用，所以在他面前是不能談論電腦的。

「更何況要到別的部門，尤其她又是不能直接接觸客戶資料的立場，盜取資訊根本難上加難。如果她是那個該怎麼說？就是所謂的電腦駭客，做出破壞系統等誇張動作想要從外界強行侵入——具體來說通常是與倉庫或物流關係之間的連線——必須用到專門的線路，可是電話號碼並沒有公開。新城喬子是該公司內部的人，或許能知道電話號碼，但還是不夠。片瀨說就像現金卡沒有卡片只知道密碼還是領不出錢來，兩者很相似。不過這種比喻很籠統就是了。」

碇貞夫表情扭曲地好像在吸鼻子。「這麼說來，這一點就暫且保留囉？」

「大概是吧，關於新城喬子以某種手段盜取玫瑰專線客戶資料的假設。」

「那她的女性室友呢？有見到嗎？」

本間搖頭說：「很不巧，正在休假中。是個叫做市木香的女孩，聽說也是事務員。現在到澳洲觀光旅行兩個禮拜，只知道聯絡方法。」

「這也是片瀨告訴你的嗎？該不會是騙人的吧？」

「不會的，沒問題，是真的。我有要求片瀨打電腦，從員工名冊中叫出她的住址和出勤表確認過了。」

「連出勤表都是用電腦嗎？」一臉不高興的碇貞夫突然站了起來說：「對了，新城喬子的——」

「不在場證明嗎？」本間笑說，但立刻恢復正經的臉色，「我也確認過了。一九八九年十一月二十五日晚上十一點左右，在宇都宮關根彰子母親淑子死亡的時刻，喬子人在何處？」

當然本間並沒有跟片瀨說明為什麼需要知道那天喬子行蹤的理由，他只是一臉訝異地叫出了當天的出勤表給本間看。

「我也要他列印出來給我。」

本間說時並將出勤表出示在碇貞夫面前。碇貞夫一把抓住出勤表認真查看。

「從一九八九年十一月十八日起到二十六日的九天之間，新城喬子請假了，理由是『病假』。」

碇貞夫吹起了尖銳的口哨。

本間接著說：「而且我還找了一個因為他和新城喬子認識的藉口，要求片瀨秀樹也調出當時他的出勤表。」

「結果呢？」

「十一月二十五日是星期六，他有上班，直到晚上九點都在公司裡。」

「意思是說他沒有涉案囉。」碇貞夫感覺有些失望，「我總覺得那個男人很可疑。」

「算了，再繼續觀察下去吧。」

總算毫無邊際的「事件」展露了雛型。終於抓到了一條可以追蹤下去的細微線索，這時絕對不能太過心焦。

「在片瀨的安排下，傍晚時刻進入了玫瑰專線裡面調查。在那之前我四處散步打發時間。」

「你的腳還好吧？」碇貞夫不像個刑警，很認真地關心起本間。

「走得搖搖晃晃就是啦。」本間笑說：「大阪這個都市還真是有趣。感覺跟東京真是完全不同的次元，一點都不浪費。」

「不浪費？」

「嗯。在東京，就算是日本橋一帶，儘管都是智慧型建築的企業大樓林立，背後還是會有一些兩層樓的舊房子吧？可是大阪沒有。既然規定這裡是商業區，就完完全全是商業區。可是在那種市中心的鬧區，可能過了一條小巷就是夜生活區。前一陣子才發生的流氓槍擊事件就是在那種地方呀。」

「我不喜歡煎菜餅、烏龍麵，也不喜歡阪神虎隊，所以一定住不慣大阪。」碇貞夫冷冷地回答。

儘管寒氣逼人，在和片瀨約好的時間之前，本間走了不少路。途中坐在一個三角公園的長椅上，耗了將近半小時吧，週遭都是情侶雙雙。再過一些時間，這種地方將成為流浪漢、醉鬼的睡床，說起來實在不是什麼太好的環境，而且公園的景緻也不怎美麗。看來談戀愛只需要有精力就可以了。

坐在長椅時，本間心裡想的是，新城喬子是否也曾跟誰來過這裡呢？是否也曾坐在這裡看著來來往往的年輕人呢？是否曾經走在滿是灰塵的夜路上、抬頭看著霓虹燈、穿梭在塞車停滯的馬路上、瀏覽櫥窗內的商品擺設……

她是否做過這些事呢？是否享受著生活的樂趣呢？本間坐在寒風刺骨的公園長椅上，一直想著這些事。

但是風景因看的人的心情而異。不管花多少的時間，本間也無法窺見新城喬子看過的大阪街景，所以他覺得很遺憾。

「對了，不知道還能不能拜託你？」本間看著碇貞夫的臉問。

碇貞夫終於露出笑容說：「這一次是要新城喬子的戶籍謄本嗎？」

「答對了。」

「只要按照玫瑰專線的履歷表上資料倒著查回去不就可以了嘛，小事一樁呀。」

「不過——」

「你希望我別讓上面的人知道，對吧？我知道的。」碇貞夫咬緊堅實的下巴點頭說：「實際的問題是，這是個困難的事件。公開的話，以目前的階段，可能你今後的搜查動作會被制止。當然也不是說不能當作事件來處理——」

這一次換本間先發制人，「你是說其他還有什麼火燒眉頭的緊急事件嗎？」

「答對了，真是可惡！」

「所以我也覺得焦頭爛額。」說完本間將視線落在桌子上，「畢竟沒有看到屍體呀。萬一被說是關根彰子不一定死了，一切便到此為止。」

「你認為她還活著嗎？」

「開什麼玩笑。」

「就是說嘛，我也覺得她被殺了。」

「那你會怎樣處理屍體呢？」

碇貞夫的背從椅子上伸直了起來。「是呀，我認為這跟新城喬子有沒有親密的協力者大有不同。如果她的協力者是男的，就可以做些粗重的事。你不是說過關根彰子長得並不嬌小嗎？」

「怎麼說她都算是身材較高的人。」

「所以只憑一個女人處理會很吃力囉，會花不少的工夫。」

本間點了點頭低聲說：「我認為新城喬子從頭到尾都是一個人犯案。雖然沒有證據，就是我的直覺。」

新城喬子的視線看起來意志很堅強。還有她從栗坂和也或是玫瑰專線的片瀨身邊消失蹤影時那樣的薄情毫不戀棧。從任何方向看來在在都給人孤獨的印象。

另一方面，本間也覺得，正因為新城喬子是孤獨的、只有她一個人，所以才能成功地取代別人的身分吧。就算只有一個，一個能理解她被追逃的立場，願意伸出援手的男人在她身旁的話，就應該不會捨棄「新城喬子」的名字吧。會考慮在協力者的幫助下，以新城喬子的身分繼續逃亡下去吧。所謂名字，是被人承認、呼叫而有存在意義的標記。只要身旁有人理解新城喬子，愛她，無法跟她分離的話，她就絕對不會像丟掉一個爆破的輪胎一樣將「新城喬子」的名字給放棄吧。

因為那個名字帶有著愛意。

「沒有共犯嗎？」

「嗯。」

「這麼說來——」

碇貞夫順著本間的視線發現了一樣東西。那是固定在廚房一角的附有外殼的刀具組。包含切菜用、切肉用等不同用途、各式大小的五種刀具的收納組。是井坂買來的，身為會做菜的人，對於工具自有他的堅持。

碇貞夫沉默地看著本間。本間說：「這一方面我來調查。我會到圖書館翻報紙、拜託認識的雜誌記者幫忙。不一定只有警視廳才管用。」

「應該不難找吧，因為是個大事件吧。」碇貞夫說完，不動聲色地摸了一下下巴。

「比方說還未解決的分屍案之類的。」

本多保來到水元的家拜訪是在隔天的下午。

穿著已經洗過多次，舒適柔軟的牛仔褲，上身是白色棉質襯衫套上手織的毛衣。接過他脫下來的毛呢外套，掛在門邊的衣架時，本間發現原先在店裡賣時縫在內裡的備用鈕釦已經拆下。看來郁美是個認真的家庭主婦。

千鶴子也是一樣。買回衣服後，她總是說直接收起來會傷害布料，立刻將備用鈕釦拆下來放進針線盒裡。所以本間的衣服，在千鶴子生前或之後買的，一眼就能分辨出來。因為從她過世之後買的衣服，備用鈕釦便直接留在衣服上了。他覺得自己將它拿拆下來，多少有些傷感。在井坂還沒來家裡幫忙前，煮飯、打掃、買東西，他都覺得還好，唯有拆下備用鈕釦讓他感到難過而辦不到。

阿保似乎不太習慣到人家家裡。勸了好幾次才肯坐下。扭扭捏捏地找時機，將手上提的紙袋放在桌上說：「嗯……這個給你的小孩吃。」聲音很小。

本間道了謝收下來。心想，這也是郁美教他的吧。紙袋裡面是某大西點麵包店的產品。

那時正好是井坂吃完午飯過來的時間。本間和阿保坐下來還沒好好聊天時，就聽見井坂的聲音在門口響起。來的正好，本間引介他們兩人認識。

「原來是男的家政夫呀？」面對阿保的驚訝表情，井坂顯得有些得意。

「其實這是很適合男人做的職業。我並不討厭修理電器、搬動家具也很輕鬆、連堆積在家具後面的灰塵都能清掃乾淨，所以客戶們都很滿意。」

「客戶？」

「我們有簽約呀。這樣稱呼他們，感覺比較像樣、好聽嘛。」

「我們家那口子聽了一定很感動！」看來阿保的確很佩服。

因為井坂一臉的訝異，本間笑著說明，「阿保馬上就是兩個孩子的爸爸了。」

「我都二十八歲了。」

「是嗎，好年輕的爸爸呀。」井坂瞇著眼睛，然後突然表情一變地說：「關根彰子也已經是二十八歲。你們的人生完全不一樣呀。」

因為井坂完全以過去式來談論關根彰子，阿保不禁低下了頭。

「什麼時候上東京的？」

「昨天。」

離開宇都宮時。本間和阿保做過簡單的討論。請他先在當地收集彰子失蹤以前的資訊，有多少收集多少。之後的計劃等見面後再說。

「收穫還算不少。」阿保一邊打開連同紙袋一起提來的手提包一邊說。

端著咖啡過來的井坂坐在他旁邊的位置上。

阿保攤開小型記事本。

「你都記下來了，是郁美要你這麼做的。」

「嗯，答對了。」

他稍微咳了一下才說：「我跟地方上的人說明小彰失蹤了，聯絡不上，希望大家幫忙。大家一開始都很驚訝，但馬上臉色又變得能夠理解。」

這也難怪，因為她和欠債和特種行業掛上了鉤嘛。

「我的同學當中，有個女同學兩、三年前，在車站和小彰站著聊天過。當時她看見小彰艷麗的打扮，還心想小彰到底是怎麼回事。」

「就時期而言，應該是在拉海娜上班的時候吧。」

「很難說。她只提到是兩、三年前，記不得正確日期。不過唯一確定的是，當時自己手上提著切半的大西瓜，所以是夏天。」

一般人的記憶大概就是這種程度吧。

「她說小彰看起來很有精神，神情很明亮。還說妝化得好濃，她嚇了一跳。因為那個同學也聽說過小彰的種種傳聞，所以故意套話說『妳辛苦了』，小彰則是笑著回答『還好啦』。」

「那也是沒辦法吧。」井坂說：「人生路上摔了一跤的時候，最討厭遇到自己的同學呀！」

似乎有什麼言外之音。說不定井坂也有很多的回憶。

阿保繼續說下去，「我想收穫最多的，還是淑子阿姨過世的時候。所以來參加守靈、葬禮的人我都一一去見過了。感覺上好像工程浩大，但其實沒什麼。因為重點對象已經確定了，都是些歐巴桑。」

阿保問那些人當時彰子的狀況，並拿出另外那個問題女人的照片，詢問她們是否看過照片上的女人。

「守靈和葬禮無法在茜莊的住處舉辦，說是房東的太太不喜歡。於是租借了離茜莊五分鐘車程的公民會館。這些手續因為身為喪主的小彰忙不過來，所以都由地方上的人幫忙處理了。」

阿保喝了一口咖啡後，闔上了記事簿。

「小彰的樣子跟我所感受到的一樣，大部分的人都覺得她受了大的刺激，整個人癱了下來。但也有歐巴桑批評她這時候居然還染紅了頭髮，唸個不停。」

「婚喪喜慶的場合，保守一點是最好的做法呀。」井坂說。

「沒錯。不過守靈和喪禮上，沒有人看過照片上的女性，也就是假冒小彰身分的女人。不認識的人來了反而醒目，而且有地方上的人在前面接待，看到不是當地人的年輕女子拿奠儀來，絕對會問說她是誰、跟淑子阿姨有什麼關係。所以應該是錯不了。」

本間點點頭，心想應該可以相信吧。因為照井坂的說法，在婚喪喜慶的場合，賓客的眼睛是再銳利不過的了。

「但是呢——」阿保摩搓了一下鼻子下面說：「有人看到過假冒小彰的女人。」

本間和井坂同時發出聲音問說：「真的嗎？」

「是的。」阿保像個孩子一樣抓著脖子後面笑說：「說起來實在有夠蠢的，居然是我媽媽。」

本間睜大眼睛問說：「是你媽媽嗎？」

「沒錯。而且不是我去問她，是我媽媽主動來告訴我的。因為她在美容院聽說有人在調查小彰的事。」

本間恍然大悟，原來是宮田金惠。本間有將新城喬子——當時還是「關根彰子」的照片留在羅蕾雅沙龍。金惠當時拿著照片答應幫忙四處打聽。

「是羅蕾雅沙龍嗎？」

「怎麼，你已經知道了呀？」阿保的臉色失望。「我媽媽總是在那裡做頭髮。說是那裡有位姓宮田的美容師傅拿照片給她看了。」

阿保強調母親的記憶很清楚。

「我媽媽平常的記性很不好。但是如果讓她覺得稍微有什麼不對勁就會記得很清楚。我爺爺過世的時候，她就對來家裡誦經的和尚慌慌張張的態度很感冒，於是連和尚脖子上的一顆大痣也記在心裡。結果有一天那個和尚居然騙了施主的錢和女人跑了……真是不好意思，我的話題說偏了。」

「沒關係，我知道。你是說你母親並非誤會或是記憶錯誤。」

阿保用力點頭說：「是的。我媽說她是在走出那家美容院時看見那個女人的。」

「時間呢？什麼時候？」

「她記得很清楚。」阿保的神情顯得很嚴肅。「淑子阿姨的滿七那天。一開始她記不得日期，結果翻家計簿後才發現是一九九〇年的一月十四日，星期天。」

「哎呀呀……」

「你也嚇了一跳對不對？不過問過之後也覺得理所當然。因為小彰家幾乎沒什麼親戚嘛，附近的人都想往生者太寂寞了，因此都去燒香弔唁。我則因為有非辦不可的急事所以沒法去，而我媽媽去了。我媽媽對這種事很堅持，參加法事還得洗好頭才行。」

本間很想拍拍大腿，他能理解這種人。

「結果做好頭髮離開美容院時，就在茜莊門口看見一個女人躲在電線桿後面站著。」

她悄悄地上前問對方說：「要找哪位？」那個年輕女人有些驚訝地說不出話來，急忙地離開了現場。

「我媽媽應該很在意這件事吧。她本來就很強悍，還追上去問說，『慢點，妳到底是誰？』結果那個女人更加吞吞吐吐，拚命地逃開了。所以我媽很記得她的長相，說是美女，就像女明星一樣漂亮。」

本間皺著眉頭，心中整理著剛剛阿保所說的內容。

滿七的法事是在一九九〇年的一月十四日辦的，但關根淑子的死亡日期是一九八九年的十一月二十五日，所以並非正確的滿七日。大概是為了避開忙碌的年底，並利用新年期間的星期日，才選了這一天吧。之後經過十天關根彰子去拜訪溝口律師詢問能否領取保險金的事。淑子多少有些存款，所以應該還夠支付葬禮、法事的費用吧。因此不難理解彰子在意剩下的保險金的心情動向。

而這個時間點，新城喬子已經出現在彰子身邊了。

喬子於一九八九年的十二月三十一日辭去玫瑰專線的工作。她是否已經開始準備要假冒彰子了呢？於是先來觀察情況——

「法事在哪舉行的？」

「在淑子阿姨寄放骨灰的廟裡。」

「寄放骨灰——？」

「沒錯。該怎麼說明好呢？關於這一點情況有些複雜。」阿保有口難言，「小彰她媽媽淑子阿姨很早就死了丈夫，吃了很多苦。親戚之間沒有人肯伸出援手，她一個人帶著小彰工作。所以在當時就已經跟親戚們斷絕了關係。」

井坂抓抓眉毛說：「就算是這樣，也不能不讓她跟死去的先生埋在同一個墳墓裡呀。」

「你說的沒錯，你說的沒錯。」

本間想了一下說：「我知道了，她先生也沒有墳墓。沒辦法做，因為沒錢。」

阿保點頭說：「是的，的確是這樣。淑子阿姨的先生是大家族的三男，本來就是不能自己蓋墳墓的，而且又是在小彰還是嬰兒時期便過世了，根本沒有多餘的錢。偏偏——」

「哈，我懂了。」井坂點頭說：「為了蓋先生的墳墓，淑子女士去請求親戚幫忙。尤其是去找了繼承家業的長子，卻被冷淡地拒絕了。是不是這樣？」

「沒錯。所以沒辦法，淑子阿姨先生的骨灰就一直寄放在廟裡。每隔十年、五年就繳一筆供養費，請廟裡面代為保管。」

墓地不足且價格高貴的今日，這種事倒也尋常。

「是嗎，所以淑子女士的骨灰也跟她先生寄放在同一家寺廟裡。」

「是的，小彰對這件事也很難過，說想趕緊蓋墳墓讓父母能夠安定下來。結果有人還說『該不會是想用這招來借錢吧』，讓小彰哭得更難過了。」

阿保氣憤地表示，如果自己也在現場，肯定會罵回對方兩句。

「就是說嘛，何必把話說得那麼難聽呢。」井坂也是同樣的看法。

「除了你母親以外，還有沒有其他人看到她呢？」

阿保搖頭說：「可惜沒有，就連宮田美容師傅也覺得很遺憾。」

但是本間心想，夠幸運了。有時發生殺人或強盜等風聲鶴唳的大事件，目擊者的記憶通常都很曖昧。而今天這個事件沒有發生什麼狀況，只是問說有沒有看見一個很普通、長得還算漂亮的年輕女人，就想期待確切的目擊證詞才是奇怪的。能夠喚起這樣的記憶，真可說是拜羅蕾雅沙龍之賜呀。

關根彰子和新城喬子。經由玫瑰專線的資料庫而產生關連的兩個人，又在另一個地方牽上線了。在彰子的故鄉，她母親做法事的時候。

「其實我們已經知道這個女人的身分了。」本間一邊消化阿保帶來的事實，一邊緩緩說出這事。

阿保一時之間停止了呼吸。

他的臉色瞬間變得很可怕。或許阿保的內心之中早就擔心萬一之前所想的一切成了事實，那個假冒彰子的女人並非憑空想像，而是活生生的實體……

「她是什麼樣的女人呢？」不問對方姓名，阿保先問這些，「是什麼樣的女人？是小彰的朋友嗎？跟小彰熟嗎？」

看來不想知道的結果先脫口而出。如果她是彰子的朋友，又是彰子很依賴的人的話，那阿保將情何以堪。恐怕很難壓抑住心中的怒氣吧。所以先開口說出不好的想像。

「不，不是的。是個毫無關係的陌生人。」

阿保很認真地聽著本間的說明。時而咬著嘴唇，時而眼光低垂。似乎好不容易才能穩定自己的心情。

本間說完後，三人之間陷入了沉默。井坂開始收拾咖啡杯，他大概想找點什麼事做吧。

「怎麼會有這麼蠢的事呢！」終於阿保開口說話，「小彰的生活不是很吃緊嗎？」

「嗯。」

「可是為了讓心情輕鬆一下，所以會想穿漂亮的內衣吧。我可以理解。我們家的小孩也很花錢，郁美難得為自己買新衣服，卻也說過至少內衣想買些可愛漂亮的來穿。」

「聽說彰子對玫瑰專線的繳費倒是很準時。都是用劃撥的。說是優良客戶呢。」

「優良客戶。」阿保重複低喃後，沉默不語。桌子底下，他的拳頭，他那因為機油而染黑關節的拳頭，像是要捏碎什麼的緊握了起來。

阿保舉起拳頭想要找尋對方。本間心想，事到如今又何必呢。

那我又是為了什麼要找新城喬子呢？

是一種慣性使然嗎？儘管說是受人所託，但其實是因為同情和也吧？還是因為好奇心呢？是呀——嚴格說起來，或許最後一個說法吧。好奇心，想見見對方，見見新城喬子這個人。然後問問她，聽聽她的心聲。

問她為什麼要這麼做？聽聽她的答案。

本間說服原本住在商業旅館的阿保今晚住在水元這裡。阿保回飯店拿行李時，本間開始整理目前調查到的結果和資料。

關於碇貞夫所提到的未解決棄屍案，早上一早起到中午之間便窩在圖書館裡找資料，但從報紙的壓縮版找尋線索有其限度，所以還是得找專家出面。本間聯絡以前曾經欠他人情的某雜誌記者，拜託對方幫忙。

「跟著本間先生的話，常常會有獨家可寫呀。」對方這麼說，而且迫切地想知道為什麼要找尋這些資料。本間找個理由敷衍過去，對方無可奈何地笑說：「好吧，我答應。只要一、兩天，應該就能從資料庫裡找到東西。只要關東附近的縣市就夠了嗎？」

「嗯。」本間回答後又追加說：「等一下，還有甲信越地方也要。」凡事都很慎重的新城喬子，假如目的是為了處理屍體，或許願意不遠千里去執行。

之後根據日期尋找關根淑子摔死的報紙報導。這個任務倒是輕鬆完成，全日本的三大報有兩家刊登了。雖然篇幅不大，但是從頭到尾敘述詳盡。本間影印好報導後，便離開了圖書館。

他就目前已知的事實來推測新城喬子的行動。

她因為某種理由，或許是被什麼所追，而必須逃離那裡換個新的身分。

她是為了達成目的而進入玫瑰專線上班的呢？還是上班之後才發現可以利用這個工作場所輕易取得別人的身分呢？兩者都很難說（但前者的可能性較高）。此外她又是如何從玫瑰專線嚴格的顧客管理系統取得資料的呢？其方法還是謎。

只是可以想見的是她可能利用了片瀨，所以片瀨的反應那麼明顯也是情有可原。

總之喬子取得多數的客戶資料，從中挑選條件適合的人——關根彰子。根據資料到所屬的區公所櫃檯聲稱是「本人」取得了彰子的戶籍謄本、居民卡等文件。

之後喬子又殺害了關根彰子唯一的親人關根淑子。

關於她殺人的方法，還有很多的疑點。一如境刑警所說的，根據淑子死亡時的況判斷，意外身故或自殺的可能性較高。但是——

本間的想法是，新城喬子那一晚，也就是十一月二十五日的晚上，會不會製造了什麼藉口引誘淑子出門呢？

說引誘是太誇張了，應該是「約好見面」而已吧。地點是在「多川」附近吧。然後只要指定見面的時刻，大概就能掌握淑子從「多川」出來的時間了。

先做好這些事前工作，然後在出事現場的那一夜，做出境刑警所否定的犯罪方法。

「如果想要在那間吵死人的酒店裡面等待淑子女士離開，就算是淑子女士在走廊上唱著歌經過也是聽不見的。」

但是如果事先約好時間就可以辦得到。

喬子就在「多川」隔壁的酒店裡。在淑子離開「多川」時，她便先到走廊上等著。趁其不備推下樓後，又跑回到酒店裡。舞曲喧囂的酒店裡，其實是很難正確掌握顧客的進出的——

約淑子出門的藉口，必須是很簡單的事。如果太正式，讓淑子為了跟人家見面而放棄今晚去「多川」留在家裡的話就糟了。只要說「是彰子在東京的朋友，彰子交代了些東西要給媽媽。因為自己到達宇都宮的時間很晚，又有同行的人不便久留，不知道能不能撥出五分鐘見個面呢」，像這種程度的話就夠了吧。

就這樣，喬子除掉了淑子。

但是就算關根彰子成為一個人生活的孤女，還是必須考慮到她的交友關係、情人等的存在。而且如果採用這個說法的話，那麼喬子就必須事先知道一個人住在宇都宮的彰子母親淑子到「多川」喝酒的習慣，以及小酒館外面有道危險的樓梯等事實。

這些當然從玫瑰專線的資料庫是無法得知的。所以新城喬子至少為了獲得這些資訊，必須跟彰子有所接觸，實際上她也做了。

所以本間接著就是要找出她們接觸的痕跡。

殺害彰子的喬子，處理完屍體，假冒其身分，離開川口公寓，擅自辭掉拉海娜的工作，音訊杳然。然後在東京的今井事務機公司上班，租方南町的公寓來住，分出戶籍，修改居民卡。健康保險、國民年金和民營保險也都做了該做的處理；只有勞保因為找不到彰子的勞保被保險人證而在櫃檯謊稱「第一次正式上班」重新投保。

然後跟栗坂和也認識，訂婚……

唯一產生的疑問是，假冒成彰子的喬子在即將和和也成婚之際，在他的勸說之前居然從未辦理過信用卡。如果曾經辦過一張的話，不就能夠發現過去毫不知情的彰子個人破產的事實了嗎！

難道新城喬子不喜歡用信用卡嗎？

雖然很少，但還是有這種人。因為害怕花錢沒有節制，或是感覺這種消費習慣不太健康，反正就是這類的理由吧。少見倒是很少見，卻也不是什麼不太自然的現象。

不過有一個找出喬子身分的唯一線索，就是那張立可拍照片的存在。她是為了什麼目的拍那張照片的呢？而且為什麼要那麼慎重地保存呢？是否跟什麼愉快的回憶有關係呢？

但若是如此，那個回憶應該是新城喬子的回憶，是她毅然決然決定捨棄的新城喬子的過去。

本間搞不懂，對於這個疑問無法產生任何的假設，只好闔上記事簿。

四點過後，小智回家一趟，說是跟小勝有約又出門了。井坂忙著準備晚餐，就在廚房開始冒出熱氣時，阿保提著小型旅行包回來了。就在這時電話鈴聲響起。

「請問是本間家嗎？」是今井事務機公司的社長打來的。

說是從公司打來的，因為掛念著調查結果，所以打電話來問是否找到了關根小姐。

本間還不想跟對方說明真相，目前還沒辦法說。

「還沒有找到。」如此回答之後，聽見話筒裡面傳來社長的嘆息聲。

「小蜜也很關心這件事。對了，她還很在意另一件事。我讓她跟你說。」

「喂！」本間呼喚，聽見一個高亢的聲音。

「本間先生，是這樣的，關於太太的堂兄的孩子該怎麼稱呼——」

「妳知道了嗎？」

「我還不知道。」有種由衷感到遺憾的口吻。

「是嗎，我想很難吧。妳一直都在幫我查嗎？」

「這種事我很笨的。」

「這種事誰查都是這樣的。」

小蜜的語氣有些改變了，「關根小姐還是沒有回來嗎？」

「也許不方便回來吧。」

「栗坂先生應該很失望吧？」

「對他而言或許是帖苦口良藥。」

「我突然間想起，他們兩人曾經吵過架。」

「吵架？」

「沒錯，為了訂婚戒指。關根小姐說她想買自己喜歡的戒指，跟生日寶石沒有關係，但是栗坂先生反對說，如果不是生日寶石或鑽石的話就不能算是正式的訂婚戒指。」

很像堅持原則沒有彈性的和也的說法。本間苦笑地問說：「小蜜，關根小姐不要自己的生日寶石，那她有說想買什麼樣喜歡的寶石嗎？」

「有呀，所以才會吵架。」

本間一手按著話筒，一邊回頭問廚房裡的井坂說：「井坂兄，你對生日寶石熟嗎？」

井坂一手拿著鍋鏟，張大了眼睛說：「嗯，知道……不過只是常識的程度。」

本間問了一個問題，井坂回答後。本間聽了便又呼叫小蜜，「小蜜，關根小姐的生日寶石是藍寶石吧？她買了藍寶石的戒指嗎？」

「沒錯，是九月的生日寶石。」

「我來猜猜看關根小姐不惜跟和也吵架想買的寶石是什麼吧？」

「什麼，你猜得到嗎？」

「我想是吧。」

本間有種莫名的興奮，他說：「是祖母綠吧？」

小蜜大聲地喊說：「好厲害，你怎麼知道？關根小姐說，是綠色的很漂亮，因為稀少所以價值很高，所以很想要。」

本間發出笑聲掩飾，其實偷偷地在內心裡想著，那是因為祖母綠是五月的生日寶石。而五月是新城喬子的生日月份。

喬子想要的是自己生日寶石的戒指，既然是訂婚戒指的話。

話筒傳來小蜜的聲音，「本間先生，如果關根小姐回來了，請跟她說社長和我都很擔心她，都很想念她。」

本間答應之後掛上電話的那一瞬間，首次覺得新城喬子的行為令人難以原諒。

小蜜她們竟然說很想念她。

但是這種感傷因為門口傳來得巨大聲響而給破壞了。有人很用力地開關大門。

大吃一驚的本間和坐在旁邊椅子上的阿保也一起探頭看著走廊。

是小智。他打開當做儲藏室用的壁櫥，拿出玩棒球時用的金屬球棒。隨便用腳踢開順勢從壁櫥裡掉出來球呀、堆積的舊報紙，一把抓著球棒就要衝出大門。

「小智，你幹什麼？拿球棒要幹什麼？」本間大聲怒罵，但小智充耳不聞，只想衝出家門

「我來阻止他！」阿保發覺事情非比尋常，趕緊替代行動不夠敏捷的本間跑了出去。井坂也抓著圍裙的一角跟了上去。

在走廊盡頭，即便被阿保倒抓住雙臂，小智依然奮力抵抗。臉孔因為淚水和泥土而花了。追趕上來的井坂和本間彼此對看了一臉。小智的手臂和膝蓋上浮現無數的擦傷，襪子褪下來的腳踝一帶，有許多越看顏色越濃的撞傷。

「還不停下來？不可以揮舞那種東西，還不停下來！」

阿保想要從小智手上拿下球棒，但小智像個使壞的幼童一樣當場蹲了下來。

「打架嗎？」本間蹲在小智旁邊問：「如果是打架，拿出球棒就太卑鄙了。為什麼要拿出這種東西呢？」

小智放聲大哭。一邊抽噎喘氣一邊想要表明自己的主張而拚命擠出話來，「呆……呆呆……牠……」

「呆呆？」

阿保也跟本間同時發出疑問說：「呆呆？」

「呆呆是狗的名字。」本間回答。

「呆呆怎麼了？找到了嗎？」

小智咬著牙說：「牠死了。」

「死了？」

「是學校的田崎那傢伙……殺死了……呆呆後……把牠丟掉了……」

「為什麼？」本間的聲音沙啞，「是真的嗎？小智。」

「真的呀……我總算……總算知道了。」

「所以才會打架嗎？」

「嗯。」頭上傳來另一個聲音回答，大家一同抬起頭看，是小勝站在那裡。雖然是高大肥胖的少年，也和小智一樣一身的慘狀，沾滿淚水泥土的臉頰上劃出一道傷口。

「田崎那傢伙殺了呆呆後亂丟。我們按照碇叔叔的交代進行有……有組織的調查，結果那傢伙擔心會被知道就……」

「才不是呢。」小智邊哭邊反駁說：「那傢伙說就算他不說，我們也查不到，一副洋洋得意的樣子。」

「他為什麼要殺死呆呆呢？」井坂邊問邊抓緊圍裙的一角，臉上充滿怒氣。

「他說因為社區規定不能養寵物，這是違反規定。」

「就算是這樣也不該殺死呆呆呀。」

「可……可……可是……」小智邊哭邊口吃地答說：「他說違反就應該殺掉，算是教訓。」

「太過分了。」阿保說：「就這樣殺死了小狗嗎？好，既然如此哥哥也來幫你。」

可是小智和小勝似乎已經失去戰鬥意志，小勝無力地跌坐在地上，對著走廊的水泥地說：「他說如果不甘心的話，就去買間獨門獨戶的房子呀！」

「獨門獨戶？」

「他們家就是獨門獨戶。」

「所以他說他們家可以養狗，說我們窮人家憑什麼養狗，未免太不尊重獨門獨戶的人家了。」

小智和小勝一口氣說到這裡，便一起放聲大哭。

本間和井坂再次在他們頭上對看了一眼，不知該說些什麼。

「什麼話嘛！」阿保低聲說。他的腳邊滾動著一根金屬球棒。

21

隔天——

出現在眼前的是，當年關根彰子前往溝口律師事務所委託辦理申告破產的手續，因為房租滯繳而無法繼續住在錦系町的城堡公寓時，提供房子讓她借住的女性。

名字叫做宮城富美惠。聽澤木女職員介紹說是「金牌的同事」，實際見到本人，從她留長的指甲、花俏的涼鞋、儘管沒有化妝，隨便拿根夾子夾住頭髮，但身上還是發出香水味的樣子來看，的確是從事夜晚營生的女人。

年紀約三十五、六歲吧。白天在電話中聽到的聲音，本間以為是四十歲的人。有些低沉沙啞，聽起來像是結過婚的人，語氣有些粗魯。

「這種時間，我對明亮的窗邊位置有點吃不消。所以最好讓我坐在裡面。」

三個人來到富美惠居住的涉谷區公寓附近的一家新開咖啡廳。已經過了午餐時間，店裡面客人不多。

「有關彰子的事，我也很擔心。因為突然之間就失去了聯絡。我還以為她找到了好人家，所以也就沒有刻意去找她。」

一邊抽著七星香菸，富美子的肩膀包裹在設計得頗寬大的毛衣裡縮著。本間心中有著不禮貌的想像，眼前幾乎浮現富美子將手從毛衣下面伸進去，先鬆開勾子，一隻手解開肩帶，然後從另一袖口拉出脫下來的胸罩。

「她真的行蹤不明嗎？彰子沒有跟任何人說一聲便消失不見了嗎？」

「是的。妳最後一次見她是什麼時候？」

富美惠搖搖頭說：「這個嘛……接到電話後我也一直在想這個問題，大概是前年正月的時候吧。我也記不太清楚了。」

然後富美惠仔細觀看本間拿出來的新城喬子的照片。這之間香菸已經燒成了灰，她看也不看煙灰缸就把香菸給捻息了。

過了一會兒才慢慢說：「我不認識，沒見過這個人。」

「沒到過店裡面嗎？」

「是的。這麼漂亮的女孩，來過我一定記得。金牌裡面，一共才五個小姐。在酒吧裡面算是人多了點，但總比待在摸來摸去的舞廳好多了。反正金牌的店面也夠大的了。」

「會不會是客人到店裡消費呢？」

富美惠點燃新的香菸，笑聲跟白煙從嘴裡吐了出來。

「我們店不是一個女孩可以隨便進來的，就算是成群結隊也不會來這裡。《花子》（*hanako*）雜誌上也沒有介紹過呀。」

阿保將視線移開，因為富美惠很有興趣地正盯著他的額頭看。

「彰子的工作情況怎樣？」

富美惠立刻回答，「很拚呀。」

「為了錢？」

「當然。討債公司的人都追到店裡來了。還好那女孩沒有跟暴力集團掛勾的地下錢莊借錢，不然恐怕會被賣去做泰國浴的泡泡女郎，有一陣子我還很認真地勸她快逃呢！」

「聽說她是跟信用卡公司和地下錢莊借錢，欠了一千萬以上的債務。妳知道嗎？」

富美惠抬起下巴點頭說：「笨喲，誰叫她要相信那種塑膠卡片呢！」

阿保抬起頭說：「可是她絕對不是那種無知的女孩，我很清楚的。」

富美惠偏著頭看著阿保說：「你說你是她的青梅竹馬嗎？彰子說過不想留在故鄉，所以才來東京的。你知道嗎？」

本間看著阿保。阿保的脖子大概僵硬了，整個人動也不動。富美惠轉而看著本間的眼睛說：

「她說因為父親很早過世、生活很苦。從來沒有發生過什麼好事。而且媽媽還被公寓的房東包養。」

「房東？茜莊的房東嗎？」

「我不知道公寓的名稱，我也記不住。不過聽說她媽媽到死為止都住在那棟公寓裡。」

那就是茜莊了。

這就能夠理解了，為什麼關根淑子會像生根一樣地持續住在茜莊達十年之久。

阿保結巴地表示，「我雖然也知道，但是沒有聽過小彰親口提起過，都只是些謠言。」

「這種事情怎麼會有事實或證據呢，光是謠言就夠了。」富美惠用鼻子笑著說。

「所以……」本間看著阿保說：「房東的太太不希望淑子女士的守靈和葬禮在西莊舉辦呀。」

「……是呀。」

富美惠喝了一口咖啡，將杯子放回碟子上時很自然地發出了聲響。

「我曾經和彰子聊過，總之那女孩希望到不是故鄉的地方過著自由自在、完全不同的人生。可是現實生活卻不是那麼回事。人生沒有那麼容易改變的。」

「想變好的話。」本間插嘴說。

「是呀，想變好的話。」富美惠淡淡一笑。

「彰子最早上班的公司讓她清楚知道華麗的粉領族生活不過是夢想！薪水低，宿舍的日子又很難過。」

「是葛西通商吧。」本間說：「其實我們上午才去拜訪過那裡。」

因為想到過去金牌同事的富美惠，如果還在繼續從事該工作，當然會睡到中午以後。所以先去葛西通商，但其實還是白跑了一趟，葛西通商的人事主管非常不親切，加上員工替換率很高，根本不知道有沒有留下雇用記錄，就算有，也不知道肯不肯立刻幫忙調查。對方擺出一副趾高氣昂的態度。

當然對於新城喬子的照片也是不太樂意配合。就本間而言，他認為喬子開始注意到彰子是在玫瑰專線以後，也就是一九八九年七月後的事，所以來葛西通商查證只是為了慎重起見，沒想到卻是如此不愉快的經驗。

富美惠繼續說下去，「我沒聽說公司的名字，對了，好像說是什麼物流公司吧。反正是間不怎麼樣的公司，宿舍的設備也很差。可是實際搬離開宿舍自己租房子住卻更貧困了。生活好像很苦。也難怪呀，錦系町的公寓房租太貴了嘛。」

「妳想她是否因此就開始借錢度日了呢？」

富美惠看著香菸盒，做出還剩幾枝的確認動作。雖然抽出了一枝，卻沒有點燃火。感覺好像是在利用這些動作思考下一話怎麼說。

「那女孩會開始迷上信用卡消費，是因為在那個過程中逐漸沉浸在錯覺裡。」

「錯覺？」

「是的，沒錯。」富美惠攤開雙手說：「她又沒錢、沒有學歷、沒什麼特殊的能力、就連長相也不是美得能夠靠它吃飯、頭腦也不是很聰明。只能在三流以下的公司做些事務工作。像這種人心中總是描繪著從電視、小說、雜誌中看見聽到的富裕生活。過去的人只會把這些當作是夢想，想想便算了，要不然就是努力朝夢想邁進，而實際上出人頭地的人也是有，但也有人因此誤入歧途被逮捕。但是過去的情形總是比較單純。不管用什麼方法，都得靠自己的力量築夢，或是礙於現狀放棄，不是嗎？」

阿保沉默不語。本間點著頭催促對方繼續說下去。

「可是現在不一樣了。夢想無法達成，卻又不甘心就這樣子放棄。所以會有希望達成夢想的感覺，並沉醉在那種感覺裡。而達成夢想感覺的方法很多。以彰子的情況來看，剛好就是買東西、旅行、朝花錢的方向來達成。這是因為有限制少、手續方便的信用卡、地下錢莊存在的關係。」

「其他還有什麼方法呢？」

富美惠笑說：「提到我所知道的方法——對了，我有個沉迷整型的女性朋友。大概已經將近整了十次臉吧。她深信只要變成鐵面般的完美女人，人生就會變成百分之百的彩色，變得幸福。可是實際上整了型，她所認為的『幸福』卻沒有到訪。沒有出現什麼高學歷、高收入的超級帥哥把她當作『女王』看待。於是她便一而再地繼續整型下去，整了又整，還是不滿意。同樣的理由，也有沉迷於減肥的女人。」

阿保睜大了眼睛。本間想起郁美說的話，「阿保很幸福，只是他不知道。」

富美惠接著說：「男人也是一樣，說不定這種人比女人還多呀。拚命用功想進好的大學、考進好的公司，不就是嗎？他們搞錯了，沒有資格笑那些拚命想減肥的女人。大家都是活在錯覺中。」

本間突然想起來澤木女職員提到的昭和五十年代（一九七六——一九八五）後半期發生的地下錢莊風波，其根源就是購買房子的需求和為滿足需求而生的不合理住宅貸款。

那也是一種錯覺吧？以為「只要擁有自己的房子，人生就會幸福，就能保證富裕的一生。」

「以前大家缺少的是把自己往錯覺裡推的資金，不是嗎？當時這種資金可用的對象、能夠引發人們錯覺的種類也比較少，比方說是像塑身、美容整型、超強的補習班、刊登一堆名牌的目錄雜誌什麼的，過去都沒有。」

富美惠忘了點燃香菸。

「然而今天什麼都有，想要做夢太簡單了，可是那是需要資金的呀！有錢的人可以用自己的，沒有錢的人，便『借錢』當作資金，就像彰子一樣。我也曾對那女孩說過，妳這樣子就算是操勞拚死也要借錢，買一堆東西、奢侈過日子、身邊圍繞著高級品，便覺得實現自己高級人生的夢想，變得幸福了嗎？」

「她怎麼回答呢？」

「她說是呀，我說的沒錯。」

「我……實在是……」阿保擦拭著額頭。「我不懂……我開始覺得自己是不是也有同樣的問題呢？」

富美惠微笑說：「那是當然，就連我也會有。只是我們知道限度在哪裡。」

「不好意思，請問妳在金牌服務很久了嗎？」

富美惠回答「七、八年了吧」，接著語氣變得很客氣說：「我曾經倒過一家店。是跟老公一起開的店，經營出現問題後，老公便跑了。和彰子不一樣，我沒有申告破產。雖然私下調停很麻煩，但我還是跟債主說好了，所以現在還在還錢。」

隨著呼出來的輕煙，臉上露出自嘲的笑容。

「我老公曾經說過一句話，我覺得他說的真好。你們知道蛇蛻皮是為了什麼嗎？」

「什麼是蛻皮？」

「就是脫掉一層皮嘛，那可是很拚命的，需要相當大的精力的。但是蛇還是要蛻皮，你們知道為什麼嗎？」

阿保搶先本間回答，「不是為了成長嗎？」

富美惠笑說：「不是。我老公說蛇不斷地一次又一次拚命地蛻皮，是相信總有一天會生出腳來，總是期待就是這一次了吧、就是這一次了吧。」

富美惠輕聲自言自語說：「是蛇又有什麼關係，就算不長腳也無所謂。蛇就是蛇嘛，不也是條好蛇。」

「可是蛇認為有腳比較好，有腳比較幸福。以上是我老公的高論。接下來才是我的看法，這世界上有很多想要有腳卻疲於蛻皮、懶得蛻皮、忘記如何蛻皮的蛇。於是有聰明的蛇賣給這些蛇可以照見自己有腳的鏡子。於是有些蛇就連借錢也想要買到那種鏡子。」

關根彰子曾經對溝口律師說：我只不過是希望變得幸福。

本間腦海中浮現出鐵軌轉轍器的畫面。想起人是為了什麼要追求資訊的疑問。

因為深信這一次就會達成目的，就是這一次了吧。

阿保轉動著見底的咖啡杯。如果郁美在這裡，說不定會告訴他說：「阿保是那種一開始就很清楚『自己是蛇，蛇本來就是沒有腳』的人。」

「我因為有那種經驗，所以當彰子走投無路時，才會讓她到我家一起住。」富美惠接著說：「她破產後，也換了一家店工作，叫什麼名字來著？」

「拉海娜。」

「是嗎？大概是吧。反正換了工作、搬到川口之後，我們偶爾會通電話，一起吃個午飯什麼的。那是前年的春天吧，還是更早以前，彰子的媽媽過世，她有些低沉，我還約她說等平靜下來一起去洗溫泉……」

「結果就沒有聯絡了？」

「是呀，就再也沒有聯絡了。」富美惠黯然地將嘴巴彎成了ㄟ字型。「我的原則是對方不聯絡，我就停止交往。所以和彰子之間便也斷了。看來我無法幫你們找到她。」

「彰子在川口的時候，應該說她母親過世前後，有沒有發生什麼事呢？」

「什麼樣的事呢？」

「有沒有新交朋友或換了美容院之類的，任何事都可以說。」

富美惠抬起手摸摸頭髮。「我從接到電話後，就試著回想彰子的一切。一點也想不起來耶。掛上電話之後，根本就不記得剛剛在電話裡聊了些什麼。」

她的兩隻手心一起貼鼻子上思索著，有點像是拜拜的姿勢。阿保和本間沉默地等著。由於阿保因為無聊在晃腳，桌上的冷水杯有些晃動。

「不行，我想不出來。」富美惠邊嘆氣邊說：「用心思考反而想不出來。有一陣子彰子好像被人電話騷擾，她覺得很害怕。這種事情倒也常見。」

「電話騷擾……有人在惡作劇嗎？」

「是的，警察大概是不處理這種事吧……？」

就在這時富美子眼睛一亮。

「對了，我想起來了。彰子因為這些電話變得很神經質，說什麼她的郵件被人拆開了。」

「郵件嗎？寄到川口公寓的嗎？」

「我不記得公寓名稱了，但是在川口的時候。說是信封被拆開了。因為信箱本來就很容易開嘛，經常會有人惡作劇，所以我笑她想太多了。那女孩自從領了媽媽的保險金，算是破產之後難得擁有一大筆的錢，難怪會神經緊繃。而且她說要買墓地，我還笑她說，現在這時候一、兩百萬哪有墓地可以買呢！」

阿保驚訝地看著本間，本間也嚇了一跳。在紺野信子那裡確實有看到墓園的簡介——好像是「綠色靈園」吧。

「彰子她是真心想買墓地的。」

富美惠笑說：「是嗎，我也不清楚。反正她去參加了說明會，坐著業者的巴士去。回來的時候我問她說，像妳這麼年輕的女孩去，人家有沒有覺得很稀奇？她說，不會呀。另外還有一個比她年輕的女孩子也是想要買墓地。兩人同病相憐還聊了不少。」

聯絡紺野信子，確認簡介上所記載的公司名後，便開始打電話。本間的記憶沒有錯，果然是「綠色靈園」。

總公司位於東京的茗荷谷。一棟造型看起來還不錯的大樓的一樓，牆上貼著目前推出的墓地和靈園的照片。接待客戶用的大廳則是展示著正在全力開發中位於群馬縣山裡的新靈園完成模型。出面接待的男性職員就像葬儀社的從業人員一樣，態度客氣，言詞委婉。本間根據關根彰子持有的那張簡介內容詢問時，對方問說是不是位於今市郊外正在銷售的靈園參觀行程呢？

「我們家因為遺產問題有些糾紛。我想確定一下參加參觀行程的女孩是不是我的親戚，不曉得方不方便？如有留下照片的話，那是再好不過的了。」

沒想到對方竟然出乎意料地直接答應說：「我們每次對於參加靈園參觀的客戶，都有寄贈紀念的團體照。我們也會留下記錄，所以可以讓你們過目。」

阿保和本間兩人站在打掃得一塵不染的大廳中等待。男職員拿著一本大型相簿回來。

「如果是一九九〇年的一月到四月，就是這些。」

翻開相簿，將相簿攤開在擺滿簡介的櫃檯上便離去。本間和阿保趕緊湊上前去。

一月十八日……二十九日……二月四日……二月十二日……

「有了。」

阿保微微顫抖的手指指著，一九九〇年二月十八日，星期天。

「綠色靈園參觀行程第十三梯次全體人員」

綠色旗子像三角旗般攤開，類似導遊的男女職員蹲在角落，七八名的參加客戶中，關根彰子站在前排的中央位置。大概是因為年輕女孩少見，而且又我見猶憐的關係吧，所以被拱在中間。

說是團體照，卻很近距離的拍攝。臉部表情看得很清晰。跟在阿保那裡看到的高中時期身影，只有髮型不一樣而已。一頭捲度正好的長鬈髮，而且還染成了紅褐色。染髮有一段時間了，髮際部分則是一片的黑色。身上穿著植物染的外套，底下是牛仔褲。因為陽光而瞇著眼睛，臉上的明亮笑容似乎跟參觀靈園不太搭嘎。她滿臉笑容，所以能看見牙齒。張開的嘴唇裡面，露出了不整齊的虎牙。

相對地，站在她旁邊則是一樣露出美麗牙齒、一臉笑容的新城喬子。

兩個人這麼年輕就必須想到買墓地的事，兩個年輕女孩一樣地孤苦伶仃，所以彼此同情地肩並肩、挽著手靠在一起。

「小彰……」阿保呼喚著。

22

三重縣伊勢市。

從名古屋搭乘近鐵特急約一個半小時。這個地方都市以伊勢神宮和日式點心「赤福」而聞名，過去和新城喬子結過婚的男子住在這裡。根據碇貞夫幫忙調到的喬子戶籍、除籍謄本、居民卡等文件所記載的地址一一探索，本間找到了他的住處。

倉田康司，三十歲。在圖書館翻閱伊勢市的電話簿時，發現以倉田為名的公司還真不少。其中最大的一家是位於伊勢市車站附近的不動產公司。在公司名稱和宣傳文案下面列著許多取得不動產鑑定資格、房屋建地受理資格的人名。總經理倉田宗次郎的下面就是倉田康司的名字。

和喬子離婚四年了，目前已經和別的女人結婚，是一個兩歲又四個月大的女兒的父親。

當初打電話到他東京的老家，也就是他和現在這個太太結婚前的原戶籍地時，一開始接電話的人是他母親。本間說出新城喬子的名字時，他母親一時之間說不出話來。

經過至少可以數到十的時間左右吧，電話中是一片沉默。這之間本間也不敢硬要開口說什麼。

也許對方會因此掛上電話也說不定，那就重新再打。喬子的名字現在——以及對過去的倉田家擁有多沉重的意味，從這段沉默時間的長短便能獲得證明，本間心想。

終於他母親聲音沙啞地問說：「請問找我兒子要問喬子的什麼事情嗎？」

簡單說明和栗坂和也關係後，本間說：「我現在迫切想知道她的所在地。因此任何微小的線索都很需要。令郎或許知道喬子的交友關係，所以請讓我向他請教。」

本間追加說，我知道這是個令人不愉快的請求，敬請幫忙。但對方母親卻以意外平靜的口氣說：「已經沒什麼好不愉快的了。」然後猶豫了一下又說：「喬子是個可憐的媳婦。」聽起來像是在自言自語的口吻。

「可否請令郎接電話呢？」

又是一陣子的沉默，然後對方母親說：「我們也覺得對喬子很對不起，而且是真心地感到抱歉。但是如果你要問的是關於喬子現在的消息，我們實在幫不上忙。因為完全沒有她的消息。所以請你不要去找我兒子，何苦再掀開舊傷痕呢？」

一口氣說到這裡不容本間插嘴，同時話也說完了。本間正要呼喚「喂」時，對方已經掛上電話。

倉田家和新城喬子之間應該沒有什麼快樂的回憶。本間一開始就不認為直接造訪對方會肯見，提出問題便會回答。他不敢期待會有那麼美好的開始。但像那樣子正式要求還是被拒絕了，反而不好再強行登堂入室。就算去了，對方以一句「無可奉告」回絕不是更自討沒趣。這種情形，如果對方生氣大罵「開什麼玩笑，誰想提到那個令人不愉快的女人的事」，或許還比較好應對。因為氣憤會讓人話說得更多。

（總之還是得去試看看再說吧。）

離開東京時，井坂和小智說要買東西就順便到車站送他。本間表示這次可能會花兩、三天的時間，小智則是一副看開的表情回答說：「只要記得打電話回來，讓我們知道爸還活著就好了。」

新幹線離開月台時，瞥見小智和井坂往連接地方線月台的階梯走去，兩人肩並肩、邊走邊聊的樣子。那幅一瞬間便拋在後面的畫面竟停格留在腦海中。

本間心想，他們兩個反而看起來比較像是對父子。

在名古屋轉乘前往賢島的特急電車上，坐在寬闊舒適的座位裡，開始閱讀之前雜誌記者從資料庫幫他收集的未破案分屍、棄屍事件等資料。現在沒有什麼觀光客，所以車廂內很空。和新幹線不一樣，可以自由地將腳伸開，本間覺得很舒服。

他的雜誌記者朋友辦事能力很好。很仔細地依照屍體發現場所、被發現的部位、被害者被推測之年齡、性別、同時被發現的遺物等項目做成一覽表，並在備註欄上填寫之後搜索調查的狀況。託他的福，本間得以省事地完成原本該是自己做的工作，他現在只要從中挑選出符合條件的女性分屍、棄屍事件即可。

一九九〇年五月五日，在黃金周假期最後一天的男童節，在山梨縣韮崎市墓園的角落，發現一具被認定是年輕女性的左手臂和身體、兩膝蓋以下的部分等屍體。已經開始腐爛，露出部分的骨頭，但可辨識的左手指上擦有指甲油。遺物是戴在右足踝上的腳環。

本間直覺認為就是這個。

時間上頗吻合。關根彰子從川口公寓失蹤是在一九九〇年的三月十七日。假設她是在一個禮拜內被殺的話，五月五日發現的屍體狀況應該也是如此程度。

手臂、身體和膝蓋以下部位分別用不同的布包著，被丟棄在墓園角落的垃圾堆裡。大概是烏鴉還是野狗聞到味道來扯弄，從垃圾堆中露出了左手臂，被前來掃墓的民眾看見而引起了騷動。

包裹屍體的布，是以關東附近縣市為中心的連鎖外帶壽司店用來包裝用的東西，因為流傳大街小巷的數量太多，幾乎不能成為線索。腳環也是銅鍍金、鑲上彩色玻璃珠的便宜貨，市價頂多兩、三千塊吧，也很難作為搜索的憑藉。

山梨縣警方在發現部分屍體的同時，也開始進行大搜索找尋剩下的頭部、右手臂和大腿部分，但是沒有收穫。對於週遭的問訊調查，也沒有問出特定的可疑人物與可疑車輛，結果案情膠著到今天依然未破案。出事的墓園其實不大，距離觀光勝地的韮崎觀音像徒步也能到達，附近還有歷史資料館，是休假日外縣市觀光客常來之處。韮崎離甲府、石和溫泉也不遠，有一陣子拜武田信玄熱和地方都市開發的風潮，成為外來人口進出頻繁的地方，甚至可說是災難的開始。

山梨縣韮崎市的墓園嗎？本間心想。新城喬子的行動半徑之中，是否包含這個地方呢？看來這個問題有請教倉田康司的必要。

還有，這具屍體的其他部分究竟在哪裡呢？

尤其是頭部。

分屍的目的假如撇開變態的興趣來看，通常只限於兩種。一個是讓屍體的身分難以判別，另一個是比較好處理。以後者為理由的分屍案凶手，以女性居多。例如從前在荒川排水道發現警察被分屍的大案件，凶手就是被害人的妻子和母親。原本分解屍體就是一件大工程，但因為在殺人這種異常的狀況下會產生一種「腎上腺素」造成精力大增，而且是在自己家的浴室，人處於密室之中不太容易注意到時間而能專心作業，所以女性也能完成。

新城喬子也是這樣子將關根彰子分屍了，然後將一部分屍體丟在韮崎市內的墓園，剩下的……丟在哪裡了呢？

本間認為「現在斷定是新城喬子幹的還太早」的說法已經無法說服他了，到目前為止能夠正確追蹤她的行動，就足以讓本間暗自確信了。

視線轉向窗外，離開名古屋時頭上覆蓋的灰色雲朵，現在已經垂到幾乎觸手可及的高度。

不管全日本怎麼跑，警察的旅行不算旅行，也不算是出差。而是連接點和點，在空白地圖上填上事實，亟需耐性的一項作業而已。

所以毫不在意天氣如何，只是在廣播通知即將抵達伊勢市車站時，車窗外的雨滴彷彿等了好久似地嘩啦嘩啦直下，還是讓本間的心情有些陰暗。因為他覺得這陰鬱的雨水似乎象徵著新城喬子曾經在這個地方為人妻、有了家庭，但安靜的生活歲月卻是那麼的短暫，結局竟是那麼不幸。

走出查票口來到外面，大雨變成了霧雨。抬頭一看，讓眼睛不得不瞇上的冰冷雨水繼續不斷地下著。

本間心想，她的頭上一直都下著雨吧？

確定過住址，本間故意不經過倉田不動產的旁邊，而從車站走過兩個街道。結果看見一個半坪大窗口貼滿物件廣告的小型不動產仲介。推開鋁門，邊打招呼邊進去，不到一坪大的店面裡放著一張幾乎占滿一半空間的大扶手椅，肥胖的老人從椅子上起身，開口就說：「等一下！」

放在椅子旁邊的手提電視裡，正放映重播的推理劇，大概戲演到正高潮，身為凶手的女演員打扮漂亮，站在風景名勝的斷崖和燈塔前娓娓地告白。看來是要本間等戲告一段落再說。

一如所料，當垂頭喪氣的凶手女演員被粗壯矮胖的中年刑警押著走時，肥胖的不動產仲介看著本間的臉問說：「什麼事？」

就做生意而言，口吻不是很客氣，但也不會令人生氣，本間覺得很有意思。

「這地方，短期間……嗯……長的話頂多也是半年，我一個人住，要找公寓。有沒有房子呢？」

老人一副無精打采的表情抓著脖子後面說：「公寓呀。」

然後忍著哈欠說：「你一個人？」

「是的。就是單身赴任嘛。」

「公司沒幫你們準備宿舍嗎？」

「公司不大嘛，不過會幫我們付房租的。」

不動產仲介想了一下說：「哪家公司？這裡的公司我大概都知道。」

「不好意思，這個嘛……」

「不方便說嗎？」

「最好是別問。」

不動產仲介嘴裡叨唸著「怪了」，然後毫無顧忌地打哈欠說：「半年的話，我們合作的房東都不喜歡出租。雖然不是沒考慮短期客戶有禮金可以賺，但他們還是喜歡安定的房客。而且我們這裡沒有那種小型物件，你還是去別的地方找吧。」

「我看過電話簿了，就是廣告刊得很大，也不知道哪一家可靠。這附近有沒有好的店可以介紹一下？」

不動產仲介一臉麻煩地對著外面揮手說：「前面一點有個倉田不動產的巨大招牌，那是本地最大家的不動產仲介了。」

「那麼大的店恐怕不理我們這種小客戶吧？」

「我想他們應該會收的吧。因為他們有錢，物件比較充裕。」

幾乎是被趕出狹小的店門外，本間這才往倉田不動產走去。原來是當地最有錢的人家呀！

話雖如此，倉田不動產的大樓本身卻不怎麼大。淡灰色的磁磚外牆，四層樓高的細長建築，一樓是店面，二樓以上則是辦公室的樣子。

暴露在繼續下著的霧雨中，自動門區隔的門外，潮濕的磁磚泛著亮光。為了不影響路上行人，本間退到路旁觀察。這時一個穿著黃色雨衣、雨鞋，好像一隻小烏賊的小孩，讓長雨鞋發出叭噠叭噠的聲音從後面跑來，然後在自動門前猛然停住腳，自動門應聲而開。

「傻孩子，你在幹什麼？」

追上來的母親打了小孩一下屁股，面帶怒色地牽起小孩的手。小孩一邊被母親牽著，一邊還故意伸出腳想再來一次。或許自動門感應到了，關上的門又開啟了。

本間不禁微笑了。雖然看不見臉，應該是個小男孩吧。接下來他又偷襲隔壁的店家，用力轉動其「配打鎖匙」的迴轉式招牌。母親抓著小孩的脖子想要拉他回去。小智倒是沒有那麼調皮，但也常常被千鶴子那麼拖著回家過。

臉上殘留著微笑，本間再次回過頭看著關閉的自動門。正好跟明亮的店裡，坐在接待客戶用的大廳對面剛準備起身的青年對上了眼。

兩人距離約五、六公尺，中間點是那扇自動門。現在門又關上了，雖然是透明門，但隨著門板關上，視線還是逐漸模糊。

青年的視線沒有移轉開，一副好像等待本間先移開視線的態度一樣直視著這裡。隔著和其他職員說話的客戶肩頭，他站著直視這裡。

本間心想，他應該就是倉田康司。

大概是聽他母親說了些什麼吧？也可能是跟誰約好了，有所期待，才會那樣子看著外面吧？

本間向前一步，剛好站在自動門前時，站著的青年被男同事拍拍肩膀，好像是告知他有電話。青年稍微看了一下對方，儘管身體的注意力一半被開始走動的本間所吸引，青年還是接了電話。

店裡面播放著小聲的音樂，是古典樂曲。有三、四位客戶，隔著服務台各有職員出面應對。房間的左手邊，本來在整理展示櫃上渡假別墅簡介的小姐朝本間走了過來。

「歡迎光臨，請問今天有什麼需求嗎？」

跟對方表明要找倉田康司先生後，服務小姐立刻吃驚地反問：「找倉田？有約好嗎？」

「是的。我有打過電話。」

倉田本人正好背對著講電話。現在回過頭來了，大概是聽見本間的聲音。

「加藤小姐，沒關係，是我的客人。」他按住話筒，大聲說話。女職員立刻浮現親切的笑容離去。

在倉田掛上電話，繞出櫃檯走出來之前，本間始終安靜等候。突然間他想，新城喬子是否來過這裡？公公是這裡的總經理，先生也在這家公司上班，偶爾應該會露個臉才對。說不定會跟先生下屬的女職員說說話呢。

快步上前的倉田小聲地催促本間說：「請到外面，就在附近就行了。」

本間再度經過自動門來到雨中。倉田撐著傘追上來。直到店裡面的同事看不見的地方，他才性急地說：「你是打電話過來的人嗎？」

「沒錯，是令堂告訴你的嗎？」

倉田很神經質地咬著嘴唇點頭。

「我媽不是說過無可奉告了嗎？」

「你也沒有嗎？」

「事到如今還問起喬子的消息……」話說到一半，他用力眨眼睛說：「說不定喬子都已經死了。」

這太出人意外了。

「為什麼你認為喬子已經死了呢？」

輕微咳嗽一下後，倉田發出笑聲說：「我不知道，這種事。」

「有什麼根據嗎？」

笑容消失了。

「我不知道……我說不清楚。」

一如在電話中跟他母親說明的一樣，在雨中本間躲在傘下重複說明來意。倉田沒有看他，而是注視著傘邊細數滴落的雨水。

「跟我沒什麼關係。」

「有沒有關係不是由你來判斷。對我而言，再怎麼樣無聊的小事，只要跟喬子的生活扯得上邊，都請你告訴我。」

倉田抬起尖銳的臉孔說：「為什麼？喬子拋棄你的外甥逃跑了，不就好了嗎？何必找她出來呢？」

「因為我很在意。」

「在意？」

「是的。喬子為什麼要拋棄我的外甥離去，我很在意。我也很擔心是不是她面臨了一個人無法處理的困境呢？」

「跟我沒有關係。」倉田用力吐出這句話，將臉轉到一邊去。

本間嘆了一口氣說：「既然你都這麼說了，那我放棄。」

倉田抬起頭看著本間。

「很遺憾，我要回去了。原來喬子對你而言竟是那麼令人不愉快的女人。」

點個頭正要離開時，像是有根繩子從後面拉住似地，倉田叫住了本間。

「你去過伊勢神宮嗎？」

本間停下腳步說：「沒有，我還沒去過。」

倉田有些猶豫，看起來有些迷惑。他之所以迷惑，本間知道是因為剛剛他說的那句「原來喬子竟是那麼令人不愉快的女人」的關係。

這句話讓倉田受不了。他們之間的愛情已經消失了吧，但至少還有著會對這句話產生反應的感情——他對喬子還是抱著愧疚之情吧。

本間覺得很對不起他。讓他想起不愉快的回憶，但現在卻是有著不得不這麼做的必要。

倉田收起傘，用力甩乾雨滴，一如想甩開心中的迷惑。他說：「那你到車站前搭計程車，只要跟司機說到『赤福』本店，馬上就會載你去的。請在那裡的茶店等我。」

「我是無所謂，但是在那種觀光客進出頻繁的熱鬧店裡談話方便嗎？」

「現在不是旺季，所以人不會很多，又是非假日。而且你假裝是觀光客，對我來說比較好。」倉田小聲說明，「我則是假裝有朋友東京出差到這裡順便來伊勢神宮參拜，我做嚮導。這樣子才不會落人話柄。我父親是地方的名人，我因為工作的關係人面也很廣，假如被認為偷偷和人見面，恐怕得逃到名古屋才行。」

「因為喬子的事而有人來訪並被傳開來的話，對你不太好是嗎？」

「的確不太好。」

四年前他們的離婚，是否是樁很大的醜聞呢？

「而且一美會很在意，她是我現在的老婆。」

說的也是。約好見面的時間是下午四點，本間先跟他暫時分手。身後傳來自動門開關的聲音。

就像歷史古裝劇裡出現的古老客棧，充滿古意的木造茶店裡面設計成脫鞋後才能進去的寬廣客席。賣場的部分很熱鬧，但茶店裡面客人不多。本間坐在進門處，對面席位則坐著四名身穿和服的中年女性，發出愉快的談笑聲。

客席裡面到處擺放著火盆。裡面燒著炭，把手籠在上方，自然便能感覺微溫的暖意。脫下淋濕的外套放在一旁，光是脫下右腳的鞋子便覺得很舒服。身穿頗似歷史古裝劇服的年輕女服務生馬上便端著茶壺、茶杯和裝在盤子上的赤福過來了。

雖然點了和式點心套餐，但其實本間不愛甜食。心想要是換做井坂和小智可就高興了，他只喝了煎茶。或許是因為看見用柴火燒水沖泡的，感覺入口的味道就跟家裡喝的很不一樣。這時他抬起眼睛，正好看見倉田站在賣場和茶店的交接處。

他坐在本間旁邊小聲問說：「馬上就找到了嗎？」

「是的，毫無困難。」

剛剛的茶店女服務生又端上新的套餐過來。倉田笑著說聲「謝謝」，將接過來的托盤放在身邊。

才一下子的時間，倉田突然顯得很沒有精神，領帶似乎也鬆開了。他茫然地看著火盆，沉默不語。然後用跟這神情很不協調、性急的口吻表示，「這家店很有名。」

所以才能毫無困難地找到嘛。

「你注意到了嗎？這附近有很多新蓋的木頭店面。」

倉田說的沒錯。從計程車裡往外看，就覺得這裡似乎刮起奇妙的建築風。

「說的也是。」

「伊勢市的商店街和地方上的公司行號，現正努力將鋼筋水泥的建築改成木造房子。因為這是身為伊勢神宮都市的傳統，必須保存它的特殊風情。而且明年要遷宮，這裡會充滿活力的。」

突然又一臉正經地小聲說：「我父親身為地方上的企業家，當然也參與這項計劃。所以我也必須多加留意，就是因為這關係。」

「我並非要來挖掘你的醜聞，你的心情我能理解。」

「就我而言，我只能相信你說的。雖然趕你走也很容易，但如果事情鬧大了反而麻煩。」

倉田動作粗魯地從托盤拿起茶杯，看了本間一眼繼續說：「我先說清楚，你們這些搞媒體的，如果說謊要來查探內情的話，到時你就後悔莫及！」

感覺他是最後的抵抗。本間嘴角浮現微笑地說：「這一點你不必擔心。」

本間想對待有錢人家的少爺，還真是費心呀，但不表示剛剛對他的同情就消失了。總之倉田能這樣坐下來撥出時間給本間，就表示喬子和他之間有些東西是沒有結算清楚的。

暫且不提新城喬子有殺人的嫌疑，只說明關於喬子和她被假冒身分的關根彰子都行蹤不明的事實。因為一旦提起殺人，本間擔心倉田會害怕得噤口不言。

首先讓倉田反應的是，喬子和栗坂和也訂婚、以關根彰子身分失蹤的原因，也就是關根彰子個人破產的事實。

因為太過詫異，倉田半蹲了起來。張大的眼睛、鼻子和嘴巴幾乎要超越他那端正的臉龐之外。

「怎麼會有這種蠢事！」

「會很蠢嗎？」

「喬子居然會假冒個人破產的女人身分，那是不可能的。」

「喬子並不知道關根彰子的過去呀。」

「不知道會借用人家的身分嗎？」

「那是有原因的。」

突然間本間想到，他問：「你會那麼說，是因為喬子一向很討厭用信用卡與貸款嗎？」

倉田面無表情地點頭說：「是的，當然就是這樣。她很不喜歡，絕對不讓自己靠近那種東西。」

本間心想，這倒可以理解。新城喬子自從假冒成關根彰子之後，在跟和也結婚的前夕，如果不是和也的勸說，她為什麼連一張信用卡都沒有的謎，總算能夠解開了。

「因為有很多人也不相信那種塑膠卡片嘛。」

一聽本間這麼說，倉田又睜大眼睛說：「才不是因為那樣。」

「什麼意思？」

「才不是那麼簡單的理由，她不是因為討厭才沒有辦卡。」

就在剛剛那群中年婦女的旁邊，又坐進一群大概是公司ＯＢ會的老年男子們，正熱鬧地叫喚服務小姐點餐飲。本間無視於他們的吵嚷，看著倉田嚴肅的表情問說：「到底是怎麼回事？」

「喬子他們家以前曾經因為欠債而分散過。」倉田說，音調有些不太平穩。彷彿要說出這些話，必須用到平常不太使用、幾乎沒有調過音的鍵盤一樣。

「因為付不出房屋貸款，全家人漏夜逃離故鄉郡山。喬子和我的離婚也是因為這個關係。」

他在腿上握緊雙拳。

「她和我結婚，一旦入籍後，故鄉的戶籍自然也會登記這件事吧？結果福島的討債公司討債討得實在太兇，居然調查戶籍找到喬子的最新住址，跑到我們家來要債。當時已經是四年前的事了，這之間借的錢生利息，已經膨脹成巨大的金額。對方不斷騷擾著還錢，用盡各種手段。最後我們為了保住身家，不得不選擇分手一途！」

23

妳們兩人竟是同類……

本間所想的就是這麼回事。關根彰子和新城喬子，妳們兩人是背負著同樣辛苦的人。背負著同樣的枷鎖，被同樣的東西追趕著。

怎麼回事呢？原來妳們兩人就相當於是同類相殘。

就像冷不防被甩了一巴掌，一時之間說不出話來。舉起手摸臉頰時，原本乾燥的手指被汗沾濕了，天氣並不熱呀，是冷汗。

「原來……是這樣子呀？」好不容易說出這句話，本間看著倉田的眼睛，他的眼瞳裡直接反映出本間錯愕的表情。

「你不知道嗎？」

「不知道，這是我頭一次聽到。」

但是這樣就能理解了。新城喬子為什麼需要新的身分？為什麼假冒別人身分的計劃想得那麼周到？

倉田說的沒錯。照理說無法輕易調閱的戶籍謄本、居民卡等資料，討債公司透過獨特的手段能夠得手。只要資料內容一變動，他們便立刻行動對債務者緊迫釘人。多數的債務者只好讓學齡期的小孩假入學、自己也不敢找個正式工作、四處奔波流離，就是因為這個緣故。

新城喬子應該也很清楚這樣的狀況，因為曾經跟父母一起過著逃亡生活。但是——

「昭和五十八年（一九八三）的春天，她十七歲，應該還是個高中生吧。」

「是的，所以她說休學了。她很難過，因為很想畢業。」

剛剛倉田也說過，他們結婚是在四年後。喬子是否以為，經過四年的歲月，討債公司的人應該放棄了吧？

結了婚就要建立新戶籍。因為新戶籍的成立，在她原來的戶籍——父母的戶籍上就必須記載除籍的事實，寫上一行「於×××建立新戶籍而除籍之」的說明。

利用這條線索，討債公司的人帶著本金加利息的債權又追了上來，這是喬子作夢也沒有想到的吧？

逃亡、全家人分散。昭和五十八年嗎？本間想起澤木小姐跟他說過的話。

「她家趁夜逃跑的原因是因為住宅貸款嗎？」

倉田點頭說：「喬子她父親說是當地公司的上班族，薪水不多卻趕上了購屋風潮而不自量力。這是喬子自己說的。」

新城家債台高築的惡性循環軌跡，不用倉田說明，本間也能想像得到。低額的頭期款，高額的房貸。因為生活困苦，先是小額借款，然後找上地下錢莊。然而那是危險坡道的最頂端，一旦開始滑落，債務就像是滾雪球般纏住你的腳，讓你動彈不得……

「最後被有暴力集團做後盾，就是那個最可惡的十一金融給盯上了……因為所有的債務都集中到那裡了。」

簡直是抽到最壞一根籤的「結局」。

倉田的嘴角像個即將哭出來的孩子一樣，微微地抽動。

「半夜會來敲門窗威脅，也會到她父親的公司和親戚家騷擾，她母親因此而精神衰弱，甚至可能想全家人一起自殺吧。喬子也生活在恐懼之中。」

本間不禁皺起了眉頭。當時的她是個十七歲高中女生，那時就應該是個可愛的女孩了吧。

「實際上一家人決定趁夜逃跑，也是為了保護喬子。」

「債主有強迫喬子從事特種行業嗎？」

倉田結巴地表示，「喬子倒是沒有明說。只是她的父母擔心這樣下去女兒可能會被賣掉而痛下決心。」

離開故鄉的新城一家人，一開始先投靠住在東京的遠親。但是不管跑得多遠，只要是親戚家，總是會被發現的，並造成親戚家的困擾。

「於是他們決定分開住。她爸爸一個人，沒有說清楚去哪了。因為是東京，大概是山谷吧，假裝成勞工。喬子和母親來到了名古屋，住在便宜的旅館，母親到酒店上班，喬子則是打工當服務生。」

經過一年這樣的生活，和父親之間靠著書信和電話的聯絡。但有一天因為父親出了小車禍，喬子的母親只好到東京去。

「因為一年都沒有事，應該已經沒問題了吧，不禁把戒備的心給放下。夫妻兩人先去拜訪最早投靠的親戚家。由於父親的傷勢不重，也多少存了些錢，一家三口計劃到名古屋重新開始。」

沒想到預期外的訪客上了家門。郡山的討債公司還是將魔爪伸到了東京的親戚家。

「離開親戚家時，夫妻倆被拖進車子帶到地下錢莊辦公室之類的地方。這件事我也是聽喬子轉述她父母說的，詳細情形不是很清楚……」

她父親在被帶到的地方被迫蓋下含利息的新借據「金錢消費借貸契約」，在討債公司的監視下幫他們工作。她的母親也被帶到福島的一家跟討債公司聲息相通、有黑道背景的陪酒女郎派遣公司——實際上就是賣春組織。大約一年後，好不容易趁其不備逃了出來，提起當時的待遇簡直就跟監獄服刑沒兩樣。

「討債公司的人不斷逼迫她的父母說出喬子的下落，但兩人都堅持裝做不知情。」

因為母親沒有回來，喬子也知道事情不妙。她立刻將名古屋住的地方和工作給辭掉了，然後使用之前為了預防萬一而跟母親商量好的聯絡方法，靜觀其變。她將信寄到東京的某個郵局信箱。

「就這樣逃跑出來的母親和她聯絡上了，兩人在名古屋市內重逢。」

喬子對倉田說她母親整個人都變了。

「像個行屍走肉，好像身體裡面裝滿了廢水一樣。說來殘酷卻是事實，她真的是這麼形容的。她母親自己也這麼說過。」

結果她母親不久後就因為流行性感冒引發肺炎而過世了。趁夜逃亡後經過三年半，死於一九八六年的秋天。當年新城喬子二十歲。

「因為始終無法跟父親取得聯絡——不知道他人在哪裡，所以葬禮只有她一個人出席。」

喬子說她母親的遺骨輕的驚人，用筷子撿骨時，碎骨週遭很容易便散成骨灰飄落。

本間知道這是怎麼一回事。大概是喬子母親被迫到賣春組織工作的期間，也被迫吸毒了吧。

「之後不久喬子便抱著母親的骨灰，離開了名古屋。」

因為她在報紙廣告中看見伊勢市內的旅館提供餐宿徵求服務生。

「她心中只能期待父親還能活著，所以還是繼續寄信到東京的某個郵局信箱。」

這樣做有了結果。搬到伊勢半年後，她父親打電話過來了。不知道是一個人逃了出來，還是因為身體搞壞沒有用人家不要他了，總之他脫離討債公司自由了。他聲音沙啞毫無精神，問一句回一句地回答喬子的詢問。也不聽喬子的勸，堅持不肯來到伊勢……

「身為父親的他已經筋疲力盡了吧。連跟女兒一起重新過日子的力量都沒有了，我想。男人其實很脆弱的，比女人還要脆弱。」倉田一臉正經地說完這些，看起來像個太老的中學生一樣。

「最後一次的電話，好像是喬子爸爸打來了。說是長途電話很貴，一下子便掛斷了。」

倉田舉起戴著結婚戒指的左手擦了一下嘴邊。

「當時喬子有問她父親住在哪裡生活？她父親有回答，不知是怎麼說的，喬子說她聽了十分難過。」

倉田閉上嘴巴，將沒有吃的點心連同盤子推到一邊，然後掏口袋取出香菸。

「我可以抽菸嗎？」

本間沉默地點頭。看著倉田拿起打火機準備點煙的手勢，似乎在追逐著啣在嘴裡的菸頭，本間這才發覺他的手正在顫抖。

「看來對你而言也是個痛苦的經驗。」

手上玩弄著好不容易點燃的香菸，倉田點頭說：「我和喬子工作的那家旅館小開認識，透過他的介紹認識了喬子。他說喬子人長得漂亮、氣質好、工作又認真。實際一見面果真是那樣的女孩。」

一位當地名流的少爺和一個旅館的服務生。倉田一開始應該只是抱著好玩的心情吧？本間委婉地詢問，倉田才有些難為情地表示，「你說得沒錯。起初我只想有個不錯的回憶就好了。」

但是繼續交往下去，想法也就跟著改變了。

「變得很想將喬子占為己有。」他想了一下適當的言詞，然後這麼說。

「那是因為她人長的漂亮，頭腦又好吧。」

「說的……說的也是吧。但不只是那樣，漂亮的人到處都有。可是只要跟喬子在一起，我就……該怎麼說才好？我就覺得自己能夠獨立，很有自信。有種自己很受到信賴的感覺，確定自己有能力可以保護喬子。我是說真的。」

本間的腦海中浮現了和也的臉和他說的話。那個青年對喬子的印象不也是一樣的嗎？

交往的時候，主導權通常都握在和也的手上。無視於父母的反對強行訂婚，也是因為和也的意思使然。最早知道其個人破產的事實，儘管錯愕狼狽，但和也還是沒有通知喬子，反而代替她主動追查「錯誤資訊」的來源，完全是個全權大使一樣。

或許新城喬子可以讓週遭男人為她產生保護慾。說不定她具有一種魅力，失落的時候有人安慰、有困難的時候人家願意出手幫忙。

其實想一想，栗坂和也和倉田康司也很相似。他們出生在富裕的家庭，在學校都是資優生，不辱沒父母在社會維持一定的體面，風度翩翩，擁有平均以上的能力。而這種出身好教養好的青年，在內心深處總是隱藏著對父母的抗拒心——並非是不良少年用暴力表現的那種陰暗面；而是面對堅強而偉大的父母，給予自己幸福童年、為自己安排理想人生軌道的父母所產生的對抗心。至於能夠和緩對父母的抗拒心，取代再怎麼正面對決，終其一生也贏不了的父母，能讓他們有信心的人——不就是像喬子這樣的女性嗎？

和也和倉田知道自己再怎麼努力在父母面前也抬不起頭來。因為知道，所以在長大成人之後，一方面踏上父母所設計好的人生路程，同時也需要唯一依靠自己，能夠確定自己能力，他們可以好好庇護的對象。

喬子就是最適合的人選，不是嗎？

她是個聰明的女性。或許是洞悉這種心理才依靠男人的。這樣說也許很難聽，如果能用甜言蜜語讓傭兵代為征戰，自己又何必冒著危險出馬呢？只要等傭兵戰勝回來再好好犒賞一番便行了。

如果和也和倉田是那種內心狡猾的男人，那喬子的立場可就好玩了。就會變成所謂的「偏房」。只能躲在大老婆旁邊，虛擲自己的青春歲月。但是這兩位青年真的是「好少爺」，年紀也輕，所以是以正面想法感覺到喬子的必要性。

當然說不定這也是在喬子的掌控之下使然。雖說才剛二十出頭，但當時隱藏在喬子瘦弱身軀裡的精明幹練，恐怕是出身在溫室裡的倉田等人所望塵莫及的吧？

當時倉田說要將喬子介紹給父母，邀請她到家裡玩，喬子都堅持拒絕。

「我可是來歷不明的女人呀。」

事實上倉田的父母也很反對。但本間認為喬子預料到有此反對，所以故意裝出退縮的樣子。這一點從倉田的說法得到了印證。

「喬子說這種事不能隱瞞，於是對我坦白了自己家發生的一切。就是我剛剛說的那些。我更愛上她這種潔癖的性格，她並不以此為恥。她是我所選擇的女性，我可以抬頭挺胸說，我沒有選錯。」

這跟和也說的也很類似。

倉田用他的熱忱、愛情說服了雙親，終於兩人能夠結婚，那是一九八七年六月的事。

「直到最後依然反對的人是我母親，但我父親幫忙說服了她。我是這麼想，說不定我父親以前也有一位像喬子之於我那種存在的重要女性。只是父親放棄了那位女性。儘管已經是遙遠的記憶了，卻還是有遺憾的部分。只有我和父親兩人單獨交談時，雖然沒有明說，但父親說出了接近的話語。他說，人生只有一次，要重視自己的想法。父親背著母親對我那麼說，我真的感到很高興。」

當時倉田是二十六歲，還能抱有那麼單純的感想。

「喬子希望婚禮不要太過鋪張，因為她已經沒有父母和親戚。我們到九州做了四天三夜的新婚旅行——」

倉田的眼中似乎找到了埋藏在內心深處的回憶似的，眼神變得溫馨柔和。

但是那份回憶之中卻棲息著毒蟲。每當他伸手碰觸內心，毒蟲便狠狠地刺痛他。現在也是一樣。

倉田用手撫摸臉頰，就像放學後一個人躲在教室埋首於手心哭泣的女學生一樣，他也將臉埋藏在雙手之間好一陣子。

終於他低聲說：「旅行回來之後，我們辦了入籍手續。只不過是一張文件，喬子便正式成了我的妻子，我有了新的家庭。我的感觸很深，也覺得很驕傲。」

但眼前卻是地獄等著他。

「可是我有個疑問？」聽見本間提問，倉田捺熄香菸抬起頭來。

「喬子本身並沒有借錢，借錢的人始終是她的父母——大部分都是她父親的債務，不是嗎？所以照理說討債公司不應該逼迫為人子女的她還錢呀。這一點法律不是有明文規定禁止嗎？」

就算是親子、夫妻，只要不是連帶保證人，就沒有清償債務的義務。

「沒錯，法律上是那麼規定。」倉田無力地笑說：「但是討債公司的人也不是笨蛋，這一點自然會算計清楚反攻。他們沒有對喬子明言有清償義務，而是用暗示的。」

父母欠的債，身為子女當然有清償的道義責任——更何況妳現在又是大戶人家的少奶奶了……

「還糾纏說妳父親應該有跟妳聯絡吧？告訴我們他人在哪裡。儘管推說不知道、跟父親已經沒有關係了，對方還是不走。甚至到我們店裡到處亂說少奶奶的娘家欠錢不還，害得我們損失一筆銀行的交易。」

這就是倉田提到喬子的話題會變得神經質的原因吧。

「沒考慮過破產的手段嗎？」本間問：「當然不是喬子破產，而是找她父親出來讓他個人破產。包含四年的利息，大概欠的債已高達千萬元了吧？不是一般上班族付得出來的金額。只要申告馬上就會被核可的。」

不對，早在從郡山趁夜逃跑之前，為什麼不先申告個人破產呢？

本間想是因為缺乏這方面的知識吧。溝口律師也曾經說過，這就是當年的社會現況吧。不管是在自殺前、被殺前、逃跑前，請先想到破產的方法。

「可是當時根本不知道喬子的父親人在哪裡？」倉田說話的語尾聲越來越小。

「有去找過嗎？」

「找過了，拚命找過了。」

「難道喬子不能代替父親申告破產嗎？」

對於這意外的提問，倉田微微一笑說：「可以的話，大家都不必辛苦了。就是因為不行，喬子才會那麼痛苦。」

法律原則上認定債務屬於負債者個人所有。因此不管是妻子還是女兒都不能代替債務者本人提出破產的申告。

「我們也跟律師商量過，但這一點就是不可能。因為依法來說喬子沒有清償的義務，所以依法來說喬子也不會因父親的債務而困擾。當然也就不會被討債公司騷擾，自然就不能提出申告。就算對討債公司提出禁止命令，要他們不要糾纏喬子，因為我們是做生意的人家，卻也沒辦法阻止他們裝成客人上門。她父親借錢是事實，對方到處宣傳，我們也不能告他們毀壞名譽。」

沒有鬧出暴力糾紛，警方也不會出面。任何情況都是這樣，因為警方的原則是不介入民事紛爭。

「他們也不會做出留下證據的威脅，所以根本難以應付。喬子、我和我的父母都快崩潰了，我們家的員工也有好幾人辭職了……」

當時律師提議過一個解決方法。

「首先宣告喬子的父親失蹤，如此一來在戶籍上她父親會被認定是死亡。然後喬子到家庭法院進行放棄父親財產——這種情況下，債務便成為負數的遺產——的手續就行了。」

但是有個問題，本間也很清楚。失蹤的宣告要在最後看見本人的時候或有其最後消息起經過七年才生效。

「以喬子所處的情況，實在忍受不了七年吧。」

倉田像是被牽引般地點頭說：「我們的律師也說過，不妨調查喬子父親已經過世的可能性，因為那種領日薪的勞工很容易暴斃猝死。」

如果能確認她父親的死亡，就能立刻進行放棄遺產的手續。喬子先全部繼承她父親的負數遺產，然後她再自己申告個人破產就行了，效果也是一樣的。

「於是我帶著喬子上東京，從那個親戚家開始調查起她父親的下落，之後還去了圖書館。」

「是為了調閱公報嗎？」

公報上有記載身分不明死者的欄目，叫做「行旅死亡者公告」。簡單說來，就是條列客死他鄉的民眾，記錄像是「籍貫、住址、姓名不詳，年約六十到六十五歲的男性，身高一百六十公分，瘦弱，身穿卡其色工作服，長統靴……」等本人特徵與死亡日期、地點等資訊。本間因為搜查上的必要經常調閱過這類資料，也有過徘徊在無記名墓碑林立的荒涼墓園經驗。

「我到現在都還忘不了。」倉田放在腿上的雙手緊握，望著門外下個不停的雨勢說：「喬子趴在圖書館的桌子上，眼帶血絲地翻閱著公報看，為了確認有沒有類似她父親的人死去……不，不是這樣。」

倉田的聲音像是被鞭子抽打一樣，充滿了痛苦，「而是喬子心裡一邊喊著『快死吧、乾脆死了吧，爸爸』一邊翻閱著公報。那是自己的父親呀，卻在心裡求他快點死。我實在是受不了了，當時我第一次感覺到喬子的膚淺，我內心裡的堤防因此崩潰了。」

本間的腦海裡浮現著圖書館閱覽室裡安靜地一角，有為考試用功的學生、有和朋友輕聲討論功課的女孩、有悠閒翻閱雜誌的老人家、有決定來此小憩的疲憊上班族，其中還有死命查閱公報的新城喬子身影。彎著脖子的她的頭、瘦弱的頸項、時而舔著乾燥的嘴唇、眨著疲倦的眼睛、甚至能想見她不時撫摸眼皮的樣子。她不停地翻頁，幾乎連翻頁的聲音本間都能聽見。

拜託，你死了吧！

在她身邊，坐著閱讀新出版推理小說的年輕女子、翻閱百科全書的小學生和專注於雜誌上八卦新聞的老人家，他們能理解喬子的立場嗎？能夠想像嗎？在手臂相互碰觸的距離、聲音可以聽見的範圍內，他們能想像竟有那樣子的生活嗎？

接著，喬子停下了翻頁的手，猛然抬起頭，從隔著桌子坐在對面的新婚丈夫眼中，喬子看見了。她先生對她責難的眼神彷彿視她如掉落在路邊的髒東西一樣。

她明白丈夫已經離她而去，此時無聲勝有聲，事實說明一切。她先生再也不會跟她在桌子下四足相碰，也不會起身來到她的身旁。他整個人開始向後退。

看著她拚命從客死異鄉的名單中尋找父親的蹤跡，儘管再怎麼愛她，再怎麼理解她的心情，出身溫馨美滿家庭的倉田都再也無法正視那樣的喬子了吧。

本間心想，再要責備他也是枉然。

「我跟她說，去照照鏡子看看自己的臉！」倉田結巴地表示，「妳簡直像個女鬼。」

曾經以為握在手中的幸福生活便這樣消失了。雖然也想留住，但因為抓得太緊，反而在她手中捏碎了……

本間的想像沒有錯，新城喬子是孤獨的。孤苦伶仃的一個人，刺骨的寒風只有她一個人才能感受得到。

拜託你，爸爸，拜託你死了吧，爸爸。

倉田以幾乎聽不見的聲音說：「我們正式離婚是在那半個月後。」

一九八七年的九月，入籍之後不過才三個月。這就是新城喬子對「玫瑰專線」說「太過年輕而失敗收場」的婚姻真相。

「離婚之後，喬子說她先回到名古屋去找工作。」

她的戶籍也遷回到郡山原籍，這可以從謄本上得到印證。總之危險已經擺脫了，但隔年卻在大阪上班，表示她還是害怕繼續留在名古屋吧。

「之後喬子變得怎麼樣，我就不得而知了。」倉田哽咽的語調說：「不過結婚當時喬子說一定要通知這個人，還特別寄了明信片。是她在名古屋打工時，很照顧她的一個前輩。那個人的住址我還留著，只是說不定已經搬家了。」

倉田起身表示，我帶你到我家。

「距離這裡搭計程車約十五分鐘吧。」

小雨中，本間被帶到一個庭院大到幾乎可容納他住家附近水元公園的宅第。倉田沒有開口邀請，本間只好站在緊閉的門外等候。

檜木的門片被雨淋濕發亮。舉目看著貼有瓦片的門簷，本間發現上面掛著一般會掛在神壇上的稻草繩結。

他想新年期間都已經過了，難道是為了討吉利嗎？中間還垂吊著寫有「笑門」的紙片。

等了約五分鐘，倉田拿了一張紙片過來。另一隻手則拿著一把傘。當大門開關之際，可以看見大概是他的女兒的吧，一輛紅色三輪車被放在白色石頭鋪就的路面上。

「就是這裡。」

遞出紙片的同時也伸出傘說：「你應該沒有帶傘吧？不嫌棄的話拿去用吧，應該沒有必要帶回東京，就請捐給車站當愛心傘好了。」

從倉田手上接過紙片和雨傘，道謝之餘順便問起頭上的稻草繩結是怎麼回事？

「噢，這是本地的風俗。」倉田笑說：「一整年都會掛著稻草繩結，像我們店裡就會寫著『千客萬來』。」

「這跟伊勢大仙有關係嗎？」

「沒錯。」倉田點頭之後，有些皺眉地說：「喬子也覺得很有意思。」

本間回答，「感覺很神聖、很舒服。」

「她其實很迷信，隨便牆上釘個釘子都擔心會不會沖到鬼門，有所忌諱。常常嘴裡念念有詞地祈禱……」

這是倉田第一次親口對為期很短的妻子說出親暱的話語。

「但是稻草繩結卻阻擋不了討債公司的人。」

的確什麼也都阻擋不了。

「我想問個奇怪的問題，喬子對山梨縣熟嗎？」

倉田舉起一隻手遮雨，稍微想了一下說：「這個嘛……你是說有去旅行過或是有朋友住那裡嗎？」

「是的。」

「我沒聽說過，就我的記憶所及。」

「是嗎？」

「她跟我一起出門，除了新婚時期的九州外，就是週末偶爾到合歡里附近打打高爾夫球吧。畢竟我們只有三個月的婚姻生活呀。」

這也難怪，這樁婚姻的確是很短。

「對了，你知道喬子是福島出生的人。」倉田繼續說下去，好像想到了什麼。

「所以沒有見過廣大的太平洋。因此我開車載她到英虞灣時，她很驚訝居然會有這麼平靜的海洋，簡直就像是湖一樣。我說不是這種海就沒辦法養殖珍珠，她笑說對呀。那是結婚前的事了，我們去訂做項鍊。那時候看什麼東西都很感動。」

大概是怕被打斷，倉田說得很快。也可能是突如其來的回憶，逼得嘴巴動得較快吧。

「我們住在賢島的飯店，很不巧一整天都很陰霾，一點也看不見英虞灣美麗的夕陽。我說反正以後機會多得是，兩人在房間休息。結果是在半夜兩點左右吧，喬子起床了，站在窗戶邊，我出聲叫她，她說月亮好漂亮……」

一如尋找當時的月亮一樣，倉田抬頭看著霧雨。

「雲散了，露出了弦月。我抬頭看著天空，喬子卻低頭看著映照在英虞灣上的月影。她說，月亮掉進海裡了，就像珍珠融化一樣。她像個小女孩一樣，一副快要哭出來的表情……我一直以為是她心情太激動了，說不定我猜得沒錯。也許當時喬子預想到結婚後會發生的事情也說不定。」

本間認為那是不可能的。當時的喬子應該很幸福吧，絕對不會對未來有灰暗的預感。她是因為幸福而流淚的。

但是他也很明白倉田說的。他現在回首過去，試圖從任何蛛絲馬跡中找出深切的意義，來沖淡自己因為無法保護喬子的懊悔，以減少個人的內疚感。

他企圖以為喬子對未來感到不安，好讓他能自圓其說。那是命運，他不得不跟喬子分手，他無法扭轉命運的。

只要這麼想就好了，何必強求不幸呢。

但是被他離棄，只剩孤獨一人的新城喬子，並不認為讓她捲入不幸的是命運。

「我是真心愛過喬子，我可以發誓是真的。」只說了這一句，似乎已心滿意足，倉田閉上了嘴巴。本間心想不能久待了，簡短打聲招呼便轉身準備離去。

撐開傘的時候，倉田從後面發出一聲，「啊！」

「怎麼了？」

「我剛剛沒有想到。」他在雨中眨著眼睛說：「我想起來喬子父親最後打電話來的地點了。」

他說是淚橋。

淚橋是位於山谷中的東京貧民區。

「是勞工聚集的地方吧。」本間反問說。

倉田低聲回答，「是嗎？」

「很悲傷的地名呀。」

「淚橋嗎，喬子聽了也覺得很難過吧。」

分手時再一次點頭致意時，本間發現倉田的眼睛是濕潤的。

也許是錯覺吧。也許是他希望這樣，所以看到這樣的景象也說不定吧。

24

倉田說的那個人，名字叫做須藤薰。根據紙片上所寫的，她住在名古屋市守山區的小幡。但是用電話查了一下，沒有這戶人家，只好親自跑一趟當地看看。直到附近訂報中心的青年告訴本間須藤小姐已經於兩年前搬家，他已經浪費隔天的半天時光了。

看來又得借碇貞夫的力量找尋其搬家後的下落。他先回到東京，抵達水元的家時已經是那一天的凌晨十二點多。

廚房的燈亮著，阿保一個人背對著門口彎腰坐在圓桌前。大概是沒有聽見大門的開關聲音，很專心地在看著什麼東西。

「我回來了。」本間一開口，阿保著實心中一驚，兩隻腳跳了起來，撞到了桌子下面。

「我……嚇……嚇了一跳。」

「不好意思、不好意思。」本間不斷抱歉後大笑。

本間去伊勢和名古屋的期間，阿保住在水元的家，繼續探訪關根彰子的消息。應該是去詢問葛西通商、金牌、拉海娜的同事們，也有到川口公寓、錦系町的城堡公寓查詢才對。

基本上，出遠門的時候，本間還是會每天跟家裡聯絡一次。這一次出門前被小智釘了一下，所以更小心遵守這個習慣。他想起在電話中井坂以愉快的語氣讚賞阿保，說他是個老實認真的好青年。

「聽說第一個小孩出生時，他有幫忙洗尿布。實際上，他說借住在你家，還幫我洗了碗筷，還洗得很乾淨呢。」

感動之餘，井坂顯得很高興。還說像阿保這種年輕人，是好樣的「現代青年」。

「小智受到失去呆呆的衝擊，多少有些悶悶不樂。有阿保來陪他，似乎讓他恢復不少的精神。」

這一點本間也很感謝。自從發生呆呆的不幸，小智失去了孩子般的活潑，著實讓他十分擔心。

「怎麼那麼專心，在看些什麼東西呢？」

對於本間的提問，本來一邊揉著膝蓋一邊笑的阿保，改成正經的表情說：「就是這個，你想是什麼東西呢？」

一看到桌子上攤開著大型的攝影集，本間立刻明白是什麼。

「畢業紀念冊嗎？」

阿保點頭說：「是小彰和我的畢業紀念冊。從幼稚園、小學、國中到高中，全部都有。」

的確有四本不同大小、封面顏色的相簿。目前攤開的應該是高中時期的吧。

「是你帶來的嗎？」本間一邊從攤開兩頁的學生大頭照中尋找關根彰子的照片一邊問說。

阿保低聲說：「不，這是小彰的。」

本間敏銳地抬起頭，和阿保四目相對。

「最後面一頁有同學們的相互留言。裡面有小彰的名字。」

一如阿保所說的，在畢業日期旁邊有筆劃柔弱、字體不是很漂亮的「關根彰子」簽名。圍繞在四周的是同學們的留言。

「這在哪裡找到的？」

川口公寓裡並沒有發現。房東紺野信子曾經說過，畢業紀念冊是「就算趁夜逃跑也會想帶走的東西吧」。讓彰子「失蹤」的新城喬子應該也能充分了解到把這種東西留下的危險性，所以也會帶走，本間認為。

但是一開始他跟和也一起到方南町新城喬子的公寓搜索時，根本找不到關根彰子的畢業相簿之類的東西。本間甚至開始認為，喬子在搬到方南町之前，已經將那些東西處理掉了。

「其實是在意外的地方出現的。」阿保坐回椅子上說：「是小彰在宇都宮的同學保管的，一個我們叫她『小惠』的女孩子。我來這裡之前，曾經在同學之間到處詢問小彰的事。因而流傳開來，小惠也想起小彰寄放畢業紀念冊在她那裡的事來。她拿到我家去，然後我媽媽將它寄到這裡。」

應該是當時使用過的信封吧？旁邊放著一個寫著這裡住址的大型牛皮紙袋。

「既然是彰子的同學保管，那是她直接交給她的囉？」

「可惜並不是。」

阿保從紙袋中拿出一封薄信。好像保存了很久，觸感有些粗澀，沾滿了灰塵。封口用剪刀剪開，裡面有兩張信紙。

是用文字處理機打的一封簡短的書信。

「一惠：

突然寫信給妳，不好意思。突然寄個大包裹給妳，妳一定很吃驚吧。請容我直接要求，可否暫時保管我的畢業紀念冊呢？

我在東京過得不怎麼好的事，我想妳也知道。我真的是很不幸福，為什麼不幸福的理由，我自己也不知道。

我媽媽過世了，為了今後自己一個人的重新生活，我希望至少能比現在過得好一些。但是這個時候看見過去的相簿，感覺很難過。小小的房子裡，總不能塞到衣櫥裡眼不見為淨吧。所以念在我們的舊情，麻煩妳幫我保管。

等到我能心情輕鬆地翻閱學生時代的畢業紀念冊，我一定會抬頭挺胸去跟妳拿的。所以在這之前請妳幫我保管。

祝　健康愉快

彰子」

連署名也是用打字的。本間讀了兩次，然後拿起彰子的高中畢業紀念冊，翻到最後看同學們的留言。

「我們永遠都是好朋友！野村一惠」圓形的字體如此寫著。標點符號的寫法很有女孩子的味道，就像要留住學生時代的尾巴一樣，充滿了少女般的感傷。

阿保壓低聲音說：「將這個寄給小惠的，是盜用小彰身分的新城喬子那女人。」

很難馬上確定。本間問說：「小惠有沒有說是什麼時候收到這本畢業紀念冊的呢？」

從信中提到「我媽媽過世了」來看，可以知道至少是在一九八九年的十一月二十五日以後。

阿保立刻掏出那本已經用得很習慣的小型記事簿回答說：「因為外包裝已經丟掉，無法確認郵戳日期。但她說應該是小彰母親過世後的隔年春天吧。」

也就是一九九〇年的春天。但是這個「春天」有問題，關根彰子從川口公寓失蹤是在三月十七日，所以若是之前收到的，那麼寄送的是本人的可能性就很高，之後收到的則可能是新城喬子的所為。時間有些微妙。

「小惠說她在整理出春裝時，將它收在衣櫥的裡面。也就是說當時她已經收到畢業紀念冊了吧？所以應該不是小彰寄出來的。」

「但是拿出春天的衣物很難特定時間吧，那是三月還是四月呢？」

「宇都宮的氣溫比東京冷，絕對不可能在三月就拿出春天的衣物的。」

本間了解阿保所說的，其正確性也很高。但這種事因個人方便與家庭習慣而異，不能說是「絕對」。

「她還有沒有提到其他可以特定出月份的線索呢？」

阿保的大手翻閱著記事簿，同時咬著下唇思考後說：「她去領這本紀念冊時，忘了帶證明住址的證件，郵局的人還不給她領呢。」

「嗯？慢點。也就是說一開始是小惠家沒人在的時候寄來的，被當作無人接收的郵件，才由小惠到郵局去認領的囉。」

阿保口吃地表示，「啊，對呀，沒有錯。是我不太會說明。因為知道有包裹，心想會是什麼東西？隔天趕緊去領回打開一看，居然是小彰的畢業紀念冊，小惠還覺得有些不高興呢。」

「小惠家平常都沒有人在嗎？」

「不是，她們家是做生意的，所以平常都有人在。郵件沒有人收，是剛好那天大家都出去了。」

「為什麼大家都出去了呢？」

「這我就沒有問了。」

阿保一臉沒信心的表情翻閱著記事本，然後搔著頭說：「不行，我沒有問。」

本間想了一下說：「能不能讓我看看你的祕密武器？」

他指的是阿保的記事簿。阿保很難為情地表示，「可以，不過字很醜。」

果然跟他本人說的一樣，不能說是容易辨識的紀錄。頁首寫著日期，本間找到了標題「小惠的說法」。問答的部分一開始還算是整齊的條列式，隨著訪談繼續進行下去，紀錄開始東一行西一段的，字跡也變得凌亂，但還是記錄得很詳實。

上面的確有寫著小惠「不太高興」。在那上面則讓本間發現了有興趣的字眼「甜茶」。

「這是什麼？」本間用手指著問，阿保笑著回答，「她說從郵局回家的路上，附近的寺廟在發甜茶，她跑去喝了。小惠人很胖，偏偏又特別愛吃甜食，所以跟她聊天總會提到這種話題。比方說今天吃了什麼跟什麼……有什麼好笑的嗎？」

「這不是個很好的線索嗎？」本間笑著說明，「她去郵局領回小彰寄來的包裹，回家路上到寺廟領甜茶喝，對不對？」

「是的。」

「寺廟發給路人甜茶喝，一年只有一天，那就是浴佛節。」

「浴佛節？」

「沒錯，就是釋迦牟尼的生日，四月八號。」

阿保張大了嘴巴，他說：「也就是說——」

「包裹是在那前一天寄到的，四月七日。所以寄來的人不是小彰。」

「哈哈！」阿保發出讚嘆的聲音，他說：「感覺上我也幹得不賴嘛！」

本間檢查紀念冊最後面附錄的索引和學生名冊，發現關根彰子和野村一惠同屬於三年B班。

難怪新城喬子會根據留言和學生名冊，選擇將畢業紀念冊寄給了野村一惠。

從信的內容判斷，喬子應該知道關根彰子在東京生活不如意對故鄉的人而言是眾所周知的事實。說不定是她們一起參觀墓園時，聽彰子自己親口說的。

常常我們會跟計程車司機或是在酒館裡跟坐在旁邊的陌生人聊起無法跟親近的人說的內心話。因為是外人，反而容易輕鬆說出口吧。更何況彰子和喬子同行的是參觀墓園的行程，說不定更容易聊到自己的身世吧。抱著一定目的接近彰子的喬子也很可能努力積極要挖掘出那樣的內容。

但是那些談話的內容，彰子並沒有提到個人破產的事實——或許彰子對於自己黯淡過去的事時也無法輕易說出口吧。

本間覺得很諷刺，如果當時有提到個人破產的事實，彰子現在應該還在「拉海娜」工作，會不會住在川口公寓也很難說……

「收到這紀念冊時，寄件人的姓名和地址是怎麼寫的，你有沒有問呢？」

阿保很遺憾地搖頭說：「我問了，但她好像記不清楚，只記得是從埼玉寄來的。」

那說不定是川口公寓囉。

「小惠突然收到這東西，她有說心裡是什麼感想嗎？除了剛剛你說專程去領回卻覺得不高興以外。」

「她也覺得很驚訝。」阿保手指著留言的文字說，「永遠都是好朋友——這根本是亂說的。」

「她們不是好朋友嗎？」

「也不是完全都不好，但也說不上是好朋友……」阿保苦笑說：「因為畢業而感動，女生就是這樣。不過是寫得肉麻了點。因為這樣子，小惠看了這封信時，還覺得『關根還真會找麻煩』。」

說完之後，阿保眼光低垂地想了一下又說：「所以我也完全沒有考慮到畢業紀念冊寄來的日期，直接就認為這不是小彰寄給小惠的。」

語氣很平靜，意思卻很確定。

「讀了文字處理機打的信，我也認為不對，絕對不是小彰寫的。」

「為什麼？」

「因為我所知道的小彰根本沒有那麼念舊。說什麼看見紀念冊跟自己現在的生活相比會難過，她才不是會那麼想的女孩呢！小彰甚至說她在學校裡從來沒有過一件快樂的事情。」

也許正好是阿保說的那樣，本間心想。或許關根彰子從童年時代就沒有感受過幸福，所以一直急著想變成跟過去的自己、現在的自己不同的「什麼人」。

本間甚至認為那不是因為彰子剛好是單親家庭的背景，也不是在校成績不好的緣故，不是這種個別因素所產生的焦慮感，而是每個人心中都藏有的願望，是一種生存的動力，也是讓每個人都是一個「個人」的證據。

關根彰子為了達成這樣的願望，選擇了不太聰明的方法。她沒有去尋找「該有的自己」，而是買了一面可以看見那種自我形象錯覺的鏡子。

而且她住在塑膠沙漠的空中樓閣上面……

「小彰死了，已不在這個人世上。我終於可以這麼相信了。」阿保低聲說：「因為小彰不會做這種事，所以當我看見這畢業紀念冊時，我便深深感覺小彰已經死了。」

阿保抬起下巴，粗糙的手從桌子上放下來，移到腿上，然後握著拳。與其說是他在強忍著憤怒或悲傷，看起來倒像是抓住了什麼。

本間認為他抓住了記憶，否則他將無法冷靜思考現實的彰子究竟發生了什麼事。

本間慢慢地對他說明那個被認為殺死彰子的新城喬子是個怎樣的女性，阿保頭低低地聽著，始終不發一語。當本間說完，廚房內陷入一片寂靜，阿保才開口說：「真是奇怪的女人，那個新城喬子。」

「奇怪？」

「嗯，不是嗎？就為了自己，把小彰當……當東西看待，盜用她的身分，卻又專程將這本紀念冊寄給地方上的朋友……真是奇怪，為什麼不乾脆丟掉算了？這樣不是更簡單嗎？丟了不就好了。為什麼要在那種地方表現得好像很對不起小彰，那麼認真幹什麼？」

突然阿保推開椅子慢慢地站了起來。又慢慢地穿過房間，走到單調的陽台外面。

黑暗之中，只能看見阿保頭上的曬衣竿以及被包裹在白色毛衣裡的背影。本間移動椅子背對著阿保強壯如鬼魅般的背影。

還是暫且不管阿保比較好吧。

一直無法知道須藤薰目前的住址。雖然透過碇貞夫跟當地警署照會過，因為對方很忙，負責聯絡的碇貞夫也沒有空閒。就本間來說，只覺得欠他的人情越來越多，更有種過意不去的彆扭。但是碇貞夫本人倒是很高興，因為之前提出來有關企業家的強盜殺人事件已經解決了。

事件的真相幾乎跟本間推理的一樣。被逮捕的是被殺害的企業家妻子和她粉領族時代的同事。殺人動機很明顯是為了財產和事業。

「太準了，真是謝謝！」碇貞夫的聲音顯得很快活，雖然是在電話裡，但似乎已能看見他滿意的表情。

「什麼是破案的關鍵呢？」

「需要耐性呀，我一直在監視著，還故意讓對方知道。結果未亡人的精神好像受不了了。我要她出面自首，她就整個人崩潰地大哭認罪。打這種神經緊繃戰還真是累人呀，真的。」

他還感嘆之後還有一陣子的蒐證調查才是要命。

「不過關於人的心理，這次真的是讓我思考很多！」

「你每次不都是這麼說嗎？」

「這次是真的，真的。」碇貞夫說：「對了，你說說看，這年輕太太是在哪裡跟她朋友提起謀殺丈夫的念頭呢？」

本間知道說對了對方會不高興，就朝意外的地方想。可是還沒來得及回答，碇貞夫便說：「是在葬禮上。」

「誰的？」

「兩個人原來的上司。聽說是組長，還是個女性。三十八歲因為癌症過世。她們去參加葬禮，當頭上飄過和尚唸的經文時，卻在談論如何謀害親夫、侵占事業的事。」

「我真是深深覺得人生苦短呀。」

這雖然是個決定殺人的極端案例，但在面臨跟「死亡」有關的儀式時，任何人都會有些改變的，無端發誓或是說出長久以來的秘密之類的。

「對了，你的事之後有什麼發展呢？」

本間簡單說明概況，碇貞夫「嗯」地沉吟了一聲，然後說：「雖然找到新城喬子這女人也很重要，但還是要有屍體。」

「嗯……」

「有跟山梨縣警署提過那件分屍案了嗎？」

「還沒有。我雖然覺得錯不了，但不是很確定。畢竟我是個人的行動。」

要求進行指紋的比對、大範圍的身分確認，必須要有更確實的罪行才行。只是說A女子失蹤了，可能是被盜用其名字的B女子給殺害了，而且B女子也行蹤不明——這樣子是無法動用外縣市的警力的。

「如果有確認身分的證據出現就好了。關根彰子不是有虎牙嗎？算是一大特徵呀。」碇貞夫指的是頭部。

「但那才真像是霧裡看花，不知從何找起呀。」

「可是我覺得也許沒有想像的困難耶。」

「嗄？怎麼說？」

本間引用阿保的話加以說明，「新城喬子這個人很奇妙……該怎麼說呢？說她很重義氣嘛有點怪，感覺倒是很有人情味。就像阿保說的，不過是本紀念冊丟掉便算了，她卻專程寄回給同學。不僅浪費時間，還可能因為這樣被發現自己假冒彰子身分的事實。」

「嗯……」

「這不只是理論，而是感覺這中間有她個人的感傷還是什麼堅持讓她這麼做。其他方面她都考慮得很周詳，只有紀念冊這件事好像是換了一個人做的。」

倉田提到喬子十分迷信的事，也深深留在本間的心底無法釋懷。

「這麼一來也就是說，對於屍體，因為處理起來很麻煩，所以不得不分屍，但是至少頭殼要好好埋葬。這是她的想法嗎？」

「具體來說，應該是吧。」

「嗯……」

短暫的沉默之後，碇貞夫突然提議說：「既然朝這個方向思考，那我會去調查關根彰子父母的墳墓。」

本間苦笑說：「說的也是，但問題是沒有那座墳墓呀！」

關根彰子雙親的骨灰還寄放在寺廟裡。

「哼，不行嗎？結果根本就是沒有方向的搜查嘛！」

不甘心地了咂了咂舌頭後，碇貞夫掛上了電話。

本間在井坂稱為「等待須藤薰」的待命時間裡，難得可以連續睡在自己家裡的棉被裡、可以聽小智說話、可以去接受復健讓真知子老「蘇」好好整治一番。這之間阿保每天一早出門，傍晚才帶著若干收穫回來。

不過這種走訪的收穫，無法成為查出新城喬子目前所在的材料，而是在追蹤關根彰子在東京生活時的軌跡。所以儘管線索很小，只要能嗅出彰子和喬子的關聯便足夠了，否則調查到現階段，其他資訊已經沒有太大用處了。

阿保也知道這個情形。誇口承諾說一切交給我吧！表現的倒也可圈可點。

「只不過我有一項請求？」

「什麼請求？」

他很認真地問說：「我們會找出新城喬子吧？」

「我希望能夠。」

「是由我們找出來的吧？而不是靠警方的幫忙？」

「可以的話，我希望我們自己來。」

「那到時候——去找新城喬子的時候，麻煩你第一個讓我說話。我要第一個跟她說話，拜託，讓我先說話。」

從伊勢回來經過了三天，「玫瑰專線」的片瀨打電話過來。說是問過當時新城喬子的同事們，但沒有收集到什麼值得報告的內容。

表面上看起來很難得他沒有忘記承諾，但本間益發覺得可疑。喬子應該還是透過片瀨取得了玫瑰專線的客戶資料吧？

「有沒有跟市木小姐聯絡過呢？」片瀨以很正經的口吻詢問。

市木香出國旅行回來的日子已經標註在月曆上了。她預定明天才回國。

「還沒有。她應該還在雪梨或坎培拉吧？」

「啊，是嗎，說的也是。」片瀨說，語調變得很快。

似乎他很不想讓本間跟市木香說話。但又沒有表現出露骨的妨礙行為，也不會讓人感覺到惡意，真是奇怪的男人。

「到了明天，我會跟她聯絡的。總之謝謝你的來電。有些事還要請教你，到時再麻煩你了。」

或許聽起來像是一種威脅，片瀨很老實地回答一聲「好」，如逃難般地掛上了電話。

本間不是沒有想過趁著市木香還沒有從片瀨那裡接收到奇怪的訊息之前，明天最好一早就打電話過去，只是就目前片瀨的樣子判斷——他既非大壞蛋，演技也不怎麼高明——對市木香的不良影響應該不會太大。所以算好對方上班回家後的時間才聯絡。第一次是電話答錄機的聲音，第二次才是本人接的。

對方的口吻有些戒備，直到本間報出玫瑰專線片瀨的名字才稍微緩和。

「這件事我聽片瀨先生提起過。」然後立刻又覺得好笑地補充說：「那個片瀨先生好像對新城小姐很不死心呀。」

噢，是嗎，好戲上場了。

「果然是嘛。」

「嗯，因為那個人在我跟新城小姐住在一起的時候，送她回家過好幾次。新城小姐說過片瀨先生不是她的男朋友，但那個人卻不這麼認為。」

所以現在才會那麼熱心幫忙吧。一方面也關心喬子的下落，同時也在意找尋喬子的本間是否跟自己處於相同的立場吧？

「新城小姐和我曾經討論過並約定，兩個陌生人共用一個房子，應該盡可能不要介入對方的隱私。所以我不是很清楚新城小姐的事，她和我就算假日也不會在家的。」

本間皺起了眉頭。

「新城小姐到了假日都會外出嗎？」

「是的。去哪裡我不曉得，但好像都是遠行。」

「她有駕照……」

「她有，不過車子是租的。」

「出去的時候，有跟別人一起嗎？」

「嗯……她好像都是一個人吧。」

大概是為了找尋新的身分，為了實現計劃而到處調查探訪吧？

「妳也是在玫瑰專線工作嗎？」

「是的。我在電腦室裡，負責管理玫瑰專線的資料。」

她的回答讓本間發出驚訝的聲音。於是對方擔心地呼叫，「喂……喂……？」

「真是不好意思，原來如此，妳是在電腦室工作的呀？」

這是片瀨說的一個消極性謊言，他說市木香是事務職員。而這種無謂的謊言只要跟本人一談，馬上就會敗露的。

「是的。我們要處理玫瑰專線、南方園藝還有其他兩三家公司的電腦資料。」

「工作的地點在哪裡呢？」

「總公司大樓裡設有電腦主機。所以我是在迷你通訊上面跟新城小姐認識的。」

「迷你通訊？」

「公司內部的迷你通訊有張貼徵求室友的服務。光靠自己一個人的薪水，是住不起那種公寓的。」

於是乎喬子出現了。

「別看我這樣，我也是專業人員，領的薪水還算不錯。她是準員工，我有些擔心，但是看她很有興趣便答應了。」

「市木小姐，請容許我問一個失禮的問題？」

「什麼問題？」

「新城小姐有沒有拜託妳利用電腦盜取玫瑰專線的客戶資料呢？」

電話之中稍微有了一陣子驚訝的沉默，接著市木香發出了笑聲。

「為什麼她要拜託我做那種事呢？」

「如果她拜託妳，妳做得到嗎？」

「可以呀。」她還在笑，「只不過被知道就得立刻走路。而且永遠無法再繼續擔任電腦操作人員了。」

本間自己也認為不太可能那個喬子會跟同住的室友拜託如此重要的事情，欠下重大人情，但是——

「還有一點，妳覺得片瀨先生他可不可能被新城小姐拜託做那種事呢？」

市木香回立刻答說：「可能呀。」

果然沒錯。但市木香又接說：「不過那是不行的。」

「為什麼？他不是對電腦也很熟嗎？」

市木香哈哈大笑說：「他在客戶面前是那樣子沒錯，但其實那個人是不能自由進出電腦室的，因為他沒有識別證。」

「在我們眼裡，片瀨先生根本是外行。」她繼續笑著說。

「市木小姐，請原諒我的囉唆。那新城小姐自己呢？她的電腦很強嗎？比方說有沒有可能自己操作玫瑰專線的電腦系統取得客戶資料呢？」

「有發生這種事嗎？」

「不，我只是假設。和妳共住在同一屋子裡的新城小姐能不能夠做到呢？」

想了一下之後，市木香回答，「我看她連lap top的手提電腦和唱rap的M.C.哈默都分不清楚吧。」

「M.C.哈默是什麼？」

「討厭，你不知道嗎？」市木香繼續笑著說：「如果那個時候新城小姐一個人能夠偷偷地從我們公司的電腦盜出資料，那我將來結婚的婚禮上換衣服時，我就穿小丑娃娃的裝扮出來見人！」

本間笑說，那倒是不必了。

然而這件事一點都不好笑。喬子究竟是用什麼方法從玫瑰專線的電腦資料庫中選出關根彰子的資料來用的呢？

如果事實如市木香所說的一樣，那麼不管喬子怎麼拜託，片瀨也不可能隨便幫她忙取出她要的資料。他的態度之所以奇怪，只是因為以前喜歡的女性新城喬子目前行蹤不明，而且捲入奇怪的事件之中——他擔心自己也被連累而緊張不安。頂多就是這樣的理由。

「作為一個室友，她是個什麼樣的人？」

本間為了調整思緒所以這麼問，沒想到如此茫然的問題竟讓市木香感到困擾。

「什麼怎麼樣的人？」

「她是不是很認真、很愛乾淨呢？常常打掃屋裡。」

市木香的語氣變得明朗，「噢，那倒是。對我真是幫助太大了。她又很會做菜，常常拿冰箱裡的剩菜加上剩飯一炒，就做出一盤省錢炒飯給我吃，味道好極了，我還記得呢。」

本間想起了方南町公寓裡面一塵不染的房間，和擦拭得光可鑑人的抽風扇扇葉。於是開口問說：「她擦拭抽風扇的污垢，是不是使用汽油呢？」

市木香一聽發出驚叫聲說：「你怎麼知道？」

「我是聽認識喬子的人說的。」

「是嗎……我實在是嚇了一跳。沒錯，她是用汽油。可是我很不喜歡，味道很臭，而且家裡面放汽油感覺很可怕。所以我要她不要用，改用清潔劑。她總是將汽油裝在小瓶子裡，藏在陽台不顯眼的角落。雖然不危險，但是萬一有什麼狀況，陽台上又堆有舊報紙什麼的……」

這時市木香發出一聲「對了」，然後說：「新城小姐有訂東京的報紙耶。」

「東京的報紙？」

「是的，是朝日……還是讀賣呢？」她喃喃自語後說：「對了，是讀賣。」然後加大音量表示，「有一次我還問她說：大阪讀賣不是比較好看嗎，幹嘛特別去訂東京讀賣呢？」

「新城小姐怎麼回答呢？」

「這個嘛……對不起，我忘了。她是怎麼說的呢？」

喬子企圖取代其身分的關根彰子就住在東京。所以她認為多知道東京的情況比較好吧？

當然也有可能是心情上的理由。每天讀著東京的報紙，等到計劃實現就能住在東京了——就能夠開始新的人生，她是用這樣來鼓勵自己的吧。

「她從什麼時候開始訂東京的報紙呢？」

想了一下，市木香回答，「我想是住在一起不久就開始訂的。她常常剪貼報紙。」

剪貼報紙？本間立刻問，「她都是剪貼什麼樣的內容，妳還記得嗎？」

市木香笑了一下說：「不知道，我的記性不好。我想大概是家庭版的『每日一菜』之類的東西吧。」

算了，沒有留下印象才是自然的吧。本間請對方如果想到什麼就撥對方付費電話聯絡後，掛上了電話。

結果謎團還是沒有解開。市木香的立場算是很清楚喬子的日常生活，卻也幫不上什麼忙。換句話說，新城喬子就算是面對室友也不會輕易顯露自己的內心世界。

儘管到玫瑰專線上班，和服務於電腦室的市木香成為室友，跟片瀨熟識，喬子一心一意只是想探索能夠取代的新身分，摸索著取得那些資料的方法——

和倉田離婚，又回到過去青春時代無法奢望和平幸福的那一瞬間起，她是否便在內心中決定，要掌握新的人生！沒有跟任何人提起、也不求助他人，當然也不接受任何的阻礙。如果她能實現那麼堅定的決心和周密的計劃，那麼本間只花了半個月是無法破這個局的。

然而她究竟是如何取得顧客資料的呢？片瀨這條線，真的不可能嗎？

「這可不行。」本間不禁低喃說。

「怎麼了？」小智問。他坐在後面的桌子上寫今天的功課。

「爸爸要變成大阪的刑警了嗎？」他一臉正經用關西腔發問後，自己也笑了出來。

「說的真難聽。」

「關西腔好難喲。」

好久沒有聽到小智像是被人搔癢般的笑聲了。

「你心情好多了嗎？」

知道呆呆被殺，鬧出那場騷動之後，小智整天在哭，實在不知如何處理。看著令人難過，卻又不能對他生氣。直到前來支援的久惠安慰小智讓他不再哭泣，周圍的男人總算能鬆了一口氣。

「……嗯。」

「已經不哭了吧？」

「偶爾還會，可是我會忍耐。」

「是嗎。」

「久惠阿姨說哭太多會得中耳炎，叫我要忍耐。」

不說男孩子不可以哭，果然很有久惠的風格。

「我和小勝商量過，決定幫呆呆造個墳墓。」

本間有些困擾，因為他聽井坂說，不管怎麼搜索就是找不到被殺死棄置的呆呆屍體。

小智大概意會了爸爸困擾的表情，趕緊接著說：「我們要埋葬牠的項圈。」

「項圈嗎？」

「嗯。因為呆呆有兩個項圈。不見時身上戴著的是有灑驅跳蚤粉的那個；那個皮製、有名字的好項圈還留著。」

「是嗎，要埋在哪裡呢？」

「還不知道，我跟小勝在找。」小智一副思索的樣子。「如果偷偷埋在水元公園裡，會不會被管理員罵呢？」

「嗯……我想不好吧。」

「說的也是。」小智拄著臉頰說：「阿保哥說會幫我做個墳墓的標誌。」

小智已經跟阿保混得很熟了，嘴裡常掛著，「阿保哥、阿保哥」。

「井坂叔叔說以後就會由媽媽照顧呆呆了。」

「噢。」

「因為天國很大，所以可以自由飼養呆呆了。」小智看著牌位上母親的照片說。

「爸！」

「嗯？」

「田崎那傢伙，為什麼要殺死呆呆呢？」

「你怎麼想呢？不妨想像一下田崎的心情吧。」

小智搖晃著雙腳，想了很久才悠悠說：「因為他覺得無聊吧。」

「無聊？」

「嗯。聽說他們家不讓他養寵物。」

「他家不是有養嗎？」

他不是說過，在社區裡養寵物太過分，有本事就買獨門獨戶的房子嗎！

「沒有。因為呆呆的事在學校很有名，傳出一些說法。這是井坂叔叔聽附近的人說的，說田崎家不能養狗。因為那是他媽媽借了好多貸款蓋的家，才不想養寵物搞髒房子！」

本間看著小智認真的表情說：「田崎其實並不想殺死呆呆吧。」

「是嗎？」

「他不想殺牠，還想養牠呢。可是因為不能養，所以很羨慕小勝家可以養吧。於是他很不甘心地認為，為什麼自己會這麼倒楣？」

「所以就殺死了呆呆？」

「是吧。」

「他可以不要那麼做，到小勝家要求跟呆呆玩就好了呀，不是嗎？」

「他大概是沒有想到吧。因為不能養狗的事而太生氣，整個頭腦裡面都在想這件事，一定是這樣子的。」

本間心想，對於降臨在自己頭上的事情，就是有些人只能以這種形式對外尋求「解決」吧。這一點跟小智說也是說不清楚的，等個兩三年後再好好教他也不遲。到時得告訴他，今後你們所生活的社會裡面，將充滿了以爆發性、凶暴力量等犯罪行為來解決「無法成為原本該有的自我」、「無法擁有原本該有的東西」等忿恨的人們。

要如何在那樣的社會中存活，本間如今好不容易才抓到尋求答案的線索。

小智轉動著鉛筆說：「我也問了井坂叔叔。」

「關於田崎為什麼殺死呆呆的理由嗎？」

「嗯。我問他怎麼想？」

「井坂叔叔怎麼說呢？」

小智陷入思考。大概是在想如何用他不是很充分的語彙如何正確傳達井坂的說法吧。就算是哪天晚上窗口飛來火星人，威脅小智說必須在五分鐘以內解開他這個學年還沒有學過的聯立方程式，否則要將帶他到動物園去，小智恐怕也沒有這麼認真思考吧。

「井坂叔叔他……」好不容易開始說話。

「爸，你有在聽嗎？」

「有呀。」

「他說社會上就是有些人總是看不慣別人做的事。」

「是嗎？」

「而這種人只要發現自己不喜歡的事，就會想要去破壞，就會編出破壞的理由。所以為什麼要殺死呆呆？田崎說了很多理由，但都是不成理由的理由。所以說重點是，不是他在想什麼，而是他做了什麼？」

有點令人意外的看法，不像出自溫和的井坂口中。說不定為了安撫小智受傷的心靈，他故意說出如此嚴厲的意見吧——

此外也不是不能理解，或許別看井坂那樣子，他其實也是屬於嚴厲的人。和久惠兩個人生活得好像輕鬆自在，但其實背後支撐那種生活的是鋼筋鐵架呀。

「井坂叔叔不是在家幫別人做家事嗎？可是有些人卻說他們家其實很有錢，是因為怕搬家麻煩所以才住在這個社區的。總是有些人愛亂說話。井坂叔叔說他才不管這些人，但是如果他們因為看不慣而要妨礙叔叔、給他難看的話，那他絕對會跟他們戰鬥到勝利為止。」

一口氣說到這裡，小智又想了一下。

「他還說做壞事的人從來不會想說自己為什麼會做壞事。就連田崎也是一樣。所以他們才會做壞事。」

「那他是說絕對不能原諒田崎嗎？」

小智搖頭說：「不是，叔叔是說如果他好好想過自己的行為，然後來道歉，那就原諒他吧。」

本間安心了，「說的也是，爸爸也是這麼覺得。」

小智露出了安心的表情。因為看他拿起鉛筆再度回到習題上面，本間也拿起手邊的報紙開始閱讀。

這時小智又跟他說話了。

「爸！」

「怎麼了？」

從報紙探出頭來，發現小智拿著鉛筆正在看著他。

「爸爸在找的女人，還沒找到嗎？」

「嗯，雖然我很努力在找。」

「那個人殺了人嗎？」

「還不知道。」

「找到後會報警嗎？」

「因為有很多事要問她。」

「為什麼要問很多事呢？這也是工作嗎？」

過去小智對本間的工作從來沒有如此打破砂鍋問到底。只會說我爸爸是刑警，專門抓做壞事的人。從來沒有這樣子多問過，今天是第一次。

「是呀，這是我的工作。」

不過就這一次而言，感覺似乎不是這樣子而已……本間將這句話吞回了嘴裡。說實在的，為什麼這次會如此熱心，他自己也搞不清楚。

也許是因為同情新城喬子的關係吧。不，如果是那樣的話，就應該默默地放她一馬，那樣才算親切。可是那是不行的，因為爸爸是刑警——

「只不過爸爸在找的這個女人，並不是因為有什麼不愉快的事就對別人使壞，這一點是很清楚的。」

沉默了一下之後，小智低聲回答，「噢。」

「現在在等電話聯絡嗎？」

「是呀。」

「有了聯絡，這次要去哪裡呢？」

「大概是名古屋或大阪一帶吧。」

「那……」伴隨著小智的說話聲響起的是放在本間手邊電話的鈴聲。

小智輕輕嘆了一口氣說：「禮物幫我帶甜糕回來。」

25

「如果是喬子，已經將近兩年沒有音訊了。我完全不知道她現在怎麼樣了。」

須藤薰於去年結婚改成夫姓，目前住在名古屋市的郊外。年紀約三十二、三歲，身材相當高，小臉蛋，感覺像是從事模特兒工作的女性。

由於和先生的父母住在一起，所以不方便讓本間到她家去。但因為自己還在上班，外出較自由，便表示可以約在外面見面。

本間問說可否在她以前和新城喬子往來時所居住的小幡見面？須藤薰爽快地答應了。

「當時住的公寓旁邊，有一家午餐很好吃的咖啡廳。喬子到大阪工作之後，偶爾會來找我玩，住在我那裡，我們常去那家店吃飯。」

店名叫「柯蒂」的咖啡廳是那種開在巷子裡，以熟客為對象的小店。須藤薰一露臉，老闆便記得她，不停跟她敘舊之後才開始帶位。

「碇先生跟我說了一些，聽說喬子現在行蹤不明？」

一如之前所做的，本間暫且將她有殺人嫌疑的事按下不表，說明其他狀況。須藤薰聽完之後，舉起咖啡杯慢慢啜飲。表情很平靜，但描畫漂亮的雙眉之間卻浮現些許的皺紋。

「究竟是怎麼回事呢？」她低喃之後，放下咖啡杯。

她說認識喬子，是喬子十七歲那年，當時和母親逃到名古屋打工的時候。

「我知道喬子一家人趁夜逃跑的事，也知道她們家因為欠債而受苦的情形。她全部都告訴過我了。」

須藤薰說的話證實了倉田康司提供的內容。

但也說出了全新的事實。

「和倉田先生離婚後，喬子有一段時間被討債公司的人抓住了。」

本間睜大了眼睛。但如果在伊勢被發現住址的話，這倒是很有可能發生的事。

「所以我和離婚後的喬子第一次見面是在——」

她側著頭想了一下說：「大概是隔年的二月左右吧？離婚後的隔年，那一天下雪了。」

離婚是在前一年的九月，所以說有半年音訊不通囉。

「妳還記得當時的情形嗎？」

須藤薰用力點頭說：「是的，因為喬子是逃到我這裡來的呀。」

半夜搭計程車過來，可是身上只有一千元，所以是須藤薰幫她付的車錢。

「風衣裡面只穿著內衣褲，臉色跟白紙一樣，嘴唇也乾燥的可以。被逼著做什麼工作，一眼就能看得出來。」

對於之前人在哪裡的詢問，喬子大多沒有回答。只是從說話的內容判斷，須藤薰認為，「應該不是大阪、東京，當然也不可能是名古屋之類的大都市。說不定是鄉下地方的溫泉街。」

本間問說，是不是幫債主工作呢？

「不是，她說是被人賣了。」

就這樣她在須藤薰那裡住了一個月。

「因為她說能不能借她一些錢，我借給了她五十萬。她說如果繼續留在名古屋，會給我帶來困擾。所以打算到大阪找工作。」

事實上喬子在那一年的四月進入「玫瑰專線」工作。

「一開始住在便宜的公寓裡，後來跟公司的人共同租房子住，安定之後有通知我。」

「是位於千里中央的公寓。」

「是嗎，我沒有記那麼多……」

須藤薰用修長的手指抵著太陽穴說：「我聽了也很放心。玫瑰專線的薪水應該還不錯。就是從那個時候開始，喬子偶爾會悄悄一個人開車到名古屋這裡找我玩。」

「一定是開車嗎？而不是搭電車？」

須藤薰點頭說：「是的。她說不敢搭電車，不只是電車，只要是不特定的多數人聚集之處，她都盡可能不要去。因為不知道會遇到誰吧？」

本間很能明白她說話的意思。

「而且自己開車的話，就算在路上遇到認識的討債公司的人，也能立刻逃跑。當然她都是租車子。駕照是她在伊勢工作的時候，倉田先生要她去考的。她還說幸虧自己有駕照。」

喬子有多麼地恐懼，從這件事就能窺見一斑。在廣闊的大阪、名古屋街上，要遇到可怕的討債公司份子，其機率幾乎是接近於零。可是她還是感到害怕，幾乎可說是接近被迫害妄想症的心理狀態了。

然而如果從那時往回推算，從伊勢消失行蹤到出現在名古屋的須藤薰面前，想像這之間她過的是什麼樣的生活，本間不禁覺得胃部一陣翻騰。

「當時她真的還有被討債公司的人追趕嗎？」

須藤薰用力搖頭說：「沒有了。儘管我跟她說可以安心了吧，喬子就是不肯點頭。還說這一生都會被糾纏，一定要想辦法才行。」

關於音訊不通的那段期間發生了什麼事，不論須藤薰怎麼問也問不出究竟。好像有一名討債公司找來的黑道份子盯上了她，不只是她父母的債務，據說連那一方面也糾纏著喬子不放。

「關於那個男人，她只說他是個披著人皮的妖怪！」

須藤薰端正的臉龐就像聞到惡臭一樣有些扭曲了。

「究竟發生了什麼事，我大概也能想像。只是有一點很不可思議，喬子變得一點都不能吃生的東西……連生魚片也不行。她說腥得難受。以前她並不是這樣子的，或許那會讓她想起不愉快的回憶吧。」

必須想想辦法才行嗎？

除非丟掉新城喬子的名字，否則無法指望有和平的生活——或許她堅持這麼想吧。

「就算是欠錢，經過四、五年，時效也過了吧。討債公司的人應該也會死心吧。我一直都跟她這麼說，但是喬子真的還是很害怕……」

須藤薰抱起雙臂，蜷縮著身體。

「她說跟倉田先生結婚時，也是那麼想，以為已經沒問題了，但事實並不是那樣。她說她再也不要發生同樣的情況，她的眼神好像著了魔一樣。聽她這麼說，我都不知道該怎麼回答了。難道不是嗎，誰又能保證不會再度發生和倉田先生在一起時發生的事呢？」

必須想想辦法才行，為了不讓青春白白浪費，為了不要再繼續逃避過日子。

「必須想想辦法才行，不知道喬子有沒有提到什麼具體方法呢？」

須藤薰搖頭說：「沒有。」

想正常生活，想從被追趕的不安中解脫，想平凡、幸福地結婚過日子——

她所求的只是這些。喬子的心中是這麼想的吧。而且她很明白為了保護自己，只有靠自己的奮鬥。

父親和母親已經不能保護她了。法律也是一樣。曾經信賴，以為給過她庇護的倉田康司和他家的財產到最後還是捨棄了她。

她的存在對社會而言，就像是從指縫中掉落的一顆砂子，沒有人肯將它撿起來。唯有往上爬，才是生存之道。

沒有人可以依靠了，依靠男人終究是一場空。只有靠自己的雙腳站起來，用自己的雙手戰鬥。

喬子暗自決定，今後不管什麼卑鄙的手段她都願意使用。

「新城小姐有沒有讓須藤小姐看過房子的照片？」

「房子的照片？」

「是的，就是這個。」

本間拿出那張巧克力色房子的立可拍照片，放在桌子上。須藤薰拿了起來看。

「啊，是這個呀……」

「妳看過嗎？」

稍稍微笑之後，須藤薰點頭說：「是的，看過。那是喬子去研修時拍的照片吧？」

有一種卡住的東西鬆開了的感覺，本間不禁嘆了一口氣說：「是嗎？果然是新城小姐拍的照片呀。」

「她說因為朋友有帶立可拍相機去，就借來拍了。喬子很喜歡到處參觀樣品屋，我還笑過她真是好玩的興趣。」

喜歡到處參觀樣品屋。

「即便她們家因為購屋貸款而全家離散嗎？」

須藤薰將照片放回桌上，想了一下回答說：「是呀，這麼一想，還真是奇怪的興趣。可是我卻不這麼認為，喬子她說過，希望將來能住這種房子。有了家庭，想要在這種房子裡生活。就是因為有過去的不幸，所以才會有這樣的夢想吧，我是這麼認為的。」

所以她才會如此慎重地帶著這張照片到處跑嗎？因為這是她的夢想。

「她說這房子是她過去看過最滿意的房子。來我家玩時讓我看了照片。她說，薰姐，等我人生重新開始，我一定會住在這樣的房子讓妳瞧瞧！」

須藤薰說這話時，彷彿重現了當時喬子的笑容一樣，語氣變得很明朗。

「她不是說『將來住這種房子，請妳來家裡玩』嗎？」

本間這麼一問，須藤薰突然收起下巴，一臉驚訝地說：「這麼說來……她倒是沒有這麼說。」

應該是吧。當時的新城喬子其實知道將來不管蓋什麼樣的房子，抓住多麼幸福的生活，都無法讓須藤薰親眼看到，喬子不能邀請她前去。因為為了追求幸福，她必須捨棄新城喬子的名字，轉變成別人才行。而且喬子早已經在進行那個計畫了。

本間將視線從照片移開，他問說：「新城小姐真的最近都沒有跟妳聯絡嗎？」

須藤薰也許是動怒了，她重新併攏腳坐好，嘴角有些僵硬地表示，「我和喬子之間真的是音訊不通。我沒有必要為這種事跟你說謊。」

「有沒有接過電話，是那種拿起來沒有聲音就掛掉的呢？」

「這個嘛……至少就我所知是沒有。」

無法成功取代關根彰子，現在的新城喬子應該處於極不安定的心理狀態才對。可是她卻沒有投靠老朋友須藤薰，那個曾經能對她敞開胸懷訴說夢想的須藤薰——

本間不禁思考，這是怎麼回事？現在的喬子究竟在想些什麼？她打算怎麼辦呢？

「和喬子很熟的當時，我已經跟現在的先生交往了，也說好一兩年後要結婚。所以喬子可能覺得須藤薰已經結婚了，如今再去找她，應該不能像過去一樣那麼輕鬆自在的往來，所以故意保持疏遠了吧。」

本間心想，會嗎？還是她覺得已經不能再倚靠須藤薰了？她只有一條路可走，就是選擇自己一個人逃亡。

「當時妳所居住的公寓在哪裡？」

須藤薰笑了，她說：「就在那裡，你看！」

隔著窗戶，她所指的是斜對面公寓二樓最左邊的房間窗戶。如今那個窗戶邊排列著顏色亮麗的花盆，冷氣機箱上面的小型曬衣架上則掛著紅色的短襪。

突然間本間想到，新城喬子來須藤薰的家玩時，是否也曾從那裡探出頭眺望窗外呢？是否也曾幫過須藤薰洗衣服，將襪子曬在那裡呢？

過去她所生活過的地方——名古屋的便宜旅社、公寓，伊勢市提供住宿的旅館，倉田家的豪宅，之後讓她在恐懼中工作的不知名小鎮，大阪市千里中央的公寓，還有東京方南町那間像積木般小巧的房間。喬子每天打掃房間、洗衣服、買東西、做飯——對了，市木香說她會做省錢的炒飯——下雨天會將雨傘攤開放在門外、晚上睡覺前邊拉上窗簾時邊抬頭看月亮、有時擦鞋子、有時澆澆花、有時讀報紙、有時丟些麵包屑餵麻雀……這就是她的生活嗎？這樣的生活，有時會很可怕，有時會很悲傷，有時會很貧苦，有時也會覺得幸福。

但始終不變的是，她是個逃亡者。

就連被討債公司的人抓到，被迫過著地獄般的生活，她還是逃亡者。她想逃離不公平的命運，始終都想著脫逃。

如果她當時放棄了，之後的那些事就不會發生吧。但是她不死心，還是繼續逃亡。

於是她取代了關根彰子的身分，一時之間以為沒有必要再繼續逃亡了。但現在她又開始逃亡，必須想想辦法才行。她堅持改變的行動之後，狀況卻是依然沒變。

算了，停止吧。

本間在心中小聲地呼喚。妳已經累了吧，我也累了，筋疲力盡了。我不想再追下去了，妳也無法永遠逃亡下去的。

「喬子最後來找我是在她辭掉玫瑰專線的工作之後。」

本間拿出記事本一邊確認須藤薰說的話一邊點頭說：「她是在一九八九年的十二月底辭職的。」

「沒錯吧。她來我這裡是隔年的正月，大概是一月……月底吧。我記得是在外面請她吃晚飯，好像是領薪水之後吧。」

這麼說來，她準備取代關根彰子的計劃已經順利進行當中囉？

「她說已經搬離開大阪的公寓。我問她打算怎麼辦？她說可能去神戶吧。」

「是嗎……？」

「可是有點奇怪，聊天的時候，她卻提到了京濱東北線有的沒的。京濱東北線不是在關東嗎？」

結果須藤薰一問說：「妳在東京嗎？她的表情變得很不自在。我也不死心地追問，她才承認說因為有些事情住在川口市。不過沒有租公寓，而是假日飯店，所以沒有給我聯絡地址。」

須藤薰或許覺得幹嘛老調重彈，於是有些皺著眉頭。本間看著她，腦海中卻聽見小小齒輪轉動的聲音。

一九九〇年的一月份，新城喬子人在川口。

金牌的同事宮城富美惠的聲音響起了，「彰子變得很神經質，說她的郵件被人打開過了。」她去檢查過關根彰子的郵件吧？參觀墓園的行程，也是因為這樣才獲得的資訊吧？當時的關根彰子應該是睡到中午、晚上上班、深夜回家的生活模式。要從沒有上鎖的信箱偷偷拿出郵件、調查之後還原，並非什麼難事。

雖然線索模糊，但卻讓過去所描畫的主軸越來越清晰了。關根彰子和新城喬子，兩人牽扯在一起的假設應該是錯不了了。

「須藤小姐。」本間重新坐好詢問，「請妳回想一下。記憶之中新城來訪或打電話過來時，有沒有精神很錯亂或跟平常很不一樣的狀況呢？在過去的三、四年裡。」

須藤薰睜大了眼睛，重複問說：「樣子不太對勁嗎？」

「是的，有沒有緊張不安、哭泣難過的樣子。」

問得很籠統，但本間其實其最想知道的是一九八九年十一月二十五日的事。那是關根彰子的母親關根淑子過世的那天。

如果說確如本間的推測，關根淑子的死出自新城喬子所為，這一天喬子人應該在宇都宮。從十八日到二十六日的前後九天她請假沒有去玫瑰專線上班的事實，已經從片瀨那裡獲得證實。

但是現在想要知道的是，二十五日那天，特別是那天晚上喬子有沒有跟須藤薰聯絡。

喬子逃離討債公司的魔掌時，第一個來投靠的就是須藤薰。她是當時最信賴、能夠敞開胸懷的朋友。當有困難、一個人不知如何是好的時候，喬子便會去投靠須藤薰。

所以當她以某種形式動手殺人時，也應該會以某種形式向須藤薰求救才對吧？

當然不可能是告白，只是打個電話想聊一聊，聽聽對方的聲音——她會不會有這樣的心理呢？

看著輕輕握拳的手抵在嘴邊、陷入沉思的須藤薰，本間知道這樣的詢問像是賭博。畢竟殺人之後的衝擊，喬子一個人或許無法承擔。實際上在隔年三月，關根彰子被殺了——沒錯，她被殺害了——當時喬子沒有跟須藤薰聯絡。因為須藤薰跟她在一月底的見面是兩人最後一次的聯絡。

但本間還是覺得應該會有什麼。就算是殺人之前也好，或是之後也行。也許喬子說過的話能夠嗅出一絲犯案的可能性？

「如果要說不對勁的話，前年一月底，我們最後一次見面時就很奇怪。」須藤薰慢慢地挑選適當的言詞說話，「喬子來我家玩，每次回去的時候，我說再見，她會舉起手說下次再來玩。但是那一次卻不是那樣，她竟然是說再見。她規規矩矩地低頭鞠躬，說了再見才回去的。」

本間沉默地點頭。

喬子大概認為這是跟須藤薰永遠的分開吧？新城喬子將從此消失。只要變成了關根彰子，就無法再跟須藤薰碰面了。所以她說的是再見。

「對了……這麼說起來，那一天她老是提到過世的母親。」須藤薰接著說：「感覺上好像專程來談死亡的話題。我還記得她問我說，薰姐死了以後想埋葬在哪裡？喬子說她絕對不要回郡山，死了也不想埋在故鄉裡。」

因為話題太過陰暗，須藤薰還問她說，是不是身體有哪裡不舒服呢？喬子只是沉默地笑著。

「當時我就覺得很奇怪，感覺胸口一陣不安。加上她又說再見不是嗎？之後她不再跟我聯絡，我們斷了音訊，我就想果然不太對勁。只不過現在說這些已經太遲了就是。」

她依然低著頭，最後會用到「太遲」的字眼正表示她內心的不安。本間猛然想起第一次跟倉田康司見面時他說過的話，「喬子說不定已經死了。」

不管如何掩藏，新城喬子的周邊瀰漫著不安定的空氣，至少須藤薰感受到了。

「其他還有什麼嗎？」

似乎感覺累了，須藤薰低垂著肩膀嘆了一口氣說：「一些小事我一時之間想不起來。」

「那如果我就特定某一天請教妳怎麼樣？一九八九年十一月二十五日，有沒有讓妳留下記憶的事？」

「你特定的日期還很明確嘛？」須藤薰有些懷疑地謎著眼睛問說：「那一天有什麼事嗎？」

本間露出微笑說：「沒有。只是調查過玫瑰專線的出勤表，新城小姐那一天起的前後九天休假了。不知道有沒有來拜訪妳？」

須藤薰眼光向上地探索著記憶，很自然地拿起咖啡杯湊進嘴邊。然後好像想起了什麼，放下杯子問說：「喬子在玫瑰專線上班時，除了那段時間外有沒有請過長假呢？」

本間翻閱記事簿，看著請片瀨調查的部分——

「沒有耶。」上面寫得一目瞭然。「三天之內的休假倒是有過。九天的只有這次，從十一月十八日起到二十六日。」

須藤薰的表情放輕鬆了，看起來有些得意。

「那我知道了。我的記憶力雖然不好，但如果喬子沒有請過什麼其他長假，就應該不會錯了。」

本間探出身子問，「當時喬子有跟妳聯絡嗎？」

「有，她來找我了。應該是休假的第二天吧，所以是十九號的晚上囉。當時她很奇怪，受傷了。」

受傷了？

「受了什麼傷？」

「燙傷，還好不是很嚴重。」須藤薰說：「不過住院了，因為發高燒。」

一時之間本間以為聽錯了，她居然住院了。

「妳說什麼？」

「我們去了醫院，搭救護車。」須藤薰以天真無邪的眼神說明，「就在附近的綜合醫院，一直住到二十六日中午才出院。九天的休假就是因為這關係，錯不了的。是我帶她去的，也一直在她身邊照顧。」

簡直就像炸彈一樣。

新城喬子在關根彰子的母親淑子過世之時，人是住在名古屋市內的醫院裡。

「是肺炎。」

須藤薰或許對他不發一詞的樣子感到訝異，因此稍微彎著身子上前對本間說明，「她說是十八號起在外面住一天，跟朋友一起開車旅行，回程上出了車禍。所以來到我家已經是十九號的半夜過後。」

「不管怎麼問她跟誰一起旅行，就是堅持不說。右手上有一個很淺、範圍很大的燙傷。而在那種季節身上只穿著襯衫和一件薄外套。說是發生車禍時，毛衣燒掉了。就這樣搭新幹線過來……整個人不停地顫抖，果然就發燒了。」

但是一開始還是先睡在須藤薰的房間看看情況。

「但是我實在沒辦法處理。她很難過地呻吟，我以為她是去上廁所，卻看見她拿頭去撞浴室的牆壁……簡直就像是精神出了問題。她的情緒亢奮，連我在她身邊都沒有知覺。於是我只好叫救護車來。」

「就這樣子直接住院，連燙傷的部分也一併治療。」

「因為沒辦法老實對上班的玫瑰專線說明情況，就編個理由說她因為感冒睡在親戚家。公司方面倒是沒什麼問題。」

「住在醫院七天。等她恢復精神，到最後始終都沒有說是搭誰的車出的車禍。看來是她不得不當作祕密的對象吧。」

「我是不記日記的人，但對於錢財進出則有記錄。當時是我代墊住院的保證金，所以翻閱舊的家計簿，應該可以更加確認。需要我回去調查嗎？」

本間拜託她後，兩人分手了。那一天晚上，她打電話到本間住宿的飯店房間，確定白天提到的住院日期沒有錯。而且如果飯店有傳真機的話，可以將醫院的收據傳過去給他。本間請她這麼做。

看著本間一把扯下傳真紙，櫃檯人員有些吃驚的樣子。

小幡綜合醫院。一九八九年十一月十九日至二十六日之間，新城喬子於本院住院接受治療。有出示社會保險證。六人病房，保證金七萬元。

新城喬子在一九八九年十一月二十五日並沒有殺害關根彰子的母親。

26

「但是並不是就這樣整個翻盤了吧？」儘管嘴裡這麼說，碇貞夫喝著昆布茶的表情卻顯得陰霾不開。

地點是在水元家的廚房。犯下忘了幫小智帶禮物回來的過錯已經有兩天了。

「搞不好有共犯！」小心翼翼開口說話的人是井坂。因為小智的點菜，他正在用大鍋煮著今晚的晚餐——關東煮。大家一起出錢，所以連他家吃的份也在內。身處於飄散著和平氣息與白色熱煙的廚房裡，板著一張臉孔終究是不太合適的。

「一開始並沒有考慮到有共犯的存在。如果真有那樣的人，到目前的階段應該早就出現了才對。」

「那個叫片瀨的男人呢？我還是覺得他很可疑。」

「他人在大阪。關根淑子死亡時，他在玫瑰專線上班到晚上九點。除非是長了翅膀，否則同一天的十一點過後不可能在宇都宮的。」

「那是偶然囉。」碇貞夫低喃道，一副自己也不太相信的表情。「這世界上還真是有令人驚訝的偶然呀。」

本間笑說，其他就不知道該怎麼解釋了。

「新城喬子鎖定目標的關根彰子的母親，時間就那麼剛好，而且是因為意外事故死去，這怎麼可能嘛？」

「很難說喲，有時事實就是比小說離奇嘛。」

「同行的人？」井坂還在堅持，「就是十一月十九日旅行時出車禍的同行的人。他是開車的人吧？他會不會是共犯呢？」

本間沉默地思考，很難回答「是」或「不是」。因為他也不知道可能性如何。

碇貞夫無精打采地問說：「那個同行的人是栗坂和也嗎？」

「你推理小說讀太多了。」

「噢，是嗎？」

「這麼說來，之後他怎麼了？連通電話都沒有打來嗎？」井坂關心的表情詢問說：「要說到源頭，這件事可是他起的頭，不是嗎？真是令人看不過去呀。」

「要是那麼有心的男人，一開始就不會麻煩別人了。」碇貞夫在一旁冷言冷語。自從他聽說丟在地上三萬元的插曲後，他對和也很感冒。

井坂站起來走到爐邊，拿起了鍋蓋。鍋子裡冒出了熱氣。碇貞夫沒有規矩地將下巴靠在桌子上說：「味道好香呀！」

「吃完晚飯再走吧。」

「要擺出一副參加守靈的臭臉一起吃關東煮嗎？」碇貞夫嘿嘿嘿笑過之後，突然又冒出一句，「應該正在吃飯吧？」

「誰呀？」

「新城喬子呀。」

本間看著碇貞夫的臉說：「說的也是吧。」

「是呀。她也要吃飯、洗澡和化妝，說不定還跟男人在一起。她人可是在哪裡活得好好的。」

碇貞夫說句「真是怪呀」，然後又發出洩氣的笑聲說：「我們在這裡抱著頭煩惱的時候，她本人可能在資生堂的美容沙龍試用今年春天最新色彩的口紅呢！」

「你說的這麼具體，難道有什麼根據嗎？」井坂一隻手拿著筷子，一邊感嘆地說。

本間則看了碇貞夫一眼，解釋說：「這個男人前不久才相過親。我看八成對方是資生堂的美容專員吧！」

碇貞夫難為情地表示，「答對了。你真是令人生氣的男人呀。」

新城喬子現在究竟在哪裡做什麼呢？

關於這一點，本間並沒有任何具體的想法。當然一方面是因為沒有線索，想太多也是枉然，而且憑空猜測只是徒然浪費時間罷了。

回到原點，也許應該聽從當時還不知道「關根彰子」其實是別人的溝口律師所提議的，乾脆在報紙上刊出尋人啟示。

「喬子　事情我已知道　請盡速聯絡」

但是要用誰的名義呢？和也嗎？

太可笑了。

但如果刊出這樣的廣告，喬子還真的出面回應，那就更可笑了。關根彰子將戶籍賣給了我……你是說彰子人嗎？她應該在博多工作吧。我們最近才通過電話。真的是很不好意思，發生這種事——結果和也聽了她的說明很感動，兩人重修舊好，快樂地踏進禮堂。而我卻因為胃潰瘍住院，不對，是因為高血壓而病倒。

怎麼可能？怎麼會發生這麼蠢的情節嘛。

新城喬子現在應該蟄伏在哪裡才對。盡可能遠離東京，為計劃的失敗而垂頭喪氣——

本間突然從椅背上站了起來，碇貞夫嚇了一跳說：「怎麼了嘛？」

「嗯，」本間看著別的地方說：「我在想新城喬子現在在想些什麼？」

「說不定正在嚎啕大哭呀。」碇貞夫說完，用鼻子冷哼一聲。「也可能正在跟佳麗寶的美容專員聊天呢。」

「總之她應該在工作吧。」說話的人是井坂，「我想她應該沒有錢可以坐吃山空，肯定需要新的落腳處。」

「因為已經不能再繼續倚靠須藤薰了。」碇貞夫說。

本間瞇起了眼睛說：「她會不會老調重彈呢？」

「什麼意思？」

「借用新的女人的名字和身分。」

而且還得要盡快。

「新城喬子現在沒有跟以前她十分信賴的須藤薰聯絡，完全沒有接觸。我想那是因為她在害怕的關係。」

「害怕？」

「嗯，你聽好，她是因為害怕自己不是關根彰子的行跡敗露而逃跑的。因為意料不到的地方露出了馬腳，讓她失了方寸。因此她必須一個人好好思考——自己不見了之後，栗坂和也會怎麼樣？應該會來找尋自己的下落吧？甚至她也猜到說不定以個人破產為線索，和也現在已經追蹤調查出關根彰子其實是新城喬子這個女人假冒的……」

「不可能吧，她會想到那裡？」

「或許她沒有十成的把握，但肯定是害怕的，不是嗎？所以跟新城喬子有關的過去關係，她一概沒有聯絡。打算切得一乾二淨。因為冒充關根彰子的計劃失敗，更讓她的心情跌入谷底，於是會想說，事到如今，與其繼續恢復成新城喬子的身分，不如找尋下一個目標重新開始比較快。不是嗎？」

碇貞夫和井坂相對看了一眼，碇貞夫說：「那表示她又要到郵購公司開始上班囉？」

「因為得重新開始嘛。」井坂同意說。

是呀……本間呼了一口氣，感覺好像有什麼掠過心頭，但是在說話之間又跑掉了。以為看見水中的魚影，回頭一看才知道是水漣的波紋。

「哎呀，時間到了，該走了。」看著廚房的時鐘，井坂說。時間是差五分三點。小智和小勝交代三點開始要幫呆呆舉行葬禮，請大家出席。

結果因為不能在路邊或公園裡挖洞，最後決定呆呆的墳墓就設在井坂夫妻所住一樓的前院裡。由於是分開出售的社區，住戶沒有庭院的所有權。但埋在他們夫妻倆房間陽台的正下面應該沒關係吧。

阿保削木片做成十字架代替了墓碑，看得出來他的手工不錯，還有一顆虔誠的心。

現在的阿保十分可憐，自從本間說明關根淑子的死，新城喬子涉嫌的可能性消失後，很明顯地他整個人心情低落。

「我也參加吧。」碇貞夫起身說：「令人想起電影《禁忌的遊戲》。」

井坂久惠編了一個可愛的花圈。

「只是一點心意。」還準備了香。

他們用小鏟子在庭院挖個小洞將項圈埋進去——小智和小勝以前所未見的嚴肅表情舉行儀式。呆呆的項圈很新很結實，埋葬之前小智曾拿給本間看過，內側印有呆呆的姓名縮寫。

阿保將十字架豎了起來，久惠將花圈掛上、點了一柱香。在白煙繚繞之中，合十祭拜。

「這樣子，呆呆沒問題嗎？」小智來到本間身邊問，「從此就安穩了嗎？」

「會的，會安穩無事的。」

「因為大家都很誠心誠意呀。」碇貞夫拍拍小智的肩膀。

「到了夏天，在這裡立個支架——」小智指著陽台的欄杆說：「種些牽牛花，到時整個夏天會變得很漂亮。」

「我去找種子來。」小勝說：「找很大朵的牽牛花。」

「輪流種很多種不同的花吧，讓整年有花開。」久惠說完，笑臉對著孩子們說：「好了，將鏟子收好去洗手。我有買蛋糕，大家補補元氣吧！」

「補什麼呀？」小勝問。

「別問了，快去！」久惠邊笑邊打發孩子們，然後回頭對著大人們說：「辛苦了，連碇刑警也一起來了。」

「反正我閒著也是閒著。」

「那就順便一起來喝個茶吧。老公，來幫忙。」

大家三三兩兩地離開後，本間發現阿保的樣子有些奇怪。從剛才起就不太說話。他以為在「葬禮」期間是為了配合小孩子的心情才那樣的，但似乎不僅於此。感覺好像自己也搞不清楚身體的哪裡痛，不時側著頭或抓抓腦袋思考。

「怎麼了？」本間出聲一問，阿保抬起眼睛看了一下四周。井坂夫妻和碇貞夫已經轉進前面的屋角。

「感覺好像有什麼事掠過心頭。」阿保一邊拍掉膝蓋上的泥土一邊說：「剛剛用鏟子挖洞、豎起十字架的時候，突然感覺很久以前好像也做過同樣的事。」

「是小時候寵物死掉，幫忙挖過墳墓？」

阿保搖頭說：「不是。我爸爸很討厭動物，不管我怎麼哭鬧，就是不讓我養。」

真是奇怪呀，不對呀……阿保不斷喃喃自語。

「我應該問問郁美才對，因為她好像比我還能掌握我的人生。」

「她是個好太太。」

「相對的，我也不能做壞事，真是受不了。」

那一晚阿保打電話回宇都宮的家給郁美，本間在一旁有一搭沒一搭地聽他講電話。他將目前收集和問訊所得的資料攤開在桌子上，反正也沒事可做，就重新審視自己手上的牌色。

看著阿保留下幼小孩子和懷孕中的妻子出門，所以本間要他不必客氣，每天打電話回去關心家裡情況。但是儘管住在這裡的期間，阿保每天晚上都很規矩地聽郁美說話，但一開口都是問說「太郎乖嗎？肚子裡的孩子怎樣？」難怪郁美會吃味。

「喂？是我。」阿保說。也不知道郁美回了什麼話，只聽阿保回說：「怎麼了，是我呀。是我耶。」

本間猜想大概是郁美說了「『我』是誰，沒聽過」吧。

不由得微笑的同時，本間心想是該讓阿保回郁美身邊的時候了。他應該也滿意了吧？不，就算不滿意，也不能一直留他住在這裡。阿保有阿保的人生，還有郁美等著他回去的宇都宮的家。

「不要說那種孩子氣的話嘛。」阿保用力比手畫腳地安慰郁美，「是呀，當然呀。我擔心的人是妳呀……沒錯……什麼？妳怎麼能這麼說！」

本間站起來覺得離開比較好，阿保卻伸出手制止。

「笨蛋，別太過分了。」他斥責過郁美後說：「喂，我有點事情要問妳，所以才打電話來。妳現在坐著嗎？」

郁美也知道「吃味」的程度，於是兩人開始談正事。阿保說明今天發生的事後說：「我感覺好像很久以前也有像那樣用鏟子挖洞幫寵物蓋墳墓的經驗。可是妳知道我爸爸那種人，我們家也沒養過貓呀狗的什麼，不是嗎？妳有沒有什麼印象呢？」

阿保認真聽著郁美說，然後突然吃驚說：「什麼？飼養社團？我是飼養股長嗎？我做過嗎？」

郁美好像又說了些什麼。

「為什麼妳會記住呢？什麼，是噢，我跟妳說過噢……我小學五年級的時候還尿過床，這種事我也跟妳說過嗎？」

看來問題解決了。本間又回到桌面整理起新城喬子和關根彰子兩人的人生經歷。

這時阿保又叫了起來，把本間也嚇了一跳。

「對呀。」阿保拿拳頭敲打電話機說：「對了，我想起來了，當時是和小彰一起。」

因為聽見彰子的名字，本間看著阿保的臉。阿保回頭對著他用力點頭。

「對呀，對……我那時……」

郁美還在說，阿保興奮地回應。在她的補充說明下，看來阿保恢復了記憶。

「郁美，妳的頭腦真好，妳這個女人真棒。」大聲說完後，阿保掛上電話。

「我們一起當過飼養股長。」回到桌邊，喘著氣開始說明，「我想應該是小學四、五年級的事吧。教室裡跑來迷路的十姊妹，我和小彰擔任股長負責照顧。」

因為那隻十姊妹死了，所以就埋葬在校園的一角。

「這樣心情輕鬆了吧？」本間笑說：「有時記憶好像哽在喉嚨裡出不來，是很不舒服的。」

「嗯。」阿保點頭說，突然又一臉緊張地表示，「本間先生！」身體探在桌子前說：「我跟郁美說話的時候，突然間想到了。」

本間被他的氣勢搞得有些莫名其妙，「嗯，什麼呢？」

「小彰她很愛護那隻十姊妹。」

大概是因為她家沒有辦法養寵物，所以分外愛憐那隻小鳥吧？

「所以小鳥死的時候，她真的很傷心。當我幫她挖墳墓埋葬時，她一直在哭。就跟小智一樣哭著。小彰很捨不得十姊妹，說牠孤獨一個被埋葬在這種地方，一定很寂寞。」

阿保不斷訴說的臉頰上微微顯得潮紅。本間仔細觀察他的臉，這才明白阿保要表達的是什麼。

「難道說……」本間一開口，只見阿保用力點著頭說：「沒錯。這件事小彰到長大成人都還記得。郁美也是在小彰從她媽媽的葬禮回來時，聽她自己說起，郁美才會知道這件事的。」

阿保拍了一下桌子說：「雖然是小孩子的一時性起，但當時是真心的。小彰，小學時候的小彰對我說過：『等我死了，阿保，我要跟皮皮埋在一起。』皮皮是十姊妹的名字。」

十姊妹埋葬在校園的一角。

「你知道嗎，這是怎麼一回事？」阿保口沫橫飛地繼續說：「郁美聽到的是，在她母親的葬禮上，小彰說她很難過不能蓋墳墓。她還說——」

——我是那麼地不孝，死了也不能跟父母埋葬一起。乾脆跟皮皮埋在一起吧。

「她這麼說過，郁美聽得一清二楚，聽小彰親口說的。這代表什麼意思呢？」

「不要太興奮。」本間一邊動腦思考一邊說：「這樣子也很難說——」

但是阿保不聽。「是嗎？我可不這麼認為。新城喬子不是為了接近小彰，還一起跟著參加墓園的參觀行程嗎？那是想要買墓園的行程耶。當時心情一感傷，難道不會說出自己死後想葬在哪裡的想法嗎？萬一小彰脫口說出了十姊妹皮皮的往事呢？是學校耶，就算不知道地點，隨便說出宇都宮的什麼小學，要調查起來也不是什麼困難的事吧？」

在參觀墓園的行程中，新城喬子從關根彰子嘴裡聽到這件事——

對了，有一次曾經跟碇貞夫聊過，人在參加死亡儀式或跟死亡有關的活動時，會突然將平日藏在心中的心事說出口，就像那個殺死丈夫的年輕妻子一樣。

是很自然說出口的呢，還是被喬子有計劃地套出口的呢？只是她是怎麼套話的？有什麼必要要那麼做？屍體丟掉就好了，不是嗎？

是呀，只要丟掉就好了嘛……

本間又遇到了瓶頸。是呀，丟掉就好了，但是新城喬子卻無法將關根彰子的畢業紀念冊丟掉，還特別寄回給在紀念冊上留言是關根彰子「好朋友」的野村一惠，請她幫忙保管，為什麼？

因為捨不得丟掉嗎？還是心裡過意不去？

但是畢業紀念冊都那麼處理了，彰子的屍體更有可能審慎的對待才對。我是不是也跟阿保的想法一樣？覺得新城喬子雖然因為沒辦法得分屍，但仍然無法將最重要的頭部捨棄在韮崎的墓園。而決定好好地埋葬在彰子所希望埋葬的地點呢？

大概是阿保的興奮傳染給了他。本間努力讓頭腦冷靜後說：「說不定你說的有可能，但也可能不對。光憑想像是沒有用的。」

阿保的氣勢一發不可收拾，「沒錯，所以去挖挖不就知道嗎？我一個人的記憶不準，但是回到宇都宮還有很多同學。大家集思廣益，順便請他們幫忙，一起將學校的校園給翻遍！」

說完再聯絡，阿保搭上隔天一早最早班的新幹線回去。那天二十一日是個氣溫寒冷的假日。平常遇到假日就決定睡懶覺的小智竟起了大早，目送精神奕奕的阿保出門。相對地抬頭看見一臉好像肚子痛的父親的臉，似乎正考慮該將感情放在誰的身上。

「阿保哥不知能不能辨好事呢？」早餐桌上，小智探頭探腦地問說：「我根本聽不懂他在說些什麼。」

阿保沒有隨便對小智亂說要回學校挖屍體，所以小智根本搞不清楚是怎麼一回事吧。

「那就只好等吧。」本間也只能這麼說。

他和阿保兩人直到天亮都還沒睡——因為睡不著。頭昏腦脹的，還有一種莫名的焦躁感。

昨天在郁美的幫助下恢復記憶，阿保果然是一副神情氣爽的表情，感覺舒暢愉快。因為抓不著邊際的記憶又握在手上了。

但是相反地，本間卻很悶。昨天在廚房和碇貞夫、井坂聊天時，腦海裡面的某個想法差點要變成文字出現時便消失了，從此再也沒想起來過。半睡半醒之間，耳邊好像有什麼低語一般，感覺癢癢的，讓心情無法平靜。

心神不寧之際又遇上現實的問題，結果搞得神經更加焦躁，在早餐過後收拾碗筷時，一不小心打破了一個盤子，還被小智取笑。

「爸你有點怪哦。」小智說：「半個頭是不是不在家呀？」

「大概是吧。」

一邊用抹布擦碗筷，小智不經意地問說：「爸是不是想等膝蓋好了些，就要回去工作了？」

也不能說他猜得不對，正確說來，我的確是認為總不能老耗在這件事情上吧。

「不知道真知子老『蘇』會怎麼說？」小智笑說：「爸都沒去做復健，她應該不會答應吧。」

「可是我已經能走得很正常了。」

「那是你自己認為的，不是嗎？她看見了會相信才怪。」

「是嗎？」將水龍頭的水關上，本間說。

等這件事告一段落或完全解決，我就算是用爬的也要復職。就算撐著枴杖出去問訊，我也不想留在家裡了。

等到小智出門去玩，家裡只剩他一人時，結果還是得回到新城喬子和關根彰子的身邊去。攤開桌子上的資料，外面的天氣正好，連可憐的野狗都能享受溫暖的陽光，自己卻只能在這裡抱著頭頭痛！

他將到目前為止根據假設所遇到的疑點列了出來。

新城喬子是如何拿到玫瑰專線的顧客資料呢？而片瀨跟這件事有關係嗎？

新城喬子是怎麼樣殺死關根彰子的母親呢？還是她沒有殺人呢？

將近三個禮拜所做的事，就像是重組卡片的房屋模型一樣。風一吹，馬上就被吹得無影無蹤。

這兩個疑問，每一個都是致命性的疑問。眼睛直視著前方，突然跳出「喬子　事情我已知道請盡速聯絡」的尋人啟事，然後新城喬子淚眼婆娑的出現倒在栗坂和也的懷裡哭泣。

「我實在不懂。」他不禁喃喃自語。

平常如果是井坂不來的日子，本間就會站在廚房裡做些奇怪的食物。但今天他實在提不起勁。

「到外面吃吧？」他的提議，小智當然欣然接受。

兩人走到社區附近的餐廳。一跟外面的空氣接觸，感覺比想像舒服，吃完飯後便不想立刻回家。

「下午有跟誰約好嗎？」走出餐廳，悠哉散步之際，本間問小智。

「三點要到小勝家。他現在去新宿買新的電動遊戲軟體。」

「這次又是什麼樣的遊戲呢？」

小智說明了，因為第一次沒聽懂，本間要他再說明一次，還是沒聽懂。

「總之就是最新型的就是了。」

「沒錯，最新型的。」

小智也看開了。反正爸爸頭腦的舊式電路，是無法用為我們這一代製作的軟體來驅動的。

「好舒服呀。」小智一邊打了好大的哈欠一邊說。

「天氣很好。」

「爸也走得很好了嘛。」

「是吧？所以早上我不是說過了嗎。」

「你腳都好了，真知子老『蘇』會寂寞的。」說些什麼奇怪的話嘛。

「偶爾也來散步吧。」

「不是已經在散步了嗎？」小智說，顯得十分高興。「去公園吧？」

兩人往水元公園走去，耳垂因為冰冷的空氣而逐漸變冷，就這樣散步了約一個小時。這個公園不像表面字義給人的聯想，其實是很廣闊的。走這麼一點時間是無法全部繞完的。

月曆上早已經是春天了，但公園裡的草木似乎還不知道這個消息。白楊樹伸長無數的枯枝直指著天空，彷彿在訴說北風又要吹起了，天際的樹枝正微微顫動。枯紅的櫸木林中，有烏鴉幾乎觸手可及地低空飛行，但牠也不是報春的使者，畢竟牠身上的羽衣太過豐厚。

菖蒲田如今只是泥淖。睡蓮池周圍立著畫架，有一群人試圖揮動畫筆將這冬日景象描畫在畫布上。大概是畫的人的想望吧，畫中的綠色看起來比實際多很多。

就在這時，本間忽然又想起了新城喬子。這樣的晴天，她是否也會出門到哪裡去呢？還是會曬曬被子、抬頭瞇著眼睛看看太陽呢？她腳底下所踩的寒冬街道會是在哪裡呢？

阿保的臉也猛然出現在腦海裡。他是真的想要挖掘校園嗎？雖然沒有阻止他，但還是阻止他比較好吧。

也許這一切都是從本間的推理錯誤開始的。卡片的房屋模型倒了。或許他應該將卡片收回盒子裡，回到原來的工作才對。

「感覺好久沒這樣子了。」領先前面兩、三步，走走跳跳的小智說：「爸，你的腳好了，真棒。」

「託你的福啊。」

父子倆一邊看著池邊垂釣的人們，一邊說好下次也來釣魚就走出了公園。由於小智連續打了兩個噴嚏，本間心想該回家了。

在公園口看了一下手錶，到三點還差十五分鐘。

「也許能遇到小勝。」回到社區的大門口時，小智東張西望地說。

「搞不好新的遊戲軟體賣完了，小勝空手回來。」他故意作弄小智，卻換來一個鬼臉說：「他早就先預約好了。」

現在的小孩想得還真是周到。本間正自讚嘆地邊想邊走，快到九號樓時，不禁瞇起了眼睛。

小智也停下了腳步，「這是什麼？」

從右手邊的方向，飄來燒焦的臭味，那裡有用來燒垃圾的焚化爐。

「我去看看。」

「我也要去。」小智跑步跟了上來。

走近一看，一個高度到本間肩膀的焚化爐前，有個穿工作服的男人一邊揮著濃煙一邊整理垃圾堆。抬頭看見本間來，立刻知道是這裡的居民，輕輕點頭說：「不好意思，我在燒紙的垃圾。因為受潮了，煙燻得厲害。」

從厚重的金屬門板裡面冒出白煙，原來是這麼回事。

小智被煙燻得猛咳嗽。

「辛苦了，不好意思。」打聲招呼，本間正要帶著小智走時，忽然停下了腳步。

在清潔工的腳邊有著堆積如山的東西，是些舊帳簿，用黑色的繩子綁著。

「這些也要燒掉嗎？」

清潔工用戴著綿布手套的手直接擦汗回答，「是呀，上個禮拜天搬走的那戶人家是會計師，將這些保存了十年的帳簿給留了下來。」

「那你可就累了。」

清潔工又擦了一把汗說：「就是呀。留下來很困擾，但也沒辦法呀。不過還真是不少的記錄呀。現在沒有人會用這種古老的記帳方式了，因為有電腦了。只要輸入，根本不必寫在紙上。」

只要輸入就不要了。這句話讓本間心臟跳動了一下。

「那可不一定。」小智說。

「哎呀，是嗎？」清潔工露出了笑臉。

「對呀，我們導師買了個電子手冊，結果讀了說明書，上面說電池一沒有，所有資料都會不見。所以最好將重要資料另外記下來。」

清潔工聽了哈哈大笑說：「他大概是買了便宜貨吧。」

「才不是呢，所有東西都一樣。所以最後老師還是用紙的記事本。」小智說著自己也笑了。

不只是電腦，文件也應該留著。本間在頭腦裡反芻，文件也是一樣。

其實是很簡單、很單純的。

「那不就更花工夫了嗎，小子。」清潔工說。

「我們老師也是這麼說，反而是資源的浪費。」

清潔工打開冒著煙的焚化爐蓋，丟進新的紙疊。小智納悶地看著沉默地杵在那兒的本間。

「怎麼了，爸爸？」

本間將手放在他小小的頭上說：「謝謝你的幫忙。」

「嗄？」

本間微笑地弄亂了小智的頭髮說：「只不過很對不起你，明天我又得要去大阪一趟了。」

27

「會客室？什麼？我們公司嗎？」

片瀨在玫瑰專線的會客室裡皺著眉頭反問。本間搭一早的新幹線來到大阪，立刻趕往這裡叫片瀨出來。這一次他是透過櫃檯辦理會客，片瀨遠遠避開服務台的女同事，把門緊緊關了起來。

「就為了這些小事，專程跑來找我嗎？」

「是的。只不過這些事並非你所想像的微不足道。」本間探出身子，加大了音量說話，「是那些問卷和訂購單。輸入電腦之後，怎麼處理？有立刻銷毀嗎？」

「當然，不然留著也是佔空間。大約一個月銷毀一次吧。」

「真的嗎？」

「真的，絕對不會遺漏的。」片瀨的聲音聽起來充滿了自信，甚至有些誇張。

「真的……嗎……哈哈……」本間故意重複一遍，然後問說：「那銷毀資料，是誰的工作？」

這個問題讓片瀨有些退縮，錯過了回答的時間。

本間再問一次，「誰來銷毀呢？」

片瀨舉起手似乎要藏住鼻子似地按著，低著頭想要避開本間的視線。

「應該不是難以回答的問題吧？還是有什麼不好回答的理由呢？」

「是總務部，庶務課。」終於低聲回答了。然後又趕緊補充說：「可是新城小姐不是庶務課的人。」

「那是怎麼銷毀的呢？」

「一個月一次，交給專門業者處理。」

「在那之前呢？」

「放在地下倉庫裡保管。」

「那個地下倉庫，誰都可以進去嗎？」

這一次停頓的時間比剛才久。

「片瀨先生？」

「是。」就像老師點名時回答的學生一樣。

「地下倉庫是任何人都可以進去的嗎？」

片瀨咳了一下說：「只要是事務工作的女職員都可以進去。」

本間有種想要拍腿的衝動。那些是文件，還沒輸入電腦前的資料。所以是喬子能夠得手的資料。

根本不需要熟悉電腦系統的操作，就能達到她的目的。

只是她有留下證據嗎？

「你們和專門業者之間有說好要嚴守祕密的嗎？」

「當然，因為這些問卷、訂購單都是我們公司的重要資料。」

「那拿出去銷毀時，有沒有先一箱一箱計算好裝箱的箱數，或先留下記錄之類的呢？」

「我想總務會做吧。」

「可以幫我調查嗎？過去……對了，就是新城喬子在這裡工作的一九八八年四月到一九八九年十二月為止，看看有沒有銷毀的箱數不合或文件資料不足的情形發生過。」

片瀨抬起眼睛看著本間問：「要調查嗎？」

「麻煩你了。」

「可是我沒那麼多空閒……」

「那我跟你的上司交涉看看吧，我也有很多方法可用的。」

其實如果片瀨拒絕了，本間也覺得困擾。但為了讓對方答應，說再多的謊言也無所謂了。

「那不行，請你千萬別那麼做。」片瀨的聲音顯得像是知道些什麼，「如果真的扯上什麼奇怪的事件，對我們公司會造成很大的困擾。所以拜託，請不要說出去……」

看著他扭曲得很滑稽的面孔，本間恍然大悟，根本不用拜託他去調查了，原來他早已經知道了。

「片瀨先生你是不是受新城小姐之託，將應該銷毀的已輸入文件給她看或是影印給了她呢？」

難怪你會那麼緊張。難怪問到新城喬子和玫瑰專線資料庫的關聯時，你的態度那麼驚慌失措。

「是不是呢？」

就像相撲選手在比賽場上被扳倒一樣，片瀨失魂落魄地點頭。

「她拜託我讓她看文件資料。應該說是我幫她做了還是告訴她呢？」

本間不由得大大嘆了一口氣。

「什麼時候的事呢，我也記不清楚日期了……」

「完全不記得嗎？一點印象都沒有嗎？」

片瀨點頭。

「那你先說說具體的做法是怎樣？」

「只要偷偷地將要銷毀的文件從箱子拿出來就好了，很簡單。因為業者一個月只來回收一次。」

「你拿出文件的箱子裡，都放了些什麼東西？」

「問卷。」

「問卷嗎，什麼時候的東西？」

片瀨縮著肩膀回答，「剛剛不是說過了嗎，我不記得，真的（大阪口音發為honma）。」

靜靜地看著他的臉，本間知道他的「真的」一點都不是「真的」。因為片瀨的眼光游移著。

「本間（發音也是honma）是我的姓，你說的不是真的。」

片瀨軟弱的嘴角鬆開笑了，但是一看見本間一點也不好笑的表情，馬上又將笑容收了回去。

「我不記得了……」

「一點也不嗎？全部嗎？」

明明記得卻裝做想不起來的樣子！

終於片瀨小聲地回答，「一開始是五月的時候。」

一開始？

「那是說你拿了好幾次的資料出去囉？」

片瀨點點頭。原來如此，難怪會這樣子縮著身體。

「你說五月，是哪一年的五月？」

「她來我們公司那年……」

那就是一九八八年了。

「拿出去幾次呢？」

「四次。」

「也就是到八月囉。」

「是的。」片瀨小聲地繼續回答，「全部都是以關東甲信越地區顧客為對象的問卷。當時我還在想這女孩怎麼喜歡看些奇怪東西，所以記得特別清楚。」

「喬子為什麼要看這些文件，她有說明理由嗎？」

「原則上是有……」

「什麼理由？」

片瀨吞吞吐吐地回答，「她說在學電腦，要練習程式，需要一些資料來跑。」

「這理由令人相信嗎？」

片瀨沉默不語。

「你自己也不相信吧？」

他頭低著，很難為情地笑了。「我以為她是將資料賣給了人頭公司。」

但他還是因為對方是喬子而默許這種事發生嗎？

「片瀨先生。」

「是。」

「那些文件裡面有沒有包含關根彰子的資料，有方法可以知道嗎？」

「現在我不知道，真的。但是給我一些時間，應該能夠查得出來。」

片瀨說話的速度越來越快，他繼續說明，「填問卷獲得的資訊，會依照取得時間作好區分，輸入的時候會做出便於日後識別的設計。換句話說，之後可透過一定的電腦程式來搜尋檢索，便於收集到特定期間內所輸入的資訊。」

如果用這方式收集資料，就立刻能知道喬子掌握在手中的問卷內容了。

「片瀨先生，可不可以將那些資料全部印一份給我？喬子拿走的那四個月資料全部都要，也許很花時間，我願意等。」

片瀨似乎料到本間會這麼要求，嘆了一口氣說：「我一定要做嗎？」

「不行的話，只好請你上司……」

「我知道了，我知道了，真受不了你。」

片瀨雙手搔著頭皮說：「但是這件事請你千萬要保密。」

他顯得驚慌失措，想在事情還沒鬧大之前，趕緊將小火撲滅。

「我答應你，試著努力看看。」

但是本間心想，如果我的想法是對的，恐怕就沒辦法答應你的要求了。

因為對方要求等他兩個小時，本間又來到了「觀笛」咖啡廳。等待的時間裡感覺到前所未有的焦躁，不停地抽著香菸。

片瀨比約定的時間早到了十五分鐘，手上拿著厚約五公分的電腦報表紙。

「有一百六十件。」他將紙疊丟在桌子上說。

資料十分地重，即便不用手拿，本間也能知道。

新城喬子就是這樣子從玫瑰專線拿到了居住在關東甲信越地方的客戶隱私資料，然後開始找尋符合她假冒條件的年輕女性人選，於是她找到了關根彰子。沒錯，這個假設應該沒有錯。

翻閱連續報表時，本間問片瀨，「關根彰子呢？」

「有的。」片瀨回答，指著紙疊三分之二的地方說：「因為是七月中的資料。」

本間一邊翻閱，並想起來關根彰子成為玫瑰專線顧客資料是在七月二十五日。

喬子究竟是以什麼次序來探索「目標」的呢？從一堆拉拉雜雜有名字、年齡、現在住址、職業、有無護照……的資料中搜尋。

首先應該是年齡。年紀差太多的女性總不行。職業若是太正經的工作也麻煩，最好是無業或兼職，必須是那種突然辭職也不會被懷疑的女性。另外不能忽略的就是沒有可倚靠的家人，或是家人較少的條件。

拿到手的資料她應該是照那種方法一一檢查的吧。五月份、六月份、七月份，最後是八月份。以這段時間為基點，假設她挑出了五個最有可能的女性人選，於是便停止了繼續取用資料。然後再鎖定第一人選……

「有了。」眼前出現了印有關根彰子資料的報表。本間的手並沒有發抖，但因為重新坐好時撞到了桌子，桌上的冷水杯跟著搖晃。

「有了，關根彰子。」

一副好像「這樣你心滿意足了吧」的口吻，片瀨低喃說：「我該走了……還有工作……」

「請等一下，再等五分鐘。」

本間讀著彰子的資料，然後抬起頭來——

就在這時，在他持續不斷努力的這一刻，也許是時間之神還是其他具有支配力的什麼哀憐他吧，本間腦海中閃過一個念頭。

突然間感覺體內的汗水化成了酒精，開始蒸發了起來。

「怎麼了嗎？」片瀨問。

對新城喬子而言，關根彰子是她排名第幾的候選人呢？

沒錯，一開始她並不是第一人選。關根彰子的資料包含在七月份的資料裡，但是喬子還繼續跟片瀨要求八月份的資料。

所以包含關根彰子，人選是複數的。

其中喬子選擇了條件最好的目標開始行動——

就理論上而言，過去本間已經思考過好多次。喬子從玫瑰專線取得資料後，再從其中挑選出最適合的「目標」。

但這是憑空的想像，如果早一點看到像這樣子一百六十人份的資料，早一點實際感受到這疊電腦報表的重量，那麼自然會有不一樣的想法。

對新城喬子來說，如果關根彰子並不是她排名第一的候選人呢？

她認定為最適合的「目標」女性其實另有其人？

如果另有第一號候選人的話，為了擊中「目標」，她是否已經陸續做好了準備呢？

而在那個時候，幾乎是完全的偶然，她知道了關根彰子母親死亡的消息？

新城喬子訂閱了東京的報紙。關根淑子因違章建築而墜樓身亡的消息，雖然篇幅不大，卻還是刊登在東京的報紙上。

喬子讀了報導發現彰子因為母親的過世，至少在戶籍上已經成為天涯孤女的可能性是足夠的。

沒錯，關根淑子的死因果然還是意外事故，雖然有自殺的可能性，總之不是他殺就是了。

那是偶發性的事故。新城喬子因為關根淑子的死而將其他目標的注意力轉移到關根彰子身上。

因為淑子的死讓她判斷，以彰子為目標，在實行計劃時可以減少污染雙手的機會，所以算是危險性較小的目標。

這麼一來所有細節都連貫得上了。

「我不知道你要幹什麼，但這樣子做有意義嗎？」片瀨或許感受到莫名的害怕，一臉茫然地問。

「比你想像的還要有意義吧。」

「可是……我……」

「片瀨先生，請你回想一下好嗎？新城喬子有沒有去過山梨縣呢？」

片瀨重複反問：「山梨縣？」

「是的。山梨縣韮崎市，在中央線的甲府附近，有一尊大的觀音像。怎麼樣？」

片瀨吞吞吐吐地表示，「我想去過。」

「你怎麼知道？」

「因為我們……一起去旅行過。」

「她和你？」

「是的，我們開車旅行。我們……那是第二次的旅行吧。」吞了一口口水，片瀨繼續說：「因為我姊姊嫁到甲府，我想去玩的時候順便將喬子介紹給她認識，所以事先有聯絡。我們也去了韮崎，去吃麵疙瘩。」

本間按著額頭，確定剛剛聽到的都納進腦子裡，然後問說：「她是和你開車旅行的吧？」

「是的。」

「片瀨先生你愛上了新城喬子吧。」

「……是。」

「所以如果當時她有別的男朋友，你應該會知道吧？有沒有那種感覺過？」

片瀨的表情有些憤慨，他搖頭說：「沒有。」

「有自信嗎？」

「有。我們……之間……」

「已經有了親密關係？」

片瀨點頭，一副跟他外表不相符的害羞神態，眼光低垂著地回答：「是的。」

新城喬子完全將這個男人控制於股掌之中。但如果是這樣，喬子對須藤薰所提到那個一起開車旅行出車禍的男人又是誰呢？直到最後都沒有跟須藤薰說出名字的那個男人——那個男人人在哪裡？

「她受到了燙傷。」本間試圖回憶須藤薰說過的話，「她渾身顫抖。」「她很難過地呻吟。」「她拿頭去撞浴室的牆壁。」

「我是真心和喬子交往的。」片瀨突然說話，「我認為喬子也知道我的心意。她不可能有其他男人。」

她不可能有其他男人！

本間抬起頭直視著片瀨，他說：「是的，除了你，她沒有其他的男人了。」

是的，沒錯，就是這樣。新城喬子於一九八九年十一月十九日跟須藤薰說的車禍是編出來的謊言。從頭到尾都是謊言。因為她不想說出真相便開始扯謊。

她不是不說出男人的名字，而是沒辦法說。因為那個男人根本不存在。沒有開車旅遊，也沒有出車禍。

本間毛骨悚然地伸直了背，重新看著整疊的電腦報表。

那一天，一九八九年十一月十九日，新城喬子在這疊資料中不知道是從東京、橫濱還是川崎或哪裡，挑選了一名女性作為她的第一號「目標」。她是否為了想成為這名最佳候選人，而打算解決該名女性的近親以排除障礙呢？

「一個很淺、但是範圍很大的燙傷。」「說是毛衣燒掉了。」

本間想起在方南町公寓看見的那個裝汽油的小瓶子。拿起瓶子時所感覺到的刺激臭味。閃閃發光的抽風機扇葉。

汽油。

是縱火。

本間趕回東京後，不停地打電話成了主要工作。他和專程請一天假過來幫忙的碇貞夫、井坂夫婦分手查閱電腦報表資料，一發現有二十多歲的女性，便拿起電話開始查詢。

「不妨先報出自己是警方。」碇貞夫對井坂等人宣布，「跟這些資料被登錄的女性們說話，問她們大約兩年前有沒有家人因為火災而受傷的？能問出多少就問多少。」

有的女性已經搬家了，有的則是出現電話答錄機的聲音。一撥通馬上就是本人接電話的情形很少，真可說是跟耐性的一場競賽。

到了晚上，讓井坂夫婦回去休息，本間和碇貞夫輪流打電話。聲音都沙啞了。

過了十一點，正想今天就到此為止吧，不料正在興頭的搜索之神卻不懷好意地看著他們微笑。

「找到了。」碇貞夫說，然後要靠在窗戶邊的本間過來。

「現在換負責本案的同事跟妳說話。」說完將話筒交給了本間。

那是一位名叫木村小末，年紀二十二歲的女性。在列印出來的職業欄上寫著「自由兼差」。講話聲音聽起來尖細、甜美，有點童音的感覺。雖然聽著本間的說明，但不時會發出疑問說：「真的嗎？你們不是什麼惡作劇電視節目吧？」

「一下子不能相信，這是當然的。不過我們沒有說謊，也不是在開玩笑。請妳聽清楚，我們是從『玫瑰專線』知道妳個人的資料。」

總之就是要求對方把話給聽完。

「木村小姐，如果我的問題很失禮，請見諒。妳的家人是不是很少？現在是一個人生活嗎？或許妳的父母已經不在人世了，對不對？」

木村小末聲音顫抖地問說：「你怎麼會知道這些事？」

本間對著碇貞夫點了一下頭，表示「沒錯」後，繼續說：「剛剛打電話給妳的那位先生，是不是問妳在這兩年之內是否有家人遇到災難？而妳回答了有。」

稍微停頓了一下子，木村小末說：「是的，是我姊姊。」

「妳姊姊？」

「是的。」

「妳姊姊是遇到了怎樣的災難呢？」

木村小末的聲音顯得驚慌，「我要掛電話了，你們是惡作劇吧？你們才不是什麼刑警呢？不要這樣做嘛。」

碇貞夫將話筒從本間手上搶過去，告訴對方搜查課的專線電話。

「聽好了嗎？有沒有記下來？好，妳打電話過去，告訴對方我們的名字，確認看看有沒有這兩名刑警。然後跟接電話的人說，妳有急事要跟本間刑警聯絡，請他打電話給妳。聽清楚了嗎？但是妳告訴對方的名字和電話號碼必須是胡扯的。不能說出真正的名字和電話號碼喲。這麼一來接電話的人就會緊急跟我們聯絡，我們聽了聯絡內容後再打電話給妳。看看我們能不能將妳告訴警方的假名字和電話號碼正確說出來，聽懂了嗎？這樣的話就能證明我們不是騙人的，妳要不要試試看呢？」

木村小末似乎接受了。碇貞夫掛斷電話後對本間說：「這叫欲速則不達。」

本間擦去臉上的汗水說：「是呀，真是不好意思。」

「算了，我自己也是急得很。」

性急地拿出香菸、點上火，碇貞夫問說：「確定完這個木村小末的存在後，接下來要怎麼做？」

本間搖搖頭說：「雖然沒有證據，但我很有自信。」

「什麼意思？」

「有一次我們不是在聊新城喬子現在在做什麼，我便有了這種想法。直到看見那份厚厚一疊的電腦報表，這想法才更明確。」

如今已經能完全掌握這種想法了。

「新城喬子因為關根彰子的計劃失敗，又開始找尋其他目標，而且十萬火急。因為她已經驚慌了。」

「沒錯，那是很有可能的。」

「你聽好，問題是這時候她沒有必要從頭開始，只要利用之前的資料就行了。我在想她應該有保留那些資料，因為她是個面面俱到的女人，一定會想到萬一的情況。」

碇貞夫低吟道：「說的也是……」

「所以在這種情況下，她首先要找的是她曾經臨時轉移方向、一度被她放棄過的第一候選人，不是嗎？所以現在不論如何她都想跟對方見面。」

「那麼新城喬子很有可能出現在木村小末那裡囉？」

這時電話鈴聲響了。一接電話，聽見當班同事說話的聲音，「有一個叫做佐藤明子的小姐來電，說有急事要找阿本。我跟她說你人在停職當中，她就是一定要找到你。」

好久沒聽到有人叫他的外號，雖然不是什麼令人聽了就害怕的名號。

「電話號碼呢？」

「她說是5555—4444，該不會是惡作劇吧？」

「沒關係，謝謝你。」

掛上電話後，重新打給木村小末。在一旁的碇貞夫批評說：「真是個沒什麼想像力的女孩！」

木村小末立刻接了電話。本間盡可能保持平穩的語氣。

「喂……木村小姐嗎？妳說的是佐藤明子，電話號碼是5555—4444。對不對？」

木村小末的聲音聽起來像是快哭出來了，「你們說的是真的呀……」

「三年前，也就是一九八九年的十一月中旬吧。那一天是星期天……好像是十九日，我姊姊受了重傷。」恢復平靜後，木村小末開始說明。

一九八九年十一月十九日。

沒有錯。就是深夜新城喬子帶著燙傷的右手去找須藤薰的日子。

「受重傷？」

「是的，燙傷以及之後因為缺氧而腦死。一直處於植物人狀態，直到去年夏天才過世。」

本間有種茅塞頓開的感覺，眼前一片明朗。

找到了，猜對了。

原來如此，新城喬子失敗了。因為鎖定為「目標」的第一候選人的家人——應該消失的家人，沒有死卻成了植物人。

如果硬要讓目標「失蹤」，置病人於不管，難保將來不會被追究，反而可能搞到行跡敗露。風險太高，所以該計劃無法進行下去。

因此才轉而取代關根彰子，那個剛剛失去母親的關根彰子。

當她在報上看見關根淑子因為意外事故身亡的消息時，不知心中有何想法？大概很高興吧，這樣反而更省事。於是興高采烈地進行假冒計劃。

還有其他事情需要確認，本間試圖鼓勵對方說：「木村小姐，令姊是否遭遇到火災呢？」

木村小末立刻回答說：「是的，沒錯。當時沒有辦法立刻找到起火點，之後消防署和警方的調查結果認為可能是縱火。那個時候我們住的那附近，經常發生有人惡意縱火的事，媒體也曾經報導過，結果不知道是不是食髓知味，手段越來越進步了。那時真的是好害怕。」

本間閉上眼睛。新城喬子訂有東京的報紙，所以知道有人縱火的消息，也利用了這個消息。

「我那一天去補習，回家時間比較晚所以沒事。可是姊姊因為睡著了來不及逃出來。」

不，不是這樣。那次的縱火根本就是對準妳姊姊而來的。

「木村小姐。」瞄了一眼碇貞夫正在吞口水的臉，本間問說：「當時，在發生火災那前後，有沒有和妳或令姊很親近的朋友突然出現呢？」

「女性朋友嗎？」

「是的，有嗎？」

木村小末沉默了一會兒說：「這個嘛……那時我因為受到刺激整個人也迷糊了……」

「說的也是，那也難怪。」本間說完，嘆了口氣。「那妳最近有沒有新認識什麼人？」

「新認識什麼人嗎？」

「是的，比方說……以前令姊的朋友或是路上有跟妳問路什麼的？」

「噢，那倒是有。」木村小末回答。

「有嗎？」本間覺得喉嚨好像哽住了一樣。「什麼樣的人呢？叫什麼名字？」

木村小末毫不遲疑地立即回答說：「新城小姐，新城喬子小姐。」

新城喬子！

聽見本間複誦這個名字，碇貞夫拍了一下自己的額頭，然後雙手握拳做出自我激勵的動作。

「她是什麼人？」

「是我姊姊的朋友，最近才剛聯絡上。」

一時之間，本間屏住了呼吸。

「妳說什麼？」

木村小末大概是被本間的質問嚇到了，頓時沉默了起來。

「妳們最近什麼時候聯絡的？」

「賓果！」碇貞夫大聲的呼喊遮過了木村小末「有」的回答。本間踢了碇貞夫的小腿要他安靜，然後對木村小末說：「對不起，請別在意剛剛發出的怪聲。」

木村小末似乎也嚇了一跳，尷尬地笑了一笑。

「新城喬子小姐，是她跟妳聯絡的嗎？」

「是的。我們一向沒什麼聯絡，她突然之間來了個電話，說是不知道姊姊過世的事，覺得很過意不去。想要去墳前祭拜一下，問我能不能帶路。所以我們約好這個週末下午在銀座見面。」

28

本間和木村小末商量，看看星期六需要她如何協助。然後才前往宇都宮，目的是要制止阿保。阿保自從上次回去以後就沒有聯絡了。他是興沖沖地回去，但實際問題是，想要挖掘母校的校園幾乎是不可能的。只要能先抓到新城喬子，搜索屍體的事可以暫緩處理。

然而隨著新幹線的車廂搖搖晃晃，本間不斷在心中思考，兩者孰先孰後較好呢？

就像一條細絲仍然牽繫著心中某個角落一樣，他也期待阿保能夠找到關根彰子的頭部，但另一方面又覺得這樣做對阿保而言太過殘酷了。

是否用自己的手挖出「小彰」的屍骨，阿保就能甘心呢？也許本人是這麼覺得，但說不定那是一種錯覺呀。或許會因此一生背負著當時所受到的衝擊也說不定！

因為事先打過電話，走出查票口時阿保已經站在那裡等待。電話裡的他聲音有種有些難以壓抑興奮的感覺，直到看到他很有精神的表情，發覺他結實的肩膀充滿了活力。遠遠看見本間便大聲呼喚。

關東的寒風肆虐，稍微走到室外便覺得耳朵鼻子凍得發疼。一坐進車門寫著本多修車廠的廂型車前座，本間才又覺得活轉了過來。心想這下沒事了，一邊還彎身用手撫摸膝蓋，慰勞一下自己的腳好一陣子。

鼻頭凍得發紅的阿保劈頭就說：「我有事情要跟你報告。」

本間制止了他說：「我也有話要說。」

「所以專程來嗎？有那麼重要到電話裡不能明講嗎？」

「嗯。」

本間從可以見到新城喬子開始說起，並說明調查經過。阿保張著驚訝的眼睛，不時發出讚嘆之聲。中間還超速開車，被本間提醒了兩次。

「太厲害了，終於辦到了。」

語尾有些顫抖。終於忍耐不住，阿保乾脆將車子停在路肩、關掉引擎。說聲不好意思，繼續顫抖好一陣子。直到繼續開車至少停頓了有十分鐘吧。

「我不知道該怎麼說，真的不知道該說些什麼才好？」

「都是大家的幫忙，才能有這麼理想的結果。」

「是禮拜六，後天嗎？我也要去。我可以去嗎？」

「當然可以。」

「你還記得答應過我讓我第一個跟她說話吧？」

「我還記得。」

停在突然轉為紅燈的紅綠燈前，阿保總算放慢了開車速度。

「到我家之前，請先跟我去學校吧。」阿保緊抓著方向盤，正視著前方說。

「就是你說的小學校嗎？」

「是的，在八幡山公園附近。」

經過上次曾經走過至今還有印象的街道，阿保將車子停在可以看見遠方綠色丘陵的路邊。

儘管說是大都市，這裡還是有東京所無法比擬的奢侈之處。阿保和關根彰子就讀過的小學擁有一個可同時玩橄欖球和棒球的巨大操場，而且不是那種鋪便宜建材的操場，是完完全全的泥土操場。

鋼筋水泥蓋的四層樓灰色教室，遠遠地佇立在對面。栽種的櫻花樹從兩翼的教室大樓外將操場包圍著。現在完全是落葉掉盡，想必春天來時應該是醉人的風景吧。

「這麼大，挖也挖不完吧！」

一群穿著一樣桃紅色運動服的小朋友正在操場中央玩跳繩。大約有三十人吧，看來好像是高年級生。老師不時會吹響尖銳的哨子聲。

「我到處問了朋友，我們試圖將以前在這裡的教室、校園等位置給還原出來。」阿保雙手撐在學校的圍欄護網上說話。

本間看著他問說：「你說還原？」

「因為改建過，在五年前。」

是這樣啊，本間心想。

「有了很大的改變吧。」

阿保搔搔頭說：「是呀，建築物的位置整個都改變了。所以十姊妹的墳墓在哪裡也都找不太到了。」

阿保發出笑聲，本間看著他，不知道阿保為什麼沒有顯出失落的神色？

「我正好想打電話給你。」阿保說：「我也不是什麼都沒有調查到，只是想多調查一些後再跟你報告。」

他表示兩年前──一九九〇年的春天，正當櫻花盛開的時候，有人在這個校園裡看到了被認為是新城喬子的女性。

「真的嗎？」

雙手抓著圍欄護網，用力搖晃身體的阿保慢慢地點頭說：「錯不了的。那是我們以前讀書時就已經在這裡服務的老職員，是個女職員，年紀已經超過了五十，但記憶力很清楚。」

阿保拿出新城喬子的照片給對方看時，對方確定是她沒有錯。

「因為人長得很漂亮，所以她特別記得。」

「新城喬子為什麼要來這裡呢？為什麼要跟學校職員見面呢？」

「說是星期天的下午，忽然走進了校園，就在那一帶──」阿保結實的手臂舉起，指著櫻花的行道樹叢說：「看起來是在悠哉地散步，觀賞附近的景色。因為常有地方上的人或是觀光客會來欣賞學校裡的櫻花，倒也不是什麼少有的事。所以一開始並沒有在意，但是因為她站了很久，又是年輕女孩子，所以有些擔心便上前問話了。」

還說那個年輕女子穿著很端正，卻也很樸素。

「黑色套裝搭配白襯衫，口紅塗得很淡。感覺好像剛剛參加過守靈或葬禮回來一樣。」阿保回過頭若有所思地看了本間一眼。

「守靈或葬禮嗎？」

「嗯……」

女職員前來問話，那名年輕女子回答說是因為櫻花開得太美，看到入神了。

「女職員驕傲地表示這裡的櫻花在本地也是很出名。對方也瞇著眼睛讚賞說，的確是很漂亮。」但是她的樣子顯得有些憂鬱，所以女職員又問說是來旅行的嗎？結果對方回答，「是的，是來旅行的。然後本間先生，她說了，她說是代替朋友來的。」

本間轉頭看著枯枝纏繞的櫻花行道樹叢，心想，她是代替朋友來的。

「女職員又問，朋友是這裡的人嗎？結果她點頭回答，她是這麼說的。」阿保調整好呼吸，繼續說明，「我的朋友以前讀這間小學。當時在學校很喜歡的十姊妹死了，還記得曾經在校園裡挖過墳墓埋葬。只是已經不記得地點是在哪裡了。」

就在這廣大校園的某處。關根彰子曾經受到童年時代的感傷所牽引，夢囈般地表示自己死後要埋葬在這裡。就是那個地點。

「那名年輕女子還問女職員說，現在學校裡還有飼養的動物死了可供埋葬的地方嗎？女職員回答說沒有這種地方。對方也笑著說，應該是吧。」

新城喬子是說代替朋友來探訪過去回憶的地方嗎？

「女職員因為那女人樣子有些奇怪而問了很多問題。她又問說朋友今天為什麼沒有一起來呢？朋友人在哪裡？」

年輕女子沉默了一陣子才悠悠說：「那個朋友已經過世了。」

和阿保肩並著肩，眺望著散落在廣大校園裡穿著運動服的學童們，一邊感受著刺骨的北風橫越校園帶來泥土的氣息，本間一邊想著。

新城喬子來過這裡，代替關根彰子而來。代替她來到這個她表示「希望死後埋身之處」。

「我還在繼續努力中。」阿保用力推著護網讓自己站好。他說：「我想說服校長和家長會的人們，能夠答應讓我挖掘校園。難道不是嗎？絕對有挖掘的價值的。新城喬子來過這裡呀，她一定是為了埋葬小彰而來的。只要找找看，一定能找到小彰的。」

阿保用力踐踏地面，地面的野草早已乾枯了。本間舉起滿是灰塵的腳，跟阿保一樣踏上欄杆的水泥底座探出身子說：「新城喬子來過這裡！」

「是的。」

「但是我還是不認為小彰會在這裡。」

北風撲打在阿保的臉上，阿保依然目不轉睛地看著本間說：「為什麼？你不是已經專程跑到這裡了嗎？」

「她沒有被埋葬在這裡。不，她也許有過埋葬的打算，但是埋在學校的校園裡，不太可能。太危險了，什麼時候會被發現很難說。與其說是不可能，應該說是她來到這裡看過之後更加確定不行吧。」

「可是……」

本間不等阿保說完，盡可能保持平靜地制止說：「新城喬子應該會將小彰的屍體丟到她千方百計認為最安全的地方吧，那是當然的。因為一旦身分被知道了，就會難以收拾。她會將屍體丟到海裡還是埋在山裡面呢？丟在韮崎被發現，應該是她意料之外的結果吧，因為她本來希望能被當作是垃圾處理掉。」

阿保站著不動。校園裡響起了哨子聲，四散的學童們跑步聚集在一起。

「屍體必須丟到不會被發現的地方，但是為了讓心裡好過，新城喬子來到了這裡。代替小彰來到這個她說『希望死後的埋身之處』，這是我的想法。」

一如小智和小勝用項圈取代呆呆的屍體埋葬一樣，藉此自我獲得滿足。

春天，在櫻花盛開的行道樹下，隨風飄散的落英貼在髮梢上，她始終佇立在這裡。

當時她心中想著什麼呢？是否對關根彰子感到過意不去呢？還是為了完全取代她，想要親眼目睹那個讓小彰長大成人還念念不忘、長眠在回憶中的地方呢？

那個朋友已經過世了。

「那小彰被埋葬在哪裡了呢？被丟棄在哪裡了呢？」阿保的聲音沙啞。

知道這答案的人只有一個人。

「我們回東京吧！」本間將手放在阿保肩上說：「我們去見她吧。」

29

約好的那一天，在約好的地點——

木村小末跟新城喬子約好見面的義大利餐廳，即便說是在銀座，也是屬於較偏遠的位置，因此店面也顯得寬敞舒適。有挑高的一樓、二樓和稍微矮一層階梯的圓形地下室。

約定的時間是下午一點，距離現在還有十分鐘。

本間對木村小末說，如果不願意的話，可以先走。新城喬子來的話，我們可以認得出來。

但是木村小末搖頭說：「我雖然害怕……但她可能是殺死我姊姊的凶手吧？」

「嗯，是的。」

「那我要見她，見到她本人，看她長得什麼德性。」

本間要她盡可能表現得自然些。她現在坐在圓形地下室的中央位置，表情有些緊張，一手按著被毛衣包裹的胸口一邊等待著。根本沒想到要喝送上來的卡布其諾咖啡。

本間和阿保坐在一樓階梯旁可以俯瞰整個圓形地下室的座位。兩人也一樣沒有動用點來的咖啡，阿保只是不停地喝水。

「我可以跟她說話嗎？」阿保的聲音有些顫抖。

「可以呀。」本間點頭說：「你要跟她說些什麼呢？」

阿保眼光低垂地表示，「我不知道。」

一樓餐廳的另外一邊，碇貞夫穿著跟義大利餐廳十分不搭調的破西裝，攤開報紙坐在那裡。他則是點了第二杯的咖啡。

餐廳的出入口有兩個，不管新城喬子從哪裡進來，都逃不過他們的監視，當然也沒有退路可逃。

昨天晚上一整晚，本間幾乎沒有睡地跟碇貞夫商量今天的行動。

沒有證據、沒有屍體，只有一個行蹤不明的女性和另一個取代她的女性。或許能推測出殺人的動機，但是方法、凶器完全是未知狀態。可以提供推理的線索有限。

有的只是一堆情境狀況的證據。

「檢察官應該不會喜歡這種案子吧？」碇貞夫說：「肯定會說案件沒辦法成立。」

「是嗎，還很難說吧。」

「就連指紋也沒有留下。目擊人的證詞能期待的也是有限……」

「說說說，你儘管說好了！」

碇貞夫苦笑了一下說：「老實說，你是不是覺得無所謂了？看你一副只要能找到新城喬子本人就心滿意足的表情。」

此時看著陽光斜斜灑落在拼花地板上，本間心想，是嗎？我是不是認為只要見到喬子，只要能將她抓起來就好了呢？

腦袋裡浮現的盡是疑問，卻沒有任何怒氣。過去搜查過那麼多的案件，從來沒有過像現在這樣的感覺，從來沒有。

本間雖然問了阿保，但本間也問自己見到新城喬子第一句話要說什麼？他自己也不知道。

會問她，妳還要重蹈覆轍嗎？因為關根彰子的計劃失敗，所以想回到最初取代已失去姊姊的木村小末嗎？然後繼續逃跑嗎？離開有可能在某處和栗坂和也不期然相遇充滿危險的東京之後，又將逃往何處呢？

還有會問她關根彰子的頭部丟在哪裡了嗎？

問她被栗坂和也問到個人破產的事實時，她心中做何感想？

是不是該告訴她，今井事務機公司的小蜜交代說她很想妳，社長也很擔心妳？

是否該告訴她，當和也拜託我找妳時，他擔心地牙齒直打冷顫？

還是應該告訴她，妳的所作所為只不過是一場徒勞，不管走到哪裡始終是名逃亡者？

或許妳會否認我們所推理出的這一切，我們所堆疊的紙牌之屋。但不管妳希望與否，今後會有一場漫長的戰爭等待著妳，以聆訊的名義，或者會被傳喚，直到最被送上法庭？也可能還不到那裡這一切便結束了。

不管是逃跑還是戰鬥，妳的路只有這些。而且唯一不會有錯的是，妳再也沒有機會假冒別人的名字和身分了。

妳除了是新城喬子外，再也不會是其他人。一如關根彰子是關根彰子，也不會變成她以外的其他人一樣。

在柔和的管弦背景音樂下，金黃色的餐廳就像融化在白色木紋中的奶油一樣，自己、碇貞夫和阿保的存在顯得十分突兀。不時經過的服務生以及週遭座位上客戶們的視線，都能讓他們有這種感覺。

妳是否也感受到了呢？本間腦海中浮現新城喬子的臉，心中想著，妳一腳踏進餐廳裡面時，是否會有異樣的感覺？然後看見我們，發現情況不對，立刻轉身逃跑而去呢？

我在想，如果妳逃跑，我的心情就不會如此沉重了。我已經不想繼續追蹤妳了。所以就算妳想逃跑，以逃跑來承認妳的所作所為，我不知將會覺得多輕鬆啊。

就在這時，臉上有道清新的風吹過。

「來了。」阿保挺直了背說話。

抬起頭一看，正好看見遠方座位上的碇貞夫也慢慢地將報紙從眼前放了下來。穿著粉藍色連身帽外套的新城喬子正經過他的座位旁邊。

沒錯，就是她。

髮型有些不一樣了。大概是燙了頭髮吧？耳下切齊的髮尾中，隱約可見閃亮的耳環。修長的腳優雅地走動著，穿梭在桌子與桌子之間。無視於服務生們的視線，走路的姿勢自然美麗。

她停下腳步，看了一下週遭。即便是這麼遠的距離，她那形狀美好的鼻樑、微微翹起的美唇、輕撲胭紅的雪白臉頰也能看得一清二楚。

絲毫聞不到一絲苦惱的顏色、孤獨的陰影。她很美麗。

她看到了木村小末，輕輕點頭致意。

對了，她們是第一次見面。喬子應該認識木村小末，但木村小末不認得她。

本間想到這一點，不禁屏氣凝神地觀察木村小末的反應。木村小末顯得很自然，絕對不看本間或碇貞夫的方向。她只是稍微站了起來，點頭回禮。

現在兩個人都站在桌邊，彼此打招呼。木村小末看著對方……看著對方……

然後笑了。

「妳好！」

是喬子的聲音還是木村小末的聲音呢？夾雜在餐廳健康的吵雜聲中，感覺好像聽到了她們問好的聲音。

喬子再度站了起來脫下外套，連同皮包放在旁邊沒人坐的椅背上。然後坐在木村小末斜對面的位置上。

她穿著白色的毛衣，領口有些皺褶的裝飾。她拉開椅子坐下時，皺褶的裝飾也跟著優雅地晃動著。

喬子正好背對著本間和阿保。當她揮動手時，可以知道她的那根手指沒有戴戒指。和也送她的藍寶石戒指，如今放在哪裡了呢？他是否也成了結束的過去了呢？就像倉田一樣，就像片瀨一樣。那些都是不能保護妳，對妳而言毫無實質意義的戀愛吧？

碇貞夫抬起頭看著這裡。

服務生正拿著菜單走上前。喬子接過菜單，和木村小末一起展讀。

兩人意氣投合地笑了。不是因為什麼好笑而笑，而是為了搭配這奢華的空間，做出開朗的表情。木村小末的笑容裡面充滿了僵硬的心情，但是喬子沒有發覺。

「不是要跟她說話嗎？」本間催促阿保。

阿保看著喬子的背影站了起來。

就像被一條線牽引一樣，阿保無聲地走下樓梯。走路方式十分僵硬。週遭的客人有的停下了叉子送進嘴裡的手勢，有的將水杯舉到半空中定住，有的中止跟朋友之間的談笑，看著阿保寬闊的背影。

本間也站在自己的座位旁邊。

餐廳的另一邊，碇貞夫也從椅子上站了起來，慢慢地往樓梯移動。

但是本間還是無法動彈。他只是一邊對著木村小末點頭，一邊看著不停說話的新城喬子背影。

多麼嬌小柔弱的身軀呀！

他想，終於找到妳了，終於快結束了。

阿保走下階梯，往木村小末和喬子的座位靠近。木村小末就像之前說好的，很聰明地保持耐性，不看阿保。喬子的耳環則閃閃發光，在她瘦弱的肩膀上愉悅地晃動著。

就像發現一個太大而之前沒有看見的標誌一樣，本間感覺很新鮮的同時又認為，我要問妳什麼根本不是問題。其實我一直想在見到妳的時候，聽妳說妳自己的故事。

妳之前沒有告訴其他人的故事。妳一個人承擔過來的往事。妳逃亡的歲月。妳藏身匿跡的歲月。妳一點一滴累積的人生故事。

反正時間多的是。

新城喬子——

現在阿保正將手搭在她的肩膀上。

宮部美幸作品集—4

火車

原著作者　宮部美幸
譯　　者　張秋明
書封設計　Bianco Tsai

出　　版　臉譜出版
發 行 人　凃玉雲
總 經 理　陳逸瑛
編輯總監　劉麗真
城邦文化事業股份有限公司
台北市中山區民生東路二段141號5樓
電話：886-2-25007696　傳真：886-2-25001952

城邦讀書花園
www.cite.com.tw

發　　行　英屬蓋曼群島商家庭傳媒股份有限公司城邦分公司
台北市中山區民生東路141號11樓
客服專線：02-25007718；25007719
24小時傳真專線：02-25001990；25001991
服務時間：週一至週五上午09:30-12:00；下午13:30-17:00
劃撥帳號：19863813　戶名：書虫股份有限公司
讀者服務信箱：service@readingclub.com.tw
城邦網址：http://www.cite.com.tw

香港發行所　城邦（香港）出版集團有限公司
香港灣仔駱克道193號東超商業中心1樓
電話：852-25086231　傳真：852-25789337

馬新發行所　城邦（馬新）出版集團 Cite（M）Sdn. Bhd.
41, Jalan Radin Anum, Bandar Baru Sri Petaling,
57000 Kuala Lumpur, Malaysia.
電話：603-90563833　傳真：603-90576622
電子信箱：services@cite.my

四版一刷　2023年3月
I S B N　978-626-315-264-9

售價：480元
（本書如有缺頁、破損、倒裝，請寄回更換）

國家圖書館出版品預行編目資料

火車／宮部美幸著；張秋明譯. -- 四版. -- 臺北市：臉譜出版：英屬蓋曼群島商家庭傳媒股份有限公司城邦分公司發行, 2023.03
面；　公分. --（宮部美幸作品集；4）
ISBN 978-626-315-264-9（平裝）

861.57　　112001274